Worth Any Price
by Lisa Kleypas

悲しいほど　ときめいて

リサ・クレイパス
古川奈々子［訳］

ライムブックス

悲しいほどときめいて

主要登場人物

シャーロット（ロッティー）・ハワード……没落した名家の娘
ニック・ジェントリー……ボウ・ストリートの捕り手
ソフィア・キャノン……ニックの姉
ロス・キャノン……ソフィアの夫で、元治安判事
グラント・モーガン……治安判事、ニックの上司
ラドナー卿……ロッティーの婚約者
ウェストクリフ伯爵……ロッティーが身を隠していた屋敷の当主
ジェンマ・ブラッドショー……高級娼館の経営者
セイヤー……ボウ・ストリートの捕り手、ニックの同僚
ハワード氏……ロッティーの父親
ハワード夫人……ロッティーの母親
エリー・ハワード……ロッティーの妹
トレンチ夫人……ジェントリー家の家政婦
ハリエット……ジェントリー家のメイド

プロローグ

一八三九年　ロンドン

彼は二四歳、娼館を訪れるのはこれが初めてだった。氷のように冷たい汗が顔から吹き出してくる。それがニック・ジェントリーにはいまいましくてならなかった。体は欲望で燃えていたが、恐怖で凍りついてもいた。何年もこの日を避けてきた。だが、とうとう肉体の渇きを抑えきれなくなった。女を抱きたいという強い欲望がついに恐れに打ち勝ったのだ。

引き返したくなるのを必死にこらえて、ニックはブラッドショー夫人の赤い煉瓦造りの館の階段をのぼっていった。そこは金持ちの客だけを相手にする高級娼館だった。夫人が雇っている女たちはロンドン一の訓練を受けた娼婦ばかりで、一晩を過ごすには目玉が飛び出るほどの金がかかると言われていた。

どんなに法外な金額を要求されてもニックは平気だった。個人的な依頼を受けて泥棒を捕まえる窃盗捕縛人《シーフ・テイカー》の仕事でたくさんの金をかせいでいたし、裏社会の商売で巨額の富も蓄えていた。そうしたなりゆきから、彼の悪名は広く世間に知れわたっていた。一般大衆にはおおむね受けがよかったが、犯罪者には恐れられ、ボウ・ストリートの捕り手たち（訳注　治安判事直属の犯罪者逮捕を専門とする警官）には道徳心のかけらもないライバルと見なされていた。彼が実に無節操だという点で捕り手たちの見方は正しかった。道徳心からくるためらいなど、仕事の邪魔になるだけだ。ニックにそんなものは必要なかった。

窓から音楽が流れ出てきた。部屋の中をのぞきこむと、上流階級の夜会さながら、優雅に着飾った男女が集っている。だが実際には、女たちはパトロンを相手にビジネスをしている娼婦だ。ここは、フリート・ディッチ近くで彼が経営している安っぽい売春宿とはかけ離れた別世界だった。フリート・ディッチでは売春婦兼スリの女たちが通りに立って、安い金で客引きをしている。

ニックは肩をいからせて、ライオンの頭をかたどった真鍮のノッカーを鋭く叩いた。ドアが開くと石のように無表情な執事が立っていて、どのような御用件でございましょうかと尋ねた。

そんなことわかりきっているじゃないか。ニックはいらだちながら思った。「客としてやってきたんだが」

「まことに申しわけございませんが、ブラッドショー夫人は現在新しいお客様をお受けしておりません」

「ニック・ジェントリーが来ていると夫人に伝えてくれ」ニックはコートのポケットに手をつっこむと、執事を険しい目つきでにらみつけた。

無頼漢として知られるジェントリーの名前を聞いて、執事は目を大きく見開いた。彼はドアを開き、うやうやしく頭をさげた。「かしこまりました。どうぞ玄関の広間でお待ちください。あなた様がお見えになっていることをブラッドショー夫人に知らせてまいります」

かすかに香水と煙草の匂いが漂っていた。深く息を吸いこみ、ニックは高い白い柱に囲まれた大理石張りの床の広間を見まわした。唯一の装飾は女性の裸体を描いた絵だった。卵形の鏡に自らを映し、ほっそりした手を腿の上にそっとのせている。心惹かれて、金色の額縁に収められた絵を見つめた。鏡に映る女の姿はかすかにぼやけていて、両脚のつけねの三角はもやがかかったような筆づかいで描かれていた。冷たい鉛を詰めこまれたように胃が重く感じられる。黒い膝丈のズボンをはいた召使が、グラスをのせたトレイを運びながら広間を横切っていった。ニックは視線を絵からさっとそちらに走らせた。

彼は背後のドアを強く意識していた。今ならきびすを返して、ここを立ち去ることができる。しかし彼はあまりにも長いあいだ臆病者でいた。今宵こそは何が起ころうと、成し遂げるつもりだった。ポケットの中でこぶしを握りしめ、白と灰色の縞が渦を巻く大理石の床を凝視した。床は頭上高く吊るされているシャンデリアの輝きを反射してきらきらと光っている。

そのとき、気だるい女性の声が静寂を破った。「ご高名なジェントリー様にお越しいただき、光栄でございますわ。ようこそいらっしゃいました」

彼は視線を彼女の青いビロードのドレスの裾から、微笑みをたたえたシェリー色の目へと滑らせた。ブラッドショー夫人は背の高い、見事なプロポーションの女性だった。白い肌には薄い琥珀色のそばかすが散り、緩くカールさせた赤褐色の髪は結い上げられていた。いわゆる美人の顔立ちではない。顔が角ばりすぎているし、鼻も大きかった。けれども、とても上品で、その装いには非の打ち所がなく、彼女を前にすると美という観念そのものが無意味に思えるほど魅力的に見えた。

彼女の微笑みは、内心の緊張にもかかわらずニックをリラックスさせた。あとで知ることになるのだが、こういう反応を示すのは彼だけではなかった。どんな男も、ジェンマ・ブラッドショーのそばにいるだけで心地よく緊張を解くことができた。一目で、荒っぽい物言いや靴をはいたままの足をテーブルにのせたりする不作法も許されることがわかった。楽しい冗談を好み、はにかんだり軽蔑的な態度をとったりしないことも感じ取れた。男たちはジェンマを崇拝した。なぜなら、彼女自身が男たちを心から崇拝していたからだ。

彼女はいわくありげに微笑み、豊かな胸の膨らみが見えるほど深くお辞儀をした。

「お仕事ではなく、遊びに来たとおっしゃってくださいな」彼が軽くうなずくと、彼女はもう一度微笑んだ。

「まあ、嬉しいこと。私と応接間を見てまわって、どういうのがお好みか相談いたしましょう」彼女は前に進み出て、彼の腕に自分の腕をからませた。ニックはびくっとしたが、彼女の手を押しやりたいという衝動をなんとか抑えた。

彼の腕の緊張にマダムが気づかないはずはなかった。彼女は手をほどき、何事もなかったように感じよく話を続けた。「こちらへどうぞ。トランプやビリヤードをおやりになったり、喫煙室でくつろぐのが好きなお客様もいらっしゃいますのよ。そんなふうに過ごしながら、たくさんの女の子たちとおしゃべりをして、ひとりをお選びになればいいのです。その子が二階のお部屋にご案内いたしますわ。女の子と過ごす時間は、一時間につき料金がかかります。女の子たちの訓練はすべて私が行いました。それぞれの子が、特別な芸を身につけておりますのよ。もちろん、お好みを教えていただければ、ご期待に添えると思いますわ。荒っぽいのが得意という子も何人かおりますから」

二人が応接間に入っていくと、二、三人の女がニックにあだっぽい視線を投げかけた。女たちは健康そうで、よい扱いを受けていることは明らかだった。フリート・ディッチやニューゲート近くで見かける売春婦とはまったく違う。ここの女たちは、ふざけたり、談笑したり、気をもたせたりして、ブラッドショー夫人と同じようなうちとけた雰囲気をかもし出していた。

「何人かご紹介いたしますわ」彼の耳に夫人の優しい声が入って来た。「あなたの目をとらえた娘がおりますかしら？」

ニックはかぶりを振った。普段は余裕たっぷりの傲慢さで知られていて、自信満々のペテン師さながらに冗談がすらすらと口から流れ出てくるのだが、この慣れない状況の中ではうまい言葉が見つからない。

「私のお勧めを申し上げてよろしいかしら。あの緑のドレスを着た黒髪の子はとても人気がありますのよ。名前はローレイン。チャーミングでかわいらしくて、機転がききますの。彼女の近くに立っている、ブロンドの子……あれがマーシャですわ。もの静かなタイプで、その優しいしぐさが多くのお客様の心をとらえております。それから、ネッティ。ほら、あの姿見のそばにいる小柄な子ですわ。あの子はエキゾチックな芸ができて……」ブラッドショー夫人は言葉を切って、こわばったニックの顎を見た。「それとも、幻でもいいから、うぶな娘がお好みかしら」彼女は声を密めた。「いかにも処女といった風情の田舎娘もご紹介できましてよ」

自分の好みがわかっていたら苦労はない。ニックは女たちを一瞥した。黒髪の女、ブロンドの女、細身の女、肉感的な女、想像しうるあらゆる体形、大きさ、色合いの女たち。突然、そのあまりの多彩さに彼は圧倒された。そのうちのひとりとベッドに入ることを想像しようとすると、額からどっと汗が吹き出した。

彼は視線をブラッドショー夫人に戻した。彼女の目は澄んだ暖か味のある茶色で、眉の色は髪よりも少し濃い赤だった。上背のある彼女の体は魅力的な遊び場に見えた。その唇はあでやかで、柔らかそうだ。けれども、彼に心を決めさせたのはそばかすだった。白い肌に陽気に散らばる琥珀色のそばかすを見ていると思わず微笑みたくなる。

「この中で抱く価値があるのはあなただけだ」と言う自分の声をニックは聞いた。

彼女は気持ちを隠すように赤い睫毛を下ろしたが、彼は自分が彼女を驚かせたことを悟った。微笑みが彼女の口元に広がった。「まあ、ジェントリー様。なんと嬉しいお世辞を。でも、私はこの館でお客様とベッドを共にすることはありません。それは遠い過去のこと。どうか、うちの女の子たちのだれかをご紹介させてくださいましな」

「あなたがいいんだ」と彼は譲らない。

夫人は彼の瞳の中にむきだしの率直さを認めた。彼女の頬がかすかにピンクに染まる。

「あら、どうしましょう」彼女は急に笑いだした。「三八にもなる女の顔を赤らめさせるなんて、すごい技をお持ちね。頬の染め方なんて忘れたと思っていましたわ」

ニックは笑顔を返さなかった。「いくらでも払う」

夫人は微笑んだまま困ったように首を振り、それから重大な難問に立ち向かっているかのようにじっと彼のシャツの胸元を見つめた。「私は決して衝動的な行動はしません。それが自分で決めた規則なのです」

彼はゆっくりと手をのばし、おそるおそる彼女の手に触れた。そして指先でそっと優しく彼女の手のひらをなでた。背の高い彼女の手は長かったが、彼の手はそれよりもずっと大きく、指の幅は彼女のほっそりした指の二倍はあった。彼は指の内側のしっとり湿った小さな皺を愛撫した。「どんな規則もたまには破られるべきだ」

マダムは目をあげた。彼の厭世的な顔に隠れている何かを見つけて心を動かされ、不意に心が決まったようだった。「いっしょにいらして」

ニックは追いすがってくる女たちの視線を気にもとめず、彼女について応接間を出た。玄関広間を抜け、らせん階段をのぼると夫人専用のスイートがあった。部屋は入念な装飾が施されていたが、居心地がよかった。椅子にはたくさんのクッションが置かれ、壁にはフランス製の壁紙が貼られ、暖炉には赤々と火が燃えていた。応接間のサイドボードの上には、まばゆく輝くクリスタルのデカンタやグラスのコレクションが並んでいた。ブラッドショー夫人は銀のトレイからブランデーグラスをとり、誘うように彼をちらりと見た。「ブランデーになさる?」

即座にニックはうなずいた。

彼女は金赤色の液体をグラスに注いだ。慣れた手つきでマッチをすり、サイドボードの上のろうそくに火を点す。ブランデーグラスの脚を持って、グラスのボールをろうそくの炎にかざした。ブランデーが十分に温まったところで、彼女はグラスを彼に渡した。彼はいままで女性にそんなことをさせたことがなかった。ブランデーは濃く、ナッツの味がした。飲み込むとふんわりとした芳香が鼻孔に広がった。

応接間をぐるりと見まわすと、ひとつの壁がすべて本棚になっていて、革装の本がびっしりと並んでいた。本棚に近づいてじっくりながめる。よく読めなかったが、大部分の本はセックスと人間の解剖学に関するものであることはわかった。

「私の趣味ですのよ」婦人はいたずらっぽく挑戦的に目を輝かせた。「いろいろな文化におけるセックスの技術と慣習についての本を収集していますの。何冊か稀少本もありましてよ。この一〇年で、自分の好みのテーマに関する膨大な知識をためこみました」

「嗅ぎ煙草入れを集めるよりもおもしろいと思うな」と彼が言うと、彼女は笑った。

「ここにいらしてね。すぐに戻ってきますわ。私が席を外しているあいだ、どうぞ自由に蔵書をご覧ください」

彼女は応接間を出て隣の部屋に消えた。戸口から四柱式ベッドの端が見えた。

胃に鉛の感覚が戻ってきた。ぐいっと一気に酒を飲み干し、グラスを置くと、本棚の前に立った。赤い革装の分厚い一冊が注意を引いた。開くと古い革がかすかにきしった。中にはおびただしい数の手書きの絵があった。想像をはるかに超えたポジションで交わっている男女の姿を描いた絵を見ているうちに、激しく動揺している心の内はさらに乱れてどうにもならない状態になっていく。押し寄せる欲望で股間が固くなり、心臓が激しく肋骨を打つ。急いで本を閉じ書棚に返した。サイドボードに戻ってグラスにブランデーをもう一杯注ぎ、味わいもせずに喉に流し込む。

夫人は約束どおりすぐに戻ってきて、戸口にたたずんだ。中世風の垂れ下がる長い袖がついた、レースの縁取りの薄い化粧着に着替えていた。白い絹を通して、豊かな胸の尖った乳首の膨らみや、腿間のヘアのうっすらとした影さえもあらわになっている。マダムは見事な肉体をもち、それを彼女も意識していた。片膝を前に突き出すかっこうで立っていたので、化粧着のスリットから長い脚の滑らかなラインが見えた。波うつ燃えるような赤毛が肩から背中にかかり、先ほどよりももっと若く優しそうに見えた。

欲望の震えがニックの背骨を伝いおりた。苦しい息づかいのせいで、胸が大きく膨らみ、そしてしぼむのが感じられる。

「最初に申しあげておきますが、私は愛人の選び方にはうるさいの」マダムは身ぶりで彼を呼び寄せた。「私の才能はむやみにだれにでも与えるべきものではないから」

「では、どうして俺を？」とニックはかすれた声で尋ねた。さらに近づくと、彼女が香水をつけていないことがわかった。石鹸と清潔な肌の香り。ジャスミンやバラの香りよりもはるかにそそられる。

「あなたの触れ方よ。あなたは本能的に私の手の最も感じやすい場所をみつけた。手のひらの真ん中と、指の関節の内側。そんな感受性を持っている殿方はめったにいないわ」

褒められたと思うよりも、パニックに陥りそうになった。マダムは俺に期待している――だが、その期待を裏切ることになるのを自分はよく知っている。無表情を装い続けたが、暖炉で暖められたベッドルームへと導かれていくあいだに、心はどうしようもないほど落ち込んでいった。「ブラッドショー夫人」と彼はベッドに近づきながらぎこちなく言った。「言っておかなければならないことが――」

「ジェンマよ」と彼女はささやいた。

「ジェンマ」彼は繰り返した。彼女が上着を肩からはずして脱がせるあいだに、理性はすべてどこかに消し飛んでしまった。

汗で湿った首巻きスカーフ《クラヴァット》の結び目をほどきながら、マダムは紅潮した彼の顔を見あげて微笑んだ。「まるで一三歳の少年のように震えているわね。名うての悪党であるあなたが、その道では有名なブラッドショー夫人といよいよベッドに入るという段になって怖気づいたなんてことはないでしょう？　海千山千のあなたが、まさか……その年で童貞だなんてことはないわよね。二三歳にもなって……」

「二四だ」もうだめだ。経験豊富な男のふりをして彼女をだませるはずがない。ごくりとつばを飲み込んで、彼はしわがれた声で言った。「初めてなんだ」

アーチを描く彼女の赤い眉が少し上へ動いた。「娼館に足を運んだことがなかった、と?」

彼はひりひりする喉からどうにか言葉を押し出した。「女と寝たことはない」

ジェンマは表情を変えなかったが、心底驚いているのがわかった。微妙な長い間合いのあと、彼女は機転を利かせて尋ねた。「では、お相手は殿方だったということね」

柄入りの壁紙をじっと見つめながら、ニックは首を振った。重苦しい沈黙を破るのは、太鼓のように耳の奥で響く耳鳴りだけだった。

マダムが好奇心をそそられていることは容易に察せられた。彼女は高いベッドの横に取りつけられた木製の可動式階段をのぼり、マットレスの上に座った。ゆっくりと体を横に倒し、猫のようにくつろいだ姿勢になった。男を深く理解している彼女は、辛抱強く黙って待ち続けた。

ニックは当たり前の話をするように平静を装おうと努めたが、声の震えを止めることはできなかった。「一四歳のとき、俺は捕まって牢獄船（訳注　犯罪者の増加にともなって囚人を収監する場所を確保するため、テームズ川などに停泊している老朽化した船を牢獄として使っていた）へ送られた」

その表情から、ジェンマがすぐに事情をのみこんだことがわかった。牢獄船の劣悪な環境は周知の事実だった。少年たちは大人の囚人と鎖でつながれて大きな船室に閉じ込められていた。「囚人たちが、あなたを犯そうとしたのね」彼女はごくふつうの調子で尋ねた。「それに成功した男はいたの？」

「いや。だが、それ以来……」ニックは長い間黙り込んだ。忘れたくても忘れることができない忌まわしい過去のことは、これまでだれにも話したことがなかった。その恐怖を言葉にするのは容易ではなかった。「人に触れられるのが耐えられなくなった」彼はゆっくり話した。「それがだれであれ、どんなふうであろうと。だが、欲しくなる……」彼は言葉を切り、言いよどんだ。「ときどき、むしょうに女を抱きたくなる。頭がおかしくなりそうなくらいに。しかし、俺には無理なのかもしれない」彼はうなだれて黙り込んだ。人にうまく説明することなど不可能に思えた。性欲と苦痛と罪の意識がからみ合って、だれかと愛を交わすという単純な行為が崖から飛び降りるのと同じくらい無謀に思える。他人に触られると、それがたとえどんなに無害な触れ合いであっても、自分を守ろうと発作的に体を退いてしまうのだった。

ジェンマが恐怖か同情の気持ちをあからさまにあらわしたなら、ニックはそこを飛び出していただろう。しかし、彼女は思いやりに満ちた目で彼を見つめるだけだった。優雅な動きで長い脚をひらりとベッドからおろし、床の上に滑り降りた。彼の前に立ち、ベストのボタンをはずし始める。ニックは体を強ばらせたが、動かなかった。「想像力を働かせなければだめ。あなたを興奮させるイメージや考えを思い浮かべるの」

ベストを脱ぐあいだに、ニックの呼吸は浅く速くなっていった。はかない夢の名残りが頭の中でぐるぐる回る……闇の中で彼の体を興奮させ、苦しめる、みだらな夢想。そう、俺だって想像したことはある。自分の下で縛られ、うめき声をあげる女たちのイメージ。脚を大きく開き、突き上げてくる彼のものを受け入れる。こんな恥ずかしいことを告白することはできない。しかし、ジェンマ・ブラッドショーの茶色の目は彼を誘っている。それにあらがうことなどできるはずがない。「まず私の空想をお話するわ。それでどうかしら?」

彼は用心深くうなずいた。股間に熱が広がっていく。

「私は殿方ばかりの見物客の前で裸になるの」ジェンマの声は低く、とろけるようだった。「お客の中から、気に入った男をひとり選び、舞台にあげる。そしてふたりで私がやりたいようにセックスをするの。終わったら、別の男を選び、そしてまた次と、私が完全に満足するまで続けるのよ」

彼女はズボンから彼のシャツの裾を引き抜いた。ニックは湿っぽいシャツをたくし上げて頭から脱ぐと、床に投げ捨てた。ジェンマに裸の体をじっと見つめられると、ペニスは痛みを感じるほどどくんどくんと脈打った。彼女は、頭髪よりもずっと濃い茶色の胸毛に覆われた分厚い皮膚に触れた。感嘆のため息がジェンマののどから漏れた。「すばらしい筋肉ね。こういうのが好きなの」彼女の指先はびっしりからみ合う胸毛を突き抜け、その下の熱い皮膚に触れた。ニックは思わず一歩退いた。気だるいジェスチャーで、ジェンマは彼に戻るように促した。「あれをしたいなら、触れられることに慣れなくっちゃ。さ、じっと立っていて」彼女はズボンの一番上のボタンに手をかけた。「さあ、今度はあなたの空想を聞かせてちょうだい」

ニックは、天井を、壁を、そしてビロードのカーテンがかかっている窓を見つめ、彼女の手が自分の股間で動くのを見ないようにした。「俺は……女を支配したい」と彼はかすれた声で言った。「空想の中で、女をベッドに縛りつける。女は動くことも、俺に触れることもできない……そして、俺が何をしようと女は俺を止めることができない」

「多くの男がそんな空想をするわ」最後のボタンを外しているジェンマの指の背が、固くなったペニスの下側をかすめた。ニックは急に息をすることを忘れた。マダムは体を傾けて顔を胸に近づけた。彼女の息が縮れた胸毛をさっとなでる。「それで、女を縛りあげたあと、あなたは何をするの」と彼女はささやく。

彼の顔は興奮と恥ずかしさで紅潮し、暗く翳った。「体のあらゆる場所に触れる。口と指を使って……女に言わせる。お願い、私を抱いてちょうだい、と。女を叫ばせるんだ」彼女の長い冷たい指が彼のものをつかみ、ズボンから解放する。彼は歯を食いしばって、のどの奥でうめいた。「ああ——」

「まあ」と彼女は小さな満足の声を漏らした。巧みな指で竿をたどり、それから固く腫れ上がった頭部へまた戻っていく。「あなたはとても偉大なものを授かっているのね」

強烈な感覚に襲われてめまいを覚え、ニックは目をつぶった。「女はそういうのを喜ぶのか？」とニックは心もとなげに尋ねた。

ジェンマは愛撫を続けながら答えた。「どの女もというわけではないわ。あなたくらいのサイズを受け入れるのは苦痛という人もいるでしょう。でも、なんとかなるものなのよ」彼女は優しく彼を放し、ナイトテーブルのほうに歩いていった。テーブルの上の大きなマホガニー製の箱の蓋を開け、中身を探った。「残りの服をすべてお脱ぎなさい」彼女は彼を見ずに言った。

恐れと渇望が彼の中で激しくせめぎあった。だが結局、渇望が勝った。服を脱ぎ捨てる。脆さと痛いほどの興奮を感じる。ジェンマは探していたものを見つけ、彼にぽんと投げてよこした。

ニックは反射的に手でつかんだ。赤ワイン色のビロードで作られた紐だった。

彼は困惑しながら、ジェンマが化粧着をほどき、それを足元に落とすのを見つめた。しなやかで健康的な肉体が余すところなくさらされる。股間のふさふさとした豊かな陰毛も。誘うように微笑むと、彼女は豊満な尻を見せつけながら、ベッドに上がった。肘をついて後ろにもたれ、彼が握りしめているビロードの紐に向かって顎をしゃくりあげた。「次に何をしたらいいか、もうわかったでしょう?」

ニックは、彼女が見知らぬ人間にこんなにも完全に無防備になれることに驚き、うろたえた。「そんな真似をさせてもいいくらい、俺を信用できるのか?」

彼女の声はとても優しかった。「こうするには、お互いに相手を信用していなければならないわね」

ニックもベッドの上に乗り、震える手で彼女の手首を縛って、ヘッドボードに固定した。彼女の滑らかな体は完全に彼の意のままだ。馬乗りになり、頭を下げて唇にキスをした。

「どうしたらあなたを喜ばすことができる？」と彼はささやいた。

「まずは、自分のことが先」彼女の舌が軽い絹のタッチで彼の下唇をなぜる。「私のことはあとでいいのよ」

ニックは時間をかけて彼女の体を探った。情熱の洪水に不安が溶けていく。彼女が身をよじらせる場所を発見するたびに、欲望の嵐が体を駆け抜けていく……のどのくぼみ、肘の内側、柔らかな胸の下側。肌を愛撫し、味わい、軽くかじり、その滑らかさと女性特有の香りに酔いしれる。とうとう耐え切れないほど欲望が高まると、彼は自らを彼女の腿のあいだに沈め、これまで狂おしいほど渇望しつづけてきた温かく湿った深みに分け入った。永遠の屈辱は、たったのひと突きで、彼女を満足させる間もなく絶頂に達してしまったことだった。

彼の体は無上の喜びに震えた。顔を彼女の燃える髪の中に埋め、激しくうめいた。

歓喜の余韻に息を切らせながら、彼はジェンマの手首をしばっているロープを不器用な手つきでほどいた。彼女を自由にしてから、彼はごろりと転がって彼女に背中を向けて横たわり、壁に映る影をぼんやり見つめた。ほっとして、頭がくらくらした。なぜだかよくわからないが、目の端がちくりと痛む。涙が出るのを恐れてきつく目を閉じた。

ジェンマは彼の背後に身を添わせ、彼の裸の尻に軽く手をかけた。ニックは彼女に触れられてびくっとしたが、体をよけようとはしなかった。彼女が一番上の背骨に口づけすると、股間まで戦慄が走った。「あなたには見込みがある」と彼女はささやいた。「その能力を眠らせておくのは惜しいわ。めったにしないことだけど、あなたにここへ来ることを許しましょう。ときどき、訪ねていらっしゃい。私の知識を伝授するわ。教えてあげられることがたくさんある。お支払いはけっこうよ……たまに、贈り物でも持ってきてくだされば」彼が動かずにいると、彼女はうなじにそっとかみついた。「私のレッスンがすべて終わったら、この世にあなたに逆らえる女はいなくなる。いかがかしら？」

ニックは体を返し、彼女をマットレスに押しつけて、その笑顔を凝視した。「一回目のレッスンの準備が整ったよ」と言うと、彼女の口を自分の口でふさいだ。

1

三年後

長年の習慣どおり、ニックはノックせずにジェンマの個人用スイートに入った。日曜の午後だった。ほとんど毎週この時間に、ニックはここに通ってきていた。いまはすっかり慣れ親しんだ革と酒とかすかな花の香りをかぐだけで、体の中で興奮が低いうなりをあげ始める。今日は欲望がことのほか強かった。仕事のせいで二週間もジェンマに会えなかったからだ。

初めて会った晩以来、ニックは素直にジェンマが決めたルールに従ってきた。彼女に会い続けたいなら、他に選択の余地はなかった。彼らは友人といえるような間柄だったが、その関係は厳格に肉体的なものに限定されていた。ジェンマは彼の心の中身には興味を示さなかった。いや、彼に心があるかどうかすらどうでもよいことのようだった。彼女は優しい女性だったが、まれにニックが世間話を超えた話題を口にしたりすると、やんわりとたしなめられた。まあそのほうが彼にとっても都合がよかった。自分の醜い過去を彼女にさらけ出すつもりは毛頭なかったし、心の奥底に鍵をかけてしまいこんであるもつれた感情を話すのはいやだった。

そういうわけで週に一度、ふたりは互いの秘密はそれぞれの胸に秘めて、ベッドの上で愛を交わした。教師と熱心な生徒として。金色の壁紙が貼られたジェンマの寝室というぜいたくな繭の中で、ニックはたくさんの愛の秘技を学んだ。これほど深い世界があろうとは、想像すらしていなかった。ほとんどの男たちが知らずにいる女性の性的欲望について彼は学んだ。女性の喜びの複雑さを、女性の体だけでなく心をも興奮させるテクニックを学んだ。指と舌、そして歯と唇とペニスを、繊細にそして力強く使うやり方を身につけた。もっとも大切なのは自制だ。忍耐と創造力によって、経験豊かなブラッドショー夫人ですらも声がかすれるほど叫ばせることができる。彼は女を恍惚の一歩手前で何時間もじらす方法を体得した。また、口で女の乳首を愛撫するだけで、あるいは指先でそっと触れるだけで、絶頂に導くことができた。

この前会ったときジェンマは、私の体にまったく触れずにオルガスムスにつれていけるかしら、と挑んできた。彼は彼女の耳もとに唇を寄せ、一〇分間ささやくような声でセクシーな場面を描写した。それは本物よりももっとなまめかしく扇情的で、ついに彼女は頬を紅潮させ彼の横でぶるぶる震えだした。

彼女の豊満な肉体を思うと、期待で体が火照ってくる。ニックは大またで応接間に入っていったが、突然足を止めた。ワイン色の絹のガウンだけを羽織った金髪の若者がビロード張りの長椅子に座っているのが目に入ったからだ。あれはここで俺がいつも着ているガウンだ、とニックはぼんやり考えた。

彼女は、浮気はしないと約束したことはなかった。彼にしても、この三年間、彼女の恋人が自分ひとりだったなどという甘い幻想を抱いたことはない。それでもやはり、応接間に別の男がいて、間違えようのないセックスのにおいがその場に漂っていたことに彼は狼狽した。

ニックを見ると男は顔を赤らめ、リラックスした姿勢を正し、背筋を伸ばして座った。色白でがっしりした体つきの若者で、こういう状況に気まずさを感じる無垢な面をまだ持ち合わせていた。

ジェンマが寝室から出てきた。緑のネグリジェを着ていたが、薔薇の花のような茶色の乳首がほとんど透けて見えそうだった。ニックに気がつき、にっこりと笑う。予期せぬ突然の訪問にあわてたようすはまったく見えない。「あら、いらっしゃい」と彼女はいつものようにくつろいだ親しげな口調で、ささやくように言った。おそらく、新しい恋人のことをこんな形でニックに知らせるつもりはなかったのだろう。かといって、困ったというふうでもなかった。

金髪の若者のほうを向いて、彼女は優しく言った。「寝室で待っていてちょうだい」

彼は言われたとおり部屋を出て行きながら、彼女に熱い賛美の眼差しを送った。

男が隣の部屋へ消えていくのを見つめながら、ニックは三年前の自分を思い出していた。未経験で、熱く燃えていた自分、ジェンマの官能の技に圧倒されていた自分を。

ジェンマは優雅に手を上げて、ニックの黒髪をなでた。「あなたの捜査がこんなに早く終わるとは思っていなかったわ」彼女の言い方に残念さは微塵も感じられなかった。「ご覧のとおり、新しい生徒の相手をしているところだったの」

「俺の代わりってわけか」質問というよりは断定だった。ニックの全身に冷たい投げやりな気分がしみわたっていった。

「そうね」とジェンマは穏やかに答えた。「あなたはもう卒業よ。教えることはすべて教えたから、私たちの友情がつまらないものになるのも時間の問題だわ。まだ楽しいうちに終わらせるほうがいいの」

信じられないくらいうまく言葉が出てこない。「俺にはまだあなたが必要なんだ」

「それは私が安全で、気楽につき合えるからにすぎないわ」愛情をこめて微笑むと、ジェンマは前屈みになって、彼の頬に軽くキスした。「臆病になっちゃだめ。そろそろ他のだれかを見つけなくては」

「あなたのような人はいない」と彼は声を荒らげた。

それを聞いて彼女は再び微笑むと、もう一度キスをした。「まだまだ学ぶべきことがたくさんあるようね」明るい茶色の目をきらめかせて、いたずらっぽく笑う。「あなたの才能に値する女性を見つけなさい。そして彼女と寝るの。あなたに恋をさせなさい。恋愛はだれもが人生で一度は経験すべきものよ」

ニックは不機嫌な目で彼女をにらんだ。「俺にはそんなもの必要ない」ときっぱり言うと、彼女は笑い出した。

一歩さがって、ジェンマはさりげなく髪をほどき、首を振ってはらりと髪を肩にかけた。

「さよならはやめましょう」長椅子のそばのテーブルにヘアピンを置く。「フランス語のオルヴォワール（さようなら）のほうが好き。じゃあ、生徒が待っているから、失礼するわ。よかったら、帰る前に飲み物をどうぞ」

ニックは啞然としたままじっと立ち尽くし、彼女がふわりと寝室に入って、かちゃりとドアを閉めるのを見送った。「なんてこった」と彼はつぶやいた。信じられない気持ちで彼は笑い出した。ふたりであんなに親密な時を過ごしてきたというのに、このあっさりした別れはいったい何なんだ。それでも怒る気にはなれなかった。ジェンマはあまりにも寛大で優しかった。感謝以外の気持ちを彼女に抱くことなどできるわけがない。

別の女を見つけるだって？　そんなことはとうてい不可能だ。そりゃ、女は世間にごまんといる。教養豊かな女、庶民的な女、ふっくらした女、すらりと痩せた女、黒髪の女、金髪の女、小柄な女――どんな女にもなにかしら魅力的なところがある。だが、俺が性の欲望をさらけ出すことができたのはジェンマだけだった。他の女だったらどんなことになるのか予想もつかない。

だれかに自分を愛させる？　ニックは苦々しく笑った。ジェンマにもわからないことはある。自分がいったい何を言っているのか、彼女にはわかっていない。俺を愛せる女性はいない。もしそんな女がいたら、世界一の馬鹿だ。

2

彼女はここにいる。彼はそう確信していた。

ストーニー・クロス・パークの裏手の庭園を散策している客たちの顔を、ニックはじっくりひとりひとり確かめる。手をポケットに入れると、シャーロット・ハワードの肖像画が入っている小さなケースが手に触れた。人々を観察し続けながら、親指でケースのエナメル塗りの表面をなでる。

二カ月にわたる捜索の末、彼はハンプシャーにやってきた。ここにあるのはヒースのじゅうたんに覆われた丘陵と、猟場となっている古い森と、危険な谷あいの湿原だ。ハンプシャー州は豊かな土地柄で、羊毛、材木、乳製品、蜂蜜、ベーコンなどが活発に商われている二〇の市場町があった。ハンプシャーの名だたる屋敷の中でも、ストーニー・クロス・パークはもっとも立派な邸宅と考えられていた。屋敷と個人所有の湖は豊かなイッチェンリバー渓谷にあった。隠れるには悪くない場所だ、と彼は苦笑いしながら思う。推理が正しければ、シャーロットはウェストクリフ伯爵の母親のコンパニオン（話し相手）として雇われているはずだ。

シャーロットを捜すあいだに、ニックは彼女について知りうる限りのことを調べた。彼女がどう考え、どう感じ、そして周囲の人間が彼女をどのように見るかを理解するために。ところがおもしろいことに、シャーロットの印象は話し手によってがらりと変わった。友人や家族が本当に同じ女性について話しているのか疑いたくなるほどだった。

両親にとってシャーロットは従順な娘だった。親を喜ばせようといつも一所懸命で、非難されることを恐れていた。娘がラドナー卿の花嫁になる運命を受け入れていると両親は思い込んでいたので、彼女の家出は彼らにとって晴天の霹靂だった。シャーロットは子どものころから、家族の幸福は自分の結婚にかかっていることを知っていた。ハワード夫妻は悪魔と契約を結び、娘の人生と引き替えにラドナーから金銭的援助を受けることにしたのだ。彼らは一〇年以上もラドナーの援助を受けてきた。しかし、いよいよ悪魔との約束を果たす日が近づいたとき、シャーロットは逃げ出した。ハワード夫妻はニックにはっきりとこう言った。娘を見つけ出して、ただちにラドナーに引きわたせるようにしてくれ、と。彼らには娘が遁走した理由がわからなかった。晴れてラドナー夫人になれば、なに不自由ない暮らしができるというのに。

シャーロットがそう考えていなかったのは明らかだ。彼女は上流階級の娘たちが入る寄宿学校メードストーンに通っていた。そこでの友人はほとんどがすでに結婚していた。彼女たちがしぶしぶ語ってくれたところによると、シャーロットは生活のあらゆる面に干渉してくるラドナーのやり方にだんだん我慢できなくなっていったのだという。どうやら学校に多額の寄付をしているラドナーの指示を、学校側は喜んで受け入れたらしい。シャーロットのカリキュラムは他の生徒たちのものとは違っていた。学ぶ学科はラドナー自身が選んだ。彼はシャーロットが他の生徒よりも一時間早くベッドにはいることを要求し、食事の量まで制限した。休暇で帰宅した彼女を観察して、どうも体重が増えているようなので、もっと痩せる必要があると考えたからだ。

ニックは反乱を起こしたシャーロットの気持ちを理解できたが、同情はしなかった。だれに対しても同情心など抱かない。遠い昔に、人生が不公平であることを受け入れていた。どんな人も、残酷な運命の曲折を一生避け続けるわけにはいかないのだ。女学生の苦い試練など、彼が目にし、経験してきた醜悪さに比べたら取るに足らない。シャーロットをラドナーのもとに連れ帰ることにやましさを感じることはないだろう。あとは残金を受け取って、不運な未来の花嫁のことは完全に頭から追い出してしまえばいい。

彼は落ち着きなくあたりに視線を走らせたが、いまのところシャーロットらしき女性の姿はみあたらなかった。この大きな邸宅には、少なくとも三ダースの家族が集っていた。彼らはすべて一カ月もの長きにおよぶハウスパーティの出席者だった。この年中行事の主催者はウェストクリフ卿。昼間は狩猟や射撃などの野外スポーツにあてられており、夜には音楽会や舞踏会が催された。

人々がのどから手が出るほど欲しがっているストーニー・クロス・パークへの招待状を手に入れることは不可能に近かった。しかしニックは義兄にあたるロス・キャノン卿の助けを借りてなんとか紛れ込むことに成功した。彼は、二、三週間田舎の新鮮な空気の中で静養する必要がある退屈しきった貴族のふりをすることにした。ロス卿の頼みで、ウェストクリフ伯爵は招待客を増やすことにしたが、その客であるニックが本当は逃亡した花嫁を探しているボウ・ストリートの捕り手だとは夢にも思っていなかった。

オークの木の枝から差し込む無数の光の筋が、女性たちの宝石をきらきらと眩しく輝かせていた。ニックは口の片端をゆがめてにやりと笑った。贅沢な衣装に身を包んだお嬢さんがたから宝石を盗むのはたやすいことだ。少し前だったら、まさにそれをやっていただろう。本当のところ泥棒を捕えるよりも、盗むほうが得意なくらいだ。だがいまはボウ・ストリートの捕り手という立場にある以上、高潔であらねばならない。

「シドニー卿」男の声で思考が中断された。ニックは声の主であるマーカス・ウェストクリフ卿に顔を向けた。伯爵には人に畏怖の念をいだかせる存在感があった。身長こそ人並みだが、筋骨たくましく、たいそう体格がよかった。その力強い隆々たる筋肉は雄牛を連想させた。きりっとした姿は堂々としており、浅黒い顔に黒く鋭い目が深く埋め込まれていた。

ウェストクリフは、細身で色白の上流階級の人々とは違っていた。優雅な夜会服を着ていなければ造船工か職人にしか見えないだろう。しかし、ウェストクリフは間違いなく貴族の血を引いており、彼の先祖が一三〇〇年代後半に勝ち取ったもっとも古い伯爵領を継いでいた。だが皮肉なことに、伯爵は熱烈な王室支持者ではないと噂されていた。継承した爵位すらも重要でないと考えているふしがあった。日々の生活を心配しながらあくせく働く人々を軽《かろ》んずることがあってはならないと信じていたからだ。

ウェストクリフは独特のしわがれ声で言った。「ストーニー・クロスへようこそ、シドニー」

ニックは軽く会釈した。「ありがとうございます、伯爵」

伯爵は、胡散臭い輩と疑っているのが明らかな目で彼をじっと見つめた。「君の保証人であるロス卿の手紙によると、倦怠に悩まされているそうだが」その口調には、退屈に飽きた金持ちの不満を聞くのはうんざりだという気持ちがはっきりとあらわれていた。

ニックにしても同じだった。内心、暇をもてあましているふりをしなければならないことにいらだちを感じていたが、それは彼の計画一部だった。「はい」と厭世的な微笑みを浮かべる。「すっかり衰弱してしまって。鬱なのです。転地療養が効くと言われました」

伯爵ののどから無愛想なうなり声が漏れた。「退屈の効果的な治療法を教えよう。何か役に立つ活動に専念することだ」

「あなたは私に働けとおっしゃるのですか？」ニックはいかにも不満そうな表情をつくった。「おそらく、ほかの人には効果があるでしょう。しかし、僕の憂鬱症には、ほどよい休息と娯楽こそが薬なのです」

ウェストクリフは黒い目に軽蔑の色をちらつかせる。「どちらも十分に君に提供できるよう心を尽くすことにしよう」

「楽しみにしております」ニックはアクセントに気をつけながら小声で言った。彼は子爵の息子として生まれたが、長い年月ロンドンの下層社会で暮らしていたせいで、なまりが出たり、子音の発音がおかしくなることがあった。「ウェストクリフ卿、いま一番欲しているのは酒と、愉快な妖婦とお近づきになることですよ」

「たしか、とても珍しいフランスの辛口ブランデーがあったはずだ」と伯爵はつぶやいた。早くニックのそばから逃げ出したくてたまらないようだ。

「それはぜひ味わってみたいものです」

「よろしい。召使に命じてグラスを取って来させよう」ウェストクリフはくるりと向きを変えて、大またで歩き始めた

「妖婦のほうは？」ニックはしつこく食いさがった。それを聞いた伯爵の背中が強ばるのを見て、必死に笑いをこらえる。

「シドニー、そちらは君におまかせする」

伯爵がテラスから離れていくと、ニックはにやりと笑った。これまでのところ、非常に裕福な若い放蕩貴族の役をうまくこなしている。彼はわざと伯爵を爆発寸前まで怒らせた。本音を言えば、ウェストクリフに好感をもっていた。鋼のような意志を持ち、シニカルなところが自分とよく似ていたからだ。

考え込みながらニックはテラスをあとにして、ぶらぶらと庭のほうへ歩いていった。この庭は広々とした空間と囲われた場所が絶妙に配された設計になっていたので、密やかな語らいに適した隠れ場所がたくさんあった。ヒースとヤチヤナギの濃い香りが空気を満たしてい

た。鳥小屋に近づくと、華やかな鳥たちがにぎやかにさえずりはじめた。たいていの人には、愉快な騒ぎにしか聞こえない。だがニックには、鳥たちの絶え間のないさえずりは絶望の叫びに聞こえた。鳥小屋の戸を開けて、哀れな者たちを解放してやりたいと思った。だが、そんなことをしても彼らのためにはならない。ほとんどが翼を切られているのだから。河畔のテラスに立ち寄って、きらめきながら流れていくイッチェン川の黒い水をながめた。風に揺れるヤナギの細い枝と、ブナとオークの茂みが月の光に照らし出されている。

遅い時間になっていた。おそらくシャーロットは家の中だろう。あたりを散策しているうちに屋敷の横手に出た。蜂蜜色をした石造りの建物の四隅には六階建ての塔があり、その正面は広大な中庭になっている。中庭を取り囲むように厩舎、洗濯場、使用人が住んでいる平屋建ての家があった。厩舎の正面は、中庭の向かい側にある礼拝堂とそっくりにデザインされていた。

ニックは、厩舎の壮大さに魅了された。これまで見てきたどのようなものとも違っていた。一階のアーチ形の入口から中に入る。屋根がついた通路の壁にはぴかぴかの馬具がかけてあった。馬と干し草と革と磨き粉が混ざった心地よいにおいが充満していた。通路の奥には大理石でできた馬の水飲み場があり、その両側にそれぞれの馬房に通じる入口があった。ニックは敷石の上をほとんど足音を立てずに歩いた。ボウ・ストリートの捕り手特有の歩き方だ。音を立てずに歩いているにもかかわらず、彼が近づくと馬たちは体を揺すり、警戒して鼻を鳴らした。アーチ形の入口から中をのぞくと、馬房には少なくとも六〇頭ほどの馬がいるようだった。

厩舎には馬のほかには人の気配はなかった。西側の出入口から外に出ると、いきなり正面に高さが二メートル近くもある古い鉄鉱石の壁があらわれた。不注意な訪問者が、急な絶壁から下を流れる川に転落するのを防ぐためのものだろう。ニックは足を止めた。驚いたことに壁の上に小柄なほっそりした女性がじっと立っている。まったく動かないので、最初見たときは彫像かと思ったくらいだった。だが、微風が彼女のスカートの裾をそよがせ、頭の上のほうでゆるくひとつに縛っている明るい金髪をなびかせていた。

心惹かれて、彼女に近づく。視線が吸い寄せられる。

こんなでこぼこの壁の上でバランスをとりながら立つなどという無謀な真似をするのは、向う見ずな愚か者しかいない。足を踏み外したら絶対に命はない。彼女は死への転落の危険がすぐそこにあるのに気づいていないらしい。傾けた頭の格好から、彼女がまっすぐ前を、闇に彩られた地平線を凝視していることがうかがわれた。いったい彼女は何をしているんだ？　二年前、ニックはひとりの男が同じような奇妙な静けさで立っているのを見たことがあった。その直後、男はテームズ川にかかる橋から死に向かってジャンプした。

ニックは彼女の頭の先からつま先までつぶさに観察した。長いスカートの裾がかかとの下にはさまっている。それに気づくと彼はとっさに行動に出た。静かに二、三歩前に出ると、楽々と音もたてずに壁の上にあがった。

彼女は、触れられる直前まで、彼が近づいてくるのに気づかなかった。彼女が振り向き、バランスを崩した瞬間、彼女の黒い瞳がきらりと輝いた。転落する前に彼女をつかみ、胸に引き寄せた。彼の前腕は彼女の胸の真下を固く締めつけている。彼女の体を自分の体に引き寄せるというシンプルな行為は、パズルのピースがぴたりとはまるように不思議なほどうまくいった。彼女は低い叫び声をあげると、とっさに彼の腕をつかもうとした。細い金髪の緩い束が、ニックの顔をなで、女性の肌のかすかに塩辛い新鮮な香りが彼の鼻孔にのぼってきた。そのにおいに彼の性欲はそそられた。ニックは、自分が瞬時に反応したことに驚いた。女性に対するそんな本能的な反応を経験したことがなかったからだ。中世の森をさまよっていた狼のように、彼女を腕に抱えたまま壁から跳び降り、こっそりと獲物をむさぼり食える場所へ連れていきたかった。

彼の腕の中で彼女は身を硬くし、はあはあと苦しげに息をしていた。「放して」と彼の腕を引きはがそうとする。「いったいなぜこんなことをなさるんです?」

「君が落ちそうだったから」

「落ちるですって?　ぜんぜん平気だったわ。あなたがいきなり駆けあがってきて、私をひっくり返そうとするまでは――」

「かかとにスカートの裾がひっかかっていたんだ」

彼女は慎重な動きで足を上げ、彼の言ったことが正しいのを認めると、「まあ、そうでしたの」とそっけなく言った。

考えうるあらゆる状況から人々を救ってきた彼は、おざなりであっても感謝の言葉くらいは聞けるものと思っていた。「助けてもらってありがとうございました、と言うつもりはないのか？」

「私は優れた反射神経を持っておりますから、自分のことは自分で救えましたわ」

ニックはその意外な返事に笑い出した。彼女の頑固さにむっとしたが、同時に興味もそそられた。「僕がいなかったら、きみの細い首は折れていたぞ」

「はっきり申し上げておきますが、あなたは私を救ったとお思いになっているようですが、それはまったく不必要でしたのよ。ですが、あなたは容易に引き下がらないようですから、申しますわ。どうもありがとうございました。さ、手を放していただけますかしら」彼女の口ぶりからは、感謝の気持ちは微塵も感じられなかった。

手のひらに彼女の心臓が激しく打ちつけてくるのを感じる。それでもなお、恐れを知らない態度をとり続ける彼女に感心して、彼はにっこりと笑った。注意深く腕をゆるめ、ゆっくりと彼女を自分のほうに向かせた。彼女は少しよろめき、一瞬不安にかられて彼の袖にしがみついた。「大丈夫、ちゃんとつかまえているよ」と彼は落ち着いた声で言った

ふたりは向き合って立った。視線が合うと、どちらも凍りついたように動かなくなった。ニックは自分が石壁の上に立っていることを忘れた。まるで中空に浮いているような気がした。青い月の光を浴びるとすべてが非現実的に思われる。稲妻のように、一瞬で彼は気づいた。信じ難いことだが、いま彼が見つめているのは、自分の顔よりももっと見慣れたあの顔だった。

シャーロット。
「やっと、君をつかまえた」彼はかすかに微笑みながら言った。

3

「座って」と見知らぬ男はロッティーに言うと、大きな手を彼女の両肩において腰を下ろさせた。彼女は用心深く従い、脚をぶら下げたかっこうで石壁に座った。一八〇センチの高さから、彼は軽い身のこなしでひらりと地上に降り立ち、彼女に両腕を差し出した。彼女はためらった。冷たいこぶしで心臓を握りしめられているような感覚を覚える。彼の腕の中に飛び降りてはだめ、と本能が警告している。この人は、自分をかっさらっていこうと待ち受けている肉食獣のように見える。

「さあ、降りて」と彼はささやいた。月の光を受けて彼の目が青くきらめいた。しかたなく、ロッティーは前屈みになって腕を伸ばした。彼女が手を彼の肩におくと、彼は彼女のウエストをかかえた。彼女の体は石の表面からふわりと離れ、彼は楽々と彼女を下におろした。強靭な肉体の持ち主であることがわかる。手でウエストを支えたまま、彼女がしっかり立てることを確かめてから、そっとその手を離した。

地面の上で彼の横に立つと、その体の大きさに改めて驚かされる。見知らぬ男の背は人並みはずれて高く、肩幅は広く、手も足も大きかった。上等の服――長い折り襟がついた最新流行の上着に、ゆるめに仕立てられたズボン——を着ているが、黒髪は短く刈り込まれていて流行のスタイルにはほど遠いし、髭もきれいにそり落とされている。ストーニー・クロス・パークの優雅な客たちとは一線を画している。流行に敏感な紳士は髪を襟にかかるくらい長くして、もみ上げと口髭を伸ばしているものだ。この人はいかつい顎のラインを柔らげるための顎髭すら生やしていなかった。

彼は顎をしゃくって壁を示した。「どうしてあそこに立っていたんだ?」

彼の美しい顔に見とれていたために、ロッティーはしばらく返事ができなかった。自然は惜しみなくこの人にお与えになったんだわ。大胆で高貴な姿と、闇夜のように青く強い目。その目に浮かぶ皮肉の色は、大きな口の端に潜むかすかなユーモアと魅惑的なコントラストをなしていた。年のころは三〇くらい。青臭さの最後の痕跡を失い、完全に成熟した男性へと移行していく年齢だ。若い娘も年増の女性も、即座に彼に心奪われることは間違いない。

知恵をしぼって彼女はどうにか答えた。「景色をながめていましたの」

「景色なら、安全な窓辺からでも見ることができたはずだ」

彼女は唇をかすかにゆるめて微笑した。「危険が伴うと、景色はもっともっと素晴らしく見えるものですわ」

彼はいきなりにっと笑った。彼女が言った意味を正確に理解したかのように。そのいたずらっぽい笑顔はとびきり魅力的で、彼女の心臓は止まりそうになった。ロッティーは彼から目を離すことができなかった。とても重要だが言葉にできない何かがあるような気がしてならなかった。かつてふたりは出会ったことがあったのに、そのときのことをすっかり忘れてしまっていたかのように。

「あなたはどなたですか。ここではまだお会いしたことがありませんわね」

「君の守護神とでも言っておこうか」

「天使のようには見えませんけど」と彼女が信用できないといった顔で答えると、彼は笑った。

彼はお辞儀をして、自己紹介した。「シドニー卿と申します、以後お見知りおきを」

ロッティーは膝を曲げてお辞儀をした。「ミス・ミラーと申します。私は伯爵未亡人のコンパニオンとして雇われております」彼女は好奇心もあらわに彼を見つめた。「ウェストクリフ卿は決まったお客様しかハウスパーティにお招きしません。どうやって招待状を手に入れましたの？」

「共通の友人の推薦で、伯爵はご親切にも僕を歓待してくださっているんだ」

「狩りをしに？　それがここに来た理由ですか？」

「そう」彼の声の調子には困惑を誘う皮肉な響きが混じっていた。「狩りをしに」

野外パーティが催されている方角から、突然音楽が聞こえてきた。ふたりは裏庭のほうを見やった。「僕は馬を見に来たんだ。君のひとりの時間を邪魔してしまい、申しわけなかった」

「パーティに戻るおつもり？」

彼は濃い色の眉を上げて、からかうように言った。「僕が戻ったら、君も石壁の上に戻るつもりか？」

なんてことかしら。ひとりの男性がこれほどたくさんの魅力をあわせ持っているなんて不公平だわ！　笑いを抑えることができず、彼女は唇をゆがめた。「いいえ、今夜はもうやめておきます」

「では、屋敷までお送りしよう」

ロッティーは彼が隣に並んでいっしょに歩き始めても、抗議しなかった。

ストーニー・クロス・パークで彼のような男を見かけるのはめずらしいことではなかった。スポーツ好きの筋骨たくましい男性に出くわさない日はないといってよかった。この二年間、ロッティーはたくさんの男たちに声をかけられたが、この人は何かが違う。ここをしばしば訪れる貴族たちの場合、気楽さやどこか退廃的な感じが漂っているものだが、彼にはそういうところがなかった。貴族的な外見の下に冷酷さを秘めているような気がした。彼のそばにいると、なんとなく心がざわつく。それなのに、彼をもっと近くに引き寄せて、もう一度彼を笑わせたいという奇妙な切迫感にもかられるのだった。

「君は高いところがまったく恐くないようだね、ミス・ミラー」

「私は何も恐れません」彼女はきっぱりと言った。

「どんな人にも恐いものはあるものだ」

「そうかしら？」彼女は挑戦的な視線を彼に送った。「あなたのような方に、恐れるものなどありまして？」

驚いたことに、彼は真面目に答えた。「僕は閉ざされた場所が苦手なんだ」

彼の低い声が、彼女の心臓をどきんどきんと激しく打たせた。なんという声。深い眠りからちょうど覚めたばかりのような、深くハスキーな声。その声を聞くと、背骨の一番上から温められた蜂蜜を流し込まれたように背中がぞくぞくした。「私も嫌いですわ」と彼女も認めた。

ふたりは南の塔の入口で立ち止まった。そこは彼女を含め多数の上級使用人たちの住居になっていた。こうこうと明かりを点した窓からの光が砂利道を照らしていた。ロッティーは彼の毛が黒ではなく、茶色であることに気づいた。濃い深みのある茶色で、短く刈り込まれた艶のある髪にはさまざまな色合いの茶色の筋がまざっていた。彼の髪に触れ、自分の指のあいだを滑らせてみたくなった。突然の衝動に彼女は動揺した。

後ろにさがって、彼女は名残惜しそうに微笑んだ。「ここで失礼いたします、シドニー様。送っていただいて心から感謝いたします」

「待って」と彼は急いで言った。「ミス・ミラー、また会えるかな」

「いいえ。伯爵夫人のお相手で忙しく、時間はとれないと思います」

そんな言葉で簡単にひきさがる人ではない。彼女はそれを彼の目から見て取った。「ミス・ミラー――」

「さようなら」彼女はもう一度優しく言った。「ご滞在が楽しいものになりますように」彼女は素早く立ち去った。彼の視線をぴりぴりと肌に感じながら。

ロッティーは自分の部屋に入るとすぐにドアに鍵をかけ、ため息をついた。ストーニー・クロス・パークに来て以来、男の客に声をかけられ、交際を申し込まれることはよくあった。だが今夜までは、相手がどんなにハンサムで教養豊かでも、心を動かされたことはなかった。ラドナー卿のことがあってから、彼女はどんな男性ともつきあいたいと思わなくなっていた。

ラドナーがあんなに支配的で計算高くなく、思いやりにあふれた優しい人物だったら、ロッティーは彼との結婚を受け入れることができただろう。しかし、ラドナーの意図は初めから明らかだった。彼は彼女の存在のあらゆる側面を支配したがっていた。彼は人間としてのロッティーらしさをすべて消し去り、自分の手でつくりあげた女に変えるつもりだった。彼と結婚するくらいなら死んだほうがましだった。

両親はラドナーからの金銭的援助をどうしても必要としていたので、そんな明白な事実を認めることを拒否していた。そして、彼女は自分がいなくなったら両親にどんな迷惑がかかるか十分承知していたので、家を出るときにはとても心が痛んだ。両親のためには自分を犠牲にしてラドナーに嫁ぐべきだったと知っているだけに、しばしば罪の意識に悩まされた。けれども自分を守りたいという本能はあまりにも強かった。結局、彼女は飛び出さずにはいられなかった。そして神のお導きでこのハンプシャーにやってきたのだった。

わかっていたことだが、ロッティーは自由を得たことに対する代価を払わなければならなかった。ラドナーのもとに連れ戻される悪夢にうなされ、汗びっしょりの冷たい体で目覚めることがよくあった。彼が人を雇って自分を捜させていることを一瞬たりとも忘れることができなかった。安全という感覚はすべて幻想にすぎない。ストーニー・クロス・パークでの生活は楽しかったが、鳥小屋の小鳥と同じくここに閉じ込められている。翼は切られ、地面を歩く動物でも、空を飛ぶ鳥でもなくなっているのだった。いつの日か発見されることを恐れて、どこへも行けず、何もすることができない。そのために彼女は暗い運命を背負って、世間に反抗的になり、だれも信用しなくなっていた。忘れ難い青い目をしたハンサムな若者でさえ。

ニックは野外パーティには戻らず、自室に帰った。トランクや旅行鞄に詰めてきた荷物はすでに召使たちによって片づけられていた。衣服はマホガニー製の紳士用箪笥にきちんとしまわれ、掛けておいたほうがよいものは、クローブの香りのする大型衣装箪笥に吊りさげられていた。

ニックはもどかしげに、上着とベストを脱ぎ捨て、グレーの絹のクラヴァットをはずした。乱暴にシャツを脱ぐと、片手でそれをわしづかみにして、顔や首や胸で光っている汗をぬぐいとった。くしゃくしゃに丸めたシャツを床に落とし、ベッドに腰をかける。ベッドはドアの向かい側のアルコーブに据えられていた。靴と靴下を脱ぎ、黒いズボンだけで仰向けに横たわった。視線はアルコーブの木張りの天井に向けられている。

彼はやっと、ラドナーが執着する意味を理解した。

シャーロット・ハワードは、これまで会った中でもっとも魅力的な女性だった。彼女からはたぐいまれな意志の力が感じられた。じっと立っているときでさえ、それが伝わってくるような印象を受ける。体も顔も、そして彼女のあらゆる部分が、繊細さと強靭さの完璧な配合で形づくられていた。彼女の生気あふれる暖かさの中に沈みこみたかった。彼女を抱いてゆるやかな歓喜の世界に導きたかった。そして自分の顔を、絹のような胸のカーブに埋めたかった。ふたりでベッドに横たわり、彼の愛撫に肌を赤く染めて、ゆったりと笑っている彼女を想像した。

ラドナーが彼女を欲しがるのも無理はない。だが、伯爵が彼女を所有しようとすれば、彼女の魅力のすべてはたちどころに失われてしまうだろう。

ウェストクリフが事情を知る前に、シャーロットをロンドンに連れ去ってしまえば、ことは比較的容易に済むだろう。明日の朝がいい。虚を衝いて、それを利用するのだ。なんだかとてもいやな気分になって、頭の後ろで両手を組んだ。「私は何も恐れません」とシャーロットは言った。彼はその言葉を信じてはいなかったが、そう言い切った彼女を賞賛した。もちろん、シャーロットは恐れている。連れ戻されたらラドナーが何をするか、彼女にはわかっていた。そんなこと、俺の知ったことではない。俺の責任は、支払われた報酬に対する仕事をすることだけだ。

だが……。

急ぐ必要はなかった。二、三日ストーニー・クロス・パークに留まってはどうだろう。あと二週間は、ボウ・ストリートに報告しなくてもよかったし、ハンプシャーの森はじめじめと悪臭を放つごみためのようなロンドンよりはるかに望ましかった。あと一日か二日、余分にここ滞在したら、シャーロットのことをもっと知ることができるだろう。本当の彼女がいまの印象どおりであるのか確かめたかった。

転がって横向きになり、そういう案はどうだろうと考えた。これまで自分自身が決めた規則を破ったことはなかった。そうした規則のひとつは獲物に個人的な親しみを感じてはならないということだった。とはいえ、彼は規則を重んじる人間ではなかった。たとえそれが自分の決めた規則であっても。

シャーロットのことを考えると、体が火照り、いらついて、どうしようもないほど興奮してくる。ジェンマとの関係は六カ月前に終わっており、彼はそれ以来ずっと女を抱かずに過ごしていた。欲望を感じなかったわけではない。それどころか、満たされない情熱に身を焦がされていた。その気があるそぶりを見せる女はたくさんいたが、彼はふつうのありきたりの女には興味がなかった。激しいセックスの喜びを与えてくれる女でなければいやだった。そのような女は、ベッドの経験がとびぬけて豊富か、まったく未経験であるかのどちらかだ。

ベッドの横から手を伸ばし、脱ぎ捨てた服の山を探ってミニチュアの肖像画を見つけた。慣れた手つきで、エナメルのケースの留め金を押してぱちんと開いた。あおむけになって、シャーロットの繊細な小さな顔を見つめる。

君なのか？　指先で彼女の頬のラインをなぞりながら考える。欲望がペニスを満たした。

その小さな肖像画を見つめたまま睫毛を軽くさげ、痛いほど硬くなっている高まりへと手を滑らせた。

毎日の習慣で、ロッティーはストーニー・クロスの美しい景色の中へと早朝の散歩に出た。ヒースや森に覆われた急な丘陵地帯を越え、生気に満ちた沼や池や林間の空地を抜けていく。伯爵邸の客たちの多くは、そしてウェストクリフ夫人も遅い時間まで寝ていて、朝食をとるのは一〇時頃だった。けれどもロッティーはそのような生活にはどうしても馴染めなかった。自分の体の中から余分な心のエネルギーを発散させるためには、運動が必要だった。寒すぎて散歩に出られない日には、彼女はそわそわして落ち着かずウェストクリフ夫人を怒らせてしまうこともあった。

ロッティーは、だいたい一時間くらいで歩ける三つか四つの散歩コースをみつけていた。その朝彼女は、ヒル・ロードに沿って中世のオークとハシバミの森を抜け、願いの泉と呼ばれている泉の源泉を通る道を選んだ。五月初旬らしい冷たく湿った朝だった。ロッティーは土の香りがする空気を深く吸い込んだ。ゆるめの足首丈のスカートをはいて、ふくらはぎの真ん中までの高さの頑丈なブーツを履き、元気よくウェストクリフ邸を出発した。森に続く砂利道を歩いて行くと、ハシリヒキガエル（訳注　背中に黄色の筋があるヨーロッパ産のヒキガエル）が、足元に飛び出してきた。頭上で木々がさらさらと鳴り、ゴジュウカラやノドジロムシクイのさえずりを風が運んでくる。大きいぶかっこうなノスリが、朝食を求めてすぐ近くの沼地へと羽ばたいていった。

突然、前方に黒い影を認めた。森の中を歩く人の影だった。霧のせいでその輪郭の一部はぼやけていた。密猟者だわ、きっと。ロッティーはかなりの距離をおいて立ち止まったが、男の耳は並外れて敏感だった。彼女のブーツの下で小枝がぱきんと折れると、男は顔をこちらに向けた。

男が近づいてきたので、ロッティーは身を硬くした。猫を思わせる流れるような優雅な動きでそれがだれであるかはすぐにわかった。ふだん着のシャツに黒のベストとくたびれた半ズボン、そしてブーツといったいでたちだ。シドニー卿……。みすぼらしいなりをしているのに、ふるいつきたくなるほどハンサムに見える。ウェストクリフ伯爵邸の客はみんなまだ寝床にいると思っていたので、彼女は彼を見て驚いた。もっと驚いたのは、彼に対する自分の反応だった。興奮と喜びが全身に満ちてくる。

「おはよう」シドニー卿は口元にかすかな笑みを浮かべている。黒髪は乱れ、クラヴァットもぞんざいに結ばれている。

「こんな時間にお会いするとは思いませんでした」と彼女は明るく言った。

「日の出前に起きる習慣なんだ」

ロッティーは彼が行こうとしていた道すじのほうに頭を軽く振った。「あちらに行かれるおつもりだったのですか？　あまりお勧めできませんわ」

「どうして？」

「あの道は、ぬかるんだ池や非常に深い沼地に通じるのです。運が悪ければ、泥の中に沈んでしまいます。といっても、そうなる前にハシリグモやヘビにやられてしまうでしょうね」

彼女はいかにも残念そうに首を振った。「とても立派なお客様を何人かなくしましたのよ」

彼はゆったりと微笑んだ。「君は僕に別の道を教えてくれないのかい」

「反対の方角にお行きになれば、一段下がった路《サンクン・ロード》に通じる馬道に出ます。その路を行けば、門番小屋の庭園、そして垣根に囲まれた広場を抜けて、丘の頂上に出る道が見えてきます。丘の上からは、湖や村や森林など、広々とした景色が見わたせます。その素晴らしさといったら、息が止まるほどですわ」

「君はそっちに行くつもりだったのか？」

彼女は首を横に振り、生意気にもこう返事した。「いいえ、反対の方角へ」

「しかし、だれが僕を沼地から救ってくれるのだろう」

彼女は笑った。「あなたは私と同じ道に来てはいけません。慎みにかけますし、賢明とは言えません」

だれかにふたりがいっしょにいるところを見られたら、悪い評判が立つだろう。そんなことになったらウェストクリフ夫人が非常に不快に思うことは間違いない。夫人はロッティーに決して「親しい殿方」をつくってはなりません、と注意していた。

「君はひとりになりたいんだな？」とシドニー卿は尋ねた。いままで見たこともない表情がさっと彼の顔をかすめた。その変化はだれも気づかぬほど素早くてかすかだった。「悪かった。またしても君のひとりの時間を邪魔してしまったようだ」

あの一瞬、彼の目に見たものはなんだったのだろう、とロッティーは考えた。あまりにも深く、はかり知れない孤独感――彼女は大きな衝撃を受けた。どうして？　彼には何でもそろっている。自由、富、容姿、社会的地位。自らの境遇に有頂天になっていいはずなのに。でも彼は幸せではない。彼女は心の底から彼を慰めたくなった。「ひとりでいるのにもちょっと厭きた気がします。だれかとご一緒するのも気分が変わっていいかもしれません」

「君が本当にそう思うなら――」

「もちろんですわ。さ、こちらへ」彼女は彼のたくましい体に、わざと挑戦するような眼差しを送った。「私についていらっしゃれるか、ちょっと心配ですけれど」

「がんばるよ」彼はユーモアたっぷりに言うと、すでに歩き始めていた彼女と肩を並べて歩き出した。

道を横ぎるように倒れている巨大なオークの幹が行く手をふさいでいた。上から差し込んでくる眩しい太陽の光の帯をすり抜けながら飛んでいく虫たちののんびりした羽音が聞こえる。「見て」ロッティーは目の前まで飛んできて、すいっと急降下したトンボを指差した。「この森には、一〇種類以上のトンボがいますの。蛾はもっとすごくて、少なくとも一〇〇種類はいるんです。夕暮れにいらしたら、紫色のカラスシジミが見られます。あの木のてっぺんに……」

「ミス・ミラー」と彼は彼女の言葉をさえぎった。「僕はロンドンっ子だ。昆虫にはてんで興味がない。あるとすれば、どうやったらうまく駆除できるかということくらいだ」

彼が話にのってこないのでがっかりしたというふうに、ロッティーは芝居がかったため息をついた。「わかりましたわ。では、ここにすんでいるいろいろな種類の水生甲虫についてご説明するのはやめておきます」

「ありがとう」彼は誠意をこめて言った。「さあ、そのオークの木を越えるのに手を貸そう」

「けっこうです」

ロッティーは倒れた木にぽんと飛び乗ると、しとやかさなどどこへやら、すぐれた運動能力を見せつけるように節くれだった幹の上を歩きだした。せっかくの努力に反応がかえってこないので、彼女は肩ごしに彼を見た。するとシドニーはすぐ後ろを猫のように軽い確かな足取りで歩いているではないか。幹の端まで歩きながら彼女ははじけるように笑い出した。

「あなたのような体格の紳士にしては敏捷でいらっしゃるのね」

シドニーはその言葉を無視した。自分の敏捷性などどうでもいいことだとでもいわんばかりに口の端をひねる。「どうして伯爵夫人のコンパニオンになったんだい」ロッティーが落ち葉をかさこそと鳴らして地面に飛び降りると彼は尋ねた。彼も彼女が降りた場所に降りた。彼の体重は彼女の二倍はあるはずなのに、奇妙なことに彼女が降りたときのような音はしなかった。

ロッティーは慎重に言葉を選んだ。過去について話すのはいやだった。それは危険だというだけでなく、そういう話題は彼女を憂鬱にした。「家が貧しかったのです。ほかに道はありませんでした」

「結婚という手もある」

「自分から結婚したいと思う方にめぐりあったことがありません」

「ウェストクリフ卿でも？」

「ウェストクリフ様ですって」彼女は驚いて繰り返した。「どうして私がウェストクリフ様と？」

「彼は金持ちで、爵位をもっていて、しかも君は彼の屋敷に二年間も住んでいる」シドニーはあざ笑うように言った。「こんなにいい話はない」

ロッティーは考え込むように眉をひそめた。伯爵が魅力的でないというわけではなかった。いや、実際はまったく逆だった。ウェストクリフは人をひきつける人物で、責任を自分の肩にしっかりと負い、それについて不平を言うのを男らしくないと考えていた。厳しい道徳心をもつ一方、少々辛辣なウィットに富み、表に出さないよう気をつけてはいたが心の底には温かい同情心を隠していた。そしてロッティーがさりげなく観察したところでは、彼は礼儀正しい態度を巧みに武器として使っていた。彼は女性たちの心をひきつけたが、ロッティーは心を動かされたことはなかった。自分には、閉ざした彼の心の鍵を開けることはできないとなんとなく感じていた。それに自分の頑なまでの孤独の理由を彼に打ち明けたいと思ったこともなかった。

「ウェストクリフ様のようなお立場の方が、伯爵夫人のコンパニオンにそのような興味をお持ちになることは決してございませんわ。それに、もしも私たちが同じような身分であったとしても、伯爵様が私のことをそのようにお考えになることはないと私は断言できますし、また、私のほうも伯爵様に対してそのような思いを抱くことはございません。私たちの関係には――といっても関係といえるほどのものではありませんけれど――お互いに惹かれあう気持ち……」と彼女は適切な表現を探す。「そう、魔力のようなものが欠けていますの」

その言葉は優しく空気の中に漂った。その余韻を破ったのはシドニーの静かな声だった。「だがその魔力だって、彼が与えてくれる身の安全と比べたら色あせて見えるだろう」

安全。彼女がもっとも必要としているもの、でも決して手に入れることのできないもの。ロッティーは立ち止まって、彼の暗い顔をじっと見つめた。「どうして私が安全を求めていると思われるのです？」

「君はひとりぼっちだ。女性は保護してくれる人を必要とする」

「あら、保護など必要ありませんわ。私はストーニー・クロス・パークでとても快適に暮らしております。ウェストクリフ夫人はとてもよくしてくださいますし、何不自由ない暮らしですわ」

「ウェストクリフ夫人がいつまでもお元気でいるわけではない」とシドニーは指摘した。ぶっきらぼうな言い方だったが、不思議なことに思いやりが感じられた。「夫人がお亡くなりになったあとはどうするつもりだい？」

ロッティーは不意打ちを食らった。そんなことを尋ねた人はいままでひとりもいなかった。

うろたえてすぐには返事ができない。「わかりませんわ」と正直に答える。「白状しますと、将来について考えたことはありませんでした」

シドニーの視線は彼女の顔から動かない。その目の色は不自然に思えるほど青かった。

「僕もだ」

ロッティーは彼をどう考えたらよいのかわからなくなった。初対面のときには簡単だった。見事な仕立ての服を身につけ、贅沢に慣れきった、美貌の貴族。けれども、もう少し踏み込んで接してみると、それとは正反対のものが見え隠れする。目の下に深く刻まれた影は、数知れない眠れぬ夜を過ごしてきたことを示していた。口の両端の厳しい溝は、その若さには珍しい冷笑的な表情をつくる。そして、ふっと油断した瞬間に、痛みを知る人間であることが目の色にあらわれる。

と、思ったときには、彼の表情はすばやく変化していた。再び、からかうようなものうい放蕩貴族の顔に戻っている。「将来を考えるなんて、退屈なことだ。さあ、行こうか、ミス・ミラー」

気分の変化の早さにとまどいながら、ロッティーは森からサンクン・ロードへ彼を導いた。朝の太陽は空高くのぼり、空からラベンダー色を追い出して、牧草地を温める。野原にはヒースとエメラルド色のミズゴケが一面に生えていて、小さなモーセンゴケの赤い花がばらまかれたビーズのように彩りを添えていた。「ロンドンではこのような景色はご覧になれませんでしょう？」

「たしかに」とシドニーは答えたが、あたりの静かな田園の美にはたいして心を動かされていないようだった。

「都会の生活がお好きなのですね」とロッティーは微笑んだ。「立ち並ぶ家々、玉石が敷かれた街路、工場、石炭の煙、そして町の喧騒が。こちらよりもそちらがいいと思う方がいるなんて信じられませんわ」

太陽の光が、彼の髪の金褐色の筋をきらめかせた。「虫やら沼地は君にあげるよ、ミス・ミラー。僕は断然ロンドンがいい」

「ロンドンにはないものをお見せします」ロッティーは顔を輝かせて、道の脇に入った場所へ連れて行った。そこは深く濁った泉で、その縁からは水があふれ出していた。

「いったい、何なんだい？」とぬかるんだ泉をのぞきこんでシドニー卿が尋ねた。

「願いの泉です。村の人々はみんなここを訪れるのです」

ロッティーはあわただしくスカートのポケットを捜した。「まあ、いやだ。ピンがないわ」

「どうしてピンが必要なんだ？」

「泉に落とすのです」彼女はとがめるように笑った。「願い事をするときにはピンが要るって、どなたでもご存知かと思っていましたわ」

「君の願い事は？」と彼はかすれた声で尋ねた。

「あら、願い事をするのは私じゃありません。私はもうここで何度もお願いをしました。あなたの願い事をどうぞ」ピンを探すのをあきらめてロッティーは彼を見上げた。

シドニーの顔に奇妙な表情があらわれた。やにわに腹を蹴られて、あまりの痛みに驚き、呆然としてしまったかのように。彼はまばたきもせずにじっと動かず、彼女の言葉の意味がわからないとでもいうように彼女を見つめた。重苦しい沈黙に耐えかね、ロッティーは彼が口を開いて沈黙を破ってくれることをひたすら願った。シドニーは無理やり彼女から視線をはがし、ヒースの野原を険しい目で凝視した。正体のわからない何かを心の奥に包み込んでしまおうとしているかのようだった。

「願いをかけてください」とロッティーはとっさに言った。「今度来るときに、あなたのためにピンを投げ入れておきます」

シドニーは首を横に振った。声が妙にしわがれている。「何を望んだらよいかわからない」

彼らは黙ったまま歩き、ぬかるんだ場所を抜けて、サンクン・ロードを通って小川にかかる橋に出た。向こう岸では、湿った草地が手招きしており、腰の高さまであるシモツケソウの茂みが黄色く燃えていた。「こちらです」ロッティーはスカートの裾を膝まで持ち上げると、草とヒースの野原を横切り、垣根と塀があるところまで彼を連れて行った。「この垣根の向こうには小道があって、そこを通っていけば森を抜けてストーニー・クロス・パークに戻れます」彼女はひとりしか通れそうもないほど狭い、高いアーチ形の門を指さした。シドニーをちらりと見ると、彼がいつもの落ち着きを取り戻しているようなのでほっとする。

「帰り道はこのくちづけの門《キッシング・ゲート》を通るしかありません」

「門の名前の由来は？」

「存じません」ロッティーは考え込むように門を見つめた。「でもきっと、ふたりの人間が同時にこの門を通り抜けようとするなら、キスするくらい近づかないと無理だからではないかしら」

「おもしろい考えだ」シドニーは狭い門の中で立ち止まり、片方の柱に寄りかかって意味ありげに微笑んだ。彼の体に触れずに彼女が通ることはできないことを承知の上で。

ロッティーは眉を上げげた。「ひょっとして、あなたは私がそれを試してみることを期待していらっしゃるの？」

シドニーはうちとけたようすで片方の肩をすくめ、人の心をとろかす、さすらい人のような魅力的な眼差しでロッティーをじっと見つめた。「そうしたいと言うなら、止めはしないよ」

まさか彼女がその挑戦を受けると彼は思っていない。目をくるりと回して、彼をたしなめれば、どいてくれるだろうとロッティーにはわかっていた。しかし、自分がどう答えるべきかを考えたとき、ふいに痛いほどの孤独に襲われた。この二年、だれにも触れられたことがなかった。メードストーン校の友人たちがふざけてきゅっと彼女を抱きしめてくれることはもうなかった。母が優しく抱きしめてくれることも、幼い弟妹たちからの甘い子供らしいキスを受けることもなかった。この人の何が、そんな寂しさを私に思い出させたのだろう。彼は私に秘密を打ち明けろと言った。でも、そんなことはもちろんできない。言語道断だ。自分の人生が危険にさらされているというのに、人を信用することなどできない。

シドニーの微笑みが消えていることに彼女は気づいた。彼女の体は無意識に動いて、腕の長さの距離にまで彼に近づいた。彼の唇に視線を走らせる。野性的で、男っぽくて、厚い唇。心臓が激しく鼓動を打つ。これまで経験したこともないような衝動が起こる。恐怖よりも強く、渇きよりも激しい衝動が。

「動かないで」と言っている自分の声が聞こえる。慎重に手を彼の胸の真ん中に置く。ロッティーが触れた瞬間、シドニーは深く息を吸い込んだ。彼の胸が彼女の手の下で動いた。

指に彼の心臓の荒々しい鼓動を感じて彼女はなんだかとても優しい気持ちになった。ぴくりとでも動けば彼女が逃げ出すかもしれないと恐れているかのように、彼は微動だにしない。そっと指先で彼の下唇をなでると、熱い息が指にかかった。門に止まっていた蝶が、色鮮やかな羽を見せびらかしながら飛び去った。

「お名前は何とおっしゃるの？」ロッティーはささやいた。「家名でないほうの」

答えるまでに、奇妙なほど長い時間がかかった。心の内を隠すためか、扇のような濃い睫毛を伏せる。「ジョン」

彼はとても背が高かったので、唇に触れるにはロッティーは背伸びをしなければならず、それでもまだ足りないくらいだった。彼はロッティーのウエストを両手でつかんで彼女の体を優しく引き寄せた。突然彼は、溺れた人のような奇妙で虚ろな目をした。おずおずとロッティーは彼の首の後ろに手をまわした。筋肉質の首筋は硬く緊張していた。

彼女の手で引き寄せられるままに彼が頭をゆっくりさげていくと、ふたりの息が混じりあい、唇がそっと甘く触れ合った。しばらく彼の温かい唇は動かずに彼女の唇に押しあてられていたが、やがてデリケートな動きで彼女の唇を探り始めた。ロッティーは一瞬平衡感覚を失い、彼の腕の中で倒れそうになったが、彼はしっかりと彼女を抱きとめた。我知らず彼女は上へ首を伸ばし、つま先を立てて、甘い唇の重みをさらに求めた。けれども、彼は用心深く熱情を抑え込み、その先に進もうとはしなかった。

ゆっくりと彼女は彼から離れて、かかとをつけて立った。彼女は大胆にも彼の顔の横に触れ、その肌のぬくもりを自分の手のひらで味わった。「料金を支払いましたわ」と彼女はささやいた。「門を通ってもよろしいでしょうか?」

彼は厳粛にうなずき、敷居からどいた。

ロッティーは門を通り抜けて、垣根の反対側に出た。まだ膝が少し震えている。ストーニー・クロス・パークに向かう小道を歩くロッティーの背中を見ながら彼は黙ってついていった。屋敷のすぐ近くまできたとき、ふたりはオークの木陰で歩みを止めた。

「ここでお別れしなければなりません」頭上の枝から差し込む光で彼女の顔はまだら模様に見える。「いっしょにいるところをだれかに見られたら困りますから」

「もちろん」

彼を見つめていると、別れるのがつらくて胸が苦しくなる。「いつストーニー・クロス・パークをお発ちになるのですか」

「明日の晩までいらっしゃれるといいのに。村ではにぎやかな五月祭が開かれますの。領地中の人々が見物に参りますわ」

「君も?」

「じきに」

ロッティーは即座に首を横に振った。「いいえ。私は一度見たことがありますから。きっと部屋で本でも読んでいますわ。でも、初めての方にはお楽しみいただけると思います」

「考えておこう」彼はつぶやいた。「ミス・ミラー、散歩の相手をしてくれてありがとう」と言うと礼儀正しくお辞儀して彼は去っていった。

朝食後、シャーロットは庭園の石畳の道でウェストクリフ夫人の車椅子を押していた。ニックはそのようすを一階の開かれた窓からながめていた。シャーロットに講釈をたれている威厳のある老婦人の声が聞こえてくる。

「毎日のみまわりがもっとも大切なのです」たくさんの指輪で飾られた手を振りながら、ウェストクリフ夫人はしゃべっている。「雑草は見つけたらすぐに抜かなければなりません。植木を伸び放題にしておくことは許されません。庭園の姿を乱してしまいますからね」

シャーロットは車椅子を押しながら、感じ入ったように聞いている。彼女が楽々と押しているので、椅子が軽いような印象を受けるが、実は彼女の細い腕は驚くほど強靭なのだった。疲れたようすはまったく見せず、生け垣に沿って進んでいく。

ニックは心の乱れを整理しようと努めながら、彼女を一心に見つめた。朝の散歩のあと、いつもの食欲がすっかり失せていた。朝食は摂らなかった。いや、朝食どころかなにも手につかず、ぼんやりと屋敷の中を歩きまわっていただけだった。なんということだ。自分は冷血漢だったはずだ。名誉など重んじないし、自らの動物的本能を抑えることができない人間だ。これまでの人生は、生き残ることに精一杯で、それ以上の崇高な何かを求める余裕などなかった。文学や歴史にはうといし、数学的能力といえば、せいぜい金の計算と賭け事に困らない程度だ。彼にとって哲学とは、最低の人間性と向き合った経験から学んだ一握りの皮肉な原則だった。これまで彼は、どんなことにも驚かず、何にも怯えずにやってきた。喪失も苦痛も、そして死さえも恐れなかった。

しかし、数語の言葉と、たった一度のぎこちない無垢なキスで、シャーロット・ハワードは彼をうろたえさせた。

シャーロットは両親や友人やラドナーが知っていたころの彼女とは別の人間になっていた。将来について考えることはなく、その瞬間を生きることに慣れてしまっていた。自分は追われていて、この貴重な自由な時間はいつ奪われるかわからないことを承知しているせいで、彼女は辛辣で、冷静なものの見方をする女性になったのだろう。それでも彼女は願いの泉にピンを投げ入れたのだ。願い事。かすかな希望の光……。それが彼の魂を打った。自分に魂が残っていたとは信じ難いことだったが。

彼女をラドナーに引きわたすことはできない。

彼女を自分のものにしなければならない。

彼は塗装された木製の窓枠を手でぎゅっとつかんだ。そうでもしなければ、あまりにもとっぴな自分の考えに驚きうろたえて、バランスを崩すところだった。

「シドニー」

ウェストクリフ卿の声に彼ははっとした。シャーロットを見つめることに熱中していたためにいつもの用心深さを忘れていたことに気づいて、ニックはいらだった。無表情を装い、伯爵の方を振り向いた。

ウェストクリフは普段よりもさらにいかつく、厳しい雰囲気を漂わせていた。黒い瞳は鋭く冷たい輝きを放っている。「どうやら私の母のコンパニオンに興味をお持ちのようですな」と彼は柔らかい調子で言った。「魅力的な娘だが、傷つきやすいことは言うまでもない。これまでにも、客人にひとこと言わねばならなかったことが何度もある。ミス・ミラーに近づかないように、とね。私の使用人が慰み者にされるようなことは断じて許せない」

ニックは、シャーロットに近づくなと忠告されていることをひしひしと感じながら、ウェストクリフを冷静に見返した。「私があなたの大切な所有物に手を出そうとしているとでも？」

無礼な質問に伯爵は目を細めた。「私はほとんど何の条件もつけずに、君の滞在を許した。が、ひとつ条件をのんでいただこう。ミス・ミラーに近づかぬこと。これだけは絶対に守っていただきますぞ」

「わかりました」疑惑の炎が心の中で燃え上がった。シャーロットは雇い主に告白したのか？　たとえウェストクリフ伯のような立派な人物であっても、彼女は決して人を信用しないだろうとニックは考えていた。しかし彼女が運にまかせて伯爵に話していたなら、伯爵は間違いなく、彼女をストーニー・クロス・パークから連れ出すことに強く反対するだろう。さらに、シャーロットが伯爵のベッドを温めることで、彼の保護を獲得しているという可能性もありうる。

　別の男の腕に抱かれる裸のシャーロットを想像すると、ニックの口は酸っぱくなり、突然、血が騒ぎ出した。これが嫉妬というものだ、と彼は信じられない気持ちで思った。なんということだ。

「選択はミス・ミラーにまかせましょう。彼女が僕といっしょにいることを——あるいは僕が近づかないことを望むなら、僕は彼女の望みに従います。あなたの望みではなく」

　伯爵の目に警告の色が浮かんだ。彼は俺を信用していない、とニックは感じた。

　伯爵の直感は正しかった。

4

イギリスでは、五月祭の祝い方は村によって異なった。もともとは春の女神をあがめる古代ローマの祝祭が起源で、長い時間を経て、その地方独特の習慣や五月柱《メイポール》ダンスや花摘み歌が加わるようになった。ニックは、子どものころに見たウスターシャーでの五月祭のことをおぼろげながら覚えていた。特に生の葉っぱで体全体を覆い、村中をねり歩いていた「ジャック・イン・ザ・グリーン」は印象的だった。幼いニックにとって、葉っぱで飾り立てられた男の姿は恐ろしく、彼が行ってしまうまで姉のソフィアのスカートの陰に隠れていた。

五月祭を見るのは本当に久しぶりだった。大人となったいま、この祝いの性的な意味あいは歴然としていた。男根を象徴するメイポールのまわりで踊り、メイ・キングとメイ・クイーンが村民の家々をまわり、「ワイルド・ウォーター」と呼ばれる水を住人に降りかける。街路には中心にマリーゴールドでできた玉が二個ついた花輪が飾られる。

ニックはほかの伯爵邸の客たちとともに近くの丘から村の中心で催されているにぎやかなダンスをながめていた。数百個ものランプや燃え盛る松明に照らされて、街路は金色に輝いていた。女たちがそびえ立つメイポールのまわりで代わる代わる踊り、笑いと音楽と歌声の不協和音で空気は満たされていた。ひっきりなしに狩猟用ラッパの音が騒音を中断した。牛の尾の毛を編んだロープを使って若者たちが踊っている。牛たちはこのあと、来年良いミルクが出ることを願って夜露の中を歩かされる。

「今夜は狩りに絶好な晩だな」と近くで男っぽい声がした。ステップニー子爵。女たらしで有名な筋肉隆々の若者だ。彼の仲間のウッドサム卿とケンダル卿は好色な笑い声をあげた。ニックがいぶかしげな顔をすると、ステップニーは朗らかに笑いながら言った。「村娘たちは朝まで花摘みに出かけるのさ。森でだれかひとりつかまえれば、こっちの思うがまま。結婚していてもかまわない。今夜だけは結婚指輪を外すことが許されているのでね」

「夫はそれを許すのか?」とニックは尋ねた。

その質問に子爵たちはどっと笑った。「もちろんだとも。若い娘の尻を追いかけるのに忙しくて、女房が何をしようとかまっちゃいないのさ。楽しい休日じゃないか?」

ニックはかすかに微笑んだが、返事はしなかった。ステップニーたちは森の中で田舎娘と交わる一〇分間を愉快なスポーツと考えているらしい。ジェンマ・ブラッドショーは、娼館に頻繁にやってくるほとんどの男たちのラブメーキングのやり方を「突いて揺するだけ」と辛辣に評していた。彼らは愛を交わすことの真の意味を少しも理解していなかった。女は脚を開きさえすれば、それでいいと思っている。たしかに見知らぬどうしが素早く交わるだけでも、ある程度欲望は満たされるだろう。しかし、ニックには、それではあまりにも簡単で、容易すぎるように思えた。ジェンマの教えのおかげで、もっと深い交わりを求めるようになっていた。

シャーロットの顔、暗い眼、尖った顎、そしてかわいらしい口元のイメージが脳裏に浮かんだ。ステップニーたちは手軽なお慰みに行かせよう。ニックにはもっと心そそられる計画があった。

「いっしょに行こう、シドニー」と子爵はしつこくさそった。「五月の婚約者が選ばれたらすぐに村娘を誘えるんだ」。ニックが不思議そうな顔をしたので彼は説明した。「結婚適齢期の若者がひとり、草地の上に横たわり、眠っているふりをする。そいつとの結婚を願う娘たちは先を争って彼を起こしにかかるのさ。一番最初にキスした娘が彼を自分の婚約者と宣言することができるんだ」。子爵は意味ありげににやりと笑うと、手をこすり合わせた。「レースに負けた娘たちはみんな、相手を求めて森に散る。そして僕のような冒険心あふれる男に見つけてもらうのを待つんだ。昨年つかまえた娘を見せたかったよ。黒髪に赤い唇。なんと乗り心地のよい可愛い子馬だったことか。来いよ、シドニー。フットワークがよければ、君もだれかをつかまえられるぞ」

断わろうとしたそのとき、ニックの目は新たにメイポールのリボンをつかんで踊り出そうとしている娘たちの集団を捕えた。その中のひとりに彼の視線は釘づけになった。他の娘たちと同じく、彼女は白い農民のドレスを着て、頭には赤い布をかぶっていた。この距離からは彼女の特徴は識別しにくかった。しかしニックは一目で彼女だとわかった。彼は口をゆがめてくやしそうに笑った。シャーロットは祭りの晩は部屋で本を読むつもりだと言っていたではないか。ウェストクリフが村の祭りに出かけることを許すわけがない。だから彼女は変装することに決めたのだ。シャーロットのスリムな姿を目で追ううちに、彼の体内で彼女への思いと欲望がうず巻き始めた。彼女は両手を頭上高く元気に振りながら、メイポールサークルの中へ、そして外へと回りながら踊っている。

「では僕も、仲間に加わることにしよう」とつぶやくと、ニックはやる気満々な子爵たちのあとから丘をくだった。

ロッティーは向こう見ずに笑いながら、婚約者獲得競争の始まりの合図を張り詰めた顔で待っている娘たちの仲間に加わった。どうやら今年の五月の婚約者に選ばれた肉屋の息子は、とびきり上等の花婿候補であるらしかった。青い目に金髪、そしてたくましい体つきのハンサムである上に、非常に繁盛している家業を継ぐことになっていた。もちろんロッティーは彼にキスするつもりはなかったが、ゲームに参加するのは楽しいし、まわりの娘たちの興奮が伝わってきてうきうきする。

合図とともに、われ先にと突進していく村娘たちの流れにロッティーは運ばれていった。この荒々しい騒ぎは、ストーニー・クロス・パークの静かな生活とあまりにかけ離れていたので、ロッティーはとても朗らかですっきりした気分になれた。正しいふるまいを身につけるためにメードストーン校で何年もすごし、そのあとはウェストクリフ夫人のコンパニオンとして目立たないように努めてきた。最後に大声を出したのはいつだったのか思い出せないくらいだった。彼女はこの時とばかりに、花婿めがけて必死に草地を駆けていく大勢の娘たちに負けないくらい高らかに笑い、大声を張り上げた。前方から、歓喜の叫び声が聞こえてきた。勝利者であるいかにも丈夫そうな赤毛の娘は、婚約者となった若者の肩に抱きつき、野草の花束を大喜びで振っている。「やったわ！　彼はあたしのものよ」

村人たちは新しいカップルのまわりに集まってはやし立て、そのあいだに負けた娘たちは散り散りになって、森に走りこんだ。一群の男たちが、これからが本番とばかりに、目を輝かせながら彼女たちのあとを追う。

にこにこ笑いながら、ロッティーは興奮した若者たちの好色な目に捕えられないよう用心しながらゆっくりと彼らのあとに従った。すぐにカップルができてどこかへ消えていくだろう。そうしたら、ストーニー・クロス・パークにこっそり帰ればいい。森の入口で立ち止まり、彼女は重たい葉に覆われているオオカエデにもたれて満足のため息をついた。ダンスとワインのせいで膝に心地よい疲れが感じられた。五月祭は見たことはあったが、参加したのはこれが初めてだった。予想していたよりもずっと楽しかった。メロディーが頭から離れない。彼女は小声で口ずさみながら、滑らかなまだらの樹皮にもたれ、目を閉じた。

そんなに急いではいけないよ、五月の乙女
どうぞ、そんなに急がないで、乙女よ
そんなに急ぐと、頰が赤く染まるよ……

あたりは静まり返っていたが、本能が彼女に告げた。だれかがいる。歌うのをやめてロッティーはまぶたを開けた。するとすぐ横に暗い人影を見つけて、彼女は思わず後ずさりした。驚いて声を上げ、後ろによろめくと、両腕が伸びてきて彼女の肩をつかんで支えた。

何か早口で言いながら、ロッティーはその腕をふりほどこうともがいた。

「静かに」という男っぽい声が聞こえた。心からおかしそうに笑っている。「ほら、僕だよ」

彼女はあえぎながらもがくのをやめ、彼の暗い顔を見上げた。「シ、シドニー様?」

「そうだ」

「死ぬほどびっくりしましたわ!」

「すまない」にっこり笑う白い歯が闇の中で輝いた。「邪魔をしたくなかったので」

ロッティーは笑って彼を手で突いた。まぬけのようにぼんやり歌っていたのを見られたと思うと恥ずかしくなる。「どうして私とわかったのですか?」

「僕にはそういう才能があるらしくてね」シドニーは彼女を解放し、片方の肩をオオカエデにもたせかけ、油断ない目つきとは不釣合いな屈託のない笑いを浮かべた。

ロッティーは、踊ったり走ったりしているうちに位置がずれてしまったスカーフを手で探った。「髪の毛を隠していたのに。どうして私とおわかりになったのでしょう。不思議ですわ」

「身のこなしでわかった」

彼女は黙っていた。嬉しさと不安が入り混じる。その言葉には賛辞がこめられていた。でも、彼は見知らぬ人……。昔から私のことを知っているわけではなく、そんなかすかな仕草の癖を見抜けるほどよく知っているわけではない。

「五月祭をお楽しみいただけまして？」彼女はスカーフを結びなおしながら尋ねた。

「君を見て楽しんだ」

彼女は脅すように目を細めた。「ここで私に会ったとだれかに告げ口するおつもり？」

シドニーは秘密のニュースを伝えるときのように体を寄せた。「命は大事にしたいので黙っておくよ」

笑いながら、ロッティーは彼とそっくりなかっこうで、肩を幹にもたせかけた。「花摘みにいかれませんの？　ほかの方々のように」

「場合によっては」からかうように彼の目が光る。「君は森へ入って、だれかにつかまえてもらうつもりはないのかい？」

「ありえません」

「では屋敷まで送ろう。熱心な村の若者が待ち伏せしていると困るから」

「あら、私、逃げ切る自信がありますの」とロッティーは得意そう言った。「この森のことならよく知っていますし、私の小さい体なら狭い木々の間も楽々と走り抜けることができますから。だれも私を捕まえることはできませんわ」

「僕ならできる」

「あなたのような大柄な方が？　無理ですわ。この森の中は下生えの潅木が密生していて、あなたが走り回ったら暴れる象のように騒々しい音をたてるでしょうから」

彼の体がきゅっと引き締まった。この生意気な挑戦を受けてやろうというのだ。「君はきっと驚く――」と言いかけたとき、左手の森の奥から女の悲鳴が聞こえてきた。村娘がみだらな欲望を抱く若者につかまったのだ。しばしの静寂のあと、歓喜の激しいうめき声が木々のあいだに浸みわたった。

ロッティーのほうを振り向くと、彼女は消えていた。

心の中で笑いながら、ロッティーは幽霊のように森に滑り込んでいった。小枝にひっかからないようにスカートのすそを膝までたくし上げ、太い幹や柔らかい苗木の迷路を軽やかに抜けて静まり返った場所にたどりつくと、背後に人の気配がないことを確かめてから、息をついた。後ろを振り返る。動くものはない。聞こえるのは、遠くの祭りの賑わいだけだった。シドニーは追わないことにしたか、森の中で彼女を見失ったのだろう。ほら、私の言ったことは正しかったでしょう。ロッティーは満足してにやりと笑った。ところが、くるりと方向を変え、ストーニー・クロス・パークの方へ歩き始めたとたん、固い男の体にぶつかり、彼女はきゃっと叫んだ。

彼女は深い胸にすっぽりとはまっていた。たくましい両腕でしっかりと抱きしめられて動けない。シドニー卿だった。彼の低い笑い声が彼女の耳をくすぐる。あまりにもびっくりして足がふらつき、バランスを取り戻すまでしばらくのあいだ、彼女は彼にもたれていた。

「どうやって私の目の前に？」彼女は息を切らせながら尋ねた。

「全速力で」彼は優しく指でスカーフを直そうとしたが、スカーフは細いすべすべした髪から滑り落ち、うなじのところできっちりと編まれた三つ編みがあらわになった。彼はスカーフを地面に落とし、笑いの混じった声で言った。「君は僕から逃げることはできない」

そのからかうような言葉には、かすかな警告の響きがあった。

ロッティーは彼の体に包み込まれて立っていた。男らしい刺激的な香りとぬくもりが体に染み込んでくる。どうしてこんな暗闇の中、彼とふたりきりになってしまったのだろう。彼女は偶然を信じなかった。私が向う見ずにも彼に引きつけられてしまったからだ。そのせいでひどいしっぺ返しをくらった。ふたりが黙り込むと、ロッティーはすぐ近くにカップルがいることに気づいた。からみ合う姿が木々の隙間からおぼろげに見える。くぐもった歓喜のうめきに、ロッティーの顔はかっと熱くなった。

「どうか屋敷まで送ってください」と彼女は言った。

シドニーは彼女を解放した。彼女はぱっと後ろに飛びのき、大きな木にあやうく衝突しそうになった。シドニーは前に進み出てロッティーを太い幹に押しつけ、粗い樹皮に彼女の背中があたらないように腕をまわした。彼女ははっと息を飲んだ。手を彼の上腕へ滑らせると、上着の上からも盛り上がった強靭な筋肉が感じられた。私にキスをするつもりだ。彼は私を求めている。そして、私も彼が欲しい。

彼は一本の指先で彼女の頬のカーブをなぞった。あわてずに優しく扱わなければならない。

敏感に察して逃げ出してしまう野生の生物に対するように注意深く。彼女の顎に手をかけ、キスしやすい角度に顔を上げさせると、彼女の呼吸は速くなった。

静かに彼の唇がおりてきて彼女の唇に重なった。やさしく唇を動かすと、彼女の唇が開いて喜びのため息が漏れた。彼の舌先は彼女の歯の先端をなぞり、さらに奥へと進むと、燃えるような繊細なタッチで頬の内側を探った。キスで頭がぼうっとなったロッティーは、彼の首に腕をまわしてなんとかバランスをとった。彼は体をぐっと押しつけて、彼女が倒れないように自分の体と幹のあいだに彼女の体をはさんだ。彼女が身をよじってしがみつくと、彼はなだめるように彼女の背中をさすった。ゆるやかな愛撫はよけいに彼女の欲望を燃え上がらせた。彼女は無我夢中で弓なりになって彼の体に自分の体を密着させた。粗い織りのスカートの生地を通して彼女は何かを感じた。彼の股間のセクシーな膨らみを。

長くこわばったものが脚の付け根のくぼみにぴたりとはまった。硬い彼自身が彼女の柔らかな部分におしつけられ、唇は巧みなテクニックで彼女の唇を支配し、両腕はしっかりと彼女を抱きしめている。彼女は手を彼の髪の中に滑り込ませ、頭皮に手のひらをあてた。指のあいだからこぼれる黒い巻き毛が月の光を浴びて絹のようにきらめいている。荒々しい息が彼の口から漏れ、唇が彼女の首筋を滑っていった。そのデリケートなタッチから、彼が豊富な経験の持ち主であることがうぶな彼女にもわかった。欲望を抑え込んでいなければできないことだ。

村娘用のブラウスが片方の肩からずり落ちて、白い肌の輝きがあらわになった。彼の指が巧みにえりぐりをしっかりと締めていたリボンをほどいたために、しわくちゃのリネンがずり落ちた。彼の手が時間をかけてシュミーズの下に忍び込む。冷たく柔らかな乳首に指の硬い腹で触れると、乳首は硬くひきしまり、さらにやさしく円を描くようになで続けると先端は熱く尖っていった。

ロッティーは顔を彼の首と肩のあいだのくぼみに押しつけた。いま彼を止めなければ、私の理性は粉々に崩れてしまう。「お願い、止めて。いけないわ」

彼は彼女のブラウスから手を抜くと、湿った彼女の唇に指で触れた。「恐がらせてしまったかな?」とささやいた。

日向で暖まっていた猫のように、もう一度彼の腕の中で丸くなりたいという気持ちをなんとか抑えて、ロッティーは首を横に振った。「いいえ……私は自分が恐くなりました」

彼女の素直な告白は、なぜか彼を微笑ませた。彼は指で彼女ののどの危うげなラインをたどった。その繊細な感触に彼女は息を詰まらせた。彼はブラウスを肩まで引き上げ、えりぐりのリボンを結びなおした。「では、ここで止めておこう」と彼は言った。「さあ、屋敷まで送るよ」

森を抜けていくあいだ、彼は彼女に寄り添って歩き、ときおり邪魔な枝を払いのけたり、道の悪いところでは彼女の手をとった。ロッティーはこの森のことは熟知していたので、彼の助けは要らなかった。しかし、口答えをせずに助けを受け入れた。そして彼が再び歩みを止めたときにも彼女は逆わなかった。暗闇でも彼の唇は容易に彼女の唇を探しあてた。彼の唇は熱く、甘かった。彼はロッティーにキスせずにはいられなかった。素早いキス、ものういキス、激しい欲求と相手をじらす遊び心が生み出すさまざまなキス。歓喜に満たされ、ロッティーは乱れた髪をまさぐり、鋼のように硬いうなじにしがみついた。情熱がこれ以上耐え切れぬほど熱く燃えあがったとき、シドニーは低いうめくような声で優しくささやいた。

「シャーロット……」

「ロッティーよ」と彼女は息も絶え絶えに言った。

彼は唇を彼女のこめかみにおしつけ、まるで壊れやすい人形を抱くように、彼女を自分の強靭な体で優しく抱きしめた。「君のような人に出会えるとは思ってもみなかった」と彼はささやく。「僕は君を長いあいだ探していた……君が必要だったんだ……」

ロッティーは震え、頭を彼の肩に落とした。「そんなこと真実ではありませんわ」と彼女はか細い声で言った。

唇で彼女の首すじに触れる。彼女が自然に体を弓なりにそらす部分をみつける。「では、真実とは何だ？」

彼女は領地を囲っているイチイの垣根を指さした。「あそこの中にあるものすべて」

彼は腕を固く締めつけ、くぐもった声で言った。「君の部屋に入れてくれないか。少しの時間でいい」

それを許したら何が起こるか、ロッティーにはちゃんとわかっていたので、震える声で笑いながら答えた。「とんでもありませんわ」

彼はソフトな熱いキスを彼女の肌に浴びせた。「心配しなくていい。君が嫌がるようなことは決してしないと誓うから」

ロッティーは目を閉じて、悲しそうに頭を振った。「問題なのは私です。あなたには何でも許してしまいそうですもの」

彼女は頬で、彼が微笑んだのを感じた。

「それは問題なのか?」

「ええ、もちろん」彼から離れて、ロッティーは手を熱い顔にあて、困ったようにため息をついた。「ここでやめなければなりません。あなたといると、自分を信用できなくなるのです」

「たしかに」と彼はしわがれ声で同意した。

ふたりの息づかいは闇に溶け込んでいった。彼はとても暖かで、力強かった。ロッティーはその腕に駆け込みたいという衝動をやっとのことで抑えていた。その代りに彼女は理性的にものを考えようとした。シドニー卿は間もなくここを去っていく。そして、この夜の記憶は時間とともに薄れていくだろう。私は簡単に誘惑されるような意志の弱い女ではないし、愚かでもない。

「どうかせめて屋敷まで送らせてくれ」シドニーは食いさがった。「いっしょにいるところを見られたら、偶然に出会ったと言えばいい」

ロッティーはためらったが、うなずいた。「では、裏のテラスでお別れしましょう」

「そうしよう」彼は腕を差し出し、邸宅の裏手にある両側からのぼれるようになっている石の階段へと彼女を導いた。ふたりは黙って庭園を見わたすテラスへのぼっていった。明るく照らされた大広間からこぼれる光がガラス窓やフレンチドアを輝かせている。テラスにはたいてい数人の客がいて、煙草をすったり、酒を飲んだりしているものだが、今夜はだれもいなかった。ほとんどの人が村へ祭り見物に出かけているか、部屋でトランプかビリヤードに興じているのだろう。

手すりのそばの椅子でひとりくつろいでいる人物がいた。けだるそうに葉巻をくゆらせている。吐き出された細い煙は消えてゆく幽霊のように空中に漂っていた。階段の一番上に達したとき、彼女の鼻腔を高価な葉巻の香りがくすぐった。

彼女は相手がだれかすぐに気づいた。胃をきゅっとつかまれたように感じる。

「ウェストクリフ様」とつぶやきながら、彼女は無意識のうちにお辞儀していた。シドニー卿といっしょだったという事実を伯爵はどう受け取るのだろうか。彼女の胸は騒いだ。

伯爵は腰掛けたまま、ふたりをじろじろとながめた。窓からの屈折光が彼の石炭のように黒い髪を輝かせ、無骨で強靭な体に四角い影を投げかけた。「ミス・ミラー」と彼は重々しい声で呼びかけ、彼女の連れにはそっけなく会釈した。「シドニー卿、絶好のタイミングだ。ちょうど私はふたりに話したいことがあったのだ」

雇い主を不快にさせたことは明らかだった。ロッティーはうつむいて、テラスに敷き詰められた石を見つめた。「伯爵様、どうぞお許しくださいませ。私は村へお祭りを見に行ったのです。そして……」

「見るだけではなかったようだが」と伯爵は穏やかに言った。鋭い視線を彼女の村娘の衣装に走らせる。

「はい、メイポールのダンスに参加しました。そしてシドニー卿が送ってくださるとおっしゃったので……」

「もちろん、そうだろうとも」と伯爵はあざ笑うように言うと、葉巻をふかした。青灰色の煙がらせんを描きながらのぼっていった。「そんなに困った顔をしなくてもいいのだよ、ミス・ミラー。私は、村へ祭り見物に行くことを禁じるつもりはない。ただ、そういう話は母上の耳には入れないようにしておくほうがよい」彼は葉巻を振って合図した。「君はもう下がってよろしい。私はシドニー卿と話がしたい」

ロッティーはほっとしてうなずいた。「かしこまりました」立ち去ろうとすると、シドニー卿が軽く腕をつかんで止めたので、彼女はあわてた。

「待ちなさい」

ロッティーはひどく狼狽して凍りつき、頬が真っ赤に染まった。彼が大胆にも伯爵の前で彼女に触れるとは思いもしなかった。「シドニー様」彼女は小さな声で抗議した。

シドニーは彼女に視線を返さず、伯爵の厳しい姿を注視していた。「ミス・ミラーがいるところで、あなたのお話というのをうかがいましょうか」

「君の家族についてだ。本当の家族かどうか怪しいものだが」とウェストクリフ卿は静かに言った。「それから君の過去。こちらも実に胡散臭い」その声には非難の響きがあった。ロッティーは伯爵の表情から、何かとても困ったことが起こっているのだと悟った。森での夢のような時間の熱がまだ残っていたとしても、それはこの瞬間に消えた。

当惑して彼女はシドニーを凝視した。彼の顔はなぜか変化していた。もはやそれほどハンサムには見えない。急に厳しく冷酷な顔になっていた。いまの彼を見た人は、どんなことでもやりかねない輩と思うだろう。数分前に自分がそのいかめしい唇にキスし、そして彼の手がやさしく自分を愛撫したことが突然信じられなくなった。話し方も先ほどよりずっと粗野な感じがして、別人のようだった。貴族の外面が引きはがされ、その下の石のように冷ややかな姿があらわになった。「もう少し人目につかない場所で話したいものですな」と彼は伯爵に言った。

ウェストクリフは氷のような慇懃さで頭を傾けた。「家族用の棟に書斎がある。そこはどうだね?」

「けっこうです」とシドニーはそう答えてから、わざと間をあけて「ミス・ミラーもいっしょに」とつけ加えた。

ロッティーはぽかんと彼を見つめた。なぜ彼はそんなことを言うのだろう。急に全身に悪寒が走った。「なぜ?」と乾いた唇から言葉が漏れる。

「彼女には関係のないことだ」とウェストクリフ卿は椅子から立ち上がりながらそっけなく言った。

シドニーの表情は暗く静かだった。「おおいに彼女に関係があることなのです」

ロッティーの体からさっと血がひいた。凍った池に落ちたように、全身の皮膚がぴりぴり焼けつくように痛みだす。疑惑が体を麻痺させ、話すことも動くこともできない。

伯爵は葉巻をテラスに落とし、足で押しつぶした。いつもの彼らしくないいらだちが口調をとげとげしくする。「ミス・ミラー、同席してくれるかな？　どうやら私たちは小さな謎を解かねばならぬようだ」

ロッティーは操り人形のようにぎこちなくうなずくと、伯爵について屋敷の中に入った。「早く逃げ出さなきゃだめ」と本能が叫んでいるが、とにかくこの場面を終わらせる以外に方法はない。努めて冷静さを保ちつつ、彼女は彼らのあとから伯爵の個人用書斎に入った。ランプの光に照らされ、紫檀の壁が赤く光っている。硬質で妥協のない部屋だった。室内の装飾は最小限に抑えられ、すべてが鋭角に仕上げられていた。飾りと言えるものは、簡素に並んでいるステンドグラスの窓だけだ。

ウェストクリフ卿がドアを閉じると、ロッティーはできる限りシドニーから離れたところに立った。不吉な予感に吐き気がしそうだった。直接シドニーを見ることはできなかったが、彼の存在を強烈に意識していた。

ウェストクリフ卿は「ミス・ミラー、かけたまえ」と言った。

ロッティーは無言で首を横に振った。いま動いたらそのまま倒れてしまいそうな気がした。

「そうか」伯爵は注意をシドニー卿に向けた。「まず、私が今日聞いた話から始めよう。君がストーニー・クロス・パークにやってきた瞬間、私は君のことを調べなければならないと思った。君にはなんとなく心から信用できない雰囲気があった。といっても、それが何なのかはっきりしなかったが」

シドニー卿はリラックスしたようすを装っていたが、用心深い青い目で伯爵をにらみ返した。「それで、調査の結果はいかがでした?」

「シドニー子爵などという人物は存在しない」ロッティーのあえぎ声を無視してウェストクリフは遠慮なく続けた。「本物のシドニー卿が男の跡継ぎを残さずに亡くなったために、子爵の家系は二〇年ほど前に途絶えた。となると……君はだれかということになる。そして、どういう目的でここへやってきたのか、と」

「僕はニック・ジェントリーという者です」

ロッティーはその名前を聞いたことがなかったが、ウェストクリフ卿には思いあたることがあるようだった。「なるほど」と伯爵は静かに言った。「それで、ロス卿が一枚からんでいる理由がわかった。ボウ・ストリートの仕事をしているということだな」

この見知らぬ男性がボウ・ストリートの捕り手であると知り、ロッティーは息を呑んだ。殺人事件の解決から王室の護衛まで、どんなことでもやってのける治安判事直属の少数精鋭の警官たちがいることを彼女も聞いたことがあった。彼らの情け容赦ない有能な働きぶりと勇気は有名で、上流階級でも高い地位を得ていた。ほかの客たちとまったく違っているように思えたのも当然だった。「狩りをしに」と彼は言った。だが、その獲物が二本足の生き物であることは都合よく省かれていたのだ。

「常にというわけではありません」とジェントリーはウェストクリフの質問に答えた。「個人的な仕事を引き受けることもあります」彼の視線はロッティーの張りつめた顔に移った。「二カ月前、僕はラドナー卿から依頼を受けました。二年前に逃げ出した婚約者、シャーロット・ハワードを見つけて欲しいと」

ロッティーはじっと動かずに立っていたが、胸の中で激しい痛みが爆発し、体中へ流れ出していった。否定したくても言葉にはならず、唇がわなわなと震えるだけだ。甲高い支離滅裂な叫び声が聞えてきた。しばらくはそれが自分の声だとは気づかなかった。獲物を求めるノスリの群れのように怒りと恐怖が彼女を襲った。彼女は我を忘れて、いきなり部屋を横切ると、ジェントリーの暗い顔をひっかいた。

残酷な罵り声が彼女の耳に鳴り響き、万力のような力で手首をつかまれたが、それでも彼女はもがき続けた。もがかずにはいられなかった。流れる汗と涙で顔をびしょびしょにして、泣きわめきながら彼女は戦った。自分の人生のために、奪い取られていた自由を守るために。心のどこかで、自分が愚かしいふるまいをしていることに気づいていた。こんなことをしても何の役にも立たない。でも、もう自分を止められなくなっていた。

「やめろ、ロッティー」ジェントリーは怒鳴って、彼女を強く揺すった。「落ち着くんだ。たのむから」

「私は帰りません！」ぜいぜいあえぎながら、彼女は金切り声をあげた。「まず、あなたを殺してやる。ああ、私はあなたを憎むわ。憎むわ!」

「ロッティー」冷静沈着な声に、激情にかられて暴れていたロッティーはおとなしくなった。それはウェストクリフ卿の声だった。彼は力強い腕を後ろから彼女の腰にまわし、ジェントリーから引き離した。彼女はおびえた動物のように背中を彼にもたせかけた。「もう十分だ」と、ウェストクリフは彼女の耳元で言い、両腕でしっかり支えた。「ロッティー、君を彼にはわたさない。誓うよ。私が自分の言ったことを守る人間であることは君も知っているはずだ。さあ、深呼吸して。もう一度」

伯爵の重々しい静かな声はどういうわけか彼女にとどいた。他の者では彼女を止めることはできなかっただろう。そして気がつくと、伯爵の言葉に従っていた。伯爵は彼女を椅子のところに連れて行き、腰掛けさせた。自分もしゃがみこんで、黒い目でじっと彼女を見つめた「静かに座っていなさい。深呼吸を忘れないように」

ロッティーはこくんとうなずいた。顔はまだ涙でびしょびしょだった。「あの人を近づけないでください」と彼女は小声で言った。

ウェストクリフは立ち上がり、凍りついた黒曜石の一瞥をボウ・ストリートの捕り手に向けて放った。「離れていろ、ジェントリー。君を雇った人間のことなど私には関係がない。君は私の屋敷にいるのであり、私の許しなしに何もしてはならない」

「あなたは法律上、彼女に対してどんな権限も持っていない」とジェントリーは静かに言った。「彼女をここにとどめておくことはできません」

ウェストクリフは傲慢に鼻ならしてそれに答えた。サイドボードに行き、琥珀の液体を少量グラスに注いだ。酒をロッティーのところに持っていき、震える指にグラスを持たせた。

「飲みなさい」と短く言う。

「飲みたくありま……」とロッティーは言いかけたが、彼の絶対的な威厳に気おされて黙り込んだ。

顔をしかめながら一口、二口と少しずつ液体を流し込むと、のどと胸が焼けつくようで咳き込んだ。頭がくらくらし、潤んだ目で伯爵を見た。彼は上着の内ポケットからハンカチを抜き取り、彼女に渡した。布地は彼の体の熱で温まっていた。ハンカチで顔をふきながら、彼女はか細いため息をついた。「ありがとうございます」とかすれた声で感謝する。彼女はジェントリーを見ることができず、伯爵から目を離さずにいた。こんなひどいことが起こりうるとは夢にも思っていなかった。彼女の破滅が、残酷な目と危険な魅力をそなえたハンサムな男性という形であらわれるとは。しかも、それは彼女が初めてキスをした相手だった。裏切られた苦しみと死にたいほどの屈辱で彼女は押しつぶされそうになった。

「さて」とウェストクリフ伯爵は椅子をロッティーの隣に置くと、いつもと変らぬ調子で言った。「ジェントリー氏に対する君の反応から察するに、君がシャーロット・ハワードであることは間違いないようだ」彼は彼女が小さくうなずくのを待って続けた。「ラドナー卿と婚約していることも事実なんだね？」

ロッティーは伯爵がそばにいてくれることで安心できた。近くに潜んでいる肉食獣から守ってくれるのは彼しかいない。伯爵のいかつい体つきをながめながら、彼にきちんとわかってもらえるよう言葉を捜した。伯爵は彼女の心の乱れを察し、その手をとって自分の角張った手で握りしめたので、彼女はびっくりした。彼の手のひらの握りは力強く、どうにもできない恐怖ですら追い払ってくれるような安心感を与えてくれた。ロッティーは、彼の親切に驚いた。伯爵がこのような思いやりを彼女に示してくれたことはこれまで一度もなかった。というよりは、彼女にほとんど関心がないように見えていたのだ。

「私の意志で決めたことではありません」と彼女は話し始めた。「子どもの頃に婚約させられたのです。両親は金銭的援助の見返りとして、私を嫁がせるとラドナー卿に約束したのです。私はそれを受け入れようと必死に努力しました。でも、ラドナー様はふつうではないのです。私には正気とは思えません。あの方は計画を秘密にはしませんでした。彼は私をペットのように自分の好みに合わせて飼いならそうとしていたのです。そんな生活をするくらいなら、死んだほうがましです。どうか信じてください。こうせずにはいられなかったのです。でなければ――」

「信じよう」彼女の手を握ったまま、ウェストクリフはニック・ジェントリーのほうを見る。「ミス・ミラーを知るようになってからもうずいぶんになる。彼女がラドナーと結婚したくないと考えるのは正当だと思える」

「そのとおりですよ」ニックはそっけなく答えた。腕を大理石のマントルピースにかけ、物憂い姿勢で暖炉の近くに寄り掛かっていた。暖炉の炎がのばしてくる赤い光の舌が彼の暗い顔をちろちろとなめる。「ラドナーは最低の男だ。しかし、そんなことは問題ではない。彼女の両親はこの婚姻に同意した。金が、それも膨大な額の金がラドナーから両親にわたっている。それに、僕が彼女を連れ帰らなくても、ラドナーは追っ手をいくらでも送り込んでくるだろう」

「その人たちに私を見つけることはできません」ようやくロッティーは彼と目を合わせた。「私は外国へ行きます。姿を消しま——」

「ばかな」とジェントリーは低い声でさえぎった。「君は一生逃げ続けるつもりか？　ラドナーは次から次へと、追っ手を差し向けるだろう。心休まる時などないに等しい。いくら急いでも、いくら遠くへいっても——」

「もう十分だ」とウェストクリフはあっさりと言った。ロッティーの体は震えている。「ロッティーは外国へ行く必要もないし、ラドナー卿から逃げ続ける必要もない。彼女がふつうの生活を送れるようになにか方策を考えよう」

「ほう」と、ジェントリーは片方の黒い眉をからかうようにつりあげた。「それは興味深いですな。どのようなことを提案なさるつもりですか、ウェストクリフ伯」

伯爵は黙って考えている。

ロッティーはニック・ジェントリーに視線を固定したまま、混乱した気持ちを抑えて考えようと努めた。きっとなにか方法が見つかる。屠殺場に引かれて行く子羊のように、ラドナーの元に連れ戻されたらもうおしまいだ。彼女が何を考えているのかはジェントリーにお見通しだったようだ。なぜなら、彼女を見つめる目にきらりと賞賛の光がともったから。「僕が見るところ、君に選べる道は二つだけだ」と彼は静かに言った。

それに答える彼女の声はほんの少し震えていた。「どのような道ですか?」

「うまく口説き落とせば、僕は君を見逃すかもしれない。そうしたら、君はラドナーから隠れて暮らし続けることができる。ま、次の追っ手に見つかるまで、だが。もうひとつの道は、永久に彼の手が届かないようにすること」

「どういう意味でしょう?」

ウェストクリフ卿が張りつめた沈黙を破った。「彼が言っているのは結婚だ。君が結婚してしまえば、法律的に別の男の保護を受けることになり、ラドナーは手が出せなくなる」

ロッティーは彼女の手を握っている伯爵の力強い手に視線を落とした。「でも、そんなことできませんわ。私と結婚してくださる方なんていらっしゃいませんし……」

「できるのだよ」と伯爵は静かにさえぎった。

ロッティーが不思議そうにウェストクリフを見つめていると、ニック・ジェントリーのあざけるような声が空気を貫いた。「彼女を伯爵夫人にするおつもりですか、伯爵」

伯爵は表情を動かさずに言った。「必要とあらば」

ロッティーはびっくり仰天して彼の手をぎゅっと握ってから、あわてて彼から離れた。ウェストクリフ伯爵がそのような犠牲を喜んで払うことはありえない。自分は愛のない結婚を受け入れる覚悟はある。ラドナー夫人になるくらいなら、どんなことでも我慢できる。でも、伯爵様は立派で高貴なお方だ。そんな方を利用することはできない。

「並々ならぬ親切なお心遣いに感謝いたします」と彼女は言った。「ですが、あなた様と結婚することはできません。伯爵様はそんな便宜的な結婚をなさってはいけません。それではあまりに犠牲が大きすぎますわ」

「犠牲とは思わない」と彼は冷静に答えた。「それに、君のジレンマを解決する論理的な方法だ」

ロッティーは首を横に振った。「もうひとつ方法があります」

「どんな？」

氷のような落ち着きがロッティーに戻ってきた。突然、自分がどこか遠くから第三者として、この状況をながめているような気がしてきた。「まだ申し上げられません。もしよろしければ、伯爵様、ジェントリー様と数分間ふたりきりで話がしたいのですが」

5

ニックは、自分がラドナー卿に依頼されてロッティーを捕えにきていたという事実を彼女が黙って受け入れるとは考えていなかった。しかし、追いつめられた彼女が見せた激しい怒りに彼はたじろいだ。いま彼女は冷静さを取り戻し、彼を見つめながらも必死に心の中で計算している。彼女の気持ちがよくわかった。そんな彼女を素晴らしいと思った。

ウェストクリフ卿は不承不承ではあったがロッティーの願いを聞き入れ、渋い顔で「私は、隣の部屋で待とう」と言った。自分が部屋を出たとたん、ニックが強欲な動物さながらに彼女に襲いかかるのではないかと案ずるかのように「助けが必要なときには、大声で呼ぶように」と命じた。

「ありがとうございます、伯爵様」と小声で答えると、ロッティーは伯爵に感謝の微笑を見せた。それを見たニックの心は嫉妬で煮えくりかえった。伯爵がロッティーの手をとって力づけたときには、あやうくウェストクリフの貴族的な顔に一発拳固をお見舞いしそうになったほどだった。ニックはこれまでだれかを所有したいと考えたことは一度もなかった。しかし、ロッティーが別の男に触れられるのを許す姿を見たときには、我慢の限界ぎりぎりのところにきていた。自分の中で何かが起こっていた。状況をコントロールできなくなり、どうやったら平常心に戻れるのかもわからなくなっていた。確かなことは、自分にはロッティーが必要だということだけだ。彼女を手に入れられなければ、いつも感じている飢餓感や満たされない思いや寒さは永久に自分から離れることはないだろう。

ニックは暖炉のそばにゆったりもたれていた。しかし、マントルピースの上に置かれた手は固く握りしめられていた。心の中ではこうした展開にもっていったウェストクリフに毒づいていた。ニックは穏やかに事実をロッティーに伝えるつもりだった。そして彼女がパニックに陥る前に、彼女の恐怖を取り除いて安心させるつもりだった。それなのにウェストクリフは彼の計画を台無しにし、ロッティーに敵意を抱かせてしまった。

彼女はニックのほうを向いた。顔は青ざめ、泣いたせいで目が赤くなっていた。しかし、表情は落ち着いていて、彼の心を見透かすようにじっと見つめてくるので、落ち着かない気分になった。詮索するような彼女の眼差しは彼の心を波立たせた。

「すべてお芝居だったのですね」と彼女は静かに尋ねた。

ニックは目をしばたかせた。いままで数知れない尋問や、ときには長時間におよぶ拷問にさえ耐えてきたというのに、この質問には完全にやられてしまった。

「ある程度仕方のないことだったのだと思います。私を信用させることもあなたの仕事のうちだったのでしょうから。でも、あなたの行動はいきすぎでした」彼女は夢遊病者のようにゆっくりと彼に近づいた。「なぜ、今夜あんなことを私に言ったのですか?」

どう答えたらいいのか。彼にだってわからないのだ。しかも、彼女から目を離すことができない。彼女は彼の瞳を通して魂をのぞき込んでいるかのようだ。

「本当のことを言ってください、ジェントリー様」と彼女はたたみかけた。「私が尋ねる勇気をもてたのですから、あなたもお答えになれるはずです。あの言葉の中に、わずかな真実があったのですか？」

ニックは顔面にうっすらと汗が吹き出すのを感じた。彼女を自分の心から締め出し、彼女の言うことを否定しようとしたが、できなかった。「あった」と彼はかすれた声で言い、しっかりと口を閉じた。彼女がこれ以上俺に何かを言わせるつもりなら、悪魔にでも食われろ、だ！

彼が認めたことで、なぜかロッティーは緊張を解いたようだった。ニックにはそれがなぜなのかがわからなかった。ようやく彼女から視線を引きはがし、踊る暖炉の炎をぼんやりと見つめた。「では」と彼はつぶやいた。「そろそろ、第三の選択肢というのを聞かせてもらおうか」

「私にはラドナー卿から守ってくれる人が必要です」と彼女は淡々と言った。「彼に逆らえる人はめったにいません。でもあなたならできると思います」

彼女はごく当然な話をするように言った。お世辞には聞こえなかったが、それでもニックは彼女が彼の能力を認めてくれたことで男としてのプライドが輝くのを感じた。

「たしかに、僕ならできる」

「保護と金銭的援助の見返りとして、私はあなたの愛人になります。私はそのような趣旨の法的契約に署名します。それでラドナー卿を寄せつけないようにするのには十分でしょう。そうすればもう隠れて暮らさなくてもよくなります」

愛人。ニックは彼女がそんなふうに潔く自分の身をおとす覚悟をするとは予想していなかった。しかし、ロッティーは自分の主義を貫くことができないとわかれば、非常に現実的な考え方ができる人間のようだった。

「君は金と保護を得るために、僕と寝るというのか」彼は愛人という言葉の意味をはっきりさせなければならないとでもいうように尋ねた。探るような眼差しを彼女に向ける。「君は僕と暮らし、愛人という立場がどんなに恥ずかしくとも、僕といっしょに人前に出なければならない。それでも平気だと言うのか？」

彼女は頰を真っ赤に染めたが、彼から目を離さなかった。「はい」

欲望が原始の火のように彼の全身を熱くした。彼女を得ることができる、しかも彼女が喜んで自分の身を差し出すのだと思うと、頭がぼうっとする。彼の愛人として……。だが、それだけでは十分ではなかった。彼はもっと彼女を欲していた。彼女のすべてを。

彼は落ち着いた足取りで長椅子に向かって歩いていった。硬いブルゴーニュ革張りの飾り気のない実用本位の椅子に脚を開いて座る。彼は吟味するように彼女をながめまわした。

「契約を結ぶ前に、君がどんなことをしてくれるかをちょっと味見してみたいな」

彼女は体を強ばらせた。「もう十分お試しになったと思いますけど」

「今晩の森での出来事を言っているのか?」彼の甘い声に、ロッティーの心臓は激しく胸を叩く。「あんなもの、へでもない。ロッティー、僕はうぶなキスのひとつやふたつでは満足しないんだ。愛人を囲うにはものすごく金がかかる。それに見合うだけの価値があるか、証明してくれないと」

彼女はゆっくりと彼に近づいていった。暖炉の火を背景に彼女は細い影になる。彼はゲームをしかけているのだ。だが、その結果がどうなるのかはまだわからない。「私に何を望むのですか」と彼女は優しくきいた。

ジェンマが彼にくれたもの。いや、ジェンマがくれた以上のものが欲しい。彼はだれかを自分のものにしたかった。彼のことを大切に思い、いかなる形にせよ彼を必要とするだれかを。そんなことが可能かどうかはわからなかったが。しかし、ロッティーにすべてを賭けてみたいと思った。彼女は彼に与えられた唯一のチャンスだった。

「教えてあげよう」ニックが手を伸ばして、彼女の手首をつかんで引っ張ったので、彼女はつまずきそうになりながら、彼の横に座った。彼女のうなじの後ろに手を滑りこませ、顔を近づけて舌で彼女の脈に触れた。そうしながら、彼女の手を自分の股間に導き、硬く勃起しているペニスを握らせた。彼女は体を強ばらせて息を止め、突然力が抜けてしまったように彼の胸にもたれかかった。優しく彼女の手をペニスの付け根のほうに導く。丸い頭部が張り切ったズボンの布地を性急に突いてくる。

耳障りなうめきが彼の口から漏れた。彼は彼女のブラウスを引っ張った。女性の体に触れるのに便利な衣装を考案してくれた人に心から感謝する。あらわになった彼女の胸は、火明かりにきらめいていた。乳房の先は柔らかく、薄いピンクに染まっている。ロッティーは顔を横に向け、きつく目を閉じた。彼女を引き寄せて膝の上にのせ、片腕で背中を抱きかかえる。彼女の尻の下には、勃起した彼のものがある。彼は節くれだった指を裸の乳房の下に滑り込ませて、その絹のような乳房を持ち上げ、自分の口をゆっくりと下ろしていく。やわらかい乳頭の上で彼が唇を開くと、彼女の体に戦慄が走った。舌でなぶるうちに乳首は硬くなっていく。ロッティーは彼を押しのけようとするかのように手をあげたが、突然、彼の上着の襟をつかむと、喜びのすすり泣きを漏らした。その声は彼を燃え上がらせた。舌で円を描くように硬くなった乳首のまわりをなめる、彼女は腕の中で猫のように身悶えた。

乳房へのキスを続けながら、手をスカートの中へ滑り込ませる。ズロースの縁と靴下をとめている厚い綿のガーターを手探りで見つける。スカートの中に手が侵入してきたのに気づいて、ロッティーは脚をぴたりと閉じた。顔と胸がみるみる深紅色に染まる。彼はしわくちゃの布地の上から彼女の体をまさぐり、腰から腹、そしてその下の柔らかな部分へと手のひらを這わせていった。

「やめて」彼女は目を閉じたまま言った。

ニックはピンク色ののどのカーブととがった顎にキスした。彼女の肌はほとんど透けてみえるほど薄いサテンのようだった。彼は彼女の頭のてっぺんからつま先までキスしたいと思った。「愛人はそんなことは言わない」と彼はささやいた。「申し出を撤回するつもりなのか？」

彼女は首を振った。彼の手が彼女の小さな丘に押しつけられたので話すことができない。

「では、脚を開いて」

彼女はぎくしゃくとした動きで命令に従い、脚を広げた。彼の腕にもたれて頭を後ろにのけぞらせる。彼は薄い布地の上から彼女を愛撫した。優しく熱い溝をなでるうちに布地がしっとりと濡れてくるのが指に感じられた。彼は静かにじっとしている彼女の努力によけいに興奮させられた。顔は緋色に染まり、彼が優しくさするたびに脚が硬直する。ついに彼女はうめき声をあげて、すがるように彼の手首をつかんだ。

「もう、十分でしょう」彼女は息も絶え絶えに言った。

彼のペニスは彼女の下で激しく脈打っていた。「そうかな？」と彼はささやき、ズロースのスリットのあいだに指を入れた。「もっと欲しがっているように見えるが」

彼の手が柔らかく密生した毛を、ふっくらとなめらかな丘を、そしてしっとりと濡れた入口をさぐりあてると、彼女の体は膝の上でびくんと動いた。のどのアーチにキスしながら、ビロードの茂みとたわむれる。「かわいい巻き毛だ」彼の息がロッティーの耳にかかる。「どんな色だろう。髪の毛と同じ金髪だろうか。それとももっと濃い色か？」

質問にショックを受けて、ロッティーは焦点の定まらない目で彼をみつめた。

「まあいいさ」と言いながら、柔らかな裂け目を開く。「あとで調べることにしよう」

ひだの間に密やかに隠されていた蕾を彼が発見すると、彼女は体を弓なりに反らせた。

「ああ……神様――」

「シーッ」彼は彼女の耳たぶをそっと囁んだ。「ウェストクリフに聞こえるとまずいだろう?」

「止めて」と彼女は震える声で懇願した。

だが、もはや何者も彼を止めることはできない。彼は巧みな愛撫を続け、敏感な炎の蕾を丸くなぞった。彼女は彼の硬くなったペニスの上にあった腰を浮かせて、股間を彼の手に押しつけた。親指の先で膨れた蕾をなでながら、中指を彼女の中に差し入れる。指は甘美な水路にすっぽりと入った。

緩やかなリズムで指を抜き、そしてまた突いてくる。ロッティーの呼吸は浅くなり、両腿で彼の手を締めつける。本能的に激しい緊張から解放されようと彼女が身をよじらせているうちに、彼女の内側の筋肉がぴんと張ってくるのをニックは感じた。彼はもう一度彼女の胸に顔を寄せた。乳首は硬くバラ色に染まっている。彼はそれを口に含む前に、ふっと優しい息を吹きかけた。指を彼女の奥に沈めると舌に乳首の脈動が伝わってくる。彼はこれまで体験したことなかった勝利を感じた。

なかなかクライマックスに達することができず、ロッティーはせつなくもがき、もどかしそうにうめいた。甘い深みから指を抜き、ニックは濡れた手を引き締まった彼女の腹において、なだめるように丸くなでた。「いずれ、いかせてあげよう」と彼はささやいた。「約束する」

ロッティーは再びうめくと、夢中で彼の手に体を押しつけた。彼は彼女が何を求めているかを知っており、自分もそれを彼女に与えることを熱望していた。女性が放つうっとりするような欲望の香りが彼の鼻孔を燃え上がらせた。かっと熱くなって、我を忘れそうになる。彼女の股のあいだに顔を埋め、舌を彼女の中へ差し入れたら……。

しかし彼はぶるっと身を震わせると、自分を律してスカートを引き下げ、欲しくてたまらない甘い肉体を隠した。ウエストクリフが隣の部屋で待っている。欲望に身を浸らせるのにふさわしい時でも、場所でもない。ロッティーと愛を交わす楽しみはあとにとっておこう。忍耐だ、と彼は自分に言い聞かせた。二、三度深呼吸して、心を落ち着かせる。

ロッティーは彼の腕から這い出し、長椅子の反対側の端に座り込んだ。彼女の髪も服装もめちゃくちゃに乱れ、ちらちら揺れ動く暖炉の炎に、涙に濡れた顔と紅潮した頬が照らし出される。不器用に服をなおして胸を隠した。

ふたりの目が合った。彼女の目には恥ずかしさが、彼の目にはあからさまな計算の色が浮かんでいる。ニックは思い切って言った。「君が欲しい。実際、君を手に入れるためなら、なにをしでかすかわからないほどだ。だが、僕は君を愛人にはしたくない。全面的な、ぜったいに覆すことができない所有権が欲しい。ラドナーやウエストクリフが要求しているのと同じ所有権を」

彼が何を意味しているかを認識して、ロッティーは、頭がどうかしてしまったのではないの、と問いかけるように彼を見つめた。言葉が出てくるまでたっぷり三〇秒はかかった。

はなくて?」

「結婚したいというのですか? ラドナー卿と結婚するのと、あなたと結婚するのは同じで

「同じではない。君に選択権を与えている」

「なぜあなたは私などのために、一生足かせをはめる気になったのです?」

本当の理由を彼女に告げることはニックには絶対できない。「便宜上の妻が欲しいからだ」と彼は嘘をついた。「それは君でも他の女性でもかまわない」

彼女は怒りを飲み込んだ。

「さあ選ぶんだ」とニックは促した。「逃げ続けるか、だれかの妻になるか。僕の妻か、ラドナーの妻か」

彼女は再び長い時間彼を探るようにじっと見つめた。見つめられていると首の後ろの毛が逆立ってくる。くそ、あの目には弱い。今度も彼は、まばたきも、目をそらすこともできずにいた。彼女は、彼が必死に隠そうとしている心の内を、読んでいるように見える。

「あなたの妻に」彼女の声は強ばっていた。「私はあなたの妻になります」

彼はほうっと安堵の息をそれとわからぬくらいゆっくりと吐いた。

ロッティーは彼の膝からおりて衣服を正した。マホガニーのサイドボードに行き、クリスタルのデカンタからブランデーをグラスに注いだ。めまいがして膝がふらつくのは、これ以上お酒を飲むのは禁物だという徴候だった。それにまだ彼女はウェストクリフ伯爵の使用人

であり、そのような立場の者が主人の酒に手をつけるなど、もってのほかだった。けれども、雇用者と使用人の区別は、その夜の驚くべき展開からすれば曖昧になってしまっても仕方のないことだった。一晩に、正反対とも言えるふたりの男性からプロポーズを受けたことで彼女はひどく混乱していた。

そしてニック・ジェントリーがいましがた私にしたことは――いえ、しばらくそのことは考えまい。あの恥ずかしい歓喜の余韻で、体がまだどきどき脈打っているけれど。グラスに酒をなみなみとつぐと、ロッティーは顔をしかめて、上等のブランデーを飲み込んだ。

彼女が半分ほど飲んだところでジェントリーがやってきて、グラスをとりあげた。「そんなに飲むと、ぐでんぐでんに酔っぱらってしまうぞ」

彼が彼女のブランデーを飲み干すのを見つめながら、「いけませんか?」と彼女はかすれた声できいた。

「僕はかまわないが」彼女の体が揺れ始めたので、彼は空になったグラスをわきに置いて彼女の腰を手で捕えた。自嘲ぎみにかすかな笑みを浮かべる。「僕の妻になると決めたら、どんな女も酒の力を借りたいと思うだろうさ」

有無を言わさぬノックの音がして、ウェストクリフ卿が部屋に入って来た。彼は鋭い視線を寄り添って立っているふたりに投げかけると、いぶかしげに濃い片眉をつりあげた。

ロッティーがジェントリーから離れようとすると、彼は腰にあてた手をきゅっと引き寄せた。「あなたに一番に祝福していただきましょう」とジェントリーは厭みったらしく紳士ぶった口調で伯爵に告げた。「ミス・ハワードは僕との結婚に承諾してくれました」

ウェストクリフ伯はロッティーのほうを見て目を細めた。「それが第三の選択肢かね？」

「はい、そういうことになりました」彼女はたよりなげに答えた。

ロッティーは、自分がなぜ喜んで悪魔と契約する気になったのか、伯爵には理解できまいと思った。彼を見つめ返しながら、彼女はどうか説明を求めないで欲しいと心の中で願った。自分でもなぜなのかよくわからないのだから。隠れて暮らし、恐れと不安の中で毎日を過ごすことに疲れていた。ニック・ジェントリーは彼女に避難所を与えてくれた。彼は不道徳で、非情で、世間をよく知っている。まさにラドナーから彼女を守ってくれるのにぴったりの人物だ。しかしそれだけで、彼と結婚する決心をするのに十分だったとは言えない。もうひとつ別の要素が違いを生んだのだ。ジェントリーは自分に何かを感じている。彼はいかにもそうでないというふりをしているが、彼女はちゃんと見抜いていた。そして彼女も、理性的な判断とは裏腹に、彼を欲していた。少なくとも、彼が一瞬垣間見せたあの人物に惹かれていた。あの願いの泉のそばにふたりで立っていたときに一心に彼女を見つめていたときの彼、森で彼女にキスし、君が欲しいとささやいた彼に。

伯爵は眉をひそめて前に進み出て、彼女に手を差し延べた。「私は君と話がしたい」

長い間の習慣で彼女は従順にうなずいた。「かしこまりました」ジェントリーが放してくれないので、彼女は彼をにらみつけた。「まだ私はあなたと結婚したわけではありません」と押し殺した声で言った。「放して」

彼の手が彼女の腰からすっと離れた。ロッティーが伯爵のもとへ行くと、伯爵は軽く彼女の肘をとり、部屋の隅に連れて行った。彼の敬意に満ちた触れ方は、ジェントリーの所有欲むき出しのやり方とまったく違っていた。

ウェストクリフは彼女を見下ろした。広い額に黒い髪がかかる。「ロッティー」彼は静かに語りかけた。「相手のことをよく知らないうちに、自分の身を任せると決めてはいけない。ジェントリーがボウ・ストリートの捕り手であるという事実にだまされてはならない。彼の職業からある種の気高さや、英雄的な行為を連想するのは当然だ。しかし、ニック・ジェントリーに関しては、まったく逆なのだ。彼の世間での評判は、いままでずっとそうだったのだが、芳しいとは言えない」

「どのように?」ロッティーは部屋の向こう側に立っている黒い人影にちらりと目をやって尋ねた。ジェントリーはもう一杯ブランデーを注ぎ、本棚をながめるふりをしている。不機嫌に唇を歪めているようすから、ウェストクリフが彼女に何を話しているのか承知していることがわかる。

「ジェントリーが捕り手になったのはほんの二、三年前のことだ。その前は、表向きは個人的依頼を引き受けるシーフ・テイカーということになっていたが、実は自分こそが大泥棒だったと言われている。窃盗団を仕切り、詐欺や窃盗、そして証拠の捏造などで何度も逮捕されている。彼が英国の有名な犯罪者のすべてと通じていると私は断言する。表向きは改心したように見せかけているが、いまだに裏では昔の仲間たちと不法な取引をしていると考えている人は多い。彼を信用してはならないよ、ロッティー」

彼女は平静さを保つように努力していたが、内心ではいま聞かされたことに度肝を抜かれていた。ウェストクリフの広い肩越しに、書斎の一番暗い隅に歩いて行くボウ・ストリートの捕り手の威嚇的な姿を見つめた。暗い場所のほうが落ち着けるらしかった。その目は猫のように輝いている。まだ二〇代後半なのに、そんなに多様な仕事をしてきたなんて信じられない。犯罪組織の親玉、シーフ・テイカー……ああ、いったい彼は何者なの?

「ミス・ハワード……ロッティー」伯爵の静かな声で再びロッティーは我に返った。「私の申し出をもう一度考えて欲しい。私たちふたりにとってとてもよいことだと私は信じている。私は優しい夫になると約束する。そして絶対に不自由はさせない。「私がお断わりしない——」

「伯爵様」彼女は真摯に彼の言葉をさえぎった。「私がお断わりしましたのは、伯爵様を尊敬するからこそだということを、どうぞわかってください。あなたは私がお会いした中で、もっとも高潔なお方です。だからこそ私はあなた様を愛のない結婚に引きずり込むことはできないのです。伯爵様が妻をお選びになるときに、私がその第一候補でないことは否定なされないでしょう。もし私が不当にもあなたのお申し出を受けたならば、私たちはどちらもいつか後悔するようになるでしょう。ジェントリー様と私のほうが似合っています。お互いに、これを本物の結婚とは考えておりません。ただの取引にすぎないのです。つまり……」その言葉を言おうとすると頰が燃えるように熱くなる。「つまり、互いに相手が必要とするものを与えるということなのです」

ウェストクリフは険しい顔になった。「そのような取り決めに耐えられるほど君は無感覚になってはいないし、世をすねてもいないはずだ」

「残念ながら、伯爵様、私の心は無感覚になっているのです。ラドナー卿のせいで、私は多くの女性たちがもつ希望や夢とは無縁に過ごしてきました。幸福な結婚など期待したこともありません」

「だからといって、こんなことを受け入れる必要はないのだ」と彼は主張した。

彼女は乾いた微笑を浮かべた。「そうお思いになりますか？ 私には確信が持てません」伯爵から離れて、彼女は部屋の中央まで大またで歩いていき、注意を促すようにジェントリーを見つめた。彼女はすっぱりと言った。「私たち、いつ出発しますの？」

ジェントリーは部屋の隅から出てきた。ウェストクリフと話し合ったあと、彼女が心を変えるのではないかと半信半疑でいたことを、彼女は彼の瞳のきらめきから感じ取った。自分の選択を再確認してしまったいま、もはや引き返すことはできない。

「ただちに」と彼は静かに言った。

反対を唱えようと、彼女の唇は開きかけた。ジェントリーは、屋敷の人々に、とりわけウェストクリフ夫人に別れの挨拶をする機会を与えず、自分を連れ去ろうとしている。だが、彼女にとっても、だれにも説明をせずに、ただ姿を消すほうが容易だろう。「夜の旅は危険ではありませんか？」と尋ねたそばから、彼女は自分でその問いに答えた。「いいえ、かまいません。もし盗賊に出会ったとしても、あなたといるよりは安全かもしれませんものね」

ジェントリーは突然にっこり笑った。「たしかに君の言うとおりかもしれない」その一瞬の笑顔は、ウェストクリフ伯爵の簡潔な言葉でかき消された。「ミス・ハワードの考えを変えることができないならば、せめて結婚が合法的であるという証拠を要求する。さらに、彼女が生活に困らないという証も見せてもらいたい」

ロッティーは、あらゆることを考慮したつもりだったのに、ジェントリーとの結婚生活がどのようなものになるかについてはまったく考えなかったことに気づいた。ボウ・ストリートの捕り手の収入はどれくらいなのだろう。正規の給料はわずかにちがいない。けれど、個人的な依頼に対する報酬で、世間並みの生活は送れるのだろう。私は多くは望まない。ロンドンの安全な地区で、一間か二間の家に住むことができれば。

ジェントリーは答えた。「自分の妻を扶養する能力を証明するなんて、そんな馬鹿げたことはごめんですよ。彼女は餓えることはないし、屋根の下に暮らせる。あなたが知っておかなければならないことはそれだけだ」

ロンドンへの旅は一二時間ほどかかる。ということは真夜中過ぎに出発すれば、午後の早い時間に到着できる。ロッティーは、ジェントリーの設備のゆきとどいた馬車に乗り、深々とした茶色いビロード張りの座席の背にもたれていた。走り出すと、ジェントリーは、内部を照らしていた小さなランプを消そうとした。「眠くないか。日がのぼるまでにまだだいぶある」

ロッティーは首を横に振った。疲れていたが、気が高ぶっていて眠る気にはなれなかった。肩をすくめて、ジェントリーはランプを点けたままにしておいた。片足を座席の上にのせ、少し顔をしかめている。このような狭い空間に閉じ込められるのは、体格の良い彼には少々苦痛のようだ。

「これはあなたのものなの？」とロッティーは尋ねた。「それとも私たちをだますために借りた小道具のひとつ？」

彼女が馬車の話をしているとわかって、彼はからかうように笑った。「私のものだ」

「捕り手のようなお仕事をしている方にこんな馬車を買えるほどの余裕があるとは思っていませんでした」

ニックは窓にかかっているカーテンのフリンジをいじっている。「仕事であちこち旅行しなければならないのでね。楽に旅がしたいんだ」

「捜査にいかれるときは、よく偽名を使うのですか？」

彼は首を横に振った。「たいていその必要はない」

「偽りの身分を名乗るときにはもう少し上手になさったほうがよかったのではないかしら。簡単に嘘がばれないように。そうすれば、ウェストクリフ伯爵がシドニー子爵という人物は存在しないことを探りだすまでにもっと時間がかかったはずです」

困惑しているような、おもしろがっているような、どちらともとれぬ表情が彼の顔を横切った。彼女に何か言うべきかどうか迷っているように見える。やがて口元をゆがめて、短いため息をついた。「ウェストクリフは間違っていた。シドニー子爵というのは実在する。少なくとも、正当な跡継ぎがいるんだ」

ロッティーはいぶかるように彼を見つめた。「どこに？　もしそれが本当なら、なぜ子爵の跡継ぎであると名乗り出ないのでしょう？」

「だれもが貴族になりたがるわけではない」

「そんなことあるものですか。第一、貴族になるかならないかを自分で選ぶことはできません。貴族の家に生まれるかどうかで決まるのです。自分の目の色を変えられないように、血筋を否定することできませんわ」

「そんなことくそくらえだ」と彼はこわい顔で言った。

「怒ることはないでしょう。まだ、そのミステリアスな子爵様がどこのだれなのかうかがっていませんわ。ということは、やはりそれもあなたの嘘だということでしょうか」

ジェントリーは居心地悪そうに体の位置を変え、ゆっくりと彼女から視線をそらした。

「僕だ」

「なんですって？　また私をだまそうというのですか。あなたが行方の知れない貴族のあとりだと。あなたが？　窃盗団の親分でシーフ・テイカーのあなたが、隠れ子爵ですって？」

ロッティーはきっぱりと首を横に振った。「信じられません」

「君が信じようと信じまいとかまわないさ」とジェントリーは淡々と言った。「それが将来にかかわってくることはないのだから。僕には爵位継承権を主張するつもりはない」

ロッティーは目を大きく見開いて彼の気難しい横顔を見つめた。彼は、自分が言っていることが真実だと思っているようだ。でも、そんなことがありえるだろうか。もしそれが真実だとしたら、いったいどうして貴族の息子がこんな人生を？　貴族の一員として出発しなかった人は、結局……そのまま一生を終える。彼女は質問を続けずにはいられなかった。「ではあなたはジョン・シドニー卿なのですね。二〇年前に跡継ぎをつくらずにお亡くなりになったとされているシドニー子爵の息子。証拠はあるのですか？　それを証明してくれる方はいらっしゃるの？」

「姉のソフィアと、彼女の夫のロス・キャノン卿」

「もと治安判事の？　ボウ・ストリートの捕り手を仕切っていたお方があなたの義兄だと？」

ジェントリーはうなずいた。ロッティーはひどく困惑した。彼を信用せざるを得ないわ。だって、その話が嘘ならば簡単にばれてしまうことは明らかだもの。けれど、あまりに荒唐無稽で、支離滅裂な話なのでどう考えたらいいのかわからない。

「七歳か八歳の頃、両親が死んだ」とジェントリーはぶっきらぼうに話し始めた。「僕以外には、家名と財産を継げる男の親族はいなかった。父には借金があったので、たいした財産があったわけではないし、屋敷も荒れていた。姉のソフィアと僕は、しばらく村のあちこちに身を寄せて暮らした。やがて姉は遠い親戚にひきとられることになったが、僕は手がつけられない暴れん坊になっていたので、親戚は自分の家に僕を住まわすことを渋った。そこで家出してロンドンに行き、かっぱらいになった。そのうちに捕まって牢屋に入れられたのだが、そこで死んだ少年のふりをして、予定よりも早く出られたんだ」

「その少年が本物のニック・ジェントリーなのですね」

「そうだ」

「そして、あなたは彼になりすまし、すべての人にあなたが死んだと思わせた」

反抗の光が彼の瞳の中で輝いた。「本物の名前などもう必要なかったから」

「でもあとで、自分の名前を取り戻したいとお考えになったはずだわ。そしてあなたの正当な身分を」

「僕は自分が欲する社会的身分を得ている。それにニック・ジェントリーという名前は、もとの持ち主よりも僕に馴染んでいるのさ。シドニーという名は安らかに眠らせておくつもりだ」彼は皮肉な笑いを浮かべた。「爵位がなくて申しわけないが、君はこれからニック・ジェントリー夫人と呼ばれる。姉と義兄以外、真実を知るものはいない。わかったな」

ロッティーは困ったように顔をしかめてうなずいた。「私は爵位など気にしません。もし気にするなら、ラドナー卿と結婚したでしょう」

「では、平民と結婚するのはかまわないのか」彼はじっと彼女を見つめた。「財産もない男と」

「質素な暮らしには慣れていますから。私の家は良家といわれる家柄ですが、前にお話したとおり貧乏だったのです」

ジェントリーは磨かれたブーツの先をながめている。「ラドナーは実にしみったれた後援者だったのだな。ハワード家のようすから判断するに」

ロッティーはすっと鋭く息を吸い込んだ。「私の家にいかれたのですか？」

彼は見開かれた彼女の目を一瞥した。「ああ、君の両親にいろいろと質問しに。彼らは、僕が君を捜していることを知っていた」

「まあ」ロッティーは失望の色を隠さなかった。もちろん、父と母は捜査に協力しただろう。ラドナー卿が私を見つけたがっていることは知っているし、いつだってラドナー卿の意志にはさからわないのだから。意外な話ではないはずだった。それでもやはり、彼女は裏切られたように感じずにいられなかった。父たちはラドナーの気持ちではなく、私の気持ちを一瞬たりとも考えてくれたことがあっただろうか？　のどがつまって、うまく唾が飲み込めなくなる。

「ご両親はすべての質問に詳しく答えてくれた」ジェントリーは続けた。「君が大切にしていた人形も、読みふけっていた物語の本も見せてもらった。靴のサイズだって知っている」

体が粉々にくだけてしまいそうな気がして、ロッティーは自分の腕で自分を抱きしめた。

「私が二年間ゆくえをくらましているあいだに、あなたが私の家族にお会いになっていたなんて、なんだか不思議な気がします。い、妹や弟は元気でしたか？　エリーは？」

「たしか一六歳だったかな。もの静かで、美しく、健康そうに見えた」

「そう一六です」自分が年をとったように、弟妹たちも大きくなったのだと思うとなんだか落ち着かない気分になった。会わないあいだに、きっと変わったことだろう。急に頭痛がしだして、彼女は額をさすった。「私のことを話しているとき、両親は……」

「え？」

「私のことを憎んでいるようでしたか？」と彼女はつらそうに聞いた。「ずっと考えていたのです……」

「いいや、憎んではいなかった」彼の声は妙に優しかった。「もちろん、自分たちの暮し向きのことは心配していたし、君がラドナーと結婚しさえすれば安心だと心から信じているようだったが」

「両親は彼がどんな人間か知らないのです」

「知りたくないのだろう。自分をだましているほうが得だからね」

ロッティーも同じことを千回は考えたが、それでも言い返したくなった。「両親にはラドナー卿のお金が必要だったのです。贅沢が好きだったので」

「君の父上はそれで財産を失ってしまったというわけか。分不相応な贅沢をして」

「もともとそれほどの財産はなかったのだと思います。でも、両親が使えるお金はすぐに使ってしまったことは確かです。小さい頃は何でも一番上等なものを買い与えられていました。ところがお金がなくなってしまって、食べる物にも事欠くようになったのです。そこにあらわれたのがラドナー卿でした」彼女は額をこすり続けて、痛むこめかみに指をあてた。「ラドナー卿が私に援助をするということで、話し合いはすぐにまとまりました。ラドナー卿の希望で、私は特権階級の子女しか入れないロンドンの学校へ入れられました。卿は私の食費と衣装代を支払い、そして身のまわりの世話をしてくれるメイドまで雇ってくれました。私は彼が私を淑女に仕立て上げようとしているのだと思っていました。最初のうちは、彼の妻になるためにそれほどまでの配慮をしてくれることに感謝すらしていたのです」

「だが、徐々にそう単純なものではないことがわかったんだな」

彼女はうなずいた。「私は鎖につながれたペットのように扱われました。ラドナー様は私が読む本も、食べるものも自分で決めました。彼は、私を氷のように冷たい水で入浴させるよう教師たちに命じました。お湯よりも健康によいと信じていたからです。もっと痩せたほうがいいと判断すると、食事はスープと果物だけに制限されました。毎日手紙を書かされました。彼が私のために選んだ学科の進み具合を報告するためです。あらゆることに規則が定められていました。考えがしっかりまとまって上手に表現できないうちは、話をしてはならないことになっていました。意見を求められることは決してありませんでした。そわそわ落ち着かない態度をとれば、手を椅子の座部に縛りつけられました。日焼けでもしようものなら、室内に閉じ込められました」彼女は、ほうっとため息をついた。「ラドナー卿は私をまったく別の人間に変えようとしていたのです。彼の妻となって彼と生活するようになったら、どのようなことが待ち受けているのかまったく想像がつきませんでした。いえ、彼が設けた完璧の基準に結局到達することができなかったらいったいどうなるのか」暗い記憶をさまよい、ロッティーは両手の指をからみ合わせながら、自分が何を話しているのかはっきり意識せずに話し続けた。「休暇で家に帰るのがどんなにいやだったか。必ず彼が待ち受けていました。弟や妹たちとゆっくり過ごす間も与えられず、彼と行かなければならなくて、そして……」

　彼女はある秘密を告白しそうになっていることに気づき、突然口をつぐんだ。その秘密を両親に打ち明けようとしたが、彼らはひどく怒った。その秘密は彼女の心の底に何年間もそっとしまわれていた。両親ははっきりと言葉にはしなかったが、家族と彼女が生き残れるかどうかは、沈黙を守ることにかかっていることを彼女にわからせた。禁じられた言葉を飲み込み、ロッティーは目を閉じた。

「彼と行かなければならなかった、そして……？」とジェントリーは促した。

　彼女は首を横に振った。「もう済んだことです」

「話してごらん」彼の声は優しかった。「何を聞いても驚かない」

　ロッティーは彼をさぐるように見つめ、それが真実であると知った。ジェントリーがこれまで見たり、聞いたり、行ってきたことを考えれば、ちょっとやそっとのことで動じるはずもない。

「続けて」と彼はささやいた。

　気がつくとロッティーはいままでだれも耳を貸そうとしなかった事実を彼に告げていた。

「家に帰るたびに、私はラドナー卿とふたりきりで個室に入らなければなりませんでした。そして学校での活動を彼に話し、勉強や友人のことを質問されました。そして……」彼女は、気持ちの読み取れないジェントリーの顔をじっと見つめた。何の反応も見えないことでかえって続ける勇気が出た。「彼は話をしているあいだ、私を膝の上に座らせたのです。私の胸や、スカートの下をさわりました。そんなことをされるのは、本当にいやでした。でも、どうすることもできなかった。そして父や母は……」彼女はあきらめたように肩をすくめた。「私の話を聞いてくれませんでした。それは何年も続きました。一度など、母は私の頬をたたいて言いました。あなたはラドナー様のものなのよ、いずれ彼の妻になるのだから、ラドナー様のなさることに逆らってはなりません、家族が安心して暮らせるかどうかは、ラドナー様のご機嫌と善意にかかっているのですからね、と」そして恥じ入るように彼女は言い足した。「それで私は彼から逃げ出しました。でもそうすることで、家族を見捨ててしまったのです」

ジェントリーは、二〇歳の女性ではなく、無邪気な子どもに対するように気遣いながら言った。「触るだけで、それ以上のことはなかったのか、ロッティー?」

彼女は言っている意味がわからないという顔をした。

彼は黒い頭をわずかに傾け、優しい声のままもう一度尋ねる。「彼は君を膝にのせて、君をいかせたのか。あるいは彼自身が絶頂に達したのか?」

顔がかっと熱くなった。彼女は彼が何を聞きたかったのかを理解した。同級生たちが忍び笑いをしながら教えてくれたことがある。神秘的な恍惚の瞬間ことを。ラドナーに触れられていたときにはそうした肉体の喜びを感じたことはいっぺんもなかった。「いいえ、なかったと思います」

「どちらかが達していたなら、君にもわかるはずだ」と彼は冷やかに言った。

ロッティーは暖炉の炎に照らされながらジェントリーが自分に触れたときのことを思った。胸に、腰に、腹に感じたあのめくるめくような感覚。もっと欲しくて欲しくてたまらず、甘い欲望が私を打ちのめした。あれが恍惚の瞬間というのだろうか。それともあれ以上の喜びがあるのだろうか。彼女は目の前の相手に尋ねてみたかったが、自分の無知を笑われるのが恐くて黙っていた。

ばねがよく効いた馬車の揺れは彼女の眠気を誘った。彼女は口に手をあててあくびを噛み殺した。

「少し寝たほうがいい」と、ジェントリーは優しく言った。

彼に寝顔を見られるのが恥ずかしくて、彼女は首を横に振った。あんな行為をしたあとで、いまさら恥ずかしがるのもおかしいけれど。彼女は新しい話題を探した。

「いつからボウ・ストリートの捕り手になったのですか？　あなたが自分から喜んでそのような職業についたとは思えませんけど」

彼はからからと笑った。「もちろん喜んで引き受けたさ。もうひとつの選択肢と比べたらね。義兄であるロス卿と、三年前に取引をしたんだ。彼がボウ・ストリートの治安判事だったときに。彼は確たる証拠を握っていた。もし法廷に出ることになれば僕は確実に風に吹かれて踊ることになっていただろう」

「風に吹かれて踊る？」ロッティーはその聞き慣れない言葉を繰り返した。

「絞首刑。ロープの先に吊るされるってことさ。四裂きの刑にされても、溺死刑にされてもしかたのない悪事を重ねていたからね」自分の話に対するロッティーの反応を見るために彼は言葉を切った。彼女の顔に明らかに不安な表情が浮かんでいるのでジェントリーは微笑した。「妻の弟を処刑するという困った状況を避けるために、ロス卿は証拠をもみ消すと申し出た。ただし、僕が悪い仲間を裏切り、捕り手になるならばという条件で」

「いつまで?」

「永久に。当然、僕は条件をのんだ。昔の仲間に忠誠心は持っていなかったし、首を吊られるのはまっぴらだった」

ロッティーは眉をひそめた。「どうしてロス卿はあなたが捕り手になることを望まれたのでしょう」

「思うに、彼は二年か三年公僕として働けば、僕が心を入れ替えると高をくくっていたのだろう」ジェントリーはにやりと笑った。「まだそんなことにはなっていないが」

「犯罪者を追う仕事なんて危なくありませんの? あなたは彼らを裏切ったのですから」

「僕の首を銀の大皿に載せたいと思っている連中は二、三人ではきかないだろう」と彼は大胆不敵に認めた。「実のところ、君はそう長いこと、僕との暮らしに耐える必要はないかもしれない。僕を知る人はすべて、僕が若くして死ぬと断言するだろう」

「私はそれほど運がいいほうだとは思いませんけど」と彼女はからかうように言った。「でも、望みをかけることはできますわね」

口を滑らせてすぐに、彼女の胸は後悔でいっぱいになった。自分はそんな意地の悪いことを言う人間ではなかったはずなのに。「ごめんなさい、口が過ぎました」

「かまわないさ」と彼は気軽に言った。「どうも僕は人をあおって心にもないことを言わせてしまう癖があるようだ」

「ええ、たしかに」と彼女は笑った。

「明かりを消すよ。休めるときには、どんな場所でも休息をとることにしているんだ。明日は忙しくなるからね」

その後の沈黙は、驚くほど心地よかった。ロッティーは座席の隅に体を寄せた。人生がまったく予期せぬ方向に向かっているせいで、疲れ果てて、眠気が襲ってくる。頭の中にいろいろな思考が飛び交って、きっと眠れないだろうと思っていたがすぐに睡魔が訪れ、彼女は座席のクッションに沈み込んだ。まどろみながら体の位置をいろいろ動かし、落ち着ける場所を探す。すると子どものようにだれかの懐に抱き寄せられているような気分になった。夢は優しく彼女をあやし、その油断ならない喜びに身を委ねずにはいられなかった。なにか柔らかいものが彼女の額をなで、髪を止めていたピンが抜かれた。彼女は清潔な男性の肌のにおいに、羊毛と髭剃り用石鹸のすがすがしい香りが混ざった心地の良い香りを吸い込んだ。

ジェントリーの腕の中で寝ているのを意識しながら、その膝にすり寄って、もぞもぞと体を動かした。「え……何……」

「眠りなさい」と彼はささやいた。「何もしやしないよ」彼は長い指で彼女の髪の毛をすいた。

　こんなこといけないわと逆らう気持ちと、もうどうにでもなれという気持ちが心の中でせめぎあった。彼にどんなことをされてもかまわないと思うほど彼女は疲れきっていた。けれどもロッティーは頑に彼から離れて、彼の体のぬくもりを後ろ髪引かれる思いで押しやった。彼はあっさり彼女を解放した。闇の中で彼の瞳が暗く輝く。

「僕は君の敵ではないんだよ、ロッティー」

「でも友人というわけでもないでしょう？」と彼女がかわす。「これまでのあなたのふるまいからすると」

「君が望まないことを強要した覚えはない」

「あなたに発見されなければ、私はいまでも幸福にストーニー・クロス・パークで暮らしていたことでしょう」

「君はあそこでも幸福ではなかった。ラドナー卿に会ったその日から、君がずっと幸せでなかったと断言できるね」

　ああ、それを否定することができたら！　けれども嘘をついても無駄だった。そうであることは明らかなのだから。

「僕の妻になれば、それよりもずっとましだったと思うようになる。君はだれにもかしずく必要はないし、道理をわきまえた範囲内なら何をしてもかまわない。そして、もうラドナー卿を恐れなくてもいいのだ」

「あなたと寝ることを代償に」と彼女はつぶやいた。

彼はにやりと笑い、自信たっぷりに答えた。「君はその部分を一番好きになるさ」

6

ロッティーが眠りから覚めると、窓のカーテンのすき間から太陽の光が流れ込んでいた。髪は乱れ、ぼやけた目で、未来の夫のほうを見た。服はくしゃくしゃだったが、彼はすっきりと目覚めていた。

「僕は少ししか眠らなくていいんだ」と彼は彼女の心を読んだかのように言った。彼女の手をとると、ヘアピンを手のひらに置いた。細い針金のピンをそっと握ると彼の手の温かみが残っていた。長年の習慣で、彼女はきびきびと髪を編んで結い上げた。

ジェントリーはカーテンをひいて、馬車の窓の外に広がる町の景色をながめた。一筋の光が彼の目に差し込むと、瞳はこの世のものとは思われないほど青く輝いた。馬車の中に閉じ込められていても、ロッティーには彼がこの町を熟知していることがわかった。彼は恐れ気もなく危険な街角にも貧民街にも入っていけるのだろう。

彼女がこれまで出会った貴族たち――ストーニー・クロス・パークには常にたくさんの貴族たちが滞在していた――にはそのような世馴れた表情や非情な物腰は見られなかった。彼なら、自分の目的を達成するためには、どんなに忌まわしいことでもためらうことなくやり遂げるだろう。育ちが良い人には絶対に踏み込まない領域がある。彼らは自分たちの原則や基準を持っていた。しかしジェントリーにはいまのところそのようなところはまったく見えない。

彼が本当に貴族の生まれであるなら、爵位を継ぐことを拒否し、彼が言ったように「シドニーを永眠させる」のが賢明なのだろうとロッティーは考えた。そうでないほうを選択したら、ロンドンの気取った上流階級の世界に自分の居場所を見つけるのは難しいだろう。いやそんなことはきっと不可能だ。

「ウェストクリフ様は、あなたが窃盗団の首領だとおっしゃっていました。それから――」

「かいかぶりなんだ。残念ながら僕はみんなが思っているほど大物だったわけじゃない」とジェントリーはロッティーの言葉をさえぎった。「だんだん話が大きくなっていくものなんだ。通俗読み物本の作者の何人かが、僕をフン族のアッティラ大王さながらの大悪党に仕立て上げた。もちろん、自分が精錬潔白だなんて言うつもりはないがね。大々的に密輸をやっていた。まあやり方に少々問題があったことは認めるが、ロスの捕り手のだれよりもすぐれたシーフ・テイカーだった」

「ご自分が泥棒や密輸人を仕切っておきながら、同時に窃盗犯を捕まえるなんて、ちょっとおかしくありません？」

「僕はロンドンの至る所、さらにはロンドンの外にも情報網を敷いていた。ジン小路からデッドマン通りまで、ありとあらゆる人間のしっぽをつかんでいた。自分の仕事の邪魔になるやつがあらわれたら、そいつをつきだして、報奨金をいただいた。だが、捕り手になると、泥棒狩りがちょっとやりにくくなった。治安判事殿がこうしろああしろといろいろちょっかいを出してくるものでね。とは言え、いまだに僕は最高のシーフ・テイカーだ」

「謙遜なさるということはないのですね」とロッティーは冷やかに言った。

「僕はわざと謙虚さを装う人間じゃない。それに、これは事実なんだ」

「きっとそうなのでしょう。ラドナー卿に雇われた人たちが二年かけても探し出せなかった私を見つけたのですもの」

彼はじろじろとロッティーの心を見透かすようにながめた。「君を知れば知るほど、君に興味がわくね。だれからの援助も受けず、勇気をもって新しい生活を始めようとした娘とはいったいどんな人間なのだろうか」

「勇気」と彼女はあいまいに繰り返した。「あなたにそういわれると、なんだか奇妙な感じがします。私はいつも臆病のせいだと思っていました」

彼がそれに答えようとしたとき、馬車が急に曲がって、舗装された街路に出た。両側には林と散歩道からなる美しい緑の景色が広がっている。煉瓦造りのこぎれいな三階建ての家が、わき道に沿って並んでいて、活気に満ちた都市の中程に、驚くほどのどかな雰囲気をつくりだしていた。「ベタートン通りだ」道を指差してジェントリーが言った。「ボウ・ストリートの治安判事事務所は南の方角に、そしてその向こうにコベントガーデンがある」

「市場まで歩いて行けるのですか？」彼女はこれから自分が暮らす場所について思いをめぐ

らしながら尋ねた。メードストーン校はロンドン西部にあったが、学生たちは外出を禁じられていた。

「ああ、だが僕といっしょでなければ出歩いてはいけない」

「毎朝の散歩を習慣にしています」と彼女は言った。その小さな、しかし彼女にとってはどうしても必要な楽しみが奪われてしまうのだろうかと心配になる。

「では、いっしょに散歩しよう。そうでないときは、従僕に供をさせる。とにかく、僕の妻を付き添いなしに歩きまわらせたりはしない」

僕の妻。そのさりげない言葉に、ロッティーは息を詰まらせた。突然、彼と結婚することが現実として実感されるようなった。彼の庇護を受け、彼の望みに服従する……。これまでは、それは漠然としたものでしかなかった。ジェントリー自身も驚いたようだった。なぜなら、口を固く閉じ、顔をしかめて窓の外をにらみつけているからだ。ロッティーは、彼にとっても結婚するということがいきなり現実のものとして目の前にあらわれたのではないかしらと思った。ひょっとして、考えを変えたいと思ったりはしていないだろうか。

馬車は左右対称な初期ジョージ王朝風の家の前で止まった。白いドーリア式の柱が並び、ガラスがはまった折り畳み式のドアはドーム型の玄関広間へ通じている。小さいけれど優雅な住居は、ロッティーが想像していたよりもはるかに立派な家だったので、彼女は目を丸くして黙って見つめるだけだった。

先に馬車から降りたジェントリーは、彼女が降りるのに手を貸した。そのあいだに従僕は急いで家の前の階段をのぼり、使用人たちに主人の到着を告げた。

足がしびれていたために顔をしかめながら、ロッティーはジェントリーの腕につかまって玄関へ歩いていった。中年の家政婦がふたりを出迎えた。なめらかな銀髪のふっくらした女性で、暖かい目をしていた。

「トレンチ夫人」とジェントリーは呼びかけた。ふいに目にいたずらな光が躍る。「見てのとおり、お客様をお連れした。ミス・ハワードとおっしゃる。手厚くおもてなししてくれよ。なにしろ、たったいま、彼女は僕に結婚を決意させたばかりなのだから」

結婚を迫ったのは彼女のほうだ、という含みを読み取って、ロッティーがにらみつけると、彼はにっこり笑った。

トレンチ夫人は驚きを隠せなかった。ニック・ジェントリーのような男と結婚とが、どう頭をひねっても結びつかないのだった。「かしこまりました、旦那様」彼女はロッティーにお辞儀した。「ようこそおいでくださいました、ミス・ハワード。それからおめでとうございます。心からお喜びを申し上げます」

「ありがとうございます」とロッティーは笑顔を返し、それから探るようにジェントリーを見た。召使たちの前でどのようにふるまったらいいのか、何も聞かされていなかった。それどころか、使用人がいるということさえ知らなかった。おそらく、使用人たちはふたりの結婚が契約上のものだということをすぐに知るのだろうから、彼を愛しているふりをするのは馬鹿げている。

「部屋を用意して、ミス・ハワードのために料理人に何か作らせてくれ」と彼はトレンチ夫人に命じた。

「旦那様も召し上がりますか？」

ジェントリーは首を振った。「僕はすぐに出かける。いくつか用事を済ませなければならないのでね」

「かしこまりました」家政婦は彼の命令に従うために急いで奥へ入っていった。

ロッティーを見下ろし、ジェントリーはほつれ落ちていた彼女の髪の毛を耳の後ろにはさみこんだ。「しばらく出かけるが、君はここにいれば安全だ。召使に言えばなんでもしてくれる」

彼が出かけてしまうと私が不安に思うと気遣ってくれているのかしら？　彼女は彼の心遣いに驚いてうなずいた。「わかりました」

「僕が留守のあいだに、トレンチ夫人に家の中を案内してもらうといい」それからちょっとためらうようにつけ加えた。「もちろん、気に入らないところがあれば、好きなように手を入れてかまわないよ」

「このままで十分だと思います」家の調度は趣味が良く、上品だった。入口の床は幾何学模様の大理石張りになっていて、その奥には小さな階段前の広間、そして両開きのマホガニー製のドアは開かれていて、天井の低い応接間が見える。壁は薄いグリーンで、数枚ずつ組になって絵が飾られている。一方、家具は形式よりも、使い易さや快適さを重視して選ばれていた。彼女が育った家よりもはるかに素晴らしい、美しい優雅な家だった。「どなたが装飾を？　まさかご自分でなさったのではないですわね」

彼はその質問に微笑んだ。「姉のソフィアだ。僕は必要ないと言ったんだが、どうやら姉は僕にはそういう判断力がないと思っているらしい」

「お姉さまがここにいらっしゃると、噂になったりしませんの？」

「いつもロス卿といっしょに来るんだ」と彼は口をねじまげた。彼らの訪問を快く思っていないようだ。「ふたりはここの使用人も自分たちで選んだ。彼らは僕がいかがわしい連中を雇うのを非常にいやがっていたからね。ブルースキンやらワッピング・ベスなんかは特に嫌っていたな」

「ワッピング？　どういう意味ですか」

彼は彼女の無知を半分楽しみ、また半分困っているようだった。「つまり、やることさ」彼女がそれでもわからないようすなので、彼はあきれて首を振った。「男と女が交わることだ」

困惑はたちまち非難に変わった。「いったいあなたはどういうおつもりで、そのような女性をここで雇おうと考えたのですか？　いいえ、お答えにならなくてけっこうです。聞きたくありませんわ」彼がおもしろがっているようなので、彼女は顔をしかめた。「何人くらい使用人がいますの？」

「トレンチ夫人を入れて八人」

「あなたはご自分が資力の乏しい人間であるように私に思い込ませましたね」

「そうだ。ウェストクリフ卿と比べればね。だが、快適な暮らしはさせてやれる」

「他の捕り手の方々もこんな暮らしをしているのですか？」

その質問は彼を笑わせた。「中にはそういうやつもいる。ボウ・ストリートからの指令のほかに、たいていの連中が個人的な依頼を受けている。政府がくれる給料では豪勢な暮らしはできない」

「ラドナー卿からの依頼のようなお仕事？」ラドナー卿のことを考えただけで、ロッティーは不安で胃がよじれるような気分になる。こうしてロンドンに来てしまったからには、容易にラドナーの手が届く。彼女は巣穴から追い立てられたうさぎになったように感じた。「私を見つけ出すためにすでにラドナー卿はあなたにお支払いしているのでしょう。そのお金をどうするつもりですか？」

「彼に返すつもりだ」

「私の家族は？」彼女は申しわけなさそうに小さな声で尋ねた。「家族のために何かしていただけるのでしょうか。ラドナー卿は援助を打ち切るでしょう」

ジェントリーはうなずいた。「それについてはもう考えてある。もちろん、君の家族の世話はするつもりだ」

ロッティーは自分の耳を信じる勇気がもてなかった。妻の家族全員のめんどうをみて欲しいと頼まれることはどんな男にとっても多大な重荷のはずだ。それなのにジェントリーは表面的にはこともなげにそれを受け入れてくれるようだった。「ありがとうございます」突然の安堵で息ができないくらいだった。「なんてお心が広いのでしょう」

「よい褒美がもらえれば、僕はがぜん心が広くなれるんだ」と彼は優しく答えた。

彼の指が彼女の耳たぶに触れ、その後ろのくぼみをなでるあいだ、ロッティーはじっと立っていた。顔がかっと熱くなる。こんなかすかな、ほとんど無害な愛撫でも、彼は感じやすい場所を見つけていて、指先でそっと触れられるだけで息が止まりそうだった。彼は頭をさげてキスしようとしたが、彼女は顔をそらした。彼はしたいことを何でもできる。でもこれだけはだめ。キスは彼女にとって肉体的なもの以上の、特別な意味があった。彼女の中のこの部分だけは彼に与えたくなかった。

彼の唇が頬に触れた。彼の温かい微笑みが感じられた。またしても彼は、彼女の心を読む不思議な力を示した。「何をすれば、キスがもらえるのかな?」

「何をしてもだめです」

彼は唇で、彼女の頬骨の上を軽くこすった。「そのうちわかるだろう」


大部分の人にとって、汗と真鍮みがきと記録簿の匂いがする古びたボウ・ストリートの庁舎は、訪れたい場所とは言えなかった。しかし、この三年間、ニックは庁舎を隅から隅まで知り、自分の家と思えるほど親しんできた。外部の訪問者には、小さな目立たない二つの建物——ボウ・ストリート三番館と四番館——が英国の犯罪捜査の中心だといわれても、簡単には信じられないだろう。ここにグラント・モーガン卿の裁判所があり、八人の直属の捕り手が彼の下で働いていた。

書記官やコンスタブル（巡査）たちのあいさつに、ゆったりと笑顔でこたえながら、ニックは三番館の中を進んでいった。ボウ・ストリートの上役たちが彼の秀でた能力を買うようになるまでにたいした時間はかからなかった。他の人が二の足を踏むような貧民街やいかがわしい店でも彼は平気で入っていった。気にかけるべき家族がいなかったので、もっとも危険な任務もいとわず、どんな場合も選り好みすることはなかった。実際、自分自身でもよく理解できない気まぐれな性格のせいか、やめようにもやめられない麻薬のように危険に引き寄せられ、頻繁に危険を冒さずにはいられないのだった。この二カ月、生ぬるい捜索の仕事が続いていたので、彼の体内には爆発寸前のエネルギーが充満していた。

モーガン卿の部屋につくと、ニックは主席書記官のヴィッカリーを横目で見た。彼は愛想よく会釈した。「グラント卿はまだ午前の法廷に出ておられませんよ、ジェントリーさん。あなたに会いたがっておられると思います」

ドアをノックすると、モーガンの重々しい声が聞こえてきた。「入りなさい」

使い古されたマホガニーのデスクは巨大であったにもかかわらず、その後ろに座っている人物に比べると子供の家具のように見えた。グラント・モーガンは非常に大柄な人物で、身長一八〇センチのニックよりもゆうに一〇センチは高かった。モーガンはまもなく四〇歳になろうとしていたが、短い黒髪にはまだ白いものは混じっておらず、自らがボウ・ストリートの捕り手として働いていたころから変わらない独特のバイタリティが感じられた。彼が活躍していた当時、彼はもっとも優れた捕り手で、庶民から絶大な人気を得てもいた。モーガンはこれまで何度も、小説の主人公として、大人気の通俗本に登場していた。もともとイギリス人は警察組織に懐疑的であったため、モーガン以前には政府も大衆もボウ・ストリートの捕り手に疑惑の目を向けていた。

ニックはロス卿がモーガンを後継者に任命してくれてほっとしていた。頭のよい独学の人であるモーガンは、自分の力で出世してきた。徒歩の巡回警官から、治安判事にまで登りつめた。ニックはそのことに敬意を表していた。彼の無骨な正直さと、やらなければならないことがあるときには、倫理観すらかなぐりすてるところも好きだった。

モーガンは捕り手を厳しく統制し、捕り手たちも彼の強さを尊敬した。唯一の弱点は妻であるようだった。小柄だが美しい女性で、彼女がそばにいるだけで彼は猫のようにおとなしくのどを鳴らし始めるのだった。モーガン夫人がボウ・ストリートを訪れたことはだれにでもすぐにわかった。空気に甘い香りがほのかに漂い、彼女の夫の顔にとろけるような表情の余韻が残るからだ。ニックはグラント卿が妻には頭があがらないのをおもしろがっていたが、自分はそんな罠にはまるまいと心に誓っていた。女に思い通りに操られるつもりはなかった。モーガンとロス卿は女房の尻に敷かれていればいい。俺はもっと利口に立ち回る。

「ご苦労だった」とモーガンは椅子の背にもたれ、ニックを鋭い緑の目で見つめた。「かけたまえ。帰ってきたということはラドナー卿の仕事を終えたと解釈していいな?」

ニックは机の反対側の椅子に座った。「ええ。ハンプシャーでミス・ハワードを見つけました。ウェストクリフ伯爵夫人のコンパニオンとして働いていました」

「ウェストクリフ卿とは知り合いだ。良識のある高貴な方だ。おそらく、時代の進歩を下品と見なしていない唯一の英国貴族だろう」

モーガンにしては最大の賛辞だ。ニックはウェストクリフの数多くの美点について語り合いたいという気持ちはなかったので、あいまいに低い声で返事をした。「あさってから、新しい任務につくことができますが、もうひとつだけかたづけておかなければならない用事があるのです」

二カ月も姿を見せなかったのだから、モーガンはそのあいだのことについての報告を聞きたくてうずうずしているだろうと予測していたが、驚くほど冷静にニックの話を聞いている。

「いずれまた、君に仕事を頼むこともあるだろう。ところで――」

「どういうことです？」ニックは信じられないといった顔でモーガンを凝視した。モーガンがそんな遠慮がちな態度を見せたことは一度もなかった。いつだってやるべき任務はあった。ロンドンの犯罪者たちがそろって休暇にでも入らない限り。

まるで一触即発の重要問題について議論したいがまだその許しを得ていないとでもいうように、モーガンは眉をひそめた。そしていきなり「ロス卿のところへ行け」と言った。「君に話があるそうだ」

ニックはその言葉が気に入らなかった。疑惑に満ちた視線がモーガンの視線とぶつかった。

「ロス卿にどんな用事があるというのですか?」モーガンはニックの秘密の過去を知る数少ない人物のひとりであり、三年前にニックと義兄のあいだで取り交わされた合意についても承知していた。

「ロス卿から聞きたまえ。それまでは、私が君に任務を与えることはない」

「今度はいったい何をしたというのだろう?」なんらかの処罰が下されようとしているのを感じてニックは尋ねた。過去数カ月間の行動を素早く思い返した。軽い違反行為はあったが、それはいつものことだ。ロス卿は形の上では引退したことになっているが、いまだにニックを操る力を持っていた。まったくもっていまいましい。しかもモーガンも、ロス卿の願いには決してそむかないだろう。

モーガンはおもしろがるように目を輝かせた。「ジェントリー、私の知る限りでは、君は何も悪いことはしていない。ロス卿はあのバーサス屋敷の火事での君の働きについてお話しになりたいのではないかな」

ニックは顔をしかめた。二カ月前、ちょうどラドナー卿の依頼を受ける直前のことだった。コベントガーデン近くの高級住宅が立ち並ぶ地域へ出動命令があった。ナサニエル・バーサスという裕福なワイン商の私邸が火事になったのだ。現場に到着した最初の警官だったニックは、見物人から燃えている建物にはまだ家族が残っていると聞かされた。

それを聞くとニックは即座に火の海に突進していった。二階で煙に巻かれて倒れているバーサス夫妻を発見し、別の部屋で泣いている三人の子どもも見つけた。夫妻をなんとか起こし、自分は腕と背中に三人の泣き叫ぶ子どもを抱え、家から彼らを連れ出した。その数秒後、家は炎に飲み込まれ、屋根が落ちた。

ニックにとってははなはだ迷惑なことに、タイムズ紙が大々的にその事件をとりあげ、彼を偉大な英雄に仕立てあげた。おかげで捕り手仲間からはさんざんからかわれるはめになった。彼がボウ・ストリートに行くたびに、捕り手たちはからかい半分に、わざとらしく敬意を表する真似をするのだった。そんな状況にうんざりして、ニックはボウ・ストリートを一時的に離れる許可を要請した。モーガンは躊躇なくそれに同意した。ありがたいことに、大衆はなんでもすぐに忘れてしまう。八週間いなかっただけで、噂は消え、すべてが正常に戻った。

「火事の話は、いま関係ないでしょう」と彼はぶっきらぼうに言った。

「ロス卿はそう思ってはいらっしゃらないようだ」

ニックはいらだたしげに首を振った。「分別をわきまえて、あんな場所に近づかなければよかったんだ」

「だが、君はそうした」とモーガンが返す。「自分に大きな危険がふりかかるのをかえりみず、家の中に飛び込んでいった。そして君のおかげで、五人の命が救われた。なあ、ジェントリー。三年前の君だったら、同じことをしただろうか？」

ニックは、内心その質問に驚かされたものの、顔には出さなかった。答えはすぐにわかった。ノーだ。昔の自分ならそのような危険を冒すことに価値を見いださなかっただろう。自分にとってまったく利用価値のない市井の人の命を救ったからといって、物質的利益は何も得られないのだから。きっと彼らを見殺しにしただろう。一時的には後ろめたい気分になったかもしれないが、すぐにそんな気持ちを忘れる方法を見つけたはずだ。なんだかよくわからないが俺は昔とは違う人間になったのだ。それを実感したことで、落ち着かない気分になった。

「どうかな」と彼は呑気そうに肩をすくめてつぶやいた。「で、なぜあの火事にロス卿が興味をもつのですか？　僕を呼びつけて、よくやったと頭をなでてくれるとでも？」

「それだけではないだろう」

ニックは顔をしかめた。「何も教えてくれず、任務も与えてくれないというのなら、長居は無用だ」

「では、私もひきとめない」とモーガンは静かに言った。「ご苦労だった、ジェントリー」

ニックはドアに向かって歩いていったが、何かを思い出して立ち止まり、モーガンのところに引き返した。「行く前にお願いがあります。明日、結婚許可証をとれるように記録係に言ってもらえませんか」

「結婚許可証？」モーガンはかすかに目を細めて当惑を示した。「ラドナー卿の使い走りまでさせられているのか？　なぜ彼はそんなに急いでその娘と結婚したがるのだ。それになぜ彼は教会で式を挙げずに、役所で結婚しようとしているのかね。それに――」

「許可証はラドナーのためのものではありません」とニックはさえぎった。突然、言葉が一つかみのアザミの花のように彼ののどに突き刺さった。「僕のためのものです」

モーガンが事態を把握するまで、長い沈黙が続いた。腰を抜かすほどの驚きからようやく回復して、モーガンはニックの赤く染まった顔をじっと見つめた。「それで、だれと結婚するというのかね、ジェントリー」

「ミス・ハワード」ニックはぼそぼそと言った。

モーガンは困った奴だと言わんばかりに、ふんと鼻を鳴らして笑った。「ラドナー卿の花嫁か?」彼はおかしさと好奇心が入り混じった目でニックを見た。「まったく、なんてことだ。きっと、飛びぬけて素晴らしい娘なのだろう」

ニックは、肩をすくめた。「そんなことはありません。妻を持つのもいいかなと思っただけです」

「たしかに一理あるが」とモーガンは率直に言った。「そうとも言えない面もある。彼女をラドナーに返して、自分には別の女性を探したほうが問題は起こらなかっただろう。君はめんどうな相手を敵にまわしたことになる」

「ラドナーくらいなんとでもなります」

モーガンがあきれたように笑ったので、ニックはむっとした。「とにかく、心からお祝いを述べさせてもらうよ。記録係の責任者に命じて、証明証を明日の朝までに用意させておこう。さあ、すぐにロス卿のところへ行きたまえ。君が結婚するとなるとロス卿の計画とますます関係してくることになる」

「早くその計画とやらを聞きたいものです」とニックが皮肉な調子で言うと、モーガンはにやりと笑った。

人を操るのが得意な義兄は、いったいどんな計画を立てているのか。ニックは苦々しく思いながら、ボウ・ストリートをあとにした。明るい四月の太陽が、みるみる雲に覆われ、空気は冷たく湿り気を帯びてきた。馬車や荷車や馬で混雑している通りを巧みに馬で駆け抜け、川を離れて西へ向かった。突然、ロンドンの南のナイツブリッジ地区が終り、ひなびた景色が広がった。広大な地所に建てられた巨大な石造りの邸宅に代わって、街区ごとにテラスハウスが整然と並んでいる。

重々しいジャコビアン風のラドナー邸の角張った輪郭が見えてきたので、ニックは馬に拍車をかけた。栗毛馬の鉄の蹄鉄が、規則正しく長い砂利道を踏んでいく。最後に、そしてたった一度だけニックがここを訪れたのは、ラドナーの仕事を引き受けたときだった。それ以後の仕事の段取りについては、すべて伯爵の使者と話し合い、ニックが時おり送った報告も彼からラドナーに届けられていた。

ニックは上着のポケットに入っている小さなエナメルのケースの重みを感じた。ラドナーにそれを返すのは残念だった。二カ月間持ち歩き、何度もながめてきたので、今では一種の魔よけのようになっていた。ロッティーの顔の線、髪の色、唇の甘いカーブは本物に会うよりもずっと前に、彼の脳に刻み込まれていた。しかし、その肖像画は美しいけれど平凡な顔に描かれており、人を惹きつける彼女の魅力はまったく捕えられていなかった。彼女の何が彼の心を動かしたのだろう。おそらく、思わず守ってやりたくなるようなか弱さと、予想外の勇敢さが入り混じったところだろう。静かな外見の下に、熱い火がとろとろと燃えている。彼女の内部に彼と同じ官能の炎が隠されているのが、時おりの彼女の反応からうかがわれる。

自分のロッティーへの欲望が、ラドナーの欲望と変わらず性急であることが、ニックを不快にさせた。だが、彼らが彼女を欲する理由は、まったく違うのだ。

「完全な女性を造りあげるためには、どのような出費もいとわない」とラドナーはニックに言った。まるで自分はピュグマリオンであり、ロッティーはガラテアとなる運命であるかのように（訳注 ピュグマリオンはギリシア神話に出てくる人物。自分の手で彫刻した象牙の女人像ガラテアに恋し、アフロディテに祈ったところ、像は命を与えられた）。ラドナーの理想の女性像は、実物のロッティーとはかけ離れていた。なぜ、彼はロッティーに執着したのか。彼にとってもっと扱いやすい女性はほかにいただろうに。生まれつき従順な女性を支配することのほうが、はるかに容易だったはずだ。だがおそらくラドナーは、ロッティーが見せた挑戦に抵抗できないほど彼女に惹きつけられていたのだ。

正面の入口に着くと、ニックは馬の手綱を召使に渡し、ゆっくりと狭い石の階段をのぼっていった。執事が彼を出迎え、どのようなご用件でしょうかと尋ねた。ニックが「シャーロット・ハワードに関することでラドナー卿と話したい」と言うと、執事の顔は輝いたように見えた。

「かしこまりました」執事はあわてて奥に消えると、一分ほどで戻ってきた。広間を駆け抜けてきたかのように軽く息をはずませている。「ラドナー卿はすぐにお会いになるそうです、ジェントリー様。どうぞこちらへ」

執事に導かれて玄関を通り抜け、狭い廊下を歩いて行くと、屋敷の暗い深紅色の内装に呑み込まれていくような気がした。贅沢な装飾がほどこされていたが、明かりは暗く、息苦しく感じられた。ニックはラドナーが光に敏感であることを思い出した。初めて会ったときに、彼は強い照明が目を痛めると言っていた。いまも、あの時と同様、窓には重いビロードのカーテンがかかっていて太陽の光はすべて遮断されていた。小さな部屋が並ぶ迷路のような屋敷内を執事に案内されて歩いていく。すべての物音は厚いカーペットに吸い込まれる。

ニックは書斎に案内された。伯爵はマホガニーのテーブルの後ろに座っていた。すぐわきのランプの炎が、彼の細い、粗くかんなをかけたような顔を照らし出している。

「ジェントリー」ラドナーは早く聞きたくてたまらないといった目でニックを見た。彼はニックに椅子を勧めず、手招きで近くに寄るよう示した。執事はさがって、ほとんど音をたてずに静かにドアを閉めた。「さて、どのような知らせかね。彼女の居場所をつきとめたのか？　言っておくが、私の忍耐はそろそろ限界にきている」

ニックはポケットから銀行の小切手を取り出し、平らに伸ばしてランプの横に置いた。

「金はお返しします。残念ながら、ミス・ハワードに関することで、あなたの要求に応じることができませんので」

伯爵が指を曲げたので、鷹のかぎ爪のような影がぴかぴかのテーブルを横切った。「では、彼女を発見できなかったのだな。ほかの連中と同様、自分が役立たずであることを証明したわけだ。高慢ちきな小娘ひとり、私が派遣した者たちがことごとく発見できないとはどういうわけだ」

ニックは悠然と微笑んだ。「彼女を取り逃がしたとは言っていません。それどころか、彼女をロンドンに連れて来ました」

ラドナーは椅子からさっと立ち上がった。「彼女はどこだ！」

「それはもはやあなたには関係ありません」ニックはにわかに愉快な気分になった。「つまり、ミス・ハワードは別の男と結婚することにしたのです。この事件では、冷却期間をおいても、彼女の心は溶けなかったようですな」

「だれと？」ラドナーはそれしか言えないようだった。

「僕と」

ふたりの間に険悪な空気がたちこめた。これほどの怒りをだれかの顔に見ることはめったにない。方法さえあれば、ラドナーは間違いなくニックを殺していただろう。その代りに伯爵はニックをにらみつけながら、ロッティーが永久に自分の手を逃れたという事実を徐々に理解しはじめた。

「おまえに彼女はわたさない」ようやくラドナーは鬼気迫る形相で低くうめいた。

「あなたには止められない」とニックは軽く答えた。

伯爵は顔面の筋肉を憎々しげにひくひく痙攣させた。「いくら欲しい。金目当てだということはわかっている。くれてやるから、値段を言え」

「金をせびりに来たわけではない」とニックはきっぱり言った。「つまり、僕は彼女が欲しくなった。そして彼女もあなたのでなく、僕の申し出を好んでいるようだ」彼はポケットからロッティーの肖像画が入ったケースを取り出し、テーブルの上を滑らせた。ロケットは回転しながら伯爵のこわばった腕の近くで止まった。「これが、シャーロット・ハワードに関してあなたが持ち得るすべてのようです、伯爵様」

ラドナーが状況を理解できていないのは明らかだった。そしてあまりに激しい怒りにのどをつまらせ話すことも困難なようだった。「お前たちふたりは、このために苦しむことになるぞ」

ニックは彼から目を離さなかった。「いいえ、彼女に近づいたら、苦しむのはあなたのほうです。彼女に連絡をとること、彼女の家族に対する報復はご遠慮願います。彼女はいま、僕の保護下にあるのですから」彼は言葉を切ったが、もうひとこと付け加えるべきだと思った。「僕の経歴をいくらかでもご存知なら、この警告を軽く受け取ることはできないはずです」

「無知な小僧め。私に彼女に近づくなと警告するとは。私が彼女を造ったのだ。私の力がなければ、シャーロットはいまごろ、田舎で半ダースの子どもに囲まれていただろう。あるいは、胸の谷間にコインを投げてくれる男ならだれにでも、脚を広げていただろうよ。私は大金をかけて彼女を磨き上げてきたのだ」

「では、請求書を僕に送ったらいい」

「そんなことをしたら、お前は破産だ」とラドナーはあからさまな軽蔑をこめて断言した。

「いずれにせよ、送ってください」。ニックは穏やかに言った。「だれかを造るためにはどれくらいかかるものなのか、ぜひ知りたいものです」

ニックは、日光浴を緊急に必要としている爬虫類のように暗がりに座っているラドナーを残して、部屋を出た。

7

ロッティーは塩味の羊肉シチューを食べながら、小さなダイニングルームの落ち着いた雰囲気を味わった。磨き上げられた床からは蜜蠟のにおいがし、サイドボードには上等な白い磁器が収められていた。

トレンチ夫人が戸口にあらわれた。親しみが感じられるたくましい体つきに、朗らかな表情――だが、そこにはかすかな警戒の色がある。ロッティーは彼女が質問したくてうずうずしているのを感じ取った。この人は本当にニック・ジェントリーと結婚するつもりなのか。彼女はだまされているのではないか。ふたりのあいだに愛はあるのだろうか。それとも便宜的な結婚なのだろうか、あるいはやむにやまれぬ事情が……この女性は同情をよせるべき人なのか、それとも侮れない脅威となるのか。

「食事にご満足いただけましたか、ミス・ハワード」

「ええ、ありがとうございます」ロッティーは愛想よく微笑んだ。「ジェントリー様のところで働くようになってどのくらいになるのですか、トレンチ夫人」

「三年になります」と夫人は即座に答えた。「旦那様がボウ・ストリートでの仕事をおはじめになったときからです。ロス卿ご自身が私を面接なさいました。ロス卿は旦那様がきちんと暮らせるよう手助けしたいとお考えでした。ロス卿はジェントリー様にとって保護者のような方なのです」

「なぜロス卿は、彼にそのように肩入れなさるのでしょうか」ロッティーは、彼らが実は義兄弟であることをトレンチ夫人が知っているかどうか探りを入れた。

夫人は本当に不思議でたまらないというようすで、首を横に振った。「大きな謎でございます。おふたりがかつては宿敵であったことを考えるとますます。ロス卿がジェントリー様をボウ・ストリートの捕り手にすることに決めたときには、多くの批判が集まりました。けれどもロス卿のご判断が正しかったことはいまでは周知の事実です。ジェントリー様は、もっとも危険な任務を任せられるお方です。あの方は何も恐れません。冷静な頭脳と敏捷な動き――グラント卿が旦那様を評しておっしゃった言葉です。ジェントリー様がいったい何を求めてあのように危険に立ち向かっていかれるのか、だれにもわかりません」

「ええ、本当に」とロッティーは皮肉をこめて言った。しかしトレンチ夫人は彼女の声に含まれる冷笑に気づかなかった。

「ジェントリー様は勇敢で大胆なお方です。それにあのバーサス家の火事のあと、もう悪口を言う人はおりませんわ」

「どこの火事ですって?」

「まあ、ご存知ありませんでしたの? つい先日、旦那様はワイン商人の一家を燃えている家から救い出したのです。旦那様が家に飛び込んで彼らを発見しなかったら、全員確実に命を落としていました。タイムズ紙の記事によれば、旦那様はロンドン一の話題の人物だそうです。女王陛下ですら旦那様を賞賛なさり、毎年恒例の王立文学基金の晩餐会で女王の夫君の護衛をご依頼なさったとか」

「ジェントリー様はそんなことひとこともおっしゃっていませんでした」とロッティーは言った。この新しく聞いた話と、彼についてすでに知っていることとのあまりの差に面食らってしまう。

トレンチ夫人はもっとしゃべりたそうだったが、それ以上この話題には触れなかった。

「お許しいただければ、客室によく風が通ったかどうか、そしてあなた様の荷物が片づけられたかどうか見てきてもよろしいでしょうか、ミス・ハワード」

「ええ、もちろん」シチューを食べ終えてから、ロッティーは、水で薄めたワインを飲んだ。ニック・ジェントリーが他のだれかのために生命を賭ける……想像することは、難しかった。ジェントリーを正真正銘の悪者と考えるほうがどんなに簡単だったことか。何週間も彼についてあれこれ考えても、はっきりした結論は得られないのだろう。悪ぶっている善人なのか、善人を装う悪者なのか。

ワインは眠気を誘った。まぶたを半分閉じて、椅子の背にもたれていると、召使が食器をさげにきた。ある男との結婚を避けるために別の男と結婚する。その滑稽さに彼女は冷たい微笑を浮かべた。ニック・ジェントリー夫人になることは、ラドナー卿や彼の腹心の部下から隠れ続けるよりはるかにましに思われた。それにジェントリーが示してくれたように、この取り決めはある種の喜びももたらしてくれるはずだ。

彼の手が自分に触れる感触を思い出すと、顔がかっと熱くなり、胃の奥がちくちく痛み出す。胸に感じた彼の唇のタッチは忘れようとしても忘れられない。彼の絹のような髪が腕の内側をなでた。手の皮膚はごわごわしていて、その長い指がやさしく滑って、あそこに――

「ミス・ハワード」

ロッティーはびくっとして、ドアのほうを見た。「はい、なんでしょう、トレンチ夫人」

「お部屋の用意ができました。お食事がお済みなら、メイドが着替えをお手伝いいたします」

ロッティーは会釈で感謝を示した。「できれば、入浴したいのですが」メイドたちにお湯の入った水差しを何度も二階に運ばせることになるので気が引けたが、長旅でほこりにまみれ、節々が痛んだので、湯につかってさっぱりしたくてたまらなかった。

「かしこまりました。シャワーはいかがでございましょう。ジェントリー様は二階の浴室に水と温水のパイプをひいて、シャワーが使えるようになさったのです」

「まあ、そうなのですか?」裕福な家庭にはシャワーがあると聞いていたが、実際にはまだ見たことがなかった。あらゆる設備が整っているストーニー・クロス・パークでさえも、まだ温水パイプは設置されていなかった。「ええ、ぜひ使いたいですわ」

トレンチ夫人は、彼女が目を輝かせたのを見て微笑んだ。「ハリエットにお世話をさせましょう」

ハリエットはめがねをかけた若いメイドで、黒髪を白いモブキャップ（訳注 耳までかぶさる一八～一九世紀の室内用婦人帽）ですっぽり覆っていた。彼女は礼儀正しいが気さくに、ロッティーを二階に案内した。浴室と化粧室は、主人のものと思われる一番立派な寝室につながっていた。寝室に置かれているベッドには磨き込まれた木製の柱と枠がついており、その上に琥珀色の絹の天蓋がかかっていた。ベッドは大きかったが、低めにできていて、階段がなくてもマットレスの上に乗れるくらいの高さだった。たくさんの枕や長枕が豪華に配されているのをちらりとながめると、ロッティーは胃がきゅっと痙攣するのを感じた。視線を壁に移すと、中国の鳥と花の模様の手描きの壁紙が貼られていた。三脚の磁器の洗面台が、背の高いマホガニーの衣装簞笥のそばに置かれていた。簞笥の上には小さな四角い姿見が置かれている。趣味のよい、とても男性的な部屋だった。

ほのかな香りが部屋に漂っていた。ロッティーはいったいなんだろうと思った。においの出所は洗面台の上に置かれた大理石の入れ物だった。中には髭剃り用石鹸が入っている。入れ物の蓋をもとに戻すと、かすかな石けんの香りが指に移った。かぐわしい、よい香りだ。このにおいを前にもかいだことがある。ニック・ジェントリーの温かい、ちょっと髭のざらつきが感じられる顎の皮膚から。

なんということだろう。一週間もたたないうちに、私は隠れ場所から引っ張り出され、ロンドンに連れて来られた。いま、自分は見知らぬ男の寝室に立っている。すでに彼の香りには馴染んでいるのだけれど。突然、自分がだれなのか、自分がどこに属しているのかがわからなくなった。心の羅針盤が壊れてしまっていて、間違っていることと、正しいことのあいだをうまく航海していくことができなくなっていた。

メイドの声で、もやもやした不安な思いは破られた。「ミス・ハワード、もうお湯を出しました。さ、どうぞお入りくださせい。早くしねえと、水が冷たくなっちまいますよ」

促されるまま、ロッティーはブルーと白のタイル張りの浴室に入った。むきだしのパイプにつながっている磁器のバスタブ、化粧台と椅子、そして細長い食器棚ほどのスペースにぴたりとはめ込まれたシャワーバスがある。部屋が手狭になっているのを見て、洗面台が寝室に置かれていた理由がわかった。

ハリエットに手伝ってもらって、ロッティーはすばやく服を脱ぎ、髪を下ろした。一糸まとわぬ姿になって顔を赤らめながらシャワーバスの高い敷居をまたいだ。頭上のたくさんの穴があいた蛇口から、湯気をたてながらふんだんに流れ落ちる湯を見て、彼女はためらった。冷たい空気に包まれ、皮膚に鳥肌が立った。

「さあ、どうぞお嬢様」ロッティーがなかなかシャワーに入ろうとしないのを見かねて、メイドが促した。

息を吸い込み、ロッティーは水の流れの中に進み出た。後ろでドアがそっと閉まる。熱い流れに包まれ、一瞬水しぶきで目が見えなくなったが、もっと奥に進むと顔に水がかからなくなった。手で流れる水をぬぐう。ロッティーは急に楽しくなって笑いだした。「まるで雨の中に立っているみたい」と彼女は叫んだ。

タイルを叩く水音でメイドの返事はかき消された。ロッティーはじっと立ったまま、その心はずませる感触を、背中をちくちくと刺す温かみを、そして肺を満たす蒸気を味わった。ドアが開き、石鹼とスポンジが手渡された。髪と体に石鹼をつけて、ゆっくりと円を描きながら洗った。顔は上に向け、目と口はしっかりと閉じている。熱い湯が全身を、胸や腹や腿を、そして爪先のあいだを流れ落ちていく。それは驚くほど官能的な経験だった。一瞬にして、すべての力が抜け、凝りがほぐれたように感じた。何時間でもそこに立っていたかったが、すぐに水は冷たくなり始めた。がっかりしてため息をつきながら、完全に体が冷えてしまう前に水の流れの外に出た。

「もう冷たくなりました」と大きな声で言うと、ハリエットはドアの外のバルブを締めてから、お湯のパイプの上で温められていたタオルをロッティーに差し出した。

冷たい風に震えながら顔と髪をふき、タオルを体に巻きつけた。「もうちょっとだけ浴びていたかったわ」と彼女が悲しげに言ったので、ハリエットはにっこり笑った。

「三時間もたてば、十分なお湯がわいてまた浴びられますだよ、お嬢様」

ロッティーはメイドのあとについて、隣の化粧室に行った。紺色のドレスと新しいリネンが細い寝椅子の上に広げられていた。「シャワーだけでも、ジェントリー様と結婚する価値があるわね」

その言葉に、ハリエットは詮索するような目を向けた。「では、本当なのでございますね。

お嬢様が旦那様と結婚なさるってのは？」

「ええ、どうやら」

メイドはひどく好奇心にかられたようだったが、なんとか礼儀をわきまえて口をつぐんだ。ロッティーは湿ったタオルを置くと、それほど急ぐでもなくズロースとシュミーズをはいた。恥ずかしくない程度に下着をつけ終わると、ビロード張りの寝椅子に腰掛け、厚い綿の靴下をふくらはぎまで引き上げた。いったい何人くらいの女性が、ここで入浴をして、服を着、そして眠ったのかしらと考えずにいられなかった。ジェントリーのベッドは売春宿のベッドと同じくらい忙しかったはずだ。「あなたはここで、たくさんの女のお客様のお世話をしてきたのでしょうね」とガーターに手を伸ばしながら彼女はきいた。

ハリエットはその質問にびっくり仰天した。「めっそうもない、お嬢様」

ロッティーは驚いてガーターを落としそうになった。「え？」彼女は眉を上げてメイドを見つめた。「私が、ここに来た初めての女性だというのではないでしょうね？」

「私が知ってる限りでは、あなた様が初めてでございます、お嬢様」

「そんなはずはないわ」彼女は言葉を切って、わざとぞんざいに言った。「ジェントリー様はハーレムさながらに寝室でお楽しみだったと私は確信しています」

メイドは首を横に振った。「私は女の方がこのお屋敷にお越しになられるのを見たことはありませんだ。つまり……そういう意味で。もちろん、バーサス家の火事以来、たくさんのご婦人方が、手紙をお寄越しになったり、尋ねてきなさるようになりましたが」ハリエットの口元に、ちゃめっけのある笑いが浮かんだ。「通りに馬車の列ができて、旦那様はご自分の家の玄関に入れなくなってしまわれました。なにしろ毎朝群衆が旦那様を待ち構えていましたから」

「ふーん」靴下をぴちっとガーターで止め、もうひとつのガーターに手を伸ばした。「では、あの方は愛人をここに決して連れて来たことがないというの?」

「その通りでございます、お嬢様」

彼はどうやらロッティーが思っている以上にきちんとしているようだ。少なくとも自分の家だけは完全に個人的なものにしておきたいと思っているのだろう。きっと性的欲望は娼館で満たすことにしているのだ。あるいは——そんなことを想像するだけでも厭わしいが——通りで売春婦を買うだけで満足するほど下劣な趣味なのかもしれない。しかし、彼はもっと深く愛の行為の楽しみ方を理解しているように思われた。彼女に触れたときの彼は、欲望に燃える野獣ではなく、作品を評価する鑑定家のようだった。顔が熱く火照る。彼女は服を着ながら、当惑を隠すためにメイドにもっと質問をした。

ハリエットはトレンチ夫人と違って、ジェントリーについてぺらぺらとよくしゃべった。彼女によれば、ジェントリーは次に何をするのかわからない人物であり、使用人にさえも謎の人物と思われているらしい。ふだんは紳士としてふるまっているが、いざ仕事となればどんな荒っぽいことでもやってのけた。彼は冷酷であるかと思えば情け深く、乱暴かと思えば優しく、そのときどきでくるくる変わるのだった。ボウ・ストリートの捕り手の常として、寝起きの時間が不規則で、昼夜かまわず呼び出しがあって、何か災害が起これば救助活動に、殺人事件の捜査に、あるいはきわめて危険な逃亡者の逮捕に向かうのだった。決まった日課のようなものはほとんどなく、きちんと計画を立てるのも好きではなかった。そして奇妙なことに、彼は眠りが浅く、時おり悪夢にうなされているらしい。

「どんな悪夢なのです？」とロッティーは興味をそそられて尋ねた。

「ぜったいにおっしゃいません。身のまわりの世話をしている従者のダドリーにすら。でも、ときどき、寝ているあいだにひどくうなされて、その自分の声で起きておしまいになられますだよ。そうすると、もうベッドには戻らず、朝まで起きておられるのです。ダドリーは、悪夢の原因はジェントリー様があれを思い出されるからだと……」ハリエットはいったん口をつぐんで、気遣うようにロッティーを見た。

「犯罪者として暮らしていたころのこと？」ロッティーは、静かに尋ねた。「ええ、ジェントリー様の過去については聞いています」

「旦那様は犯罪者ではごぜえませんよ、お嬢様。悪人というんじゃねえんです。泥棒をつかまえる仕事をしてました。それからフリート・ディッチの近くにいかがわしい売春宿を持ってましたし、入っていたことも一度か二度はありますだよ」

「刑務所にってこと？」

ハリエットはうなずき、自慢げに続けた。「二度、脱走したんですよ、旦那様は。あの方を閉じ込めておける牢屋はないって、みんな言ってますだ。二回目のときなど、ニューゲートの刑務所の真ん中にある悪魔の独房に、一三〇キロの鎖でつながれていたそうです。それなのにやすやすとすり抜けて、脱出してしまったのでごぜえます」

ロッティーはそれを聞いても驚かなかった。ジェントリーの尋常でない機敏さ、体力、そして狡猾さを思えばさもありなんという気がする。未来の夫が名うての犯罪者だと聞いて、怯えてもいいはずだった。しかし、それは奇妙にも彼女に安心感を与えた。彼がラドナー卿に脅かされたり、容易にやりこめられたりしないという確信がこれまでよりもさらに強まった。恐らく彼は彼女にとって最高の保護者となってくれるだろう。

あくびをしながら、ハリエットにともなわれて客用寝室に行った。その部屋の壁は淡いブルーで、テント型の天蓋のついたベッドにはグレーとブルーのカーテンが引かれていて、手袋、靴下などの小物がおさめてある小さな引出しがずらりとついた大きなヘップルホワイト様式の箪笥が置かれていた。引出しの中から櫛を見つけ、暖炉の近くに行くと、メイドは火床に火をつけた。「ありがとう、うれしいわ。あとはもういいです、ハリエット」

「はい、お嬢様。あそこに呼び鈴の引き紐がごぜえますから、なにかあったらお呼びくだせい」

暖炉のそばに座って、ロッティーは細いまっすぐな髪をすいた。やがて、長い金髪が炉の熱で温まってきた。家のどこかで時計が四時を告げた。窓越しに灰色の空を見上げた。窓ガラスに雨粒が飛び散るのを見て、彼女はぶるっと震えた。ほんのひとときのあいだ、将来の不安を忘れよう。櫛を脇において、ベッドによじのぼり、カーテンを引いて枕にもたれた。

すぐに眠りに落ち、淡い愉快なイメージの中を泳ぐ……ハンプシャーの森を散歩しているイメージ……暑い日に冷たい池に足をひたす心地よさ……キッシング・ゲートで立ち止まると、太陽で暖められたシモツケソウの濃い香りが鼻をくすぐる。目を閉じ、顎を上に向けて、熱い太陽の光を味わう。するとチョウの羽が軽く頬をなでる。その繊細なこそばゆさにうっとりしながら、彼女はじっとしていた。何かが鼻先に絹のように軽く触れ、感じやすい上唇の近くを、敏感な口の端を軽くかすめていった。

目を閉じたまま、彼女は顔を上げてその温かな感触を求めた。彼女の唇に優しく唇が押しつけられた。彼女は口を開き、肺の上部からうめき声を漏らした。キッシング・ゲートの下でシドニー卿が彼女といっしょに立っている。彼の腕がペンキ塗りの格子に彼女の体を押しつけている。彼の口が彼女の口を優しく捜した。彼の体はぴたりと彼女の体に押しあてられていて、彼女はもっと強く抱きしめて欲しくて黙って身をよじらせた。彼女の求めているものをわかっているかのように、彼は膝を彼女のスカートのあいだに割り込ませ、彼を求めて高まっている彼女の部分におしあてた。息を止めて、指で彼の艶やかな髪をつかむと、力を抜いて、と彼はささやいた。大丈夫、君を満たしてあげるから。

「まあ」激しく目をしばたいて、彼女は官能的な夢から覚めた。彼女はひとりきりではなかった。ベッドカーテンは脇に引かれ、ニック・ジェントリーの長い体が彼女の体とからみあっていた。大きな手が彼女の腰の後ろにまわされ、彼の脚は彼女の脚のあいだにはさみこまれている。彼の息が彼女の耳にかかり、熱い湿り気が耳殻を満たした。それから彼の唇は彼女の唇を求めて頬をすべっていく。彼のキスに彼女の抵抗は吸い込まれた。彼の舌が女の口を探り、彼のものが彼女の体をこじ開けた。長い硬くなったものが彼女の腿のあいだの溝をそっと突く。ふたりの衣服の層を通してもそれとはっきり感じられる。抑制された一突き。もう一度……もう一度。そのリズミカルなほのめかしは我を忘れるほど素晴らしく、彼を止めることができなかった。肉体的な興奮が彼女の魂に浸透し、彼女の全身はもっと強く、もっと近く彼を引き寄せることを願った。

けれどもロッティーは彼を押しのけ、すすり泣きながら彼の口から自分の口をはずした。

「やめて」

彼が放すと、彼女は体を回転させて自分のこぶしの上にうつぶせになった。激しく呼吸しながら、彼女は首から踵までぴたりと寄せられている彼の長い体を背中に意識していた。

「眠っているあいだにこんなことするなんて、ずるいわ」と彼女は息を切らして言った。

ジェントリーはゆっくりと円を描くように彼女の尻をなでた。「ずるいことをするのは僕の専売特許さ。そっちのほうが簡単だからね」

急に笑いがこみあげてきた。「あなたって、いままで会った人のなかで最悪の恥知らずだわ」

「おそらくね」と彼は認めると、彼女の髪をどかして首のうしろに口づけした。彼がうなじの産毛に鼻をすりつけたので、彼女ははっと息を吸い込んだ。「なんて柔らかいんだ。絹のようだ。子猫の毛みたいだ」

彼の唇のタッチは熱くなっている体の芯に波紋を送った。「ニック、私は――」

「トレンチ夫人から聞いたんだが、シャワーを試してみたんだって?」彼の手は彼女の尻からウエストの窪みに移動した。「お気にめしたかな?」

「とてもさっぱりしました」とロッティーはどうにか言った。

「次のときは、見物させてもらうことにしよう」

「だめです、そんなこと!」

彼は静かに笑った。「じゃあ、僕がシャワーを浴びているところを見せよう」

そんなことといけないと思う前に、彼女は想像してしまった。彼がシャワーを浴びている姿を。湯が彼の肌をつたって勢いよく流れていき、髪は濡れて濃い色になり、湯気でサファイア色の瞳が曇る。男性の裸体を見たことがなかったので、ぼんやりとしたイメージしかわかなかった。ウェストクリフ卿の図書室にあった解剖学の本の図くらいしか見たことがなかった。彼女はじっとその絵に見入り、もっと詳細まで描かれていたらいいのにと思ったものだった。

近いうちに、もう悩むこともなくなるだろう。

彼は彼女の思考を読み取ったようだった。「それを好むのは悪くない」彼は手のひらで彼女の腹のあたりをさする。「君が喜びを否定しても、得する人はいないんだからね。君は僕の保護を得るために代償を払っている。だとしたら、そこに何か楽しみを見出してもいいんじゃないか」

「でも、私はあなたのことを何も知りません」と彼女は悲しそうに言った。

「妻は夫のことなど知らないものさ。結婚前に付き合うと言ったって、せいぜいダンスをするとか、付き添い人つきで公園に馬車で出かけるとか、庭でひとことふたこと言葉を交わす程度だ。親が結婚に同意すれば、結婚式が開かれ、気がつくと娘は見知らぬ男とベッドの中、というわけさ。それと比べて、僕たちのやり方がそれほど違うとは思えないだろう」

ロッティーは眉をひそめて彼に顔を向けた。その理論はどこか間違っている気がしたが、どこが違うのかはっきり指摘することはできなかった。ジェントリーは肘をついて体を横向きにした。彼の広い肩で、ベッドの近くに置かれているランプの光はほとんどさえぎられてしまった。彼の体はとても大きくて頼もしく、自信に満ちていたので、毛布のようにそれにすっぽりくるまっていれば、永久に安心していられるような気がした。

抜け目なく彼はロッティーのアキレス腱を見抜いていた。彼女は安心できる場所を死ぬほど求めている。これを利用しない手はない。彼女の背中に手を回し、親指で脊柱の堅いアーチをなでた。「ロッティー、僕が守ってやる。君に安全な暮らしをさせて、必要とするものは何でも与えよう。僕がその代償として求めるのは、君が僕との生活を楽しむことだけだ。悪い取引じゃないだろう？」

彼には、自分が欲しいものを完璧に妥当なものだと思わせる悪魔のような才能があった。彼女の弱味を見つけた彼は、彼女の上にのしかかって体の重みをかけ、彼女の脚のあいだのマットレスに腿を食い込ませた。「キスしてくれ」と彼はささやいた。彼の甘い息の引き寄せられるようなにおいと肌の香りに、彼女の思考は風に舞う落ち葉のように乱れた。

彼女は首を横に振った。彼女の体のもっとも感じやすい部分がせっつくように彼を求めてどくんどくんと脈打ちはじめていたが。

「どうして」と彼は尋ねた。指で髪の生え際をくすぐる。

「なぜなら、キスは女が恋人に与えるものだから。あなたは私の恋人ではありません」

彼は指の背で軽く彼女ののどから胸の谷間、そして腹をたどった。

「ストーニー・クロス・パークでは僕にキスしたじゃないか」

彼女は真っ赤になった。「あのときは、あなたがだれなのか知らなかったからです」

彼の手は彼女の腹部の危険なほど下のほうで止まった。服を着ていなければ、彼の指は股間の三角形の上に位置していただろう。「僕はあのときと同じ人間なんだよ、ロッティー」。

彼の手はさらに下におりていったが、彼女は彼の手首をつかんで、押し退けた。

ジェントリーは含み笑いをして、後ろに下がり、真面目な顔で彼女を見つめた。「今日、ラドナー卿に会ってきた」

それは予期していたことだが、それでも背中に悪寒が走った。「それで？ ラドナー卿にどんなふうにお話しになったのですか？」

「金を返して、君は僕と結婚することにしたと知らせ、この先、君や君の家族に手を出すなと警告してきた」

「ひどく怒っていらしたでしょう？」

　彼は親指と人さし指の間にほんの数ミリのすき間を作ってみせた。「あとこれくらいで卒中の発作を起こすところだったな」

　ラドナーを怒らせたと思うと胸がすっとしたが、反面、急に寒気も感じた。「あの方はあきらめないわ。あらゆる手をつかって、私たちを苦しめるでしょう」

「僕はラドナーよりたちの悪い奴を何度も相手にしてきた」と彼は気にしない。

「あなたはまだ彼の本当の姿をご存知ないのです」

　彼は言い返そうと口を開きかけた。しかし、彼女の顎が震えているのを見ると、攻撃的な光は目から消えていった。「こわがらなくていい」彼は、彼女ののどと胸のふくらみのあいだの滑らかな部分に手のひらをあてた。彼女はびくっとして、息を深く吸い込んだ。彼の癒すような手の重みの下で彼女の胸が大きく上下する。「僕は本気で、君と君の家族の面倒をみると言ったんだ。君はラドナーのことを過大評価しすぎているようだな」

「彼が私の人生にどんなに暗い影を投げかけてきたか、あなたにはおわかりにならないのよ。彼は――」

「わかっている」彼は指を彼女ののどへと漂わせ、感じやすい部分をなでた。彼女が唾を飲み込むのが感じられた。私を簡単に握りつぶせる力強い手。けれどもこの人はその手で、信じ難いほど優しく私に触れる。「いままで君を彼から守ってくれる人はいなかった。だが、これからは僕が守る。だから、彼の名前が出るたびに、青ざめるのはやめなさい。もうだれも君を支配できない。ラドナー以外の人物であっても、だ」

「あなたを除いて、という意味ですわね」

彼は彼女の髪の束をいじりながら、その生意気な言い方に微笑んだ。「僕は君を支配するつもりはない」彼女の上に覆いかぶさり、のどの脈打つ部分にキスし、舌で触れた。ロッティーは体を固くした。足の指先が靴下の中で内側に丸まる。彼の体に腕をまわし、彼の髪に触れ、胸を彼の胸に押しつけたい衝動にかられた。それを制するために、彼女は全身を硬直させた。

「明日、結婚した後で、姉のソフィアに紹介しよう」彼は彼女の首に向かって言った。「いいかい？」

「ええ、喜んで。ロス卿にもお会いできますの？」

ジェントリーは頭を上げた。「多分ね」どうやらそれを望んでいない口ぶりだった。「今日聞いた話では、義兄殿はなにか企んでいらっしゃるらしい。いつものことだが。それで僕と会いたいそうだ」

「お互いに好意は抱いていらっしゃらないの？」

「ああ、まったくね。ロス卿は人を操るのが得意なくそったれ野郎で、僕を何年間も悩ましてきたんだ。なぜソフィアがあいつと結婚してもいいと考えたのか、永遠の謎だな」

「お姉さまはロス卿を愛していらっしゃるの？」

「らしいね」と彼はいやいやながら認めた。

「お子様は？」

「娘がひとりだ、いまのところ。子どもが好きなら、まああの子だな」

「ロス卿はお姉さまに忠実なのですか？」

「おお、彼は聖人さ」とジェントリーは陰険に言った。「ふたりが出会ったとき、彼はやもめだった。妻を亡くしてからずっと潔癖にくらしていたんだ。妻以外の女性と寝るなんて、高潔なあのお方にはできなかったんだろう」

「とても騎士道的な方のようですわね」

「そうさ、正直で道徳心の塊でもある。そして、まわりの者もすべて彼の規則に従うべきだと考えている。彼の規則にね。そして義弟にあたる僕は、ありがた迷惑なくらい彼に関心を寄せられているってわけだ」

　ロス卿がジェントリーを改心させようとどれほど骨を折り、そしてジェントリーがそれをどう受け止めてきたかを考えると、思わず微笑んでしまいそうになり、ロッティーは下唇を噛んでそれを抑えた。

　彼女の唇がゆがんだのを見て、ジェントリーはふざけてにらみつけた。「愉快だと思ったんだろう？」

「ええ」と素直に彼女は認めた。しかし彼に肋骨の下の敏感な部分をつつかれ、きゃっと叫び声をあげた。「お願い、やめて。くすぐったくてたまらないところなのです、そこは」

　彼はゆったり優雅に彼女の上にまたがり、彼女の腰を腿ではさんだ。彼女の手首をつかんで、頭上高く引き上げた。ロッティーの顔から笑顔が消えた。胸をわしづかみにされるような恐れと、むらむらと湧きあがってくる興奮に心乱されながら、彼女は自分の上にのしかかっている大きな男を見つめた。彼の下で彼女は何をされようと抵抗できない無力な服従の姿勢で横たわっていた。不安だったにもかかわらず、放してとも言わず、彼の暗い顔をじっと見つめてただ待った。

手首をつかんでいた彼の手がゆるみ、彼は親指で湿った彼女の手のひらを優しくなでた。

「今夜、来ようか?」と彼はささやいた。

ロッティーは乾いた唇をなめてから答えた。「あなたは、私に尋ねていらっしゃるの? それともご自分に?」

彼の目に笑いがきらめいた。「君にさ、もちろん。僕は自分がしたいことを心得ている」

「では、お越しいただかなくてけっこうです」

「どうして、先延ばしにする必要がある? 一晩早めてもかまわないじゃないか」

「私は結婚するまで待ちたいと思います」

「貞操か」と茶化すように言って、親指でゆっくりと彼女の腕の裏側をたどる。

「実際的なのです」とロッティーは言い返したが、彼の指が感じやすい肘の内側に触れると耐え切れずあえいだ。彼はいったいどうやって、体のなんでもない部分からこんな感覚を引き出すことができるのだろう。

「身をまかせてしまったら、結婚をやめると僕が言い出すのではないかと疑っているのなら、それは間違っている。たった一晩で満足できるほど、僕の欲望は単純なものじゃないんだ。

それどころか、一度君を味わったら、もっと欲しくなるだけだ。君が処女なのが残念だ。そうでなければもっといろいろなことができるのに。だが、まあ、それもしばらくの辛抱だな」

ロッティーは顔をしかめた。「ご期待に添えなくて申し訳ありません」

ジェントリーは彼女が気分を害したのを見て、笑った。「いいんだ、問題ない。情況を考慮して、最善の努力をしてみよう。思ったより、障害にはならないのかもしれない。処女を相手にしたことがないので、よくわからないんだ」

「では、明日の夜までお待ちください」と彼女はきっぱり言って、自由になろうともがいた。彼の下で彼女が腰を動かすと、なぜか彼は体を凍りつかせ、息を止めた。

ロッティーは、眉をひそめた。「どうなさったの？　痛くしてしまいましたか？」

彼は頭を振りながら、体を転がして彼女から離れた。上体を起こすと、輝く茶色の髪を手ですいた。「いや」と、少し緊張したようにつぶやく。「すぐにでも解放してやらないと、永久にだめになってしまいそうだが」

「解放？　何から？」と彼女が尋ねると彼はベッドから立ち上がり、ズボンの前を手でさすった。

「そのうちわかる」と肩越しに彼女を見る。その青い目には威嚇と肉欲をそそる予感が躍っている。「身支度を整えて、階下で夕食をとろう。こっちの食欲を満たすことができないならば、別の食欲を満たしてやらなければ」

8

ロッティーは何年ものあいだ、ラドナー卿との結婚という悪夢に苦しめられてきたため、結婚という儀式に対して懐疑的になり、恐れをもってみなすようになっていた。だから役所での主任記録係による素早い簡素な式がとてもありがたかった。書類に署名し、誓いの言葉を交わし、料金を支払えば終りだった。キスも、じっと見つめ合うこともなく、役所の事務的な雰囲気に彩りを添えるような感情の高まりもなかった。それに彼女はむしろ感謝していた。けれども、役所を出るときも、来たときと変わらずまだ自分が結婚したのだという実感はわかなかった。

私は、私を愛していない――そして女性を愛することなど決してない――男の妻になった。そして彼と結婚することによって、愛する人とめぐり合う可能性は永久に失われてしまったのだ。

とはいえ、この結婚にもよい面はあった。ラドナー卿から逃れられたことがひとつ。そして正直に告白すると、ニック・ジェントリーはとても魅力的な相手だった。彼はふつうの人なら隠そうとする欠点を、わざと自慢げに話す。まるで高潔さのかけらもない欲得ずくの生き方を誇るかのように。彼は彼女にとって異世界からやってきた人間だった。ひそひそ話の中でしか知らなかった世界、世の中のくずや泥棒、暴力か売春に頼るしか生きるすべをもたない人々が住む世界。紳士や淑女はそのような裏社会があることを知らないふりをしていなければならない。しかし、ニック・ジェントリーはロッティーの質問に驚くほど率直に答えてくれた。ロンドンの貧民街にはどんなことが起こっているのか、犯罪者の逮捕にボウ・ストリートの捕り手がどれほど苦労しているかを説明してくれた。

「ひどく狭い路地もある」ロス卿の屋敷に向かう途中、彼は彼女に話した。「体を横にしなければ、建物と建物のあいだを通り抜けられないくらいにね。相手が僕よりも痩せていたために、逃亡犯に逃げられたことも何度かある。しかも建物どうしが屋根や裏庭や貯蔵室でつながっているから、犯人は養兎場のウサギのように建物の間をすり抜けていけるんだ。僕はたいてい経験の乏しい新米のコンスタブルを連れて行くんだが、そいつらは一分もしないうちに道に迷ってしまう。いったん道に迷えば、簡単に罠にはまってしまう」

「どのような罠に？」

「窃盗団や呼売商人たちが、よってたかって警官を袋叩きにしたり、ナイフで刺したりするのさ。でなければ、汚水だめの上にくさった板を渡しておいて、警官がそこを踏んだら、汚水の大桶にはまるように仕掛ける。ま、そんなところだな」

彼女は目を大きく見開いた。「なんてひどい」

「だが、何が待ち受けているかわかっていれば、それほど危険ではない。僕はロンドンの貧民街を隅から隅まで知っているから、すべての罠や落とし穴を熟知している」

「あなたは仕事を楽しんでいらっしゃるように見えますけど……そんなこと、ありえないわ」

「楽しんではいない」と言ってから、彼は少し躊躇して付け加えた。「それを必要としているけれども」

ロッティーは困惑して首を横に振った。「肉体的に過激な行動を？」

「それもある。壁に飛びつき、屋根の上にのぼり、逃亡犯を捕えて、土の上にひきずりおろす……」

「そして、戦いを？　あなたはそういう面を楽しんでいるのですか？」彼女は否定されることを期待したが、彼は短くうなずいた。

「一種の中毒だ。挑戦と興奮。そして危険さえも」

ロッティーは膝の上で指をからみ合わせた。だれかが彼の心を落ち着かせて、平和な暮しができるようにしてあげなければならないわ。自分は短命だろうと本人も認めていたけれど、それが意外に早く現実となってしまうかもしれない。

馬車は両側に整然と並木が植えられている道を走っていく。密集した木々の葉が、白いスノードロップやミズキに濃い影を投げかけていた。馬車は大きな邸宅の前で止まった。簡素ではあるが堂々と風格のある家で、入口は錬鉄柵とアーチ形のランプ台に守られていた。すぐにふたりの従僕、ダニエルとジョージが出てきて、ひとりはロッティーが馬車からおりるのに手を貸し、もうひとりは主人にふたりの来訪を知らせに家の中に入っていった。Cという文字が錬鉄の柵にはめ込まれているのを見つけて、ロッティーは立ち止まってそれを指でなぞった。

ジェントリーはあざけるように笑って「キャノン家は貴族の家柄ではないが、彼らを見る人はそうは思わないだろう」

「ロス卿は古きよき時代の紳士でいらっしゃるのですか？」

「そうとも言えるが、政治的には革新主義者だ。女性や子どもの権利のために戦い、いろいろな改革運動を支持している」ジェントリーは短くため息をついて、彼女を玄関の階段に導いた。「君は彼を好きになるよ。女ならだれでもそうだ」

石の階段をあがりながら、ジェントリーが彼女の背中に腕をまわしたので、ロッティーは驚いた。「僕の手をとって。階段は平らじゃない」。彼はでこぼこした階段でつまずかないよう上手に彼女を導き、しっかりバランスがとれることを確認してから彼女を放した。

彼らは卵の殻の色に塗られた大きな玄関広間に入った。高い天井の縁には金色に輝く花綱飾りが下がっている。広間の六つの戸口はそれぞれが主要な部屋とつながっており、蹄鉄形の階段は二階の私室に通じていた。ロッティーが優雅な内装をゆっくり鑑賞する間もなく、美しい女性が近づいてきた。

彼女の金髪は、ロッティーよりもかなり濃く、熟成した蜂蜜の色だった。キャノン夫人に違いない。その顔はジェントリーの素晴らしくハンサムな顔とそっくりだった。彼女の鼻はそれほど大きくはなく、顎の線もくっきりしてはいたが弟のように頑固そうには見えない。肌の色は日に焼けておらず、白かった。しかし、目の色は同じ印象的な青だった。豊かで暗い、はかり知れない深みのある青。キャノン卿夫人は弟より四つも年上であるとはだれも思わないほど若く見えた。

「ニック」夫人は嬉しそうに笑いながらやってきて、つま先立ちして弟のキスを受けた。彼は顎を彼女の頭頂部に載せて、ぎゅっと抱きしめてから、体を離して見ほれるように彼女をながめた。その一瞬で、ロッティーはふたりのあいだに深い愛情があるのを見て取った。弟は何年間も別人を装って離れて暮らしていたのだが、姉弟の愛は消えることはなかったのだ。

「もうひとり生まれるんだね」と少し間をおいてジェントリーが言うと、姉は笑った。

「どうしてわかったの？　グラント卿からお聞きになったのね」

「いいや。腰まわりが太くなったからさ。それともコルセットの紐が弛んでいるのかな」

キャノン卿夫人は笑いながら体を離し、彼の胸を叩いた。「まったく口が悪いんだから、あなたって人は。そうよ、たしかに腰まわりが太くなったわ。これからますます太くなって、一月にはあなたは膝の上で甥か姪をあやしていることでしょうよ」

「神様、お助けを」と彼は芝居っけたっぷりに言った。

キャノン卿夫人は表情を和らげてロッティーのほうを向いた。「よくきてくださったわ、シャーロット。ニックは昨日使いを寄越して、あなたのことを知らせてきました。早くあなたにお会いしたくて、待ちきれないくらいでしたわ」彼女からはお茶とバラの香りがした。

心癒される、それでいてとても魅力的な香りだった。細く長い腕をロッティーの肩にまわし、ソフィアはジェントリーの方を見た。「なんて美しい妹をつれてきてくれたのかしら。彼女によくしてさしあげるのよ。でなければ、彼女をここに連れてきていっしょに暮らします。彼女はあなたみたいな人にはもったいないくらい育ちが良さそうだもの」

「これまでのところ、ジェントリー様にはとてもよくしていただいています」と、ロッティーは微笑みながら答えた。「といっても、結婚してまだ一時間しか経っていませんが」

キャノン卿夫人は弟にしかめ面をしてみせた。「よりにもよって、記録係の部屋で式を済ますなんて、このお嬢さんがかわいそうだわ。もう少し待ってくれれば、私がここでお式の準備をしたのに。まあ、結婚指輪もあげていないの！　ニック、あなたという人は――」

「待つのはいやだったんだ」と彼は無愛想にさえぎった。

キャノン卿夫人が答える前に、小さな子どもがエプロンをつけた乳母をしたがえて、よちよちと玄関広間にやってきた。黒髪で青い目の少女は、頰にえくぼがあり、やっと二歳という感じだった。少女は「ニックおじちゃま！」と叫ぶと、もじゃもじゃにもつれた巻き毛をなびかせて、頭からつんのめるように彼のもとに走ってきた。

ジェントリーは彼女を抱き上げて、空中高く振りまわした。少女がきゃっきゃっと喜ぶと自分も嬉しそうに笑った。しっかりと彼女を抱きしめるようすから、彼が子どもを深く愛しているのがよくわかった。確か昨日は、まあまあの子、などと言っていたのに。

ふっくらした腕を彼の首に巻きつけて、その小さな女の子はふざけて唸り声をあげながら、彼女は興奮して叫び声をあげた。

「ニック」と姉は弟をたしなめた。といっても彼女も笑っていたが。「あなたは、その子を頭から落とすつもり？」

「大丈夫だよ」と彼はのんびり言うと、子どもをもとの位置に戻し、胸にしっかりと抱きしめた。

「お菓子」と少女はねだると、彼の上着の中に手を入れ、フェレットのように忙しく探り始めた。捜していたものを見つけて、彼女は小さな紙包みを引っ張りだした。おじが包みを開けてやると歓声をあげた。

「今回は、この子に何をやるつもり？」キャノン卿夫人はあきれて尋ねた。

「シンダー・タフィーだよ」と彼はきげんよく答えた。彼の姪は大きな菓子をほっぺたに詰め込んでいる。彼は目を輝かせたままロッティーをちらりと見た。「君もどうだい？」

彼女は首を横に振ったが、心臓はどきんどきんと激しく打っている。いま、こちらを見た彼の表情。くったくなく、にっと笑った優しい顔は、息が止まるほどハンサムで、ロッティーの首の後ろからつま先まで歓喜の電流が走った。

「アミーリア」とジェントリーは少女にささやきかけ、彼女をロッティーのところに連れて行った。「おまえの叔母さんのシャーロットにあいさつしなさい。今朝、彼女と結婚したばかりなんだ」

急にはにかんで、少女はジェントリーの肩に頭をのせてロッティーに微笑んだ。ロッティーも微笑を返したが、何をしゃべったらいいのかわからず途方にくれる。何年も家から離れて暮らしていたので、子どもと接する経験が乏しかった。

キャノン卿夫人は菓子で顔をべたべたにしている娘を受け取り、もつれた巻き毛をなでた。

「可愛いアミーリア、ナニーに髪を梳いてもらいなさい」

アミーリアは、丸い小さな顎を頑固に突き出した。「いや」口をタフィーでいっぱいにし、よだれのついた口でにっこり笑って拒否を示す。

「髪を梳いてもらって、このもつれたのをほどかないと、しまいには髪を切らなくちゃならなくなるわ」

ジェントリーはなだめすかすように口をはさんだ。「ナニーにブラシをかけてもらいなさい、お嬢ちゃん。そしたら、今度来るときに、きれいなリボンをプレゼントするよ」

「お人形も?」アミーリアの顔が期待に輝く。

「お前と同じくらい大きい人形を」と彼は約束した。

母親の腕から降り、少女は控えていた乳母のほうによちよち歩いていった。

「可愛いお嬢さんですね」とロッティーは言った。

キャノン卿夫人は困ったように微笑んで首を振った。彼女の目には母親のプライドが満ちていた。「でも、どうしようもなく甘やかされています」彼女はロッティーのほうへ戻ってきて、彼女の手をとった。「ソフィアと呼んでちょうだい。堅苦しい呼び方はやめにしましょう」と彼女は暖かく言った。

「はい、おくさ……はい、ソフィア」

「夫はまもなく、応接間に参りますわ」

「おお、素晴らしい」と後ろからジェントリーの不機嫌な声がした。

ソフィアは聞こえなかったふりをして続けた。「――何か飲み物をもってこさせましょう。とても上等なココア道具を一式手に入れましたのよ。ココアはお好きかしら、シャーロット」

ロッティーは義姉になったばかりの女性のあとについて贅沢な居間に入った。部屋の壁の一面はガラス張りになっていて、青々と茂った温室の植物が見えるようになっていた。「ココアは飲んだことがありません」とロッティーは答えた。メードストーン校ではココアは出されなかったし、たとえ出されたとしてもラドナー卿は彼女がそれを飲むことを決して許さなかっただろう。そして、ストーニー・クロス・パークでは使用人として働いていたので、そのような贅沢はほとんど味わえなかった。ココアどころか、バターと卵すらめったに使用人に供されることはなかった。

「一度も？　そう、では今日、試してみましょう」とソフィアはいたずらっぽく微笑んだ。「私はこれにはちょっと精通しているのよ」

居間は温かみのあるワイン色と金色とグリーンで統一されていた。重厚なマホガニーの家具には錦織の布とビロードの詰め物がされていた。上部が革張りになった小さなテーブルが部屋のいたる所に配され、二つ折り判の本や小説本、新聞などがのっていた。ソフィアに促されて、ロッティーはふかふかの長椅子に腰掛けた。椅子の背には動物や花の模様が刺繡されたクッションがいくつも置かれている。ソフィアがすぐ近くの椅子に座ったあと、ニックはロッティーのそばに座った。

メイドがソフィアのところにやってきて、小声でいくつか指示を受け、控えめに部屋を出ていった。

「夫はまもなく参ります」と静かにソフィアは告げた。「では、シャーロット。どのようにあなたたちが出会ったのか、おしえてちょうだい。弟の手紙はとても短くて、私は詳しいことが知りたくてたまらなかったの」ロッティーは答えに窮し、水の外に上げられた魚のようにぱくぱくと口を動かした。ソフィアに嘘はつきたくなったが、この結婚は冷たい便宜上の契約にすぎないと認めるのはつらかった。ジェントリーが彼女の代りに答えた。大きな手で彼女の手を握る。

「僕らは、任務の途中で出会ったんだ」彼はロッティーの指をいじりながら姉に話す。「ロッティーはラドナー卿と婚約していたんだが、彼女はそれがいやで逃げ出し、隠れていた。ラドナー卿は彼女を見つけるために僕を雇った。で、僕は彼女を見つけたんだが……」と彼は肩をすくめ、あとはソフィアの想像にまかせた。

「ラドナー卿はシャーロットよりも三〇歳以上年上のはず」とソフィアは鼻に皺を寄せて言

った。彼女は心からの同情をこめてロッティーを見つめた。「それに、一度か二度、会ったことがあるけれど、とても風変わりな方だったわ。あなたにはぜんぜん似合わないわ」とジェントリーを見やる。「それであなたは彼女を見たとたん、とりこになってしまったのね?」

「まあ、そんなところだな」ジェントリーはあいまいな微笑でかわした。彼はゆっくりと指でロッティーの手のひらに円を描き、指の裏側をなで、手首の静脈に親指でそっと触れた。優しく探られる感触に彼女の体は熱くなり、息が止まりそうになった。彼女は全神経を、敏感な上腕の内側を羽のようなタッチで触れる彼の指に集中させた。一番戸惑うのは、ジェントリーがこれを無意識のうちにやっていることだった。彼は彼女の手をものうげにいじりながら、ソフィアと会話している。そのうちに、ココアの道具が居間に運び込まれ、テーブルに並べられた。

「ねえ、かわいいでしょう?」ソフィアは花柄の磁器を見せながら言った。彼女は背の高い細いポットを持ちあげ、小さなカップの底から三分の一くらいのところまで、黒い良い香りのする液体を注いだ。「たいていの人はココアパウダーを使うの。でもクリームとチョコレート・リキュールを合わせるのが一番おいしいのよ」慣れた手つきで彼女は湯気のあがっている液体に、スプーン山盛り一杯の砂糖を入れて混ぜた。「リキュールといってもワインやブランデーとは違うの。豆をローストして、皮をとったあと、豆からしぼりとったエキスなのよ」

「とてもおいしそうなにおいですね」とロッティーは言ったが、ジェントリーの指先が親指の付け根のふくらみをまさぐっているので、息が止まりそうだ。

ソフィアは別のカップに注ぎ始めた。「ええ、この香りは神々しくさえあるわね。私は朝飲むのは、コーヒーよりもココアのほうがいいの」

「では、そ、それにも刺激性があるのですか」ロッティーはなんとか、ジェントリーの手から自分の手を抜き取って尋ねた。彼は遊び道具を奪われて、すねたような視線を送った。

「ええ、多少」ソフィアは甘味のついたチョコレート・リキュールにクリームをたっぷり入れた。小さな銀のスプーンでカップをかき回す。「コーヒーほど頭がすっきりするというわけではないけれど、ココアも気分を高揚させる働きがあるのよ」彼女はロッティーにウィンクした。「ココアには媚薬のような効果もあるっていう方もいるの」

「まあ、おもしろいですわね」ロッティーはジェントリーを無視するために最大限の努力をはらいながらカップを受け取った。こくのある香りをかぎ、艶やかな黒い液体を少し口に含んだ。芳醇な甘さが舌を滑り、のどの奥をくすぐった。

ソフィアはロッティーの表情を見て嬉しそうに笑った。「気にいっていただけたようね。これで頻繁に我が家を訪れてくださるわね」

ロッティーは飲みながらうなずいた。カップの底が見えるころには、頭がくらくらして、熱と甘さで体がほてっていた。

ジェントリーは一口か二口飲んだだけで、カップを脇に置いた。「僕にはちょっとしつこいな、ソフィア。だけど、ココアを用意する手際には感心した。それに、僕には媚薬は必要ないしね」それを聞いてロッティーがむせたのを見て、彼はにやりとした。

「もう一杯いかが、シャーロット」とソフィアは勧めた。

「はい、いただきます」

ソフィアがその魔法の液体をもう一杯注ぐ前に、背の高い、黒髪の男性が部屋に入ってきた。少しハスキーで太くて張りのある、並外れた声の持ち主だった。そのアクセントには教養の高さがにじみ出ていた。「お待たせしてすまなかった。不動産のことで代理人と話をつけなければならなくてね」

どういうわけかロッティーは、ロス卿はどっしりと落ち着いた、尊大な雰囲気の中年だろうと想像していた。四〇代前半であることは確かだったが、二〇代の男にひけをとらないほど若々しく精悍に見えた。近寄りがたい雰囲気のある美男子で、その強烈な威厳に気おされてロッティーは思わずクッションの中に身をすくめてしまったほどだった。背が高く、体はひきしまり、自信とバイタリティに満ちていたので、そのへんの若造が並んだら、あまりに貧相に見えて気の毒になることだろう。その生まれつきの気品は、たとえ田舎の農夫の服に身を包んでいたとしても隠せるものではない。だが実際には、彼はぱりっとした黒い上着に、そろいのズボンを履き、チャコールグレーのクラヴァットをすっきりとしめていた。視線を部屋全体に走らせ、まずロッティーを、それからもう少し長めにジェントリーを見つめてから、妻に視線を落とした。なんと不思議な目だろう。突き刺すような明るいグレーの瞳。瓶のなかに閉じ込められた稲妻みたい、とロッティーは思った。

驚いたことに、ソフィアはその非凡な男性に、まるでそのへんのだれかをつかまえて話すように、気楽に話しかけた。彼女の話し方には甘えるような響きがあった。「あなたがいらしたということは、またつまらないお話が始まるということね。政治とか法制度の改革とか」

ロス卿は笑いながら屈んで妻にキスをした。どの夫でもするような平凡なキスに見えたが、彼は最後にそれとはわからぬほどかすかに妻に鼻をこすりつけた。ソフィアは、肌に触れた彼の唇の感触が甘くセクシーな記憶を呼び覚ましたかのように一瞬目を閉じた。

「楽しい話をするよう心がけるよ」と彼は妻をなだめるように笑いながらささやいた。彼が背筋を伸ばすと、漆黒の髪に光が躍り、こめかみのいく筋かの白髪がきらめいた。

ジェントリーは無表情で立ち上がり義兄と握手した。「グラント卿から、あなたが私に会いたがっておられると聞きました」と彼は挨拶抜きで始めた。「何を企んでいるのです、キャノン?」

「その話はあとにしよう。まずは君の勇敢なる若い花嫁とお近づきになりたい」

ロッティーはロス卿の言葉の含みを理解してくすりと笑った。ニック・ジェントリーのような悪名高き人物と結婚しようという女性は勇敢でなければならないのだ。前治安判事がテーブルの向こうから彼女のそばにやってきたので、彼女は腰をかがめてお辞儀をした。大きな暖かい手で彼女の手をとり、ロス卿は愛想よく穏やかに話した。「ジェントリー夫人、わが家族の一員として歓迎いたしますぞ。何か援助を必要とすることがあるならば、遠慮なく

ならないのが残念でたまりません。ご夫妻の親戚であることは私の誇りとなるでしょうかった。「ありがとうございます、ロス卿。私たちが親戚関係であることを秘密にしなくてはロス卿と視線を合わせたロッティーは、彼が本気でそう言ってくれているのだと直感で悟おっしゃい。いつでも力になります」

ら」

「そのことについては、そのうちになんとかしよう」と彼はあいまいに返事をした。

いきなりロッティーのウエストにジェントリーが手をまわして引っ張り、ロス卿から彼女を遠ざけた。「それはどうかな」とジェントリーは義兄に言った。「僕はそのような話を絶対に世間に公表するつもりはないですから」

ソフィアが素早くあいだに入った。「古いしきたりどおりに結婚式の朝食をいただくのには少し遅すぎるようですから、結婚式の昼食にしましょうよ。料理人にラムのカツレツと、出始めたばかりのアスパラガス、それからいろいろな種類のサラダを用意させていますの。デザートにパイナップルクリームはいかがかしら」

「まあ、おいしそう」ロッティーは不穏な雰囲気を緩和するためにソフィアの話に答えた。彼女は再び長椅子に座り、注意深くスカートを直した。「私はアスパラガスを食べたことがありません。前からいただいてみたいと思っていたのです」

「アスパラガスを召し上がったことがない？」ソフィアはいぶかしげに尋ねた。

ロッティーがそのような贅沢な食べ物に馴染んでいない理由をどう説明したらよいか迷っ

ていると、ジェントリーは彼女の隣に座り、再びその手をとった。「妻は寄宿学校で簡素な食事を出されていたらしい。彼女は数年間メードストーンにいたんだ」

ロス卿はソフィアが座っている椅子の横の椅子に腰をおろし、じっとロッティーを見つめた。「非常に洗練された女性を育て上げることで有名な学校だ。どうかな、ジェントリー夫人、あなたはそこで楽しく過ごされたのかな」

「どうぞ、ロッティーとお呼びください」彼女は内気な笑顔をつくった。彼女が学校での経験について話し始めると、ロス卿は注意深くそれを聞いた。ロッティーはなぜそのような話に彼が興味をもつのか不思議に思った。

間もなく温室に昼食が運ばれてきた。テーブルの上にはきらめくクリスタルガラスや花柄の磁器が並べられ、給仕係として二人の召使がついた。ロッティーは屋内で栽培されている木々や甘い香りを漂わせて咲き乱れているティーローズの花にうっとりした。ジェントリーでさえもこのなごやかな空気の中で気分がほぐれているようだった。ゆったりと椅子の背にもたれ、ボウ・ストリートの事務所の話をみんなに聞かせた。たとえば、保管庫で囚人たちの汚れた下着やシャツを検査しなければならない羽目に陥る話。囚人たちは秘密のメッセージを衣服に書き込み、裁判のときに着るための新しい衣服を届けに来た親類にその汚い衣服をわたすことがよくある。だが、たいてい囚人の服は触るのもはばかられるほど汚いので、警官たちはその最悪の任務をだれがするかを決めるため、くじをひくのだという。なぜかひとりの警官がいつもはずれくじをひくので、しまいには逆上したというくだりにきたときには、ロス卿さえもが心から楽しそうに笑っていた。

やがてロス卿とジェントリーは、約一〇年ほど前に発足した「新警察」に関する問題を話し始めた。それ以後、ボウ・ストリートは新警察から独立して活動してきた。グラント卿が率いる警官や捕り手たちは「生のロブスター」よりもはるかによく訓練され、有能だったからだ。

「なぜ、新警察を生のロブスターと呼ぶのですか?」とロッティーは尋ねずにはいられなかった。

ロス卿は軽く微笑んで答えた。「生のロブスターは青い、つまりそれは新警官の制服の色なのだ。それにロブスターのようにけちな連中という意味もある」

ロス卿の言葉にジェントリーは笑った。

警察についての討論が続いたので、ソフィアはロッティーに身を寄せた。「弟もやっと身を固めました。あの人はそれでもまだボウ・ストリートで働き続けるつもりだとあなたは思う?」

「私の印象では、彼はそれ以外に道はないと思っているようです」とロッティーは慎重に答えた。「ロス卿とのお約束があるので……」

「ええ、でもあの取り決めで永久に縛りつけようという意図はなかったのです。ニックともうとう結婚したのだから、ロス卿も彼を解放してやろうと考えるのではないかしら」

「どうして私たちの結婚が、ボウ・ストリートでのジェントリー様の仕事に何か影響をおよぼすのでしょうか?」

ソフィアはテーブル越しにふたりの男をそっと見やった。「それに対する答えは、とても込み入っていて簡単に人に話せるようなものではないので、いまは答えずにおきましょう。近いうちに、お宅にお邪魔していいかしら、ロッティー? たくさんおしゃべりをして、そう、買物にも出かけましょう」

ロッティーは微笑んだ。彼女はジェントリーの姉がこれほど感じのいい人だとは予想していなかった。それにソフィアはジェントリーの神秘的な過去に、多少の光を当ててくれそうだ。そうだとすれば、彼を理解する役に立つだろう。「はい、楽しみにしております」

「まあ、よかった。きっと愉快に過ごせると思うわ」

姉の最後の言葉をふと耳にして、ジェントリーは黒い眉をアーチ形にあげた。「何を企んでいるんだい、ソフィア?」

「あら、ただオクスフォード街をお散歩するだけよ」と彼女は明るく答えた。

ジェントリーはふんと鼻を鳴らした。「オクスフォードには少なくとも一五〇軒の店がある。ただの散歩で終わるとは思えないな」

ソフィアは笑った。「宝石店は当然のこと、服地屋とウェッジウッド、それから本屋でもシャーロットがつけで買えるようにしておかなければだめよ。あとは――」

「まあ、奥様……いえ、ソフィア」ロッティーは困って話に割り込んだ。どうしてソフィアは、裕福なキャノン家と違って、自分たちはつつましく生活しなければならないことがわからないのだろう。「私はつけで買い物をする必要はないと思いますわ」

ジェントリーはにやっと笑ってソフィアに言った。「ロッティーは好きな店でつけで買い物をすればいいさ。だが、まず姉さんの仕立て屋に連れていってくれよ。どうやら彼女は、嫁入りの衣装を持っていないみたいだから」

「新しいドレスなど要りません」とロッティーは反対した。「一着くらいは上等なものがあったほうがいいかもしれませんが、それで十分です」ロッティーは自分の衣装のためにジェントリーに散財させたくなかった。贅沢好きな両親の浪費のせいで、一家が貧困生活に陥ったことをロッティーは決して忘れなかった。彼女は多額の出費に対して本能的な恐れを抱いていて、かなりの財産であっても使おうと思えば短時間で簡単に消えてしまうことをだれよりもよく知っていた。「どうか、お願いですから――」

「わかった」とジェントリーは彼女をさえぎり、彼女の肩に触れた。彼の目が、いまはこの問題を話すべきときではないと告げていた。

顔を赤らめてロッティーは黙った。肩にあった彼の手が腕を滑って降りてきて、優しく彼女の肘をつかんだ。

うまい具合に、召使がやってきて食器を片づけ始めたので、気まずい沈黙は和らいだ。もうひとりがデザートと甘いワインの入ったグラスを配り始めた。デザートは風味豊かなビスケットとパイナップルクリームで、かわいらしい陶器の深皿に盛りつけられていた。

ロス卿は新しい話題をもちだした。彼もジェントリーも支持している貧民救助法の修正案についてだった。驚いたことに、ソフィアはそのことについて彼女自身の意見を述べ、男性たちも彼女の話を熱心に聞いている。ロッティーは必死に驚きを隠そうとした。何年間にもわたり、良家の淑女というものは人の集まりでは決して自分の意見を述べてはならないと教え込まれてきたからだ。もちろん女性は、政治などという、男性のみが論じることを許されている扇動的な話題に口をはさんではならないのだ。それなのに、ロス卿ほどの人物が、妻が意見を述べることに何の違和感も感じていないらしい。それにジェントリーも、姉が率直に語ることを不快だとは思っていないようだ。

おそらくジェントリーは、私にも同じ自由を与えるつもりなのだろう。なんだかとても嬉しくなって、ロッティーはパイナップルクリームを口に入れた。こってりとなめらかなカスタードとさわやかなパイナップルの味がよく合っている。すっかり食べてしまって、皿の底が見えてくると、もう一杯いただけたらどんなにいいだろうとロッティーは考えた。けれども、お行儀が悪いし、大食だと思われても困るので、とてもおかわりを頼む勇気は出なかった。

ロッティーが悲しそうに空になった皿を見つめているのに気づいたジェントリーは、かすかに笑って手をつけていない自分のデザートを彼女の皿に入れた。「君はアミーリアよりも甘いものに弱いみたいだな」と耳元でささやく。彼の温かい息がかかって、首の毛が逆立った。

「学校ではデザートはでなかったのです」と彼女は恥ずかしそうに笑った。

彼はナプキンをとって、彼女の口の端を優しくぬぐった。「今まで奪われていたものを埋め合わせるのにたいへんな時間がかかりそうだ。君は食事のたびに甘いデザートが欲しくなるんじゃないかな」

スプーンを動かすのをふとやめて、ロッティーはすぐそばの温かい青い瞳を見つめた。すると突然、全身がかっと熱くなった。ばかみたい。彼が子どもをあやすような優しい声で話しただけで、すっかり狼狽してしまうなんて。

ロス卿はすべてを掌握しているというような目つきで彼らを観察していた。「ジェントリー、私は君と話し合いたいことがある。君の将来について、私の考えを話すのにもっとよい方法があるに違いないが、いまはほかのやり方を思いつかない。君の状況はふつうではない」と彼は残念そうな笑いを浮かべた。「もちろん、それは控え目すぎる表現だ。君が歩んできた波乱万丈の人生は数奇としか言いようがないのだから」

ジェントリーはゆったりと優雅に椅子の背にもたれ、いかにもリラックスしているように見せかけていたが、心の中に懸念が渦巻いているのをロッティーは感じ取った。「あなたに私の将来を心配してくださいとお願いしたことはありません」

「そうだとしても、私はずっと考えてきた。過去三年間、私は君の働きぶりを見てきた――」

「見てきた？」ジェントリーは表情を変えずにさえぎった。「操るとか、干渉するとか、口出しするとか、もっと適切な言い方があるでしょう」

長年判事を務め、法廷での語義に関する論争に慣れているロス卿は肩をすくめた。「私はもっともよいと思ったことをしてきたのだ。君との駆け引きも気にしなければならなかったが、ソフィアの気持ちも大切にしたかった。君を絞首刑から救った唯一の理由は彼女なのだから。妻は、君が本当は善良な資質をもっていると信じていた。実のところ、私は当初そう考えてはいなかったのだが、いまは潔く彼女が正しかったことを認めよう。君は私が考えていたような根っからの悪人ではない」

ジェントリーは冷やかに笑った。おだてにのってたまるかと考えている。「では、お返しに言わせていただきましょう。あなたも私が思っていたようなお高くとまった偽善者ではなかった」

「ニック」とソフィアは弟をたしなめ、細く長い手をロス卿の大きな手にのせた。「私の夫は生まれてから一度も偽善的な考えをもったことはありません。それから、お高くとまっている、というほうですけれど、彼がそうでないことは私が断言します。それに――」

「ソフィア」とロス卿はやさしく妻を制した。「私を弁護してくれなくてもいいんだよ」

「だって、違うんですもの」彼女はひきさがらない。

ロス卿は手を裏返して、彼女の手を握った。ふたりは束の間、喜びに満ちた目でそのから み合わされた手を見つめた。たとえようもないほどの夫婦の親密さが伝わってくる。ロッティーは胸に不思議な痛みを感じた。あんなふうに人を愛するってどんな気持ちなのだろう。ふたりはお互いをはかり知れない喜びの源と考えているようだ。

「よくわかりました」とジェントリーはじれったそうに言った。「とにかく本題に移りましょう。結婚した当日を、あなたとずっと過ごしたいとは思いませんからね」

前治安判事がにやりと笑った。「よろしい。手短に話そう。君がボウ・ストリートの捕り手になって以来、グラント卿は君の働きぶりを報告してくれていた。犯罪捜査、町のパトロールの仕事、命の危険をかけた任務などについてね。しかし、バーサス家の火災の話を聞くまでは、君が変わったことを私は確信できていなかった」

「僕は昔のままですよ」とジェントリーは用心深く言った。

「君は自分だけでなく、人の命の尊さも学んだ。君は三年前私が課した挑戦を受け、公共の福祉に多大な恩恵をもたらした。そして、いま、妻をもつ身となった。興味深いことに、遠い昔に種々の事情により君が爵位を失うことがなかったなら、おそらく結婚相手として選んだだろうと思われる女性を君は選んだのだ」

ジェントリーは目を細めた。「俺は爵位なんぞ、へとも思っていない。そんなもの何の役にも立たないんだ」

ロス卿は長いチェスの試合に臨んでいるプレーヤーのような表情でスプーンをもてあそんでいる。「爵位については、君が理解していないことがあるようだ。君が欲しようと欲しまいと、君が子爵であることは変わらない。それを無視することに決めたからといって、爵位は消えてなくなるわけではないのだ」

「ほかの人間になってしまえば、消えてしまうさ」

「だが、君はほかのだれでもない。本物のニック・ジェントリーは一四年前に死んだ。君はシドニー卿なのだ」

「それを知る人間はいない」

「それは変わろうとしている」とロス卿は静かに言った。

ジェントリーは黙ってその言葉を咀嚼しようとした。「いったいどういう意味だ?」

「熟考に熟考を重ねた上で、私は君に爵位を戻す手続きを始めることに決めた。先日、私は君がおかれている状況について国王陛下と大法官にご説明申し上げた。私はおふたりに、君がたしかに行方知れずになっていたシドニー卿であるだけでなく、爵位を維持する財力もあるとはっきり申し上げた。およそ二週間後、国王の書記官から上院への召喚状が送られてくる。そのとき、君のために催される舞踏会で私は公に君をシドニー卿と紹介するつもりだ」

ジェントリーはさっと立ち上がると、椅子ががたんと音を立てて倒れた。「くたばりやがれ、キャノン」

ロッティーは敵意の爆発にたじろいた。ジェントリーは自分の命が危険にさらされたかのように反応した。だが、この危険は、彼がこれまで直面してきたような肉体的なものではなかった……それは狡猾でつかみどころのない危険、彼でさえ脱出不可能な牢獄だった。ロッティーは彼の強ばった表情の下に隠された考えを読み取った。彼は明晰な頭脳でこの突然ふってわいた苦境を分析し、さまざまな回避法を頭の中で検討しているのだ。

「僕は全てを否認します」とジェントリーは言った。

ロス卿は両手を尖塔のように合わせて、ジェントリーをじっと見つめた。「君がそうするなら、私は宣誓証言でそれに対抗する。私自身、グラント卿、君の姉君、そして君の妻も、君が内輪では自分がシドニー卿であることを告白していたと証言するだろう。それに加えて、状況に腑に落ちない点が多々あること、たとえば埋葬記録がないことや、死亡報告に矛盾があることなどを踏まえ、英国の法律において知られる、稀ではあるがありえないことではない、ということになる」

ジェントリーは前ボウ・ストリート治安判事を殺しかねない形相でにらんだ。「では、僕は爵位の放棄を上院に請願します。僕を厄介払いできて、みんな大喜びすることでしょうよ」

「愚かなことを考えるな。本当に爵位の放棄が許されると思っているのか？　そのようなことになったら、貴族制度そのものが根底から揺らぎかねない。彼らは貴族と平民の区別が、いやもっとはっきり言えば、君主制そのものが脅かされると考えるだろう」

「あなたは貴族の家系に生まれただけで特権を与えられるということに疑問を感じているはずだ」とジェントリーは言い返した。「それなのにどうして僕にそれを押しつけようとするのですか。僕は欲しくないんだ、いい、いい」

「これは私の政治的信念とは関係がない。君が何と名乗ろうと、君がシドニー卿であることは純然たる事実なのだ。七〇〇年におよぶ世襲の原理をくつがえすことはできないし、またシドニー卿としての義務を回避することも許されない」

「義務？　何に対する？」ジェントリーはあざ笑った。「一四年間、帰属者未定状態になっている領地に対するに義務ですか？」

「君には、屋台骨のぐらついている政府に管理されている土地でなんとか生計を立てようとしている小作人に対する責任がある。貴族院に関しては、君が座るはずの席が二〇年間、空席になっている。また君の姉は、自分の実の弟との関係を秘密にし続けなければならない。君の妻については、ジェントリー夫人になるよりもシドニー卿夫人となるほうが、はるかに人から尊敬され、社会的恩恵に浴することができるだろう。さらに、亡くなったご両親のためにもなる。そして君自身のためにも。君は人生の半分を偽名の後ろに隠れてすごしてきた。そろそろ本当の自分を認める時期に来ているのではないかな」

ジェントリーは手を握りしめた。「あなたが決めることではない」

「私が無理にでもこの問題を持ち出さなければ、君はそれを見ないようにして残りの人生を生きることとだろう」

「それは僕の勝手だ！」

「おそらく。しかし、永久に捕り手を続けることはできない。グラント卿も私と同意見だ。したがって、彼はボウ・ストリートで君に任務を与えることはない」

ジェントリーの顔はみるみる赤くなった。捕り手としての生活がいま幕を閉じたことを知り、のどが激しく震えた。「では、個人的な仕事を引き受けて、時間を潰すことにしますよ」

「斬新なアイデアじゃないか」とロス卿は冷かすように言った。「探偵子爵とはね」

「ニック」とソフィアが静かに割って入った。「お父様とお母様が何をお望みになるか、あなたにもわかるわよね」

彼は惨めでつらそうだった。そして何よりも、憤慨しているようだった。「あまりにも長いことニック・ジェントリーだったから、もう変わることはできない」

ソフィアは細心の注意を払い、なぜ彼がそれを不可能と考えるのかよくわかっているという気持ちを示した。「容易なことではないでしょう。だれもそれを否定しません。でも、ロッティーがあなたを支えてくれるわ」

ニックはロッティーのほうを見もせず、舌打ちした。

「ロッティー、かわいい人」ソフィアは優しいが妥協をゆるさない口調で呼びかけた。繊細な外見の下に隠されている強い意志が垣間見える。「あなたは何年間メードストーンに在籍していたの？」

「六年です」ロッティーは、夫の頑な横顔を心配そうにちらりと見た。

「メードストーンの評判が本当なら、その六年間であらゆることを教えこまれたはずです。貴婦人としての態度、優雅な身のこなし、そして礼儀正しいおもてなしを徹底的にしこまれ、世帯のきりもりや家計の管理のし方を学び、着こなしや良い趣味を身につけ、社交訪問や夕食後の集いのしきたりなども習得したはずです。こういう細かなエチケットの数々が上流階級とそうでない人々を区別しているのです。あなたなら、どのくらい大きな世帯でも簡単にきりまわすことができると思うわ。きっとダンスや乗馬、楽器の演奏も習ったでしょうし、フランス語も話せる。ちょっとばかりドイツ語もかじっているかも。違うかしら？」

「その通りです」と彼女は短く答えた。なんだか自分がジェントリーを捕えている罠の一部になったようで急に落ち着かない気分になる。彼はまったく自分が求めていないものを押しつけられようとしている。彼女には彼の気持ちが痛いほどよくわかった。

満足してうなずくと、ソフィアは渋い顔をしている弟のほうに向きを変えた。「ロッティーはあなたにとっての貴重な財産だわ。彼女はあなたが新しい生活に慣れるために大きな助けになってくれるでしょう――」

「そんなものに慣れてたまるか」彼はそう怒鳴って、命令するような眼差しをロッティーに投げた。「帰ろう。さあ、おいで」

彼女は言われるままに立ち上がった。ロス卿も立った。ロッティーは困惑して義兄の顔を見た。彼の目には勝利の輝きはなかった。ロス卿は復讐するつもりや悪意があってこんなことをしたのではない、と彼女は思った。ロス卿は、そしてソフィアも、ジェントリーは本当の身分を取り戻すべきだと考えているのだ。彼女はこのことについてふたりともっとよく話し合いたいと思ったが、ジェントリーはいまにも爆発しそうだった。他の人なら、爵位や領地、そして家族の所有物を取り戻せるといわれたら躍り上がって喜ぶだろう。けれどもジェントリーにとってそれが悪夢であることは明白だった。

家へ向かう馬車の中で、ロッティーはずっと黙っていた。夫も押し黙って、怒りの爆発を抑えようとしているようだった。ふってわいたような人生の急転をなんとか理解しようと奮闘しているのだろう。自分がストーニー・クロス・パークを出発したときの気持ちと同じに違いないと彼女は皮肉な思いにかられた。

ベタートン通りの家に着くやいなや、ジェントリーは馬車からぱっと飛び降り、従僕にロッティーの世話をまかせるとどこかに消えてしまった。ロッティーが従僕の助けを借りて馬車から降り、玄関の扉にたどり着いたときには、彼の姿はどこにも見当たらなかった。玄関の広間にいた家政婦の面食らった表情から、ジェントリーが嵐のように家の中に駆け込んだことがわかった。

「トレンチ夫人」ロッティーは静かに尋ねた。「旦那様はどこへいかれたのかしら」

「書斎だと思います、お嬢様。いえ、あの、奥様」

奥様――そう呼ばれるのはなんと不思議な感じだろう。さらに、近い将来、シドニー卿夫人と呼ばれることになる可能性が高いのだから、もっと不思議だ。ロッティーは眉をひそめて、階段から書斎に続く広間へ視線を泳がせた。部屋に帰ってひとりになりたい気持ちもあったが、ジェントリーを見つけたいという抗いがたい思いもあった。

トレンチ夫人に帽子と手袋を渡すと、ロッティーは自然に書斎に向かって歩いていた。書斎の壁には暗色のサクラ材の板が張られ、茶色の地に金の円形模様が織り込まれた絨毯が敷き詰められていた。窓ガラスがはめ込まれた窓は高さが三メートル以上ある天井まで届いている。

窓の前に立っているジェントリーの幅広い肩が、ロッティーが近づく音を聞いて強ばった。手にしたブランデーグラスを、いまにも粉々に砕けてしまいそうに長い指で固く握りしめている。

ロッティーは見上げるように高いサクラ材の本棚の前で立ち止まった。見まわすと、書棚には奇妙なほど本が少なく、がらんとしている。

「あなたの書庫はほとんど空っぽだわ」と彼女は言った。

ジェントリーは窓を背にぼんやりと考え込むような目をして立っていた。手首をくいっと返して、グラスに残っていたブランデーを一気にあおった。「では、本を買ったらいいだろう。床から天井までびっしり並べたらいい」

「ありがとう」ロッティーは出て行けと言われなかったことに勇気づけられ、彼に近づいた。「ジェントリー様……」

「そんな呼び方をするな」と彼は激しくいらだって怒鳴りつけた。

「ごめんなさい、ニック」彼女はさらに近づいた。「ロス卿がおっしゃったことの中で訂正したいことがあります。あなたは私をシドニー子爵夫人にする責任はありません。前にも申しましたけど、私はあなたが平民でも貴族でも、どちらでもかまわないのです」

彼は長い間沈黙したままだった。それからふっとため息をひとつついた。サイドボードまで歩いていき、もう一杯ブランデーを注いだ。

「ロス卿の計画を止める手だてはないのでしょうか。法律の専門家に相談したら――」

「もう遅すぎるんだ。ロス卿のことだ、僕がどんな対抗手段をとるか、あらゆる可能性を検討したはずだ。彼の影響力は絶大で、裁判所にも警察にも、そして議会や王室にもその力がおよぶ。だから、召喚状は必ず送られてくるし、どうあがいてもそれを回避することはできない」彼はロッティーには聞きなれない、粗野な言葉を吐いた。「キャノンのくそ野郎め、体中の骨をばらばらにしてやりてえ」

「私に何かできるでしょうか？」彼女は静かに尋ねた。

「姉の話を聞いただろう？　君は館の女主人としてふるまい、僕が子爵のふりをする手助けをするんだ」

「ストーニー・クロス・パークではとても上手に貴族らしくふるまっていたわ。だれも疑いようがないほど貴公子然としていらした」

「数日のことだからできたんだ」と不愉快そうに答える。「しかし、一生演技し続けるとなると話が違う」彼はどうしても信じられないというように首を振った。「ああ、絶対いやだ。やけになって、そのうちだれかを殺してしまうかもしれない」

ロッティーは頭を傾けて、彼をしげしげと見つめた。こんなふうに機嫌が悪いときの彼を恐れるべきなのだろう。たしかに、血走った目をぎらつかせ、本当に人を殺しかねない顔だ。けれどなぜか、彼女は彼に同情を感じていた。自分たちは同類なのだとさえ思えた。私たちはふたりとも、もがいている。自分たちが計画したわけでも、望んだわけでもない人生に翻弄されて。

「ストーニー・クロス・パークで、シドニー卿と自己紹介したとき、どんな気持ちでしたの？」

「最初はおもしろがっていた。自分自身に見せかけるという皮肉をね。だが翌日から、肩に重みを感じるようになった。その名前で呼ばれるだけでぞっとするんだ」

ロッティーは、なぜ彼が本当の名前にそれほどの嫌悪感をいだくのか、不思議だった。彼がこれまでに話してくれた理由のほかに、何か別の理由があるに違いない。

「ニック、ロス卿はあなたが爵位に足るだけの財力をもっているとおっしゃっていましたが、あれはどういう意味なのですか？」

彼は口を歪めた。「大きな領地を維持し、貴族らしい生活を送れるくらい、僕が金を持っていると言ったのさ」

「どうしてそんなことをあの方がご存知なのですか？」

「はっきりとは知らないさ」

「では、やはり、ロス卿は間違っていらっしゃるのね？」

「いや、間違ってはいない。ボウ・ストリートに来る前、いくつか投資をしていてね、あちこちに財産があるんだ。合わせると二〇〇〇ばかりもっている」

ロッティーは頭の中で計算した。二〇〇〇ポンドの貯金といえばかなりの額だけれど、それで一生安泰というわけにはいかないだろう。彼の投資の価値が下がらないことを願うばかりだ。「十分だと思いますわ」と彼女は彼の気持ちを傷つけないことを願いながら言った。「倹約すれば、困ることはないでしょう。でも、嫁入りの衣装代は出せないと思いますわ。とりあえず、いまは。いつか余裕ができたら――」

「ロッティー、倹約する必要はないんだ」

「二〇〇ポンドといえば、たいそうなお金です。でも、それだけで家を維持していくのは――」

「ロッティー」彼は困ったような顔で彼女を見た。「単位が違う。僕が言ったのは、一〇〇〇ポンドが二〇〇、つまり、二〇万ポンドだ」

「でも……でも……」ロッティーはびっくりして目を丸くした。どんな人にとっても、ひとかどの財産と言えるほどの大金だ。

「そして年に五〇〇〇ポンドほど、配当金やら個人的な仕事の報酬が入る」ロッティーはますます目を丸くしたが、彼の顔は暗くなった。「だが、仕事の報酬のほうはもう入らなくなりそうだが」

「まあ、あなたはラドナー卿と同じくらいお金持ちなのですね」とロッティーは唖然とした。

彼は自分が直面しているもっと大きな問題に比べたら、金など取るに足らないことだといわんばかりに、手で空を切るような仕草をした。「たぶんね」

「一〇軒でも家を買えるし、やりたいことは何でも――」

「家なんか一〇軒もいらない。寝るには屋根がひとつあるだけでいい。食事も一日三回しか食べられない。人に生活をみせびらかしたいとも思わない」

彼が富を得ることに無頓着なのを知ってロッティーは驚いた。彼の富は、裏社会の犯罪者やボウ・ストリートの捕り手仲間に絶対に負けまいとする強い気持ちが生んだ結果にすぎない。捕り手としての仕事を奪われたいま、別の生きる目標を見つけなければならないだろう。じっとしていられるタイプの人間ではないから、貴族のとりすました退屈な生活は窮屈きわまりないのだ。貴族としての生活に順応していけるのだろうか。

ちょうど彼もロッティーと同じことを考えていたに違いない。行き場のない怒りに唸り声を漏らし、指で髪の毛をかきむしった。乱れた髪が彼の額にかかった。それを見て、ロッティーは突然その濃いチョコレート色の髪に触れてみたくてたまらなくなった。その温かいシルクのような髪を指ですいて、後ろになでつけてあげたい。

「ロッティー」彼は荒々しい声で言った。「僕は出かける。おそらく朝まで戻らないから、今夜のことは延期だ」

「何をなさるおつもり？」

「まだわからない」彼は後ろに下がって、彼女から離れた。重い網を上から被せられた動物のように不安げで、かすかに恐れも感じられる。

彼が出かけて、飲んだくれようと、だれかと喧嘩を始めようと、あるいは気晴らしを求める男たちがするありとあらゆる馬鹿げたことをしようと、気にする必要はないとロッティーは思った。いまにも爆発しそうな激しい怒りをなだめようなどと考えるべきではない。けれども彼女はそうせずにはいられなかった。

自分が何をしようとしているのか考える前に、彼女は彼に近づき、手のひらを黒いラシャの上着にあてた。そっと手を布地の上に滑らせ、さらに上着の中に滑り込ませた。ベストも上着と同じインクブラックだったが、その布地はもっとすべすべしていて、上からなでると胸の筋肉の盛り上がりが感じられた。厚い服地を通してもこんなに熱が感じられるのだから、彼の肌はものすごく熱いに違いない。

ニックは突然動きを止めた。ゆっくりとした深いリズミカルな息づかいに変わっている。ロッティーは彼の顔を見ないで、グレーのクラヴァットの結び目だけを見つめた。指でよい香りのする真っ白いシャツの折り目をさぐる。

やがて彼女は「延期はいやです」と言うと、結び目をひっぱってクラヴァットをゆるめた。クラヴァットがほどけるのといっしょに、彼の自制心も消えていったようだった。呼吸は荒くなり、体の両側で手を握りしめた。彼女はぎこちない手つきで、シャツの硬い襟のボタンを外してのど元を解放した。艶やかな琥珀色ののどが露出した。急に不安に襲われて彼の顔を見上げると、その顔からは怒りが急速に退いて、純粋な性的欲求へと変わるのがわかった。頬骨と鼻梁に赤味がさし、それに映えて青い目が炎のように輝いている。

彼は、彼女に逃げるすきを与えるかのように、ゆっくりと頭をさげていった。彼女は目を閉じて身じろぎもせず立っていた。首の横に彼の唇がわからないくらい微かに触れるのが感じられる。唇が敏感な肌をかすめた。唇が開いて、熱く滑らかな舌先が円を描くように彼女の肌の上を滑っていく。ロッティーの足の力は抜け、震えるため息を漏らして彼にもたれかかった。彼は彼女に手を触れぬまま、ゆっくりと時間をかけて首を探索し続けている。彼女は彼のひきしまった腰に手をまわして抱きついた。

彼は優しく彼女の両肩をつかんだ。彼女を引き寄せようか、突き放そうか迷っているように見えた。彼はかすれた声で尋ねた。「どういうつもりなんだ、ロッティー?」

心臓がどきん、どきんと激しく打っていて、息をするのがやっとだった。「ウェストクリフ卿の書斎であなたがお始めになったことの続きをしていただこうと思っているのです」

「本当か?」と彼は荒っぽくきいた。「僕は半年も女を抱いていない。急に恐くなっても、もう止められないぞ」

「止めてとは申しません」

彼は厳しい顔で彼女をじっと見つめた。その目は、明るく輝き、熱を帯びている。「どうして、いまなんだ? 昨晩はいやがったじゃないか」

どう説明したらいいのか、彼女にはわからなかった。今日の午後の出来事で、急に彼にも傷つきやすい面があることがわかってきたのだ。性欲を満たすためだけでなく、彼は私を必要とするかもしれない。彼の強い意志に対抗して、彼の激情を抑えることは易しいことではないけれど、その挑戦にはあらがいがたい魅力があった。

「私たち、いまは結婚しています」と彼女は最初に考えついた言い訳を口にした。「それに私は早く済ませてしまいたいのです……そうすれば、もう恐れる必要はなくなりますから」

彼の目が野獣のように光った。彼は私を欲しがっている。彼は質問に時間を無駄遣いするのはやめて、ただ手を差し出した。「では、二階へ行こう」

ロッティーはおずおずと手を彼の手に置いた。「ニック、ひとつだけ気になることが……」

「なんだい？」

「まだ、暗くなっていませんわ」

「それで？」

「日のあるうちに、そういうことをしてもいいのかしら？」

その質問に彼はにやりと笑った。

「さあ、どうかな。だが、そんなことどうでもいいさ」彼は彼女の手をひいて、書斎から玄関広間を通りぬけ、広い階段を昇っていった。

9

ロッティーは彼に手を引かれて二階にあがった。ついに彼の寝室についたときには、足がゴムにでもなったかのようにおぼつかなかった。カーテンが窓の両側に引かれていて、柔らかなグレーの光が差し込んでいた。暗ければよかったのに。容赦ない昼の光の中で、裸になることを考えるだけで、全身が震えてくる。

「気持ちを楽にして」彼女の後ろに立ってニックはささやき、両方の二の腕をそっとつかんだ。彼の声はいつもより低くくぐもっていた。「君に苦痛を与えないように、十分気をつける。君がもし……」

「私がもし？」

「僕を信じてくれれば」

ふたりはじっと黙った。ロッティーは自分の唇をなめた。私はこの数年間、だれも信じたことがなかった。それなのに、ニック・ジェントリーを信じろと？　いままで会ったなかでもっとも破廉恥な男を？　そんなことをしたら愚かを通り越して、頭がおかしくなったとしか言いようがない。「ええ」と自分が答えているのを聞いて彼女は驚いた。「ええ、私はあなたを信じます」

その言葉に不意打ちを食らったかのように、彼はかすかな声を漏らした。

ゆっくりと彼は手を彼女の胸の上部に滑らせていった。優しい圧力に彼女は彼にもたれかかった。首の後ろを彼の口が這う。うなじの感じやすいうぶ毛を唇でもて遊ぶ。彼が綿毛のようなうぶ毛が生えた皮膚を味わい、敏感な部分に軽く歯を立てると、彼女は歓喜に身をよじらせた。唇の探索はさらに首の横へと進み、耳たぶの先をそっとかじる。一方、彼の手は、ドレスの前に動いていく。胴着を開くとコルセットの枠が現れた。彼の指先は彼女ののどへと漂って繊細なその曲線を愛撫し、鎖骨の翼へと移動した。

「ロッティー、君は美しい」と彼はささやいた。「君の感触、君の味……君の肌、君の髪……」彼は彼女の髪からピンを抜きとって、絨毯の上に投げ捨てた。淡い色の絹のような髪が肩にかかり、彼はその髪に指を差し入れた。髪を自分の顔に近づけると、頬や顎をその髪でなでた。彼女の体は火照ってきて、その熱はどんどん熱く、激しくなっていく。彼女は背後のがっしりした体に寄りかかった。

彼はドレスをウエストのところまでゆるめ、彼女が袖から腕を抜き取るのを助けた。指先が肘から腕の内側に軽く走る。彼女の体を回して、自分のほうに向かせると、コルセットを器用にはずして、締めつけられていた彼女の体を解放した。いままでコルセットの骨組みによる支えで、人工的に持ち上げられていた胸は自由になって、自然な膨らみをみせている。とがった乳首の先が、しわくちゃになったシュミーズの薄い布を突き上げている。彼は手を上げて、薄い布地の上から彼女に触れた。四本の指を胸の下方のふくらみに滑らせ、親指で乳首の形をなぞった。そのタッチはとても軽かった。先端部分でじらすようにゆっくりと動かすと、焼けつくよう感触をロッティーに与えた。

ロッティーはあえぎ、バランスを保つために彼の肩をつかんだ。彼は乳首の先端を指先でそっとつかんで愛撫を続けながら、もう一方の腕を彼女の背中にあてて彼女を支えた。彼が手のひらで乳房を包み込むと、彼女は体の芯に痛みにも似た喜びを感じた。反対の胸にも触れて欲しい、と彼女は願った。全身の、あらゆる場所にキスして欲しい。そして自分の唇を熱い彼の肌に滑らせ、彼の裸の肉体を自分の裸の肌に感じたい。早く愛し合いたいとせかすように、彼女がじれったそうに上着をひっぱるので、彼は笑い出した。その息が彼女の髪を乱した。

「ゆっくり」と彼はささやいた。「急ぐ必要はないんだ」彼は上着、ベスト、靴と靴下、ズボン、シャツを順番に脱ぎ捨てていき、最後にいきり立った彼のものを隠していた下着をとった。

ロッティーはどこに目をやったらよいかわからず、急にうろたえた。裸になった彼は無防備に見えるはずなのに、衣服を身につけていたときよりももっと力強く見えた。彫刻のような彼の体には荒々しい優雅さがあった。大きく、筋肉質で、堂々と引き締まった体。ブロンズ色に日焼けした肌は腰の線で終わっており、ヒップにかけて徐々に肌は白くなっている。豊富な濃い胸毛で胸は覆われていて、股間には別の草むらがあり、その中心には暗色の長いペニスが突き出ていた。

ニックは指先で真っ赤になった彼女の頰の横をなでた。「君はこれからどういうことが起こるかわかっているのか？」

ロッティーはこくんとうなずいた。「ええ、たぶん」

彼は彼女の顎の下を指先で触れた。彼の指は火のように熱い跡を残す。「だれに聞いた？　母親から？」

「いいえ、違います。母はラドナー様との結婚式の前の晩に、すべてを説明してくれるつもりだったのでしょう。でも、そういうことにはならなかったのですけど」ロッティーは彼に首の横を愛撫されながら、目を閉じた。温かい彼の手は、硬くざらついていた。「でも、学校で女の子たちから聞きました。何人かはその……あれをしたことがあって……こっそり私たちに教えてくれたのです」

「どんなことをしたって？」

「紳士のお友だちとか、いとこと内緒で会って、彼らに許したんです」目を開けると、彼がにやにやしながら見つめていた。彼の鎖骨から下に目をやることはできない。

「彼女たちはどこまで許したのかな？　このあいだの晩、僕らがしたことくらいかな」

「ええ」彼女はしぶしぶ認めた。

「僕の触れ方は気持ちよかった？」と彼は優しくたずねた。

燃えるように顔を赤らめ、彼女はぎこちなくうなずいた。

「じゃあ、この先も楽しめるよ」と彼はうけあい、彼女のシュミーズの縁に手を伸ばした。彼の無言の仕草に急きたてられて、彼女は腕を上げ、シュミーズを脱がせやすくした。彼女は室内履きを脱ぎ、蹴って脇にどけた。長いズロースと靴下をつけただけの姿で、腕を裸の胸の前で交差させ、彼の前に立った。

彼は覆いかぶさるように彼女の前に立ち、手で背中をなでた。彼女の全身に鳥肌が立った。

「僕の体に腕をまわして、ロッティー」

彼女は不器用に彼の言葉に従い、体をぴったりと彼の体につけた。彼女の乳首は厚い胸毛の中に沈みこんだ。彼の体はとても熱く、モスリンのズロース越しに彼の燃えるような高まりが感じられた。彼は手を彼女の尻の割れ目に滑り込ませ、彼女をぐっと引き寄せた。彼の手が秘部に押し当てられる。電撃が彼女の体を貫き、耐え切れないほど性急に欲望が押し寄せてきた。彼女は彼の首にしがみつき、分厚い肩の筋肉に顔を押しつけた。彼の指は彼女の腿のあいだをさらに滑った。ゆっくりとしたリズムで柔らかな溝をさすっているうちに、指の下のリネンはしっとりと濡れていった。長い至福の一分間、彼はそのままの状態を保った。やがて彼女は勃起したペニスに股間をすりつけ始めた。

ふたりの体のあいだに、彼は手を滑り込ませズロースの紐を引っ張った。ズロースを床に落とすと、彼は彼女を軽々と抱き上げてベッドに運んだ。ロッティーが刺繍をほどこしたベッドカバーにもたれると、ニックは彼女の全身に視線を這わせた。唇を引いて彼は微笑んだ。

「頭の先からつま先まで真っ赤になった人間を見るのは初めてだ」

「私だって、男の人の前で裸になったのは初めてです」とロッティーは恥ずかしそうに言った。靴下をのぞき、一糸まとわぬ姿でだれかと会話しているなんて考えられないことだわ、と彼女は思った。

彼は彼女の足首をそっと手でつかんだ。「君はかわいいな」と彼はささやき、彼女の上に乗った。

彼は歯で彼女のガーターを引っ張り、それを締めていたリボンをほどいた。リボンで締められていた赤い跡に彼がキスして、痛みを和らげるように舌でなめたので、彼女は息を止めた。ストッキングを脱がせ、彼は腿を大きく押し広げた。ますます恥ずかしくなり、ロッティーは手で隠そうとした。彼の頭が近づいてきて、熱い息が皮膚にかかる。彼は親指で、彼女の腿と鼠蹊部《そけいぶ》のあいだのデリケートな襞の脈動をさぐった。

「隠さないで」彼はあやすように言った。

「だめです」軽く突いてくる彼の舌をかわすために身をよじらせながら、彼女はつぶやいた。彼の舌は、男性が自分の口をつけたいと思うとは想像もしたことがなかった部分に侵入してくる。彼女はなんとかベッドカバーをはがしてその下の安全地帯に滑り込んだ。するりとした冷たいリネンが素肌に触れ、彼女はぶるっと体を震わせた。

低い声で笑いながら、ニックもベッドに滑り込み、広い肩まで寝具を引き上げた。するりと彼の頭が寝具の中に消えた。彼の手を膝に感じる。再びロッティーの脚は押しひろげられた。

ロッティーはぼんやりと頭上の暗い天蓋をながめた。「ニック」と彼女はあきらめたように尋ねた。「こ、これは、ふつうのやり方なのですか?」

寝具を通してくぐもった彼の声が聞こえた。「ふつうのやり方って?」

彼に腿の内側のカーブを噛まれ、彼女は鋭く息を吸い込んだ。「確信があるわけではないのですが、これは違うと思うのです」

彼はおもしろがっている。「大丈夫、やり方は知っているよ、ロッティー」

「あなたがご存知ないという意味ではなく……あ、やめて。そんなところにキスしないで」

彼が笑いをこらえて震えているのが感じられた。「一度も経験がないにしては、君は頑固だな。僕の好きなように君を抱かせてくれ。いいかい? とりあえず、初めてのときだけは」彼は彼女の両手首をつかみ、彼女の両脇にくっつけた。「静かにしていて」

「ニック……」彼女は言いかけたが、彼の口は金髪の巻き毛の巣へとおりていった。「ニック……」

しかし、彼は塩辛い女性の肉を味わうのに没頭していて、ロッティーの声を聞いていなかった。湿った谷間は、彼の息の熱気で満たされた。彼女はうめき声をあげ、彼の手につかまれている手首をよじらせた。彼の舌は弾力のあるカールの中に分け入り、その下に隠されていたバラ色の唇を探しあてた。片側の唇をなめ、それから反対側をなめる。舌先が巧妙に彼女をもてあそぶ。

彼の口はこの上なく優しく彼女を夢中させた。舌はとろけるような彼女の肉をつたって、秘密の入口を見つけた。熱い絹の舌が差し込まれ、引き抜かれ、再び差し込まれる。ロッティーの体から力が抜け、秘部が激しく脈打つ。彼が鼻をすりつけ、からかうように動かすと、彼女は激しく脈動する頂点に彼が触れられるように体をそらせた。彼は彼女が求めているものがわからないかのように、一番敏感な部分をわざとさけて、そのまわりをなめる。

「ニック」と彼女はささやいた。どういったらいいのか、言葉が出てこない。「お願い、お願い」

しかし、彼は無視し続ける。彼女はようやく故意にそうしているのだと気づいた。もう耐え切れなくなって、彼の頭に手を伸ばした。すると彼の笑う息が彼女にかかった。彼はすぐに口を外して、下方に滑らせ、湿った膝の裏側や足首の窪みに這わせた。彼がようやく腰に戻ってきたときには、彼女の全身は汗まみれになっていた。彼の頭が、再び彼女の脚のあいだに舞い降りた。ロッティーは息を止めた。彼女の体から熱いものが流れ落ちた。彼の舌は彼女のピークをつついた。ロッティーは叫び声を抑えきれず、彼の口に体を押しつけた。

「だめだ」と、彼は濡れた肉にささやきかける。「まだだ、ロッティー。もう少し待つんだ」

「できない、できないわ。ああ、やめないで……」。彼女は無我夢中で彼の黒い髪を引っ張った。彼の舌が再び彼女を羽のようになでると、彼女はうめき声をあげた。

ニックは彼女の手首をつかんで、彼女の頭上に引き上げ、なるべく痛みを与えないよう注意しながら、彼女の股間に体を入れた。彼のものは熱い谷間にすっぽりと入った。暗い青い目で彼女の目をのぞき込みながら、彼は「そのままにしておいて」と言って、彼女の手首を放した。彼女はすすり泣きながらそれに従った。

彼は彼女の片方の胸にキスし、次に反対の胸に移った。彼の舌が炎のように渦を巻くたびに、彼女はシーツから体を浮かせんばかりに反応した。彼のペニスは熟練した突きで彼女の性器の上を滑り、じらし、こすり、いたぶった。一方で彼の口は餓えたように乳首をむさぼる。彼女は懇願するようにうめき、体を弓なりにそらせた。驚くべき歓喜が彼女の体の中に蓄積していき、それは徐々に強さを増していく……ああ、お願い……そして、ついにクライマックスが訪れた。彼女は恥じらい、おののきながら、声を上げた。痺れるような快感が体の中心から全身に広がっていく。

「よし」と彼は彼女の緊張したのどにささやいた。腰をまだやさしく動かしている。汗で湿った額にくっついた髪を彼が後ろになでつけているあいだに、あの快感は長い震えとなって消えていった。

「ニック」彼女は深い呼吸の合い間に呟いた。「何かが起こったの」

「ああ、わかっている。君は絶頂に達したんだ」彼の声は優しく、少しおもしろがっているように聞こえた。「もう一度してあげようか?」

「いいえ」と彼女があわてて言ったので、彼は笑った。

「では、今度は僕の番だ」彼は腕を彼女の首の下に滑り込ませ、彼女の頭を肘の内側で抱き込むようにした。再び上に乗り、筋肉質の太腿の重みで彼女の脚を開かせた。彼のペニスの幅広い頭が、彼女の股間の柔らかな窪みに押し当てられる。彼は濡れた谷間をわざと円を描くようになぞり、それから、そっと彼女の中に入って来た。焼けるような感覚。とっさに、彼女は体をすくめた。彼はそこで止まり、彼女をじっと見つめた。彼の顔が突然こわばり、真剣になる。彼は頭を下げ、彼女の眉のあいだにそっと口づけした。「ごめん」と彼は静かに言った。

「どうして――」と彼女が言いかけたが、彼がぐっと一突きで彼女の中に入って来たので彼女はあえいだ。彼女は痛みに体を引き、思わず脚を閉じようとしたが、彼がさらに深く突いてくるのを止めることはできなかった。彼女は彼の体の下に捕えられ、硬く熱いものに刺し貫かれて身動きできなかった。

慎重に彼は更に奥に進んだ。彼はもう一度「ごめん」と言った。「一気にやってしまったほうが、君は楽なのじゃないかと思ったんだ」

それはロッティーの予測をはるかに超えた痛みだった。自分の体の中にだれかの体の一部があるというのは、奇妙な感覚だった。あまりに不思議で、痛みをほとんど忘れるほどだった。じっと動かずにいるのは彼にとってたいへんなことなのだと彼女は感じた。彼女が慣れるまで、待とうとしてくれたことも知っていた。それでも痛みは続き、どんなに時間をくれてもそれはよくならないのだとわかっていた。「ニック」と彼女は困ったように言った。「この部分をなるべく早く終わらせていただけないかしら？」

「そうか」と彼は申しわけなさそうにつぶやいた。「わかった、そうしよう」慎重に、彼は腰に力を入れた。驚いたことに彼はさらにロッティーの奥深くに入って来た。彼のペニスの頭が彼女の子宮を押したので、彼女は痛みに体を引いた。すぐに彼は少し後退し、手で彼女の胸から腰をなでた。「次のときは、もう少し楽になる」と彼は言いながら、浅めに突く。「なんて暖かいんだ、ロッティー。なんて甘い……」。彼は息を切らし、きつく目を閉じ、握りしめた拳をマットレスに押しつけている。彼の動きが痛みを引き起こすにもかかわらず、ロッティーは不思議な感情を経験していた。彼を守ってあげたい、彼に優しくしてあげたい。手を彼の背中に滑らせ、背骨の深いアーチをなぞった。大きな彼のものを受け入れながら膝でしっかりと彼の腰をはさみ、彼を抱きしめ、不規則な彼の呼吸を聞く。突然、彼はすべての長さを彼女の中に埋め、じっと動かなくなった。彼の体が激しく痙攣するのが感じられた。彼は耳障りなうなり声をあげながら情熱を解放した。彼の背中をなでながら、彼女は好奇心にかられて指を下へ、下へと滑らせていった。やがて彼の尻の硬い筋肉に触れた。それは人間の肉体とは思えないほど硬かった。

ようやくニックはため息をひとつついて目を開けた。興奮で赤らんだ顔に、神秘的な青い炎のように瞳が輝いている。彼に名前をささやかれると、背中に戦慄が走る。リネンをきちんと彼女の腕の下に押し込んだあと、ニックは片肘をついて体を起こし、彼女を上からのぞきこんだ。濃い眉毛のあいだに小さな皺をよせている。「大丈夫かい?」

「ええ」とろんとした微笑が彼女の唇をカーブさせる。「ちっともつらくありませんでした。最後のところまでは。シャワーバスよりもよかったくらい」

彼はおかしそうにふっと笑った。「そうだろう。だが、ココアと同じくらい良かったか?」

ロッティーは手を伸ばして、彼の高い頬骨をなでた。彼をからかわずにはいられない。

「ココアには勝てないわ」

彼はまたもや笑いを漏らした。「まったくもう、君を喜ばせるのは大変だ」彼は彼女の手に口を寄せて、手のひらの湿った窪みにキスした。「僕のほうは、フィドラーズ・グリーンにいる船乗りよりも満足している」

ロッティーはまだ彼の顔の粗削りな輪郭を探究し続けている。頬が紅潮し、口の横の皺がゆるむと、彼はいつもより若く見えた。「フィドラーズ・グリーンって何ですの?」

「船乗りが行く天国のようなところさ。昼も夜も、ワインと女と歌だけ」

「あなたは天国についてどう考えていらっしゃるの?」

「天国など信じていない」

ロッティーは目を見開いた。「私は異教徒と結婚してしまったの?」と彼女がきくと、彼はにやりとした。

「だが、ラドナーと結婚しないで済んだのだからよかったじゃないか」

「そのことについて冗談は言わないで」と彼女は顔をそむけた。「ユーモアの種にはなりません」

「悪かった」彼は彼女の腰に腕を滑り込ませた。彼女を引き寄せ、自分の体で包み込んだ。さあ、彼女の背中は胸毛に覆われた彼の胸にぴたりとはまる。「いじめるつもりはなかった。

僕にもたれて」彼は、彼女の明るい金髪に鼻をすりつけた。「まったく君は、怒ると火の玉みたいになるな」

「私は火の玉ではありません」ロッティーは抗議をした。そういう資質は、メードストーンを卒業した貴婦人にはまったくそぐわないものだからだ。

「君は、火の玉さ」彼は手を我が物顔に彼女のヒップの丸みにあてた。「初めて会った瞬間にわかった。それが君を欲しいと思った理由のひとつだ」

「あなたは、妻がいるほうが都合がいいから、とおっしゃったわ」

「まあ、それもあるな」とにやにや笑う。しかし、彼女が肘打ちしようとするとさっとよけた。「だが、本当のところ、そんなことはまったくでたらめだった。君はいままで会ったなかで一番好ましい女性だったんだ」

「なぜ結婚すると言い張ったの？　私はあなたの愛人にして欲しいと頼んだのに」

「愛人では君がかわいそうだ」彼はいったん言葉を止めてから、静かに付け加えた。「君は、僕があげられるものすべてに値する。ぼくの名前を含めてね」

ロッティーはその賛辞を非常に嬉しく思ったが、冷静な考えがその喜びに影を投げた。

「あなたが本物のシドニー卿であることをみんなが知ったら、あなたはみんなに追いかけられるようになるわ」彼女のような外見と財産と爵位をあわせ持つ男は、どんな女も夢中にさせる。彼は間違いなくたくさんの女性の関心を引くだろうから、浮気相手には事欠かないだろう。

「僕は君を裏切ったりしない」とニックは言った。またまた彼は洞察力の鋭さで彼女を驚かせた。

「そうかしら、あなたのような経歴の方が……」

「君は僕の経歴の何を知っている？」彼は彼女をあおむけにして、彼女の上にのしかかり、片脚を彼女の脚のあいだに滑り込ませた。

「寝室での経験が非常に豊富であることはわかります」

「たしかに」と彼は認めた。「だが、だからといって相手はだれでもいいという意味ではない。事実……」

「事実？」とロッティーは促す。

彼は目をそらした。「なんでもない」

「あなたは、そんなにたくさんの女性がいたわけではない、と言おうとなさったのでしょう」。彼女の口調は懐疑的だった。「といっても、そのような基準はとても主観的なものですわ。あなたにとってたくさんとはどのくらいの数なのでしょう。一〇〇？　五〇？　それとも一〇？」

「そんなことどうでもいい」。彼は恐い顔で言った。

「二〇よりも少ない数を言っても、私は信じません」

「じゃあ、君は間違っている」

「では、どのくらい私は的を外していますの？」

「僕が寝たことがあるのはふたりだけだ」と彼はあっさりと言った。「しかも、ひとりは君だ」

「そんなはずないわ」と彼女は、絶対信じられないという顔で笑った。

「じゃあ、好きなように考えればいい」と彼は低くつぶやくと、転がって彼女から離れた。

彼は、彼女にいま告げたことを後悔しているのか、明らかにいらだっていた。彼がベッドを出て衣装簞笥のほうに大またで歩いていくのを、ロッティーは驚いてぽかんと口をあけたまま見ていた。彼の言うことは信じがたい。でも、彼が彼女にそんな嘘を言う理由もない。

「あとひとりはどなたなの?」彼女はきかずにはいられなかった。

ワイン色のビロードのガウンを羽織って肩をすくめたので、広い筋肉質の背中が丸くなった。「マダムさ」

「フランスの方ってこと?」

「いや、マダムというのは、娼館を経営している女性のことだ」と彼は無愛想に答えた。

ロッティーはベッドの縁から落ちそうになった。彼が振り向いたので、彼女はどうにか冷静な顔を保った。「それは……長いおつきあいでしたの?」

「三年」

ロッティーは冷静にいま知りえたことを咀嚼《そしやく》した。この胸の重さは、嫉妬のせいだ、と彼女はうろたえながら実感した。「あなたは彼女に恋していたの?」

「いや。だが、好意をもっていた。いまでもだ」

しかめ面が彼女の額に広がった。「どうしてもう彼女とお会いにならないの？」

ニックは首を横に振った。「しばらく関係が続いたあと、ジェンマはこれ以上続けても双方にとって得るところはないと判断した。その後、僕も彼女が正しかったと思うようになった。そして、君と会うまで、だれとも寝たことはない。だから、僕にとって、ズボンのボタンを掛けたままにしておくのはたいした苦労ではないんだ」

安堵の波が彼女に押し寄せた。彼を自分ひとりのものできることがどうしてこんなに嬉しいのか、その理由をあれこれ考えたくはなかった。ベッドを出て床に脱ぎ散らされた服を拾い集め、急いで体の前を隠した。「あなたには驚かされてばかり」と彼女は、裸でいる恥ずかしさをなにげなくふるまうことで隠すように言った。「本当にあなたって、たくさん意外な面をお持ちだから」

彼は彼女に近づき、彼女の裸の肩を手でつかんだ。「君も、だ。まったく経験のない君からこんな喜びを得られるとは思ってもいなかったよ」ニックは彼女の手からドレスを取って床に落とし、ビロードのガウンに彼女の体を押しつけた。柔らかなけばに胸からひざまでを愛撫され、彼女の体はぞくぞくした。「たぶんそれは、君が僕のものだからなのだろう」彼女の青白い丸い胸に手をかぶせ、彼は思いにふける。「いままで僕は、自分のものをもったことがなかったから」

ロッティーは苦笑いをした。「まるで馬を一頭買ったみたいに聞こえるわ」

「馬のほうが安かっただろうな」その答えに、彼女がふざけて怒ったふりをすると、彼は歯を見せて笑った。

彼女が彼の胸を叩くと、彼はその手首をつかんでねじり、器用に背中にまわした。そのため、彼女の胸は前に突き出すようなかっこうになった。「力はたくわえておけよ」と彼女の髪に笑いかけながら言う。手首を放して、彼女の小さい背中を片手でなでた。「痛むだろう？　僕が熱い風呂を用意してあげる。風呂がすんだら、何か食べよう」

熱い風呂は魅力的だったが、夕食のためにまたコルセットを締めて、ドレスを着ると思うとちょっと憂鬱だった。

「ここに夕食のトレイを持ってこさせようか？」とニックが尋ねた。

「ええ」とロッティーは即座に答えたが、彼に疑うような目を向けた。「どうしてあなたはそうなの？　いつも私の考えを読めてしまうみたい」

「君の顔にすべて書いてあるからさ」彼はガウンを脱いで、彼女に羽織らせた。重いビロードに彼のぬくもりが残っていて、彼女の体を温めた。

「寝室で食事をいただいたのは、病気のときに一回あるだけだわ。それも何年も前の話」と彼女はガウンの紐を結んでもらいながら言った。

ニックは彼女の耳元でささやいた。「ぼくの情熱的な花嫁……あとで、寝室は食事をとるのに最高の場所だということを見せてあげよう」

彼は自分で彼女を入浴させた。ガウンの袖をまくって、バスタブの横にひざまずき、黒い毛で覆われた腕を肘まで湯につける。半分目を閉じて、ロッティーは彼ののど、そしてガウンのV字の合わせ目からのぞく黒い胸毛へと視線を泳がせた。彼の体はとてもたくましくて男性的だったけれど、その体つきからは想像もできない優しさで彼女に触れた。蒸気のベールが湯からあがり、空気を熱く、真珠色に輝かせた。石鹸をつけたたくましい手が体の秘部に滑りこむと、彼女は熱と官能に酔いしれた。

「ここが痛むかい？」彼は腫れた性器の入口の上で指を滑らせながらきいた。

「少し」彼女は彼の腕に寄りかかった。頭を大きな磁器浴槽の磨かれた木製の縁にのせて、ゆったりくつろいでいる。

ニックは、そうすることで傷を癒せるかのように、指先で優しくもんだ。「なるべくそっとやったつもりなんだが」

「そうしてくださったわ」彼女はなんとか返事をした。太腿がゆらりと開かれる。

ニックは濃い睫毛をおろして、水の中でぼんやりとゆれる彼女の体をながめた。彼の美しい顔だちは、ブロンズ像のようにくっきりと彫みこまれている。まくりあげた袖の端が水につかり、ビロードの生地が熱く湿った。

「もう二度と痛くしない。約束する」

彼の指が股のあいだの柔らかい襞を分け、隠されていたデリケートな膨らみをさぐると、ロッティーは息を止めた。彼女はヒップを浮かせ、滑りやすいバスタブの表面をとらえようと手を泳がせた。彼は腕を彼女の背中に滑り込ませて彼女の体をしっかりと支えた。

「後ろにもたれて。気持ちよくしてあげる」と彼がささやいた。

うそ、バスタブの中でなんて、と彼女は疑った。熱い磁器浴槽の壁がふたりをさえぎっているというのに。けれども彼女はゆったりと彼の腕に身をまかせ、体を開いて彼のもう一方の自由な手を受け入れた。彼の手首をつかむと、陰部の両側の唇を親指でさする筋肉や腱の動きが感じられる。内側の滑らかな唇を愛撫する彼のタッチは優しく、軽かった。そっと彼女を開かせ、中指で繊細な襞をこするたびにバラの蕾にそっと触れる。彼女の頬と胸が赤く染まるのを見て、彼はかすかに微笑した。「中国人はこれを至宝のテラスと呼ぶ」と彼はささやいた。彼はそっと指を二センチほど彼女の中に滑り込ませ、優しく円を描いた。「ここをリュートの弦と、そしてここを……」彼の指は秘密の深みに達した。「花芯という。こんなふうに触ると痛いかい？」

「いいえ」と彼女はあえいだ。

彼の唇が彼女の耳をかすめた。「今度、『歩く虎』という体位を教えてあげる。後ろから君に入って、奥深くに進むんだ。そして何度も繰り返して花芯をこする」彼は彼女の耳たぶを吸い、歯で軽くはさんだ。歓喜のうめきがロッティーの胸からのどにのぼってきた。空中をゆらゆら漂うような気持ちになったが、背中にまわされた彼の腕と、腿のあいだの手でしっかりと抱きとめられている。

「どうしてそんなことをご存知なの？」と彼女は震える声で聞いた。

「ジェンマが愛のテクニックに関する本を収集していたんだ。彼女のお気に入りのひとつは、中国の唐時代の本を翻訳したものだった。その本では、できる限り長い時間自分の歓喜を抑えることによってスタミナを増強させる方法を男性に伝授している」彼は指を引き抜き、チョウの羽のように軽く彼女の内腿をなでた。「健康にいい体位も紹介されている。骨を強化する体位、血を濃くする体位、長寿の体位……」

「まあ、いくつか教えていただきたいわ」彼が彼女の体に手を被せ、手の付け根で彼女のもっとも敏感な部分をリズミカルに刺激しはじめると、ロッティーはごくんと唾を飲んだ。

彼は彼女の頰に鼻をこすりつけた。「たとえば『はばたく不死鳥』は一〇〇の病を治すと言われている。それから『首をからませあう鶴』は治癒を促すという」

「あなたはいくつぐらい試したの？」

「四〇くらいかな。古代の名人に言わせれば、僕など初心者さ」

ロッティーは驚いて体を後ろに退き、彼をまじまじと見つめた。その動きで立った波が桶の縁にあたってしぶきをあげる。「まあ、いったいいくつくらいあるのです？」

「性交の動きが一五種類に、基礎体位が三六種。それらを組み合わせると四〇〇以上のバリエーションがある」

「す、少し多すぎるようですわ」

彼はからかうように言った。「忙しくなりそうだね？」

ロッティーは彼が二本の指を彼女の中に滑り込ませようとしているのを感じてびくっとした。「ニック、だめ」

「深く息を吸って、そしてゆっくりと吐くんだ」と彼はささやいた。「優しくやるから」彼女が従うと、彼は中指を狭い入口に差し入れ、親指で彼女の性器を円を描くようにリズミカルに愛撫する。

うめきながら彼女は彼のビロードの袖に顔を埋める。彼女の内部の筋肉はその優しい侵入物をきゅっとつかむ。最初の刺すような痛みが去ると、ロッティーは彼が突いてくるたびに、あえぎ、身をよじらせるようになった。ニックはかすれた声でささやく。「君はなんて甘く僕を包むんだ。もっともっと深いところへ行きたい。君の中に沈みこみたい」

彼の言葉は、彼女自身の嵐のような激しい鼓動にかき消された。彼女は無上の喜びに震え、感覚は白熱の炎のごとく燃え上がった。

長い時間が経って、浴槽の湯が冷えてから、ロッティーは新しい白いナイトドレスを着て、寝室のテーブルに歩いていった。ニックはそこに立って、かすかに微笑みながら彼女を見つめている。見られているのを意識すると顔が赤らんでくる。「これを着ている君はすてきだな」と彼はハイネックのドレスの胴衣を指でなでた。「とても無垢に見える」

「もう、そうではありませんけど」とロッティーは恥ずかしそうに微笑んだ。

彼は彼女の体をもちあげて抱きしめ、冷たい湿った髪に顔をすり寄せた。彼の口は嬉々として彼女の首を見つけた。「いいや、君は無垢さ。君を完全に堕落させるにはたっぷり時間が必要だ」

「あなたはそれをやり遂げると思いますわ」と彼女は言い、ハムや野菜プディング、ジャガイモ、それにタルトが載った皿の前に座った。

「我々の結婚に」とニックは言い、彼女のグラスにワインを注いだ。「始まりよりもさらに素晴らしい日々が続きますように」

ふたりはグラスを掲げて、チンと鳴らした。ロッティーはゆっくり味見するようにワインを少し飲んだ。その豊かでスパイシーな味はハムの塩辛さとうまくつりあいがとれていた。

ニックはグラスを脇に置き、彼女の手を取って何もはめていない指をじっと見つめた。

「指輪を持っていないんだな。明日、用意しよう」

ロッティーは、はしたないとは思いながら、その案がとても嬉しかった。宝石類をひとつも所有したことがなかったから。しかし、メードストーンで淑女というものは欲深さを決して表にあらわしてはならないと教え込まれていた。彼女は無関心を装った。メードストーンの教師たちは彼女に拍手を送ったことだろう。「必要ありませんわ。既婚女性の多くは指輪をはめていませんもの」

「僕は君が既婚だとみんなに知らせたいんだ」

ロッティーは輝く微笑を見せた。「もしそうおっしゃるなら、止めませんわ」

彼は彼女がいかにも嬉しそうに答えたので、にやりと笑った。彼の親指は彼女の指関節の感じやすいところをさっとなでた。「どんな宝石がいい？」

「サファイアはどうでしょう？」と彼女は希望をこめて提案した。

「サファイアか、それはいいな」。彼は話しながらも、彼女の手を放さず、指先やきちんと三日月形に切りそろえられた爪をいじっている。「君はなるべく早く家族に会いたいのだろう？」

ロッティーの関心はすぐに指輪からそれた。「ええ、どうか。ラドナー様はすでに家族に私がしたことをお話しになっているかもしれません。私が他の方と結婚してしまったので、路頭に迷うことになるのではないかと両親は心配しているに違いありません」

「そんなに罪の意識を感じる必要はない」ニックは彼女の手首の内側の細い血管をたどった。「君が契約を結んだわけじゃない。それを反故にしたいと思ったからといって、君のせいじゃないさ」

「でも、私も援助を受けていたのです」とロッティーは後ろめたそうに言った。「メードストーンで何年も学ぶには莫大なお金がかかります。それなのにラドナー様はその見返りをまったく得ていないのです」

彼は黒い眉毛をアーチ形に上げた。「ラドナーを利用した、と言いたいのなら……」

「いいえ、はっきりそうだというのではないのです。ただ……やはり、私のしたことは褒められるようなことではありません」

「そう、たしかに君は家族のために身を犠牲にするべきだったのかもしれない」と彼は冷笑するように言った。「だが君の両親にとっては、こうなったほうが、実は都合がよかったんじゃないか。僕はおそらくラドナーよりはましな娘婿になるだろうから」

「本当に、あなたははるかに素晴らしい夫ですわ」

彼は微笑んで、彼女の指を自分の口にあてた。「君は、ラドナー以外ならだれでもよかったんじゃないのか。はっきりそう言っていたようだが」

ロッティーは微笑んだ。心の中で、ニックと結婚したことで、予測していたのとはかけ離れた男性を夫にしたのだわと思った。今日の午後のロス卿との話し合いを思い出して、彼女は「明日はどうなさるの？」ときいた。彼女はニックがおめおめとボウ・ストリートの職を放棄するはずがないと考えていた。

彼女の手を放して、ニックは眉をひそめた。「モーガンに会うつもりだ」

「モーガン卿は、あなたの味方をしてロス卿に立ち向かってくださるでしょうか？」

「そんなことは絶対無い。しかし、あいつにひとこと文句を言ってやらなきゃ気がすまない。汚い裏切り者め、とね」

ロッティーは前屈みになって、彼のガウンの折り襟に触れた。「おふたりがあなたのためを思ってなさったことだ、と考えてみたことはありませんの？　爵位を取り戻すことはあなたにとって益になるかもしれないと」

「ありえないね。ああ、僕は金めっきの檻で暮らすことになるんだ」

「私もいっしょにそこに入ります」

彼は彼女を見つめた。その言葉に虚を衝かれたかのように。あまりに長く、あまりに真剣に彼に見つめられていたので、しまいに彼女は体を動かして尋ねた。「何を、あなたは何を考えていらっしゃるの？」

ニックは冷たく微笑んだ。「君のほうが僕よりもずっとこれからの僕の人生に対する心の準備ができているな、と考えていたんだ」


ロッティーはためらいがちにいっしょのベッドに寝ましょうと彼を誘ってみたが、ニックは夕食をとると彼女を残し、数部屋離れた客用寝室へ行ってしまった。

私もいっしょにそこに入ります。という彼女の言葉は、なぜかニックの心を動かした。ちょうど、あの願いの泉でふと漏らした彼女の言葉のように。彼女は、シンプルな言葉で彼の心を解くことができるものすごい特技の持ち主だ。ありきたりの言葉なのに、とても重要なつぼを押さえている。

彼はロッティーのことをどう考えたらいいのかわからなかった。最初あんなふうに彼女をだましたのに、彼女は彼の妻としてふるまう準備ができているように見える。彼女は、情熱と寛大さをもって彼に応え、彼女の腕に抱かれていると一四年間ずっと彼の頭から離れることがなかった秘密を忘れることができた。その甘い忘却を彼はもっと欲しかった。この数時間は、ジェンマとすごした時間とはまったく違うものだった。ロッティーと愛し合っていると、欲望と深い優しさとがからみ合い、肉体の反応がこの上なく研ぎ澄まされたものになるのだった。

彼女は自分ではまったく気づかずに、彼の防御の壁を崩そうとている。しかしそのような親密さを彼はだれにも許すことはできなかった。この分だと、彼女が俺の中に潜む悪魔を発見するのも時間の問題だろう。そして、もしそうなったら、彼女は恐れおののいて去っていくだろう。彼女と距離をおかなければならない。でないといずれ彼女は俺を嫌悪するようになる。あるいは哀れむようになる。その考えに彼は総毛立った。

これ以上彼女を近づけてはならない、と思うそばから、彼女の元に戻りたくてたまらなくなる。これまで生きてきた二八年間で、こんなふうに痛いほどだれかを必要としたことはなかった。彼女と同じ部屋にいるだけでもいい。

なんてことだ。鈍い恐怖を感じながら思った。窓辺に立ち、ぼんやりと夜の闇を見つめる。いったい何が起ころうとしているのか？

朝の法廷が始まる前に、ニックが判事室にいきなり入って来た。グラント・モーガン卿は机から顔を上げた。彼の厳しい緑の目には謝罪の色はなかった。「ロス卿と会ったようだな」ニックは前に進み出て、考えつく中でもっとも下品な言葉で怒りを爆発させ、モーガンに激しい非難の雨を浴びせた。ふつうの人なら、怯えてすくみあがるか、手近な場所に隠しておいたピストルに手を伸ばすところだろうが、モーガンはニックが天気の話でもしているかのように落ち着き払って聞いていた。

てめえなんか、ロスのくそったれに踊らされている操り人形にすぎねえんだよ、とニックが悪口雑言を並べ立てたあと、治安判事はため息をついて、言葉をはさんだ。

「もう十分だ」と彼は短く言った。「君の話は同じことの繰り返しになってきた。何か新しいことを付け加えるつもりがないなら、一息ついたらどうだ。ところで、君が最後に言っていたことだが、つまり、すべてはロス卿の企みだという点についてだが、ボウ・ストリートの任務から君を外すという決断は、私もロス卿とまったく同じ考えだと言っておこう」

その時点まで、ニックはモーガンの意見が彼にとって非常に重要だと認識したことはなかった。しかし、彼の言葉はニックの心を突き刺した。裏切られ、見捨てられた気分だった。

「なぜ」と尋ねる自分のかすれた声が聞こえた。「俺の仕事ぶりに満足していなかったのか？これ以上どうすればよかったんだ？　どの事件も解決してきたし、捕まえろと命じられた犯人はほとんど全員捕獲した。しかも、あんたが望むように、きちんと規則に従って。命じられたことはすべてやった。いや、命じられた以上のことさえしてきた」

「君の活躍には文句のつけようがない」とモーガンは静かに答えた。「君はだれよりも立派に義務を果たしてきた。勇気と知恵において、君に勝る者を私は知らない」

「じゃあ、俺の味方をしてロス卿と戦ってくれ」とニックは荒々しく迫った。「召喚状なんざケツの穴にでもつっこめとやつに言ってやってくれ。ボウ・ストリートは俺を必要とすると」

ふたりの視線はぶつかり、そのまま見つめあった。やがてモーガンの顔に変化が現れた。くそ、父親みたいな面をしやがって。ニックは暗い怒りをたぎらせた。俺よりも一〇歳しか年上でないくせに。

「座りなさい」とモーガンが命じた。

「けっこう。俺は——」

「どうぞ」モーガンは非常に礼儀正しく勧めた。

どうぞ、だと？　ニックは一番近い椅子に腰掛けた。実際にはショックで座り込んでしまったと言ったほうがいいかもしれない。モーガンはいままでニックにそんな言葉を使ったことがなかった。彼の語彙には「どうぞ」などという言葉は含まれないとニックは思っていたくらいだ。傷だらけの革椅子の肘置きをつかみ、ニックは油断なく彼を凝視した。

治安判事は話し始めた。三年間彼の下で働いてきたが、こんな話し方を彼がするのは初めてだった。親愛の情をこめた、まるで父親が息子に対するような話しぶりだった。「私は君をもうボウ・ストリートで必要としないのだよ、ジェントリー。これは君が有能かどうかにはまったく関係ないことだ。君は私が見てきた中で、最高の捕り手だ。君がここに来て以来、私はこのくらいなら君が受け入れると思われる程度の、ごくわずかな指導を与えるようにしてきた。そして、私は、君が自分本位のならず者から、責任感のある信頼できる人間に変貌していくのを見てきた。だが残念ながら、変わらなかった点がひとつある。当初から、君は任務を遂行するにあたり、自殺行為ともとれる危険を冒していた。なぜなら君は自分の命も他人の命と同様、大切にしていなかったからだ。そして、私が思うに、君がこのままここに留まれば、そういう危険を冒し続けるだろう。そして、ついには命を落とす」

「なぜ、あんたがそんなことを気にするんだ？」

「私自身、一〇年間捕り手を務めた。そして、任務の途中で多くの人が死んでいくのを見た。私も死にかけたことが一度ならずある。悪魔の鼻を何度もひねり続けると、そして頑固で頭が鈍いために自分がそうしていることに気づかずにいると、いつか己の血で代償を支払うことになる。私は引き際を心得ていた。君もこのあたりが潮時だ」

「あんたの有名な本能ってやつがそう言うのか?」ニックはあざ笑った。「ばかばかしい。モーガン、あんたは三五歳まで現役の捕り手だったじゃないか。その計算で行けば、俺にはあと七年ある」

「君は三年間で、私の一〇年間よりももっと頻繁に命を危険にさらしている」とモーガンは反撃した。「それに私は君と違って、仕事を悪魔払いの方法に使ってはいなかった」

ニックは表情を変えずにいたが、頭の中では〝あいつに何がわかる?〟という声ががんがん響き渡っていた。彼の醜悪な過去のすべてを知っているのはソフィアだけだ。姉はおそらくキャノンに告げたのだろう。そしてキャノンがモーガンに何か話した可能性もある。

「いや、私は君の悪魔が何なのかは知らない」とモーガンは穏やかに言った。彼の目は温かみを増していく。それは哀れみによるのか親愛の情によるのかはわからないが。「だが、だいたいのことは推測できる。残念ながら、君がどうやったら過去と折り合いをつけられるのか、うまい助言はできないがね。ただこれだけは言える。そんなやり方ではだめだ。そして、私の監督下で君が命を落とすようなことがあってはたまらない」

「あんたが何の話をしているのか、俺には皆目見当がつかない」

モーガンはそれを聞かなかったように続けた。「ロス卿は、君が偽名というベールに隠れて暮らしているうちは心の平和を得ることはできないとお考えだが、私もその意見に同感できる気がする。シドニー卿として世の中をわたっていくことは難しいかもしれないが、私はそれが最善ではないかと——」

「子爵になって何をしろっていうんだ?」ニックは軽蔑するように笑った。「嗅ぎ煙草入れやらクラヴァットを集める? クラブで新聞を読む? 借地人に助言を与える? くそ、農業のことなどあんたと同じくらい知らない」

「男の生き方には何千通りもある」とモーガンはすっぱりと言った。「君が怠惰な生活を送るだろうと期待する人も、それを望む人もいない」彼は言葉を切って、インク吸取紙を大きな手にとり、考え込むようにそれをながめた。「いずれにせよ、まもなく捕り手そのものもお払い箱になる。どのみち君は何か別の生き方を探さなければならなくなるのだ。私はただそれを数カ月早めただけだ」

ニックの顔から血の色がひいた。「え?」

モーガンは突然にやりと笑った。「おい、いくら政治に興味がないといっても、君にとって驚きではないはずだ。キャノンが治安判事から退いたとき、捕り手という組織が近いうちに廃止されることはもうわかっていた。彼はボウ・ストリートの心臓であり精神であったからね。彼は何年もの間、目覚めている時間のすべてをボウ・ストリートに捧げていた。だが……」彼は巧みに中断して、ニックに沈黙を埋めさせた。

「だが、俺の姉と会い」とニックは不機嫌に言った。「彼女と結婚した」

「そうだ」モーガンはキャノンが公職を退いたことを残念だとはまったく思っていないようだった。それどころか彼の剃刀のような容貌が柔らかくなり、話し続けるうちに微笑さえ浮かんできた。「彼の人生で最良の出来事だった。しかし、それはボウ・ストリートにとっての恩恵とは言い難かった。キャノンが引退したため、首都圏警察法を強化する動きが議会に出始めた。そして多くの政治家たちは、捕り手が新警察と競争しなくなれば、もっと新警察の人気が高まると考えている」

「やつらはロンドンをあの薄ら馬鹿どもにまかせるつもりなのか？」ニックは信じられないといったふうに聞き返した。「なんてこった。新警察の半分はこれといった経験のない素人で、あとの半分はもてあまし者かまぬけだ」

「そうかもしれないが、大衆は捕り手が存在する限り、新警察を全面的に支持することはない。古い部品を新しい機械に取り付けることはできないのだよ」

治安判事の声に諦めのようなものを感じてニックは茫然とした。判事を責めるようににらみつける。「あんたはボウ・ストリートのために戦うつもりはないのか？　あんたには義務が――」

「ない」と治安判事はあっさり答えた。「私が義務を感じなければならないのは、妻に対してのみだ。私にとって、妻と子どもたち以上に大切なものはない。私はキャノンにはっきりと言った。彼は長い間ボウ・ストリートに魂を捧げてきたが、私にはそうするつもりはない、と。彼は理解してくれた」

「では、捕り手たちはどうなるんだ？」僚友のことを思いながらニックは尋ねた……セイヤー、グラグスタッド、ジー、ルースベン……有能な男たち。わずかな報酬で、民衆のために勇気を捧げ、献身的に働いてきた者たち。

「ひとりかふたりは新警察に加わるだろう。彼らの才能はあちらではいま以上に必要とされる。それ以外の者たちは、まったく別の職につくだろう。私は私的な調査事務所を構えようと考えているので、当面二、三人雇ってもいいと思っている」モーガンは肩をすくめた。ボウ・ストリートで過ごした一〇年間に、彼はかなりの財産を築いていたので、本来は働く必要はなかった。気晴らしのため以外には。

「私的な捜査でしばらくボウ・ストリートを留守にしていて、帰ってみたらここがばらばらに崩壊していたなんて！」

治安判事は軽く笑った。「奥さんのところへ帰りたまえ、シドニー。人生設計を始めるのだ。君がどうあがこうと、君の人生は変わりつつある」

「シドニー卿になんかなるもんか」とニックはうめいた。

緑の目がやんちゃな弟を見るようにきらめいた。「もっと悪い運命に見舞われることもありますぞ、閣下。爵位に土地に妻……それを上手く利用できないなら、君は絶望的だ」

10

「淡い黄色がいいと思うわ」とソフィアはきっぱりと言った。部屋中に色とりどりの布地が広げられ、まるで虹が爆発したかのようだ。

「黄色」とロッティーは下唇の片端を嚙みながら繰り返した。「私の肌の色には似合わない気がします」

これは少なくともロッティーが拒絶した一〇番目の提案だったので、ソフィアはため息まじりに微笑んで、頭を振った。ふたりはロッティーの嫁入りのドレスを注文するために、オクスフォード街にあるなじみの仕立て屋に来ていた。

「ごめんなさい」とロッティーは心から謝った。「気難しいことを言うつもりはないんです。ただ、こういうことに慣れていなくて」彼女はドレスの色やデザインを自分で選んだ経験がほとんどなかった。ラドナー卿の指示に従い、いつも暗い色の簡素なデザインのドレスを着ていた。そんなわけで不幸にも、いま急に濃いブルーや黄色、ましてやピンクのドレスを着ている自分を想像するのは難しかった。しかも胸元が大きく開いたドレスを人前で着るなんて、恥ずかしくてたまらない。ソフィアが見せてくれたデザイン帳に描かれている大胆なドレスの絵を見ていると体がすくんでしまう。

ニックの姉は、実に辛抱強かった。落ち着いた青い目でロッティーをじっと見つめ、励ますように笑いかける。そんなところは弟に驚くほど似ていた。

「ロッティー、あなたはちっとも気難しくなんかないわ。ただ――」

「嘘です」と即座にロッティーが返すと、ふたりはいっしょに笑い出した。

「そうね」ソフィアはにこにこ笑っている。「たしかに、いまいましい気難し屋さんだわ。でも、私はあなたがわざとそうしているのではないとわかっています。だから、ふたつのことをお願いするわ。ひとつめ、これは生死にかかわる一大事ではないと心に留めておくこと。ドレスを選ぶのはそれほど難しいことではないの。とりわけ、賢くて流行に敏感な友人が助言してくれる場合にはね――もちろん、その友人というのは私のことだけど」

ロッティーは笑った。「ふたつめは？」

「ふたつめは……どうか私を信用して」ソフィアにじっと見つめられると、シドニー家特有の人を惹きつける魅力は、男性に限定されてはいないことがはっきりわかる。彼女の発する温かみと自信には抵抗できない。「あなたに下品でだらしないかっこうはさせないわ。私は服装の趣味には自信があるし、長いことロンドンの社交界に出てきたから。それにひきかえあなたは……」

「ハンプシャーの田舎に引っ込んでいた？」とロッティーは助け舟を出した

「そうね。もしあなたの年齢の二倍くらいの夫人が着るような地味なドレスを選んだら、同年代の人のあいだで場違いな気分を味わうことになると思うわ。それに弟の評判にも傷がつく。あなたがそんな質素な服装で歩きまわっていると、さぞかしケチなのだろうって陰口をたたかれてしまうわ」

「困ります」とロッティーは反射的に言った。「そんなのひどすぎますわ。だってあの人は私に好きな服を買いなさいと言ってくれているのに」

「では、私にあなたのドレスを選ばせてちょうだい」ソフィアは、うまく説き伏せた。

ロッティーはうなずいた。きっと私は慎重すぎるのだ。他人に頼ることも学ばなければならないのだろう。彼女はあきらめて言った。「では、お任せします。あなたが選んでくださったものは何でも着ます」

ソフィアは嬉しそうに体をくねらせた。「まあ、よかった!」彼女はデザイン帳を膝にのせて、気に入ったドレスのページに、紙のしおりをはさみ始めた。濃色の金髪に光が躍り、細い髪が小麦色と蜂蜜色に輝いた。彼女は非常に美しい女性だった。繊細でありながらはっきりとした顔の線は、ニックの力強い面差しとよく似ていた。ときおり、彼女は手を休めて、ようすをうかがうようにロッティーを見て、軽くうなずくか、頭をかすかに振るのだった。

ロッティーは静かに座って、仕立て屋の助手が運んできたお茶を飲んだ。外では激しく雨が降っていた。どんよりと灰色に曇った寒い午後だったが、室内は快適で、平穏だった。レースや絹の布地、ビロードのリボンなどがいたる所にかけられ、置かれ、山積みにされている。精巧につくられた造花の花びらには露にみたてたクリスタルのビーズがちらばっている。

ときおり仕立て屋がふたりがいる奥の部屋にやってきて、ソフィアと話し、メモをとっているが、また如才なく姿を消す。仕立て屋にずっと同席していることを求める客もいれば、自分の好みがはっきりしていて決断の邪魔をされるのを好まない客もいるのだとソフィアはロッティーに教えた。

夢見心地でぼんやりしていたため、ソフィアに話しかけられたとき、ロッティーは飛びあがらんばかりにびっくりした。「ニックが結婚すると手紙を寄越したとき、私がどんなにときめいたか、あなたには想像もつかないでしょうね」ソフィアは二枚の布地を合わせて見比べ、さらに角度を変えて織り目がどんなふうに光を反射するかを調べ、じっくり吟味している。「ねえ、あなたは最初、弟のどんなところに惹かれたのかしら?」

ロッティーは慎重に答えた。「容姿の優れた方だと思いました。あの瞳と黒い髪にどうしても目がいってしまいました。とても魅力的でしたし……それに」彼女は途中でしゃべるのをやめた。心は、森の近くのキッシング・ゲートに戻っている。ぽかぽかと暖かい、静かな瞬間。あのとき彼は、世の中のすべてがいやでいやでたまらないという顔をしていた。強く慰めを求めているように見えた。「寂しそうでした」と彼女は聞き取れないくらい密やかな声で言った。「あのように並外れた男性が、世界で一番孤独に見えるのはどうしてなのだろうと不思議に思いました」

「おお、ロッティー」とソフィアは優しく言った。「どうしてあなたは彼をそんなふうに見ることができたのかしら。だれもがあの人のことを殺しても死なない男と見ているのに」ソフィアは身を乗り出して、薄い琥珀色の絹布をロッティーの顎の下にあて、肌の色に合うか調べてから布を下ろした。「あの人は子どもの頃から生き残るために戦わなければならなかったの。両親が死んだときは、彼はまだ小さかったわ。そしてとても反抗的になった」彼女は頭をさっと振った。まるで突然押し寄せてきたつらい記憶をよけるかのように。「その後、弟は家出してロンドンに行き、消息がわからなくなってしまった。そしてある日、私は彼が軽犯罪で有罪判決を受け、牢獄船に送られることになったと聞きました。そして数カ月後、彼が船上で病死したと聞かされました。私は何年も嘆き悲しみました」

「どうして彼はお姉さまのところへ来なかったのでしょう。少なくとも手紙くらいは出せたはず。そうすれば、そんなにお苦しみにならなくてもすんだのに」

「おそらく、あのことがあったあと、彼は自分を恥じていたからだと思います。弟はジョン・シドニー卿なる人物がかつて存在したことを努めて忘れようとしました。すべてを扉の奥にしまって、ニック・ジェントリーとして新しい人生を始めるほうが簡単だったのでしょう」

「あのことって?」ロッティーは混乱して尋ねた。「投獄されたことをおっしゃっているの?」

ソフィアは濃い青い目で彼女の目をうかがった。ロッティーがとても重要なことをまだ聞いていないと感づいたらしく、ソフィアはごまかしに転じ、「そう、そのこと」とあいまいに答えた。ロッティーは、なにか秘密があって、ソフィアが弟のために嘘をついているのだと感じた。

「彼が生きていることをどうしてお知りになったのですか？」

「私は復讐を誓って、弟を牢獄船に送った治安判事と対決しようとロンドンにやってきたのです。弟の死はあなたのせいだと判事を非難しました。ところが困ったことに、その判事に私は恋をしてしまったの」

「ロス卿なのですね？」ロッティーは驚いて彼女を凝視した。「どうりで、ニックがロス卿のことをき――」と言いかけて、彼女はあわてて口を閉じた。

「嫌うはず、と言いたかったのね？」ソフィアは悲しそうに笑ってロッティーが言いかけた言葉を続けた。「そう、ふたりはお互いに好意をもっていません。でも、だからといって、夫はニックを助けるための努力は惜しみません。ニックは捕り手になってからも、どうしようもなく無鉄砲だったのよ」

「ええ、彼はとても精力的な人ですもの」とロッティーは言葉を選んで答えた。

ソフィアは真面目な笑顔をつくった。「そんな言い方では足りないわね。三年間、ニックは正気の沙汰とは思えない危険を冒してきました。自分の命などどうでもいいみたいに」

「でもなぜ？」

「過去に起こったある出来事のせいで、ニックは気難しく、人を寄せつけない人間になりました。私の夫も、グラント卿も、彼を良い方に向けようと努力してきましたけれど、私はそうしたやり方に全面的に賛成してきたわけではないわ。現に、夫とはかなり激しくやりあったこともあります。でも、時間が経つうちに、弟はいろいろな面で良くなってきました。そして、ロッティー、私はあの人があなたと結婚したという事実にとても勇気づけられたの」と彼女はロッティーの手をとり、暖かく握った。

「ソフィア……」ロッティーは彼女の目を避けながら、ためらいがちに言った。「この結婚は、愛から生まれたものとは言えないと思うのです」

「そうね。ニックには、愛するとか愛されるという経験がほとんどなかったから。彼が愛するという感情を理解できるようになるまで、ちょっと時間が必要なのよ」

ロッティーは、ソフィアが自分を安心させようとしているのだと思った。けれども、ニック・ジェントリーが自分に恋することは、到底ありえそうもないし、また危険なにおいもした。彼は心に鎧を着て、人を受け入れようとはしないだろうし、だれかが自分に影響力を及ぼすことを許すはずもなかった。また万が一だれかを愛したら、ラドナー卿のように執拗で支配的な男になってしまうかもしれない。彼女はだれにも自分を愛して欲しくなかった。もちろん、ソフィアとロス卿のように愛に大いなる喜びを見い出す人々もいるのは確かだが、ロッティーにはそれを罠と見ずにはいられなかった。彼女とニックが決めた取り決めのほうがはるかに安全だった。

治安判事事務所をあとにしてから、ニックはふわふわと浮いているような奇妙な感覚にとらえられていた。雨がぽつぽつとあたり始め、黒雲が広がる。大雨になりそうだった。帽子をかぶらず、滑りやすい敷石を大またで歩いて行く。冷たい大粒の雨がしぶきを上げながら髪の毛に染み込み、黒ラシャの上着を激しく打つ。どこかで雨宿りをしなくては。ボウ・ストリート三番の向かいにブラウン・ベアという居酒屋がある。それともトムのコーヒーハウスにするか。あそこは捕り手たちに人気のある医師のドクター・リンリーがよく顔を出す。家に帰る手もある……しかし、彼は、即座にその考えを振り払った。

冷たい雨はざあざあ降りになり、行商人や歩行者は店のひさしの下に逃げ込んだ。痩せた少年が雨の中に飛び出して、急に降り出した雨に難儀している紳士のために辻馬車を呼びに行った。あちこちで傘がぱっぱっと開き、強風に傘の骨があおられた。空はぎざぎざの稲妻によって切り裂かれた。空気からこの町特有の馬小屋のようなにおいが消え、春の雨の新鮮な香りに変わった。茶色い流れが、下水溝から昨夜汲み取り人が回収し忘れた汚物を洗い流していく。

ニックはあてもなく歩いた。雨が顔を伝い、顎の先から滴り落ちている。いつもなら、非番のときには同僚のセイヤーやリヴェンを誘って、どこかでエールを飲み、ステーキをほおばりながら、事件の話に花をさかせるか、懸賞ボクシング試合かドルリーレーンの劇場にかかっている艶笑喜劇を見に行く。あるいは何人かの捕り手仲間と街に出て、不穏な事態の徴候がありはしないかと、あらゆる路地や小道を巡回するのだった。

仲間のことを考える。まもなく彼らとの付き合いは終わる。そうならないと考えるのはあまりにも愚かだ。彼らの世界で活動することはもはやできないのだ。ロス卿がそれを不可能にした。まったくあのお節介野郎め、なぜ俺を放っておいてくれないんだ。その答えを見出せないまま、ニックの考えはどうどう巡りに陥った。おそらく、ロス卿の正義と秩序のあくなき追求と関係があるのだろう。ニックは子爵として生まれた。ゆえにどんなに不適格だとしても、その地位を継承しなければならないのだとロス卿は考えているのだろう。

ニックは貴族について自分が知っていることを思い浮かべた。彼らの習慣やしきたり、無数の行動規範。領地を所有する貴族たちは例外なく一般社会の現実を知らずに生活している。客間や応接室で大部分の時間を過ごし、クラブでぱりっと伸ばされた新聞をかさかさ音をたてながら読んでいる自分の姿を想像しようとした。社会的良心を示すために貴族院で意見を述べ、夜会に出席し、芸術や文学についてぺらぺらしゃべり、絹の靴下を履いた紳士たちと噂話に花を咲かせる。

恐怖が彼を包んだ。こんなふうに追い詰められ、打ちのめされた気分になったのは牢獄船に送られて以来だった。俺はあの悪臭のこもった暗い船内に閉じ込められ、世の中でもっとも下劣な人間たちと鎖につながれていた。しかしあのときにはまだ希望があった。錨を下ろした牢獄船の外には自由が待っているとわかっていたから。だが、今度は逃げ場がなかった。

檻に入れられた動物のように、心は煮えたぎり、避難場所を求めて暴れまわった。

「ジェントリー」親しげな呼びかけに思考は中断された。

エディ・セイヤーが、いつものように人懐っこい笑顔で近づいてきた。大柄で元気のいい、とても気さくな人柄のセイヤーは、捕り手全員に好かれていた。ニックは極めて危険な状況では、一番信用できるのは彼だと思っていた。「やっと戻ってきたな」とセイヤーは叫び、ふたりは友情あふれる握手を交わした。水が滴り落ちる帽子のつばの下で、茶色の目が光った。「事務所からの帰りだろう。グラント卿は、長い不在の埋め合わせに、おっそろしい任務を与えたんだろうな」

いつものように気のきいた返事ができなかった。自分の人生がたったの一週間でひっくり返ってしまったことを、どう説明したらいいかわからず、頭を振った。「任務はなしだ」としわがれ声で答えた。「俺はもう要らないそうだ」

「なんだって？」セイヤーは茫然と彼を見つめた。「永久にか？　あんたはモーガンの最高の部下だ。それなのになぜ？」

「俺が子爵になるからさ」

突然、セイヤーの当惑の表情は消え、笑い出した。「そうか、じゃあ俺はデヴォンシャー公爵になるってわけだ」

ニックはにこりともせずに、ただセイヤーを不機嫌なあきらめの表情でじっと見つめた。セイヤーの朗らかな顔が少し曇った。

「ジェントリー、酔っぱらうにはちょっと早いんじゃないか？」

「俺は飲んじゃいない」

それを無視してセイヤーはトムのコーヒーショップを身ぶりで示した。「来いよ。コーヒーで目を覚ましてやる。きっとリンリーもいるぞ。きっと彼が、あんたがいかれちまった理由を探り出してくれるだろう」

ブラウンシュガーをたっぷり入れたコーヒーを何杯もおかわりしたあと、ニックはネジをきつく巻きすぎた懐中時計になってしまったような気分になった。セイヤーとリンリーといっしょだと少しは気が晴れた。ただし彼らも信じ難いニックの話にどう対応したらいいのか困っているようだった。彼らは詳しく話せとニックに迫ったがそれはできない。一五年あまり、忘れようと努めてきた過去を人に話す気にはなれなかった。しばらくしてニックは彼らを店に残し、雨の中へ歩き出した。結局、人生の中で、自分で決断を下すことができたのは犯罪組織の首領をしていた時期だけだったのだ、と彼は苦々しく考えた。当時の凶暴ですさんだ生活には目をつぶり、ロス・キャノンを毎度のごとく出し抜いていた胸のすくような活躍ぶりだけを懐かしむのは簡単だ。もしあのころの自分に、このような未来が待っていると――ボウ・ストリートの捕り手となり、結婚までして、やがて呪わしい爵位を継承することになると――教えてくれる人がいたら……ああ、くそっ。どんなことをしてでもこの運命を避けようとしただろう。

しかし運命を変えるために何ができたのか、いくら考えてもわからなかった。ロス卿との取引を回避する道はなかった。そして、ロッティーがあの川岸の石壁の上に立っているのを見た瞬間、彼女が欲しくなった。そして、彼女をこれからもずっと求め続けることもわかっていた。どうしてそんな気持ちになったのか分析を試みるのは諦めたほうがいいのだろう。

理由などないこともある。ただ、彼女が欲しい、それだけなのだ。

彼女の甘いエロティックな香りと人の心を震わせるあの茶色の目を想っていると、いきなり宝石店が目に飛び込んできた。店には客はひとりしかいなかった。その客も古いぼろぼろの傘で土砂降りの雨の中に走り出そうとしているところだった。

その男が駆け出していくのと入れ替わりに、ニックは店に入った。目の上にかぶさる濡れた髪をかきあげ、店内を見わたすと。フェルトで覆われたテーブルと奥の金庫室へ続くドアが目に入った。

「いらっしゃいませ」と宝石商が近づいてきた。首には大きな拡大鏡が下がっている。彼は愛想よく言った。「何かお探しでしょうか?」

「サファイアが欲しい。女性用の指輪だ」

男は微笑んだ。「この店にお越しくださいましたとは、何と運のおよろしい。と申しますのも、先日セイロン・サファイアの見事な石を仕入れたのでございます。どのくらいの大きさのものがよろしいのですか?」

「少なくとも五カラットある傷のないもの。あれば、もっと大きいほうがいい」

宝石商の目は商魂たくましく輝いた。「幸運なご婦人ですな。そのような気前のよい贈り物をいただけるとは」

「子爵夫人用だ」とニックは皮肉っぽく言って、レインコートのボタンを外した。

ニックがベアートン通りに戻ったのは午後になってからだった。家の玄関口で馬を下りると、従僕に手綱を渡した。従僕はあわてて屋敷の中に傘を取りにいった。

すでにずぶ濡れになっていたので、ニックは傘を断わり、水しぶきをあげながら正面の階段をのぼった。トレンチ夫人は、主人の姿に目を丸くしながら、激しい雨風が吹き込まないようにドアを閉めた。するとロッティーがあらわれた。乾いた濃いグレーのドレスをすっきりと着て、ランプの光で髪が銀色に輝いている。

「まあ、溺れかけた人のようにずぶ濡れ」と叫んでロッティーは走り寄った。彼女は旦那様の水浸しの上着を脱がせてとメイドに命じ、ニックにはその泥だらけのブーツをここで脱いでくださいと言った。ニックは、彼女が使用人に何を話しているのかほとんど聞いていなかった。彼女について二階にあがっていくあいだ、彼女の小さな姿だけを見つめていた。

「寒いでしょう？」と彼女は、振り返って肩越しに彼を見ながら心配そうにきいた。「シャワーバスで、暖めてさしあげます。それから暖炉の前にお座りになるといいわ。私もお義姉様と午前中、出かけていましたの。お義姉様が訪ねてきてくださったので。それでいっしょにオクスフォード通りに行って、仕立て屋で楽しい時間をすごしました。あなたは、私がつけで買えるようにしたことを後悔なさるわ。だって、ソフィアが言うままに、びっくりするような数のドレスを注文してしまったのです。そのうちの何枚かはすごく大胆で、とても外には着ていけませんわ。そのあと私たちは本屋へ行きました。そこでなのです。私が本当に愚かなことをしてしまったのは。私たち、破産してしまうかも……」

彼女はさまざまな買い物について話を続けながら、彼を化粧室に連れて行き、濡れた衣服を脱ぐように言った。ニックは異常なほど用心深く動き、彼女を強く意識するあまり、動作がぎこちなくなるほどだった。ロッティーは彼の動きが緩慢なのは、雨で冷えたからだと考え、嵐の中を歩きまわるなんて体によくないなどとおしゃべりを続け、シャワーバスのあとはブランデー入りの紅茶を飲まなくてはならないわと言った。彼はまったく冷えていなかった。昨晩の行為のひとつひとつを思い出すと、むしろ体は焼けつくようだった。彼女の胸、広げた腿、光に溶け込む絹のような滑らかさ、秘密の巻き毛。

ささやかな自制心も持ち合わせない男と思われたくなかったので、家に入った瞬間に彼女を押し倒すことはできなかった。だが、ああ、どんなにそうしたかったことか。彼は苦笑しながら、衣服のボタンを不器用にいじった。濡れた衣服を脱ぐのは難しかった。内部で欲望が燃え盛っているにもかかわらず、体は本当に冷えきっていた。ロッティーが湯を出し、パイプがかたかたと鳴り出すのが聞こえてきた。彼女はためらいがちにドアをノックした。

「部屋着をとってきました」と彼女のくぐもった声がして、ワイン色のビロードのガウンをつかんだ手がドアの隙間からあらわれた。

ニックは彼女の小さな手を見つめた。手首の内側ははかなげで、細い血管が浮いている。昨晩、彼女の脈を見つけるのはとてもやさしかった。壊れそうな場所を探れば、簡単にとくとくと打つ脈を感じることができた。彼は手を伸ばし、ガウンは無視して彼女の細い手首をつかんだ。ドアを大きく開くと彼女を引き寄せ、頬を赤らめた彼女の顔を上からのぞきこんだ。彼が何を求めているのか、彼女にはすぐにわかった。

「ガウンは要らない」と彼は荒々しく言い、彼女の手からガウンをもぎ取って床に投げ捨てた。「シャワーバスは……」とロッティーはもごもご言いかけたが、彼が彼女のドレスの前ボタンに手をかけたので黙ってしまった。彼の指先は素早く自信に満ちていた。胴衣を脱がすと、リネンと彼女の肉を締めつけているコルセットがあらわれた。彼は袖とシュミーズのストラップをいっしょに押し下げ、裸の肩の曲線に唇を押しあてた。驚いたことに、彼女は力を抜いて、予期しなかった喜びを体であらわした。彼は燃えあがって彼女の肩のきめ細かい肌を味わい、のどに舌を滑らせた。そうしながらも、巧みに彼女の手をドレスから抜き、膝まで押し下げた。

シャワーバスは温まり始め、室内は熱気で満たされた。ニックはコルセットの前をはずし、少しのあいだ布地を通して突き出している硬い膨らみを手で包み、それからコルセットを脱がせた。ロッティーは両手で彼の肩につかまり、彼が残りの下着を脱がせやすいように身をくねらせた。彼女は目を閉じていた。透けて見えるようなまぶたがかすかに震え、長いため息のような呼吸に変わっていく。

飢えたように、ニックは彼女を熱いシャワーの雨の中に引っ張り込んだ。熱い流れから顔をそむけて、ロッティーは頭を彼の肩にのせ、彼の手が体をなでまわすにまかせてじっと立っていた。彼女の胸は小さかったが彼の手の中でふっくらと丸く、指にはさまれた乳首は硬くなっている。彼は手を、自由になった彼女のウエスト、ヒップのふくらみ、そして丸い背中に這わせた。彼女のあらゆるところを愛撫し、充血した長いペニスに彼女の体をすりつけた。うめきながら、彼女は彼の手が分け入ってくると従順に腿を開き、親指の動きに自らを押しつけた。そっと指が差し入れられると、その優しい侵入にあえぎ、自然に体の力を抜いた。彼は深い秘密の場所を愛撫し、クライマックスの寸前にいざなった。頂点に達する手前で、彼は彼女をタイルの壁に押しつけ、片腕を腰に、もう一方の腕を背中にまわした。彼が入ってくると、彼女はあっと叫び、目を見開いて彼にしがみついた。彼は彼女を引き寄せた。ペニスは彼女の中に飲み込まれ、甘い肉にすっぽりと包まれた。

「君は僕のものだ」と彼は低い声でつぶやいた。彼女の滑らかな体は固く彼の腕に抱きしめられている。「こわがらないで」

荒く呼吸しながら、彼女は頭を彼の腕にあずけた。彼の背中に熱い湯が流れ落ちる。なまめかしい女体が男の体に刺し貫かれている。あらゆるものが湯気のようにぼんやりと曖昧になる。彼は何度も何度も突き上げ、彼女の体を満たした。やがて贅沢な収縮が彼を締めつけた。ニックは彼女の肉が彼のまわりで痙攣するのを感じながらじっと動かずにいた。彼女の体の深みは信じられないほど心地よい。彼女の震えは彼をさらに奥に引き込むかのようだった。股間から歓喜の波が引き出され、彼は身を震わせて彼女の中で果てた。

ゆっくりと彼女を放して、自分の体の上を滑らせて、彼女の足がタイル張りの床に触れるまでそっとおろした。片手で彼女の湿った頭を包むようにして、水浸しの髪、濃い睫毛、丸い鼻の先端にキスした。ちょうど彼女の唇に届いたとき、彼女は顔をそらした。彼は喜びをもぎとられてうなり、彼女を味わいたいと切望した。これまで、これほど激しく何かを欲しいと思ったことはなかった。一瞬、彼女の手首をつかんで無理やり唇を奪ってやろうかとも思った。しかし、それで満たされるわけがない……力ずくでは、求めるものを得ることはできないのだ。

シャワーバスからロッティーを寝室に運んで、暖炉の前で自分と彼女の体をふき、ロッティーの長い髪をとかした。いつもは淡いシャンパン色の細い金髪は濡れると濃い琥珀色に変わる。自分のワイン色のガウンとその輝く毛束の美しいコントラストを賛美しながら、彼は指でその髪をなでつけた。

「グラント卿とのお話はいかがでした？」ふたりはオービュソン織りの絨毯の上に座っており、ロッティーは彼の胸に後ろ向きに寄りかかっていた。彼女は少なくとも自分の体の三倍はありそうな彼のガウンのひとつを羽織っていた。

「当然、彼もロス卿の決定に賛成している」とニックは答えた。だが、今朝のあの苦しい絶望感がかなり薄らいでいるのに気づいて我ながら驚く。彼の心は、どんなに不本意でも、自らの前に横たわる未来となんとか折り合いをつけようとしているらしかった。彼は、モーガンが捕り手はもうじき用済みになると言ったことをロッティーに話した。ロッティーは眉をひそめて、考え込むように彼を見た。

「ボウ・ストリートの捕り手がいないロンドン？」

「ものごとは変わる」彼はさらりと言った。「ということを、僕はいま学んでいる」

ロッティーは座りなおして彼のほうを向いた。無意識に、立てている彼の膝に腕をまわして体を支える。「ニック」と彼女は慎重に言った。「今日ソフィアとお話しているときに、彼女はあることを口にしたの。あとで驚かすつもりらしいのだけど、あなたはそれを知っておいたほうがいいと私は思うの」

「驚かされるのは嫌いだな」と彼はつぶやいた。「最近、もう十分なくらい驚かされてきたからね」

「ええ、私もそう思いますわ」

彼女の目は、カップの中できらめくキャラバン・ティーのように澄んだこげ茶色だった。ニックはかわいらしい顔の曲線と短すぎる鼻を見つめた。完全無欠でないところに彼女独特の美しさがあり、とても魅力的だった。もしもっと古典的な美人だったら彼はすぐに飽きてしまっただろう。彼の体は脚にまわされた彼女の細い腕と、膝をくすぐる胸の膨らみの感触に酔いしれた。

「姉は何と言っていたんだ?」

ロッティーはシルクのガウンの皺を伸ばした。「ウースターシャーのあなたのお屋敷のことです。お姉様とロス卿はそこに手を入れて、あなたへの贈り物にするつもりらしいのです。家を修繕して、庭園を造っていらっしゃるようですわ。ソフィアは記憶をたどって、昔とそっくりの布やペンキや家具をそろえることに頭を痛めてきたそうです。まるで昔に戻る旅のようだとおっしゃっていたわ……玄関の戸をくぐると、お母様がお呼びになる声が聞こえ、お父様が書斎で煙草をくゆらせているような気がする、と」

「くそっ」とニックは歯のすき間から言葉を発して、立ち上がった。

ロッティーは暖炉の前に座ったまま、火に手をかざしている。「召喚状が届いたあと、私たちをそこへ連れて行きたいと考えていらっしゃいます。私は事前にあなたにお知らせして、心の準備をしていただいたほうがいいと思ったのです」

「ありがとう」とニックは張りつめた声でなんとか言った。「だが、どんなに時間をもらっても、十分とは言えないが」生まれ育った屋敷……ウースターシャー……彼は両親が死んで以来、そこに戻ったことはなかった。これを逃れる手はないのだろうか。底なしの穴に容赦なく引きこまれていくように感じた。シドニーの家名、爵位、領地、そして記憶……。どれひとつとして欲しいものはなかった。それなのに、いやおうなく押しつけられようとしている。

突然、疑惑が心に広がった。「姉は他に何か言っていたか？」

「ほかには重要なことは何もおっしゃっていませんでした」

姉が彼女にあれを打ち明けていたら、それを見抜く自信があった。しかし、ソフィアは弟を裏切らなかったようだ。そして、まだ彼女がロッティーに話していないのなら、彼女はおそらく沈黙を守り続けるだろう。少し安心して、乱れた髪を指でなでつけた。「だれも彼も、なにもかも、地獄に落ちろだ」と彼くは低い声でうめいた。しかし、ロッティーの怒った顔を見て、彼は「君を除いてだが」とつけ加えた。

「あたりまえです」と彼女は言い返した。「私はあなたの味方なのですから」

「そうなのか？」彼は思わず嬉しくなって尋ねた。

「めちゃくちゃにされたのはあなたの人生だけではありません。それに、私の家族がさらにあなたにご面倒をおかけすると思うと、心配でたまりません」

ニックは最悪の気分にもかかわらず微笑んだ。彼は座っている彼女のところに行き、手を差し延べて立たせた。「もし雨があがっていたら、明日、君のご両親を訪問しよう」

ロッティーの表情豊かな顔に、驚きと早く会いたい気持ちがあらわれた。「でも、もしご都合が悪いようなら、あの、もしも別の計画がおありなら、待つのはちっともかまいませんから」

「特に計画はないよ」とニックは言った。そう、もうクビにされてしまったんだから。「明日でも他の日でもかまわないよ」

「嬉しいわ。私、とても両親に会いたいのです。ただ——」ロッティーは眉をひそめて黙った。彼女が火のそばに歩いていくと、ガウンが長く尾をひいた。ニックはすぐに後を追った。

彼女を抱きしめて、安心させ、彼女の唇にキスして優しくもみほぐしてやりたかった。

「なるべくそのことは考えないほうがいい。自分を苦しめても、何も変わらないんだから」

「楽しい訪問にはなりませんわ。どちらも相手に裏切られたという気分になるでしょう。でも、たいていの人はみんな私のせいと思うでしょうけれど」

ニックはシルクの袖の上から、彼女の腕をさすった。「もう一度やり直すことができたら、君は逃げ出さずにラドナーと結婚したのか？」

「それはできません」

ロッティーを自分のほうに向かせ、額にかかっている髪を後ろになでつけた。「では、僕は君がやましく思うことを禁じる」

「禁じる？」彼女は眉をあげて繰り返した。

ニックはにやりとした。「君は僕に従うと約束しただろう？　だったら、僕の言うとおりにするか、さもないと困ったことになるぞ」

「どんなふうに」

彼は彼女のガウンを解き、床に落とした。そしてそれがどういう意味かを身をもって示し始めた。


ハワード家は上流階級が住むロンドン地区から三キロほど離れた村の、農地に囲まれた郊外の住宅地に住んでいた。ニックはロッティーの捜査を始めたときに、一度訪ねたことがあり、造りは立派だがみすぼらしい家だったことを覚えていた。今度は、はなはだ望ましくない娘婿として、再びそこを訪れるという皮肉に彼は喜劇的な要素を感じてにやりとせずにはいられなかった。しかし、ロッティーが近寄り難い沈黙に沈んでいるために、その秘かな愉快さも打ち消されてしまった。家族との難しい対面をなしにしてやれたらどんなにいいだろうと彼は思った。だが、やはりロッティーが両親に会うことは必要だし、少なくとも表面上は仲直りすべきなのだ。

小さなチューダー様式の家は、同じような家が立ち並ぶ中の一軒だった。正面の小さな庭は手入れがゆきとどかず草が伸び放題になっており、赤い煉瓦の壁は崩れかけていた。階段を四段上がったところに玄関があり、狭い入口は客間として使われている階下の二間に通じていた。入口の横には別の階段があり、そこから厨房と、主水道管からひいた水をためている貯水タンクがある地下室にいけるようになっていた。

庭では三人の子どもが棒を振りまわしながら、ぐるぐる駈けっこをして遊んでいた。ロッティーに似て、三人とも金髪で色が白く、痩せていた。以前に子どもたちに会ったときに名前を聞かされたが、ニックは思い出すことができなかった。馬車が舗装された馬車道に止まると、小さな顔が正面の門にあらわれ、ニックがロッティーを馬車からおろすのを、ペンキのはがれかけた羽目板のすき間からのぞいた。

ロッティーの顔は外面的には穏やかだったが、ニックは彼女が手袋をはめた指をきつく握りしめているのを見逃さなかった。そして彼は、生まれて初めての経験をした。だれかの気持ちを思いやったのだ。それは彼を不愉快にした。

ロッティーは門のところで立ち止まった。顔は青ざめている。「こんにちは」と小声で呼びかけた。「あなたなの、チャールズ？　まあ、なんて大きくなって。あなただとわからないくらい。それからイライザね。そして、ああ、あなたは赤ちゃんのアルバートね？」

「ぼくは赤ちゃんじゃないぞ！」よちよち歩きの幼児がむくれて叫んだ。

ロッティーは顔を赤らめ、泣き出したいのか、笑いたいのかとまどっている。「ええ、違うわね。もう三歳になっているはずですもの」

「あなたはシャーロットお姉様ね、家出をした」とイライザが言った。生真面目な顔の両側に三つ編にした髪がぶらさがっている。

「そうよ」ロッティーの口元に突然悲しさが漂った。「もう逃げ出したりしないわ、イライザ。みんなにとても会いたかった」

「お姉様はラドナー卿と結婚なさるはずでした」とまん丸の青い目で彼女を見つめながらチャールズが言った。「お姉様がそうなさらないので、ラドナー卿はたいへんお怒りになって、いまあの方は――」

「チャールズ！」戸口から興奮した女性の声が聞こえた。「黙って、すぐに門から離れなさい」

「でも、シャーロットお姉様なんだよ」と少年はねばった。

「ええ、わかっています。さあ、いらっしゃい、子どもたち。みんなよ。料理人に言って、ジャムつきトーストでもつくってもらいなさい」

その女性はロッティーの母親だった。折れてしまいそうなほど痩せた四〇代前半の夫人で、顔は異常に細長く、髪は薄い金髪だった。ニックは、夫のほうは丸々した頬の太った男だったことを思い出した。夫婦ともとりたてて美形というわけではないのだが、自然の魔術で、ロッティーは各々のもっとも良い特徴を受け継いでいた。

「お母様」ロッティーは門の上部をつかんで静かに言った。子どもたちは、おやつをもらいに、さっと走っていってしまった。

ハワード夫人は娘をどろんとした目で見た。鼻と口のあいだ、そして額に深い皺が刻まれている。「ラドナー卿が二日ほど前にいらっしゃいました」その簡潔な言い方には、非難がこめられていた。

言葉を失って、ロッティーは肩越しにニックを振り返った。彼はすぐに行動を起こし、彼女の隣にやってきて、自分で門の掛け金をはずした。「おじゃましてもよろしいでしょうか、ハワード夫人」と一応尋ねたが、許可を待たずに家の中へロッティーを導いた。意地悪な心がひとこと皮肉言わせた。「それとも、お母様とお呼びしましょうか」わざとあざけるように、ロッティーの口調を真似てお母様と発音した。

彼のあつかましさに腹を立て、ロッティーは家に入りながら、彼の肋骨を肘打ちした。彼はにやりと笑った。

家の中はかび臭かった。カーテンは何度も左右掛け替えられてきたせいか、両端だけが日に焼けて色あせていた。古びた絨毯は擦り切れて薄くなり、どんな模様だったかわからなくなっていた。マントルピースの上のかけた磁器の人形から、薄汚れた壁紙にいたるすべてが、没落した名家の生活をあらわしていた。ハワード夫人自身からも同じ印象を受けた。その身のこなしには、疲れきった優雅さと、かつてはもっと良い生活に慣れていた人がもつ自尊心が感じられた。

「お父様はどこにいらっしゃるの？」ロッティーはクローゼットと大差ない小さな客間の中央に立って尋ねた。

「ロンドンの叔父様のところです」

三人は部屋の真ん中に突っ立ったままで、気まずい沈黙が空気を重くしていた。「なぜ来たのですか、シャーロット」ようやく母親が尋ねた。

「お母様にお会いしたかったのです。私は――」ロッティーは母親の断固とした無表情の顔にたじろいで言葉を詰まらせた。彼女は慎重に続けた。ニックは、妻の心の中で頑固なプライドと後悔の念がせめぎあっているのを感じた。「私は、自分のしたことをお詫びしたかったのです」

「その言葉を信じられたらどんなにいいか」ハワード夫人は冷たく言った。「けれども、私は信じません。あなたは自分の責任を放棄したことを悔いてもいないし、家族を犠牲にして自分の要求を押し通しても平気なのです」

ニックは自分の妻がだれかに非難されるのを黙って聞いているのは易しいことではないと知った。非難している人間が妻の実の母親だとしても。だが、ロッティーのために、彼は口をつぐんでいようと懸命に努力した。後ろに手を組んで、古びた絨毯のおぼろげな模様に神経を集中させる。

「お母様を苦しめ、ご心配をおかけしたことを心から後悔しています。それから、二年間もお会いできなくて本当に寂しゅうございました」

ようやくハワード夫人はいくばくかの感情をあらわし、怒りに彩られた声で言った。「それはあなたが悪いからで、私たちのせいではありません」

「もちろん、そうです」と彼女の娘は素直に認めた。「お許しいただけるとは思いませんが、でも――」

「済んだことは仕方がないでしょう」とニックが口をはさんだ。ロッティーが母親にやりこめられ、悔恨の念で苦しんでいるのを黙って見ていられなかったのだ。彼は彼女をかばうようにきっちりとコルセットでしめられたロッティーのウエストに手をおいた。彼の冷たい凝視はハワード夫人の視線を捕えた。「過去について話しても得られるものは何もない。僕たちは将来について話し合うために来たのです」

「あなたと私たちの将来は何の関係もありませんよ、ジェントリーさん」ハワード夫人の青い目には氷のような侮蔑の色が浮かんでいる。「私たちの苦境については、あなたにも娘と同じくらい責任があると思っています。あなたがうちの娘を自分のものにしようという魂胆だと知っていたら、あなたと口をきくことも、質問に答えることもしなかったでしょう」

「あのときには、そのような計画ではなかったのです」ニックはコルセットの下の柔らかな肌を思い出しながら、指をロッティーの細いウエストの曲線にあてた。「彼女と会うまでは、彼女と結婚したいとはまったく考えていなかったのです。だが、会ったとたんにわかった。ロッティーはラドナーよりも、僕と結婚するほうが幸せになれると」

「あなたはまったく間違っています」とハワード夫人はぴしゃりと言った。「傲慢な悪党！

あなたなど、世襲貴族と肩を並べられるはずがないのですよ」

ロッティーが彼の横で体を固くするのを感じて、ニックは彼女をそっとつかみ、母親の思い違いを訂正させないよう無言のメッセージを送った。自分がラドナーより優れていることを示すために、爵位を持ち出すことだけは絶対にしたくなかった。

「ラドナー卿はたいへん裕福で、上品なお方です」とハワード夫人は続けた。「彼は高い教育をお受けになり、あらゆる点において高潔でいらっしゃる。もしこの娘があれほど自分勝手でなく、あなたが横槍を入れたりしなければ、シャーロットは彼の妻になっていたのです」

「あなたは、いくつかの点を省略している」とニックは言った。「ラドナーはロッティーより三〇歳も年上で、コブラーズパンチ（訳注　ビールやエールをベースにした温かいパンチ）と同じくらいいかれている」

ハワード夫人の頬骨の上がみるみる赤くなった。「ラドナー卿はそんな方ではありません」

ロッティーのために、ニックは急激に押し寄せてきた怒りをなんとか抑えた。小さな無防備な子どもだったロッティーのことを思った。その子どもがあのラドナーのような肉食獣と密室でふたりきりにされたのだ。しかも、この女はそれを許していた。どんなことがあってもロッティーを守ってやると心で誓った。彼はハワード夫人をにらみつけた。「あなたは、八歳の少女に向けたラドナーの執着心を異常だとは思わなかったのですか？」と静かに尋ねた。

「高貴なお方の場合、多少の欠点は許されるのですよ、ジェントリーさん。上流階級の方々の血には風変わりなところが混ざっているものです。でも、あなたのような人にはおわかりにならないでしょうが」

「さあ、どうかな」とニックは皮肉っぽく言った。「とにかく、ラドナーのふるまいは正気の沙汰には思えない。かつての社交性はその奇行のせいですっかりしぼんでしまった。いまじゃ隠遁して、ほとんどの時間を太陽の光を避けて、家に引きこもって過ごしている。あいつの世界は、か弱い少女を自分の理想の女性に造りあげることを中心に回っている。あいつの許しなしには息すらできない女性を造りたがっているんだ。ロッティーがそこから逃げ出したことを責める前に、心から正直にこの質問に答えていただきたい。あなたはあんな男と結婚したいと思いますか？」

ロッティーの妹のエリーが突然あらわれたので、ハワード夫人はその問いに答えずにすんだ。エリーはふっくらとした頰、長い睫毛に縁取られた青い瞳のかわいらしい一六歳の少女だった。彼女の髪はロッティーの金髪よりもかなり濃い薄茶色で、姉よりも肉づきがよかった。息を切らせながら、戸口で立ち止まり、喜びの声をあげて、家出娘の姉を見つめた。

「ロッティー！」走り寄って、姉をきつく抱きしめる。「ああ、ロッティー。帰ってきたのね！　会いたくてたまらなかったわ。毎日、お姉様のことを考え、心配して――」

「エリー、私だってとても会いたかった」とロッティーは声を震わせながら笑った。「手紙は書けなかったけれど、どんなに書きたかったことか。送りたくても送れない手紙を貼りつけたら、部屋の壁紙になるくらいよ」

「エリー」と母親が割り込んだ。「部屋に戻りなさい」

母親の言葉が聞こえなかったのか、あるいは無視したのかはわからないが、とにかくエリーは体を少し退いてロッティーをまじまじと見つめた。「なんて美しいのでしょう」と彼女は叫んだ。「こうなるとわかっていたわ。ええ、わかっていた……」。近くに立っているニックを目の端にとらえ、エリーの声はだんだん小さくなった。「本当に彼と結婚したの？」と姉にささやき声で尋ねる。その嬉しげな、でもちょっと疑うような言い方にニックはにやりとした。

ロッティーは複雑な表情で彼をちらりと見た。彼女は喜んで僕を自分の夫と認めるのだろうか、とニックは考えた。ロッティーはとりたてて嬉しそうではないが、いやでたまらないというわけでもないという顔をしている。「以前に妹にお会いになりましたね？」

「ミス・エリー。お久しぶりです」ジェントリーは低い声でつぶやき、軽く頭を下げた。

少女は真っ赤になってお辞儀をし、ロッティーを振り返った。「ロンドンに住まわれるの？　お家に呼んでいただけるかしら。私、ずっとあこがれて――」

「エリー」とハワード夫人が命令口調で言った。「すぐ部屋に戻りなさい。戯言はもうたくさんです」

「はい、お母様」エリーはもう一度ロッティーを抱きしめ、姉の耳元で何かささやいた。ロッティーはそれにうなずき、小声でやさしく答えた。きっとロンドンの家に訪問する話だろうと想像してニックは微笑みそうになるのを抑えた。どうやら、ハワード家の娘で自分の意志を曲げないのはロッティーだけではないようだ。

恥ずかしそうにニックをちらりと見てから、エリーは部屋を出て行った。大きなため息をつきながら客間を離れていく。

妹が再会をとても喜んでくれたことに元気づけられて、ロッティーはもう一度、懇願するようにハワード夫人を見た。「お母様、お話したいことが山ほどあります――」

「これ以上何も話すことはありません」と彼女の母親は、いまにも崩れそうな威厳を保ちながら言った。「あなたは自分の選択をした。そしてお父様と私も選択をした。ラドナー卿と私たちの関係はそう簡単に壊れるものではないのです。私たちはあの方に対する義務を果たします。シャーロット、いくらあなたの気が進まなくとも」

ロッティーは混乱して母を見つめた。「いったいどうやって、お母様？」

「あなたには関係ありません」

「でも、私にはわかりません――」ロッティーの言葉を制して、ニックはハワード夫人をにらみつけた。何年も彼は名うての常習犯や働きすぎの治安判事、有罪犯や潔白な人々、そしてそれ以外のあらゆる人間と巧みにわたり合ってきた。もし、義理の母を相手に、ある種の妥協を引き出すことができなかったら恥だ。

「ハワード夫人。僕が娘婿の第一候補ではないことは承知しています」彼はたいていの女性ならころりとまいってしまう、皮肉を含んだ魅力的な笑顔を見せた。「僕のような人間を望む人はなかなかいないと思いますよ。だが、実際には、僕はラドナーよりはるかに豊かな援助ができるのです」彼はわざとみすぼらしい室内を見まわしてから、再び視線をハワード夫人に戻した。「家を改装したり、お好きな家具に替えるのを我慢する理由はありませんよ。お子さんたちの教育費も払うつもりですし、エリーがきちんと社交界デビューができるようとりはからいましょう。お望みなら海外を旅行したり、海辺で夏をすごすこともできます。必要とすることはなんでも、言ってくだされればそのとおりにして差しあげます」

ハワード夫人は明らかに信じられないという顔をしている。「どうしてそこまでしようとなさるの？」

「妻を喜ばすためです」と彼は躊躇なく答えた。

ロッティーは目を丸くして彼を振り返った。彼はさりげなく彼女の胴衣の襟に触れ、彼女が与えてくれるものに比べたら、たいした支出ではないと考えていた。

不幸にも、その親密な仕草がハワード夫人の心をさらに頑にしたようだった。「私たちは、あなたから何もしていただく必要はありません、ジェントリーさん」

「お宅はラドナーに借金があるのではなかったですか」とニックはたたみかけた。こういう問題は率直に言うしかない。「その借金も肩代わりしましょう。僕はすでにロッティーの学費は返済すると彼に申し出ている。その他の借りについても面倒をみましょう」

「あなたにそんな約束を果たせるはずがありません。たとえできたとしても、答えはやはりノーです。どうかお引き取りください、ジェントリーさん。これ以上何もお話することはありません」

ニックはさぐるように彼女を見た。その顔には絶望と不安と罪の意識があらわれていた。本能が彼に警告した。彼女は何かを隠している、と。「ではまた別の機会におじゃまします」と彼は穏やかに言った。「今度はハワード氏がご在宅のときに」

「夫の答えも同じです」

ニックはその拒絶の言葉を聞かなかったふりをした。「ごきげんよう、ハワード夫人。皆さんのご健康と幸福をお祈りいたします」

ロッティーは自分の感情を抑えるために戦っていたので、ニックの上着の袖をきつく握りしめていた。「さようなら、お母様」彼女はかすれた声で言い、彼とともに立ち去った。

ニックは優しく手を貸して彼女を馬車に乗り込ませ、だれもいない庭を見やった。家のどの窓にも人の気配がなかったが、二階の窓にエリーの丸い顔があらわれた。彼女は名残惜しそうに手を振り、手に顎をのせて馬車の戸が閉まるのをながめていた。

馬車はがくんと揺れて動き出し、やがて馬はリズミカルに歩き始めた。ロッティーは頭をビロードの背もたれにあずけ、目を閉じ、唇を震わせていた。濃い金色の睫毛の下から、輝く涙がいく筋も流れ落ちた。「暖かく迎えられることを望んだ私が馬鹿でした」。皮肉っぽい調子で言おうと努力したにもかかわらず、嗚咽が漏れて少しもうまくいかない。

ニックは無力感にさいなまされながら座っていた。全身が緊張している。妻が泣いている姿を見るのはたまらなかった。だが、彼女がどうにか感情を抑えてくれたので、ほっとした。

彼女は手袋をはめた手のひらの手首に近い部分を目に押し当てた。

「ご両親には僕の申し出を拒絶する余裕がないはずだ。ラドナーからまだ金を受け取っているなら話は別だが」

ロッティーは混乱して首を横に振った。「でも私があなたと結婚してしまったのですから、ラドナー様が私の家族に援助を続けるのはどう考えても変ですわ」

「ご両親は何か収入を得る手段をほかに持っているのか？」

「いいえ。もしかすると伯父が多少の援助はしてくれるかもしれませんが。でも、それだけではこれから先ずっと暮らしていくことはできませんわ」

「ふーむ」ニックはさまざまな可能性に思いをめぐらせながら、座席の隅に寄りかかった。がたがた揺れる窓から見える風景を見つめている。

「ニック……あなたは本当にラドナー様に私の学費をすべて返済するとおっしゃったのですか？」

「そうだ」

なぜかロッティーはその理由をきかず、ただスカートを整え、袖を引っ張って手首を隠すことに専念している。手袋を脱いできちんと折ると、自分の横の座席の上に置いた。ニックは半分目を閉じて彼女の一挙一動を見ていた。いよいよ何もすることがなくなって彼女は彼のほうを見た。彼女は新たな難題に向き合う覚悟ができたとでもいうように「これからどうなさいますの？」と尋ねた。

彼は質問の意味を考えた。彼女の表情に諦めの色を見たとき、胸の中心部をつかまれたような気がした。彼女はこの数日間、二〇歳の娘とは思えないほど落ち着いた態度で事態に耐えてきた。他の娘なら、今頃泣き崩れていたことだろう。彼は彼女の目から緊張を取り除き、一度でいいからのんきにくつろいだ表情を見たいと思った。

「では、ジェントリー夫人」彼は体を彼女に寄せた。「これから一日か二日は、愉快に過ごそうじゃないか」

「愉快に」聞きなれない言葉であるかのように、彼女は繰り返した。「ごめんなさい、でも、いまは愉快に過ごす気分になれないのです」

ニックは微笑して、手を彼女の腿の上に置いた。「君は世界一活気のある街にいるんだ。しかも元気いっぱいの若い夫といっしょで、やつが不当に稼いだ金もたんまりある」とささやき、彼女の耳にキスした。彼女はぞくっとした。「いいかいロッティー、楽しいことはいっぱいあるんだよ」

母親に冷やかな扱いを受けたあとの失望を振りはらうすべがこの世にあるとはロッティーには思えなかった。しかし、ニックはそれから数日間、とことん彼女を楽しませようと努力してくれたので、彼女は彼以外のことを考えることができないほどだった。

その晩、ニックは彼女を舞台つきの居酒屋に連れて行った。そこでは客を引き込むために、毎晩音楽やコントなどを上演していた。コベントガーデンにあるその店の名は、かつて人気のあったイタリアのオペラダンサーにちなんでヴェストリスという。俳優連中や落ちぶれ貴族など、ありとあらゆる種類の人間の溜まり場だった。店内は薄汚れて、ワインと煙草のにおいが充満し、床の上はひどくべたついていたので、靴がくっついて脱げそうになるほどだった。ロッティーはいやいやながら敷居をまたいだ。自分のような若い女性は決して足を踏み入れない場所だ。夫に伴われてというならありうるが、それだって怪しいものだ。ニックは、居酒屋の客たちにすぐに歓迎の声をかけられた。そうした男たちの多くはならず者のように見える。しばらく彼らと背中をたたきあったり、楽しげに悪口を交換したあと、ニックはロッティーをテーブルに連れて行った。給仕がステーキとジャガイモ、ポートワイン一本、そして「ヘヴィー・ウェット」と呼ばれる飲み物が入ったジョッキを二個運んできた。

ロッティーは大勢の人の前で食事をしたことがなかったので、ひどく自意識過剰になっていた。しかし、ステーキには無性に心が引かれた。家族四人分はあろうかというほどの大きさだった。彼女は恐る恐るジョッキを手にとり、泡立っている茶色の液体をのぞきこみながら、「これは何ですか?」と尋ねた。

「エールだ」腕を彼女の椅子の背もたれにかける。「ちょっと飲んでごらん」

彼女は従順にその穀物の香りがする濃い飲み物をすすったが、とたんにいかにも不味そうに顔全体に皺を寄せた。彼女の表情に笑い、ニックは近くにいた給仕にジンパンチを注文した。さらに店内には客が増え、傷だらけの木製のテーブルにジョッキをどんと置く音があちこちで響き、給仕は大きなピッチャーを掲げて客の間を忙しそうに歩きまわっている。

前方の舞台では、お笑い歌劇が上演されていた。演じているのは、若者の衣装をつけたほっそりした女優と、女中役の男優。たっぷりとした口髭をたくわえた女中役の男の胸には詰め物がされていて、左右にゆさゆさと揺れる。〈若者〉が〈女中〉の美しさを称える恋歌を熱唱しながら彼女を追いかけまわすと、居酒屋は爆笑に包まれた。そのドタバタぶりがあまりに滑稽で、吹き出さずにはいられない。ロッティーは夫の脇に隠れてジンパンチのはいったカップを握りしめ、笑いをこらえるのに必死だった。

次々に出し物は続いた。妖艶な歌と踊り、こっけいな詩の暗唱、アクロバットに軽業。夜も更けて、居酒屋の隅は薄暗くなり、いく組かのカップルは節操もなく抱き合ったり、キスしたりし始めた。ロッティーはショックを受けるべきだと思ったが、ジンパンチのせいで、眠く、頭がぼんやりしてきた。いつのまにか、彼女はニックのひざの上に座っていた。彼女の脚は彼の脚にはさまれ、上体を起こしていられるのは彼の腕が彼女の背中にまわされているからだった。

「まあ」彼女のほぼ空になったカップを見て言った。「これをみんな飲んでしまったのかしら？」

ニックは彼女からカップをとり、テーブルに置いた。「そのようだな」

「一夜にしてメードストーンで受けた教育を台無しにしてしまうなんて、あなたにしかできないわ」と彼女が言うと、彼はにやにや笑った。

彼は彼女の口元を見下ろし、指で顎の先をなぞった。「完全に堕落したかな？　まだ？　よし、家に帰って、仕上げをしよう」

ロッティーは笑いながら、彼に連れられて店内を通り抜けた。体が熱く、ふらふらする。

「床が傾いているわ」ロッティーはよろめいて、彼の体の横にもたれかかった。

「床のせいじゃないよ。君の足がふらついているんだ」

ちょっと考えてから、ロッティーは彼の愉快そうな顔から自分の足元に視線を移した。

「ほんと。なんだか自分の足じゃないみたいだわ」

ニックは青い瞳を輝かせて、首を横に振った。「君はジンに弱いんだな。ほら、運んでやろう」

彼が彼女を抱き上げて通りまで運ぶと、彼女は「だめ。こんな人目につくことは困ります」と抗議した。ふたりの姿を見つけて、待っていた従僕が通りの端には止めてあった馬車のほうに走っていった。そこには何台もの馬車がずらりと並んで主人の帰りを待っている。

「つまずいて顔から転んだりしたほうが、よっぽど目立つぞ」とニックは応酬した。

「そんなには酔っぱらっていません」とロッティーも譲らない。けれども彼の腕は頼もしく、その肩はとても居心地がよかったので、彼女はため息をついて彼にすり寄った。彼の肌のほのかなじゃこうのような香りと、クラヴァットのぱりっとした糊のにおいがほどよく混じりあっている。その魅力的な芳香に惹きつけられて彼女はさらに彼の体に顔を近づけ、深く息を吸い込んだ。

ニックは通りの片側で立ち止まった。彼が頭を回すと、きちんと髭をそった頬が彼女の頬をなで、彼女の肌はぞくぞくした。「何をしている?」

「あなたの香り……」彼女は夢心地でつぶやいた。「すばらしい香りだわ。最初に会った晩、ほら、石壁の上から私を突き落としそうになったあのときから、気づいていたの」

笑いが彼ののどを震わせた。「落ちないように助けてもらった、だろう?」

ざらつく彼の肌の手触りに魅せられて、ロッティーは彼の顎の下に唇をおしつけた。彼が強くつばを飲み込むのを感じる。その動きに合わせて彼女の唇も震えた。彼女のほうから彼を求めたのはこれが初めてだった。そして、この小さな仕草は驚くほど効果的だった。彼は彼女をきつく抱きしめたままじっと立っていた。息づかいが徐々に荒くなり胸が大きく上下する。彼を簡単に興奮させられるのがおもしろくて、ロッティーはクラヴァットの結び目をゆるめ、のどの横にキスした。

「だめだ、ロッティー」

彼女は爪の先で、毛根でざらつく皮膚をそっとひっかいた。

「ロッティー……」彼はもう一度言いかけた。何を言おうとしていたにせよ、彼女が耳にキスをして、耳たぶをそっと噛んだときには、すべてが忘れ去られてしまった。

馬車がふたりの前に停車し、従僕が急いで可撤式の階段をかけた。ニックは無表情を装い、ロッティーを馬車の中に押し込むと、自分もそのあとに続いた。

その扉が閉じたとたん、彼は膝の上に彼女を乗せ、ドレスの前に手を伸ばした。彼女は腕を上げて、彼の黒い豊かな髪に指をからめた。彼はコルセットの上部の紐をほどいて、片方の胸を露出させ、むさぼるように柔らかな乳首にキスした。なぶるように吸われて、彼女は歓喜の声を漏らしながら、体を弓なりに反らせた。彼は激しくスカートの下をまさぐり、手を分厚い布地の層の中に滑り込ませて、ズロースの湿っぽい谷間をさぐりあてた。手が大きすぎて下着の中に滑り込ませることはできなかったので、彼はいとも簡単に布地を引き裂き、彼女をあえがせた。彼女は彼を受け入れるために脚を開いた。長い指が彼女の中に入ってくると、目の前がぼやけた。彼の膝の揺りかごに抱かれ、脚のあいだを優しく愛撫されているうちに、内なる筋肉がリズミカルに収縮し始めた。

彼の口からうめき声が漏れた。彼女の腰を自分の腰の上にあてがい、あわてて自分のズボンの前を開こうとする。「君はすっかり濡れている……もう待てない。ロッティー、いいかい。ぼくの膝の上に座って、脚を……ああ、そうだ、そこだ」

彼女は言われるままに彼にまたがった。彼に貫かれ、はっと息を飲む。彼は完全に彼女の中に沈むまで、手で彼女の腰を引き寄せた。彼女の中の彼は太く硬く、彼女はとろけそうだった。じっと動かずに、馬車がふたりの体を揺らすのを感じる。ロッティーはそっとうずく蕾を彼にこすりつけた。するとふたりが交わっている部分から熱い波が広がるのがわかった。彼の手が、優しく彼女の背中をなでる。

馬車ががくんと揺れ、彼がさらに奥に入って来たので、ロッティーはあえいだ。「もう着いてしまいます」とロッティーは彼ののどに向かって言った。「居酒屋は、家のすぐ近くにあるんですもの」

ニックは苦しげにうなりながら答えた。「今度は、ロンドンを一周して帰るよう御者に言いつけよう。いや、二周だ」彼は親指で彼女の湿った蕾をそっとすばやく愛撫した。するとたちまち快感が押し寄せ、その激しい感覚に圧倒されて、彼女はすすり泣きながら彼にしがみついた。彼は上へとしゃにむに突き上げ、うなりながら、彼女の首のカーブに顔を埋めた。彼の熱情は目もくらむほどの絶頂を連れてきた。

ふたりは乱れた衣服の下で裸の肉体をぴたりと合わせたまま、はあはあと深く長く呼吸した。「もう十分ということはありえない」彼女の柔らかい尻に手をあてがい、ぐっと彼女を引き寄せる。「あまりに良すぎて、止めるのがつらい」

ロッティーは彼の言おうとしていることを理解した。ふたりが互いを求め合う気持ちは、ただの性的欲望ではなかった。彼女は彼といっしょにいられることに深い満足を覚えたが、それは肉の交わりをはるかに越えたものだった。ただ、この瞬間まで、彼も同じように感じているとは知らなかった……彼も私と同じように、そのような気持ちを認めるのを恐れているのではないかしら。

11

ロンドンはのどかなハンプシャーとはまったく違う場所だったので、ロッティーはここが本当に同じ国なのかしらと首をかしげるほどだった。ここは流行の中心地、無限の娯楽の都市だった。とはいえ貧困者と富める者の生活は絶対に交わることはなく、にぎやかな店や市場が並ぶ大通りの裏の路地には犯罪が蔓延していた。テンプルバー（訳注　旧ロンドン市（シティ）西端にあった門。ここに謀反人や罪人の首がさらされた）を越えた地域をシティといい、西側のいわゆる繁華街には、庭園や散歩道や劇場、そしてロッティーには想像もできなかった贅沢品を扱う店などがたくさんあった。

結婚して一週間が過ぎると、ニックはまるで小さな子どもにするようにロッティーを甘やかすことに楽しみを見出したようだった。彼はバークレースクエアの菓子店に彼女を連れて行き、裏ごしした栗に砂糖づけのサクランボをたっぷり混ぜたアイスクリームを買ってやった。そのあとボンドストリートへ行き、フランス製の白粉と香水、それから刺繍を施した絹の靴下を一ダースも買った。ロッティーは、彼が衣料品店で目の玉の飛び出るような値段の白い手袋とハンカチを買うのを止めようとし、また金色の房飾りのついたピンクの絹の靴

──それはメードストーン校の一カ月分の学費に相当する値段だった──を彼が買おうとしたときにも強く反対した。だが、彼はロッティーの抗議を無視して、気に入ったものを見つけるとなんでもかんでも買ってしまった。最後に行った店はお茶を売る店だった。彼は「ガンパウダー（訳注　葉が銃弾状に巻いた上等の緑茶）」だの、「クンフー（訳注　中国産の黒茶）だの、「スーション（訳注　葉の大きい特に中国産の上等紅茶）」といっためずらしい名前の外国のお茶が入った、美しい瓶を半ダースも買った。

その日の午後にベタートン通りの家に届けられる包みの山を想像して、ロッティーはどうかやめてくださいと懇願した。「もうこれ以上、何も欲しくありません」と彼女はきっぱりと言った。「私は次のお店には絶対に足を踏み入れません。こんな無駄遣いをする理由がありません」

「あるさ」とニックは待たせてあった馬車にロッティーを導きながら答えた。馬車の中も包みや箱が高く積み上げられている。

「まあ、どんな？」

彼は答える代わりに小憎らしく笑った。彼女とのセックスを求めてというわけではないことは確かだ。なにしろ、それに関してはすでに十分すぎるほど与えられていたので。おそらく、単に恩を売っておきたいだけなのだろう。でも、なぜ？

ニック・ジェントリーとの生活は、まごつくことばかりだった。身を焦がすような親密な瞬間があるかと思えば、またすぐにふたりはほとんどの点において赤の他人だと思い知らされるときもある。ニックが毎夜愛を交わしたあと部屋を出ていき、絶対に彼女の隣で眠ることがないのはなぜなのかがわからなかった。すべてをさらけ出して愛し合ったあとに、いっしょに眠ることくらいなんでもないように思われる。しかし彼は、彼女がぎこちなくいっしょにいてと誘っても、「ひとりで寝るのが好きなんだ。君もそのほうがぐっすり眠れるさ」と断わるのだった。

ロッティーはほどなく、ある種の話題になると、火薬に火がついたように、ニックがかんしゃくを起こすことに気づいた。少年時代については質問してはならないようだった。ニック・ジェントリーという名前を使うようになる前のことに触れると彼を憤怒させることも知った。彼は怒ると、怒鳴ったり物を投げたりはしないが、その代りに冷たく無口になって家を出て行き、彼女がベッドに入ってからかなり時間が経つまで家に戻らなかった。それからニックがどんな形ででも、弱い部分を見せようとしないことにも気づいた。彼は完璧に自分を律し、状況をコントロールすることを好んだ。彼は酒で自制心を失う人間を男らしくないと考えていた。彼女は彼が泥酔するのを見たことがなかった。睡眠すらも彼には贅沢であるらしく、めったに長く眠ろうとはしなかった。心安らかにうとうとと眠り込むことは許されないと思っているかのように。それどころか、ソフィアいわく、ニックは怪我をしても平気な顔を続けるのだという。痛みや弱さに屈服することを頑に拒絶していた。

「どうしてでしょう?」とロッティーは心から驚いてソフィアに尋ねた。ふたりは試着のために仕立て屋に来ており、ドレスが運ばれてくるのを待っていた。「いったい彼は何を恐れているのでしょう。一瞬たりとも隙を見せようとしないなんて」

ニックの姉はしばらくロッティーをじっと見つめた。答えられるものなら、どんなに答えたいか、とその深い悲嘆に満ちた青い目は語っている。彼女は優しく言った。「いつかあの人があなたに告白する日がくることを私は願っているわ。ひとりでそれを背負うのは大きな負担です。でも弟は、あなたがそれを聞いたらどんな反応をするか、恐れているのでしょう」

「それとは？」とロッティーは食いさがった。しかしソフィアは答えてくれず、彼女の欲求不満はつのった。

何かとても大きな恐ろしい秘密。それが何であるのかロッティーには推し量ることができなかった。考えつく最悪のストーリーは、殺人。彼はおそらく、怒りにかられてだれかを殺してしまったのだ。彼女は彼が過去に、ぞっとするような犯罪に手を染めてきたことを知っていた。彼は常に用心深く冷静で、完全に彼女に心を開くことはないように思われた。

けれども他の面では、ニックは予想外に優しく寛大な夫だった。彼は彼女を説き伏せて学校で教え込まれた規則をすべて言わせたあと、今度は彼女にそうした規則をひとつ残らず破らせようとするのだった。ある夜は彼女の奥ゆかしさを突き崩そうとした。ランプを灯したままで彼女の衣服を脱がせ、彼が彼女の頭の先からつま先までキスするのを見させた。また別の晩には異国風のやり方で彼女を愛し、あまりの恥ずかしさと興奮で彼女は耐えられないほどだった。彼は、その眼差しだけで、軽い愛撫だけで、あるいは耳元で優しくささやくだけで彼女を高まらせることができた。ロッティーには、毎日が愛欲のかすみの中で流れていくように感じられた。何をしていようと彼の存在を意識せずにはいられないのだった。

注文した本が何箱も届くと、夜にはニックに本を読んで聞かせるようになった。彼女はベッドに座り、彼がそのそばで寝そべる。ニックはときどき朗読を聞きながら彼女の足を自分のひざに乗せ、足をマッサージした。足の甲を親指でなで、足の指を優しく揉みほぐす。ときおり読むのをやめて彼のほうを見ると、彼はいつでも彼女をじっと見つめていた。いくらながめても見飽きないようだった。まるで彼女の目の奥に隠されているミステリーを解き明かそうとでもしているかのようだった。

ある晩、ニックはロッティーにトランプのやり方を教えた。ただし、負けるたびに罰としてセックスで相手に好きなことをする権利を与えるというルールだ。結局ゲームは、床の上で手足や衣服をからませ合うという結果に終り、ロッティーは息を切らせながら、絶対にいかさまだわとニックを責めた。だが彼はただ笑っただけで、頭をスカートの下に滑り込ませたので、その問題は完全に忘れられた。

ニックと一緒にいるのはとても楽しかった。彼は話がとてもうまく、ダンスの名手であり、恋人としてのテクニックも最高だった。彼は陽気だったが、だからといって少年のようなところはなく、その世馴れた表情を崩すことは皆無といってよかった。これまで人生で十分すぎるほどたくさんのことを見たり経験してきたので、あと何回か生まれて変わってもその表情は崩れないように思われた。彼は実に精力的にロッティーをロンドン中連れまわし、彼女をへとへとにさせた。彼はロンドン中の人々を知っていて、また彼らも彼のことを知っているようだった。会員制の舞踏会や個人的なパーティ、または公園を散歩しているときなど、彼が人の注意を引きつけるのに気づくことがしばしばあった。ニックをヒーローと見なすか、悪魔と見なすかは人それぞれだったが、いずれにせよだれもが彼といっしょにいるところを見せびらかしたいと考えていた。数え切れないほどの人が、彼と握手し、さまざまな問題について彼に意見を求めた。一方、女性たちは震えあがったり、忍び笑いをしたり、あるいはロッティーがそばにいてもお構いなく、恥ずかしげもなく思わせぶりな目配せをしたりした。ロッティーはそういう場面に出くわすと、びっくりして不機嫌になったが、内心「あら私はまるでやきもち焼きの奥さんみたい」と思った。

友人の招待で、ニックとロッティーはドルリーレーンへ芝居見物に行った。海軍の戦いを描いた芝居で、複雑な装置と照明でスリリングな舞台効果を演出していた。大砲の弾が撃ちこまれるという状況で、船員のかっこうをした俳優が、爆発と同時に船のセットから投げ出される。そのシャツには血の色のペンキの染みがついていた。あまりのリアルさにロッティーは思わず耳の高さまで手を挙げてさかんに拍手を送った。けれども恥ずかしくなって彼女は顔をニックの胸にあてて隠した。彼が笑いながら「ほら、舞台をごらんよ」といくら言ってもきかなかった。

おそらくお芝居に激しい活劇の場面が多かったせいだろう。あるいは夕食に飲んだワインのせいだったのかもしれない。理由はともかく、休憩時間に桟敷席を離れたとき、ロッティーはなんだか不安な気持ちにかられた。観客たちは一階の広間に集まって、軽食をつまんだり、いましがた見た非常に見事な戦闘場面の演出について興奮気味にしゃべっている。混雑した部屋の空気は息苦しいほどだった。ニックは仲間のところに彼女を残し、レモネードを取りに行った。ロッティーはまわりの会話を上の空で聞きながら、無理に笑顔を作っていた。こんなに短期間にニックがそばにいるという安心感に慣れてしまったのだ、と彼女は思った。皮肉な話だった。何年にもわたって、ラドナー卿の妻になる運命なのだと言い聞かせられてきたが、どうしてもそれを受け入れることができなかった。それなのに、まったくの赤の他人ともいえる男性のものになることがこんなにも自然に感じられるのだ。彼女はウェストクリフ伯爵の警告を思い出した。ニック・ジェントリーは信用できない男だ。でも伯爵は間違っていた。たしかにニックには謎めいた過去があるが、とても優しく思いやりがあった。それだけで彼女の信用を勝ち得るには十分だった。

ロッティーはニックを探して、あたりを見まわした。すると数メートル離れたところに立っている人物が突然目に入った。

ラドナー卿。何千もの氷の針のシャワーを浴びせられたような気がした。全ての筋肉が硬直した。逃亡していた二年のあいだ、感じ続けていたのと同じ不安に体が凍りついた。彼の顔は、彼女の恐怖におののく視線から微妙に逸らされていたが、その鉄灰色の髪と、傲慢な頭の傾け方、逆ハの字の黒い眉を彼女ははっきりと見た。そしてそのとき彼は、まるで混み合った広間に彼女がいることを感じたかのように、彼女のほうに顔を向けた。

その瞬間、無言の恐怖は消えた。そして自分の愚かさに呆れた。違う、あれはラドナーではない。彼によく似ている人物だった。ふたりの視線が合うと、その紳士は見知らぬ人どうしがよくやるように、軽く会釈して微笑み、連れのところに戻っていった。一方、ロッティーはしっかり握りしめている薄いピンクの手袋をはめた手を見下ろし、激しい心臓の鼓動を鎮めようとした。ショックの余波が彼女を打ちのめした。吐き気がして、冷や汗が流れ、止めようとしても体がぶるぶる震える。お前は何て愚かなの、とロッティーは自分をしかった。たかがラドナーそっくりの人物を見かけただけで、このような過剰な反応をしたことが情けなかった。

「ジェントリー夫人」と近くで声がした。ハウシャム夫人だった。まだ知り合ったばかりだが、快活で、穏やかな話し方の女性だ。「ご気分でも悪いの？　具合が悪そうに見えますわ」彼女はハウシャム夫人の顔を見つめた。「少し息苦しいのです」と彼女はか細い声で言った。「たぶん、コルセットの紐を締めすぎてしまったのだと思います」

「まあ、そう」ハウシャム夫人はコルセットの紐がしばしば引き起こす苦痛を知る者として、よくわかるわと眉をひそめた。「おしゃれには我慢が必要ですものねえ」

そのときニックがレモネードのグラスを片手に、彼女の横にあらわれたので、ロッティーはほっとした。彼は即座に何かおかしいと気づき、彼女の背中に手をまわした。「どうしたんだ？」と警戒するように彼女の青白い顔をのぞきこんだ。

ロッティーの代わりにハウシャム夫人が答えた。「コルセットの紐ですわ、ジェントリー様。あまり混雑していない場所に奥様をお連れになったらいかがかしら。新鮮な空気を吸うと楽になるものですわ」

ロッティーの体に腕をまわしたまま、ニックは彼女を広間から連れ出した。夜の空気にあたると汗で湿った衣服が冷えて、ロッティーは震え始めた。ニックは気を遣いながら、彼女を巨大な柱の陰に連れて行った。そこならば建物の中からの光や騒音がさえぎられる。

「何もなかったのです」とロッティーはおずおずと言った。「本当に何も。私ったら馬鹿みたいに、何の理由もなしに大騒ぎしてしまって」彼女はレモネードを受け取ると、がぶがぶと一気に飲み干した。

ニックは屈んで、空のコップを地面に置き、体を起こすと再びロッティーを見つめた。緊張した面持ちで上着のポケットからハンカチを出し、彼女の頰や額に浮いている汗をふき取った。「何があったのか、話してくれ」と彼は静かにきいた。

ロッティーは当惑して顔を赤らめた。「あそこでラドナー卿を見たと思ったのです。でも、ただよく似た人がいただけでした」彼女はふうっと息を吐いた。「私がどうしようもない臆病者だということをお見せしてしまいました。ごめんなさい」

「ラドナーはめったに人前に顔を出さない。このような場面で、彼に出くわすことはまずないと思っていい」

「わかっています」と彼女は消え入りそうな声で言った。「それでも私は、そう思ってしまったのです」

「君は臆病者ではない」暗い青い目には思いやりがこもっていた……ただ、その思いやりのうしろにはもっと深くもっと謎めいた感情が隠されているように思われた。

「私ときたら、まるで闇を恐れる子供のようでした」

彼は指を彼女の顎の下に入れ、彼女を上に向かせた。「いつかラドナーに遭遇することもありうる」とニックは静かに言った。「しかし、もしそうなったとしても、そのときには僕が君のそばにいる。だからロッティー、彼を恐れる必要はないんだ。僕が君を守ってやる」

彼の言葉の優しい重みで、彼女の心にぱあっと嬉しさが広がった。「ありがとう」広間をあとにしてから、彼女は初めて深く息を吸い込むことができた。

ニックは彼女の青白い汗まみれの顔を見つめたまま、君の苦しむ姿を見るのはつらくてたまらないとばかりに、かすかに眉をひそめて首を左右に振った。耐え切れず彼女を引き寄せ、両腕でしっかりと抱きしめた。自分の体で彼女を慰めようとするかのように。まったく性的な含みのない抱擁だった。しかしなぜか、これまでふたりがしてきたどの行為よりも親密な行為に感じられた。彼女を抱きしめる腕は強く包容力があった。湿った熱い息が、彼女の頰にかかる。

「家に帰ろうか？」と彼はささやいた。

ロッティーはゆっくりとうなずいた。そのとき、思いもよらないことに、生まれてからずっと感じつづけてきた孤独が安堵に変わった。家……夫……彼女は、そういうものは決して手に入れることができないのだと思ってきた。もちろん、この幻想が長く続くはずはない。

でも、それが消え去るまでは、すべての瞬間を大切にしよう。

「ええ」彼の上着を通して小さく彼女の声が聞こえる。「家へ帰りましょう」


ゆっくりと深い眠りから現実に引き戻され、ふと気づくとどこからか奇妙な物音が聞こえてきた。ロッティーは最初、それは多分の夢の続きなのだろうと思った。まばたきして起き上がる。まだ真夜中で、部屋の中は真っ暗だった。それは再び聞こえてきた……唸り声なのか、よく聞き取れない……だれかと議論している声のようにも聞こえる。ニックがときおり悪夢に悩まされていることを思い出して、ロッティーはベッドから飛び出した。注意深くランプに火をつけてガラスのホヤをもとどおりにはめ、ランプを手にさげて廊下を歩いていった。


ニックが眠っている客室に近づくと影が逃げていく。閉まったドアの前で立ち止まり、そっとドアをノックした。返事はない。しばらくそのまま待っていると、室内から激しい衣擦れの音が聞こえてきた。ロッティーはノブを回し、寝室に入った。

「ニック？」

彼は腰のまわりにシーツをからみつかせて、うつぶせで大の字になって寝ていた。呼吸は荒く、両の拳を握りしめ、わけのわからないうわごとをつぶやいている。顔はびっしょり汗をかいて光っている。どうしたらいいのか悩みながら彼をじっと見つめる。この人をこんなに苦しめているものはいったい何なのだろう。怒り、あるいは恐怖、いやその両方がこの長い体をひきつらせるほどの苦しみを彼に与えている。彼女はランプをナイトテーブルに置き、彼に近づいた。

「ニック、起きて。ただ夢を見ているだけよ」。彼女は手を差し延べて、彼の肩のいかつい曲線に優しく手を置いた。「ニック——」

突然、彼女は凶暴な力の餌食になった。ひっつかまれて、ベッドの上に投げ出された。驚いてロッティーはきゃっと叫んだ。次の瞬間、ニックは彼女に馬乗りになり、彼女を両腿でしめつけていた。野獣のようなうなり声が聞こえてきて、ロッティーが見上げると、暗い非情な顔があった。そして彼は大きな握りこぶしを後ろに引いた。

「やめて!」彼女は両腕で顔を隠して、息を止めた。

こぶしが降ってくることはなかった。すべてが静かになった。震えながらロッティーは腕を下ろし、こわごわ彼を見ると、表情は変わっていった。悪夢にうなされた表情は退いていき、正気が徐々にもどってきた。彼はこぶしを下ろし、ぼんやりとそれを見つめた。それから視線をロッティーのほっそりとした体に移した。その目に怒りと恐怖が浮かび、彼女はすくみあがった。

「殺すところだったじゃないか」彼は動物のように白い歯をぎらりと光らせてロッティーをなじった。「ここで何をしているんだ? 二度と、眠っているときの僕に触るんじゃないぞ!」

「知らなかったの……どんな夢をごらんになっていたの?」

彼はしなやかな動きで転がって彼女から離れ、ベッドから立ち上がった。はあはあ息を切らしている。「何でもないんだ。本当に何でも」

「何かしてあげられたらと思ったのです」

「君にできることは、僕に近づかないことだ」と彼は怒鳴った。椅子の上に脱ぎ捨ててあった服を見つけて、急いでズボンを履く。

ロッティーはぶたれたように感じた。彼の言葉に自分を傷つける力があることがいやだった。それに彼の苦悩を思うとつらくてたまらなかった。ひとりで苦しまないでいてくれたらいいのに。

「出て行け」と彼は言って、クラヴァットやベストは無視してシャツと上着をさっと着込む。

「お出かけになるの？」とロッティーは尋ねた。「その必要はないわ。私は自分のベッドに戻りますから。それに――」

「ああ、出かける」

「どこへ？」

「さあね」彼女を見もせず、靴下と靴を拾い上げる。「いつ戻るかともきくな。そいつもわからないから」

「でも、なぜ？」ロッティーはおずおずと一歩踏み出した。「ニック、どうか、家にいてちょうだい。そして私に話して」

彼は警告するように彼女をにらみつけた。傷を負った動物のように、その目は凶暴な光を放った。「出て行けと言ったはずだ」

顔から血が引いていくのを感じながらロッティーはうなずいて、ドアに向かって歩いて行った。しきいのところで立ち止まると振り返らずに言った。「ごめんなさい」

彼は答えなかった。

ロッティーは唇の内側を噛み、目の端に涙がじわっと出てくるのを感じて自分をなじった。彼女は素早く自分の部屋に戻った。心はぼろぼろだった。

ニックは次の日の夜になっても帰ってこなかった。ロッティーは不安でたまらなかった。どうしたらいいかわからず、何かで気を紛らそうとしたが、結局彼女の心配を和らげてくれる気晴らしは見つからなかった。従僕をつれて長い散歩に出かけ、針仕事に精を出し、読書をし、トレンチ夫人が獣脂のろうそくを作るのを手伝った。

トレンチ夫人も他の使用人たちもそれとなくロッティーに気を遣ってくれた。昨晩の話は、思った通り、ひとことも語られることはなかったが、彼らは夫婦のあいだに何かあったことは察していた。使用人たちはすべてを承知しているが、主人のプライベートな生活の詳細を知っているとは決して認めないものなのだ。

ロッティーは夫の行方を案じながら、何か無謀なことをしているのではないかと思いをめぐらせていた。あの人は自分の面倒は自分で見られる人なのだから大丈夫、と思ってはみるのだが、だからといって心配が消えるわけではない。彼は度を失うほど狼狽していた。その怒りは、もしかすると私を殺したかもしれないという恐怖からきていたのではないかしら、と彼女は考えた。

でも私は彼の妻なのよ。こんなふうに説明もなしに置き去りにされるなんてひどすぎる。一日は冷酷なほど長く、やっと夜になって、ロッティーはほっとした。ひとりで夕食をすませたあと、ゆっくりと風呂につかり、洗いたての白いナイトガウンを着て、眠くなるまで雑誌を読んだ。堂々巡りの考えと長い退屈な一日に疲れ果て、深い眠りに落ちた。

真夜中をすぎたころ、ロッティーは毛布が引きはがされるのを感じて、濃い眠りの霧の中から目覚めた。意識が少しはっきりしてくると、背後にがっしりした体があって、マットレスが少し沈んでいるのがわかった。ニックだわ、とまどろみながら安堵する。あくびをしながら彼のほうを向く。部屋は真っ暗で顔を見分けることはできなかったが、慣れ親しんだ彼の温かい手が彼女を仰向けに寝かせる。大きな手のひらが彼女の胸の真ん中にそっと置かれる。それから彼女の手首を頭上に引き上げた。

ロッティーははっきりと目覚めて、小さな驚きの声を漏らした。両の手首に何かが巻きつけられる。何が起こっているのかよくわからないうちに、手首はヘッドボードにくくりつけられ、彼の下で両手をあげて体をまっすぐ伸ばしたかっこうにさせられていた。驚いて息を呑む。彼は彼女の上で猫のように背を丸めて動いている。呼吸が徐々に荒くなっていく。彼は木綿のナイトドレスの上から彼女の体をまさぐる。胸の曲線の下を、ウエストのくぼみを、お尻と腿のふくらみを指でたどる。彼の重みの位置が変わり、胸にキスし始めた。ドレスを濡らして、彼女のとがった乳首を吸う。彼は裸だった。熱い男の肌のにおいが彼女を包む。

頭がくらくらして、意識は朦朧としていたが、それでも彼女は考えていた。彼はこんなふうにされている私を、両手を頭上で縛られている私を求めていたのだ、と。その考えに彼女は怯えた。どんな形にせよ、彼女は拘束されるのが嫌いだった。しかし、同時に彼女は彼が求めているものを理解した。彼は無力な私を、私の絶対的な信頼を求めているのだ。何の制限も受けずに彼女を好きにできるという安心感が欲しいのだ。彼女の乳首の膨らみをぐるりとなめまわし、ゆっくりと舌で刺激して硬くとがらせ、湿った綿の布地の上から強く吸った。彼女はあえいだ。無言のまま身悶えて、ドレスを脱がせて欲しいと体で嘆願したが、彼は体を下のほうに移動させただけだった。体の横を彼の筋肉質の腕がはさんでいる。

ロッティーは親指と人差し指で手首を固定しているものをつかんだ。それは彼女の絹の靴下だった。腕が軽く引っ張られているせいで反応がさらに強まるように思われ、電気のように興奮が体を駆け抜けた。

彼の口は彼女の腹の上にあり、薄い布地を通して熱い息が肌にかかる。彼はからかうように彼女の体に軽くかみつき、のんびりと愛撫しているが、早い息づかいは興奮を隠せない。彼は手で彼女の腿を少し開いた。綿生地の上から股間にキスをする。ロッティーは彼に体を押しつけた。どうすることもできず手を握ったり開いたりして、かかとをマットレスに食い込ませる。彼はゆっくりと彼女を愛撫したあと、また胸のところに戻ってきて、からみつくナイトドレスの上から優しくなでまわした。早くドレスを脱がせてくれなければ、頭がどうかなりそうだった。全身の肌は熱く燃えあがり、敏感になっていて、薄い布地が触れるだけでひりひりした。

「ニック」と彼女は息も絶え絶えに言った。「ドレスを、ドレスを脱がせて。お願い」

　彼は指を二本、彼女の唇に軽くあてて黙らせた。彼女が静かになると、彼は親指で彼女の頬のカーブを羽のように軽くなでた。ドレスの裾に手を伸ばし、上に引きあげると、彼女は嬉しさにすすり泣いた。冷たい風にさらされて彼女の脚はぶるっと震えた。彼が服を脱がすのを助けるために身をよじらせたので絹の靴下が手首を引っ張った。木綿のドレスは胸元までめくられ、わずかに乳首の硬い先端にかかっている。

　ニックの手はさぐるように彼女の腹から内腿の肌を滑っていく。指先で巻き毛をなでると、しっとりと湿った部分が見つかる。そしてその欲望のくすぶるデリケートな肉にそっと触れる。彼女は脚を広げる。全身が予感でどくんどくんと脈打つ。彼の手が離れたので、彼女は彼を求めてすすり泣いた。中指の先端で彼は彼女の上唇の端の敏感な部分をたどる。彼の指は塩辛い彼女の愛液で濡れていて、指が触れた跡にはその香りが残った。突然、彼女の鼻孔は自らの興奮の香りで満たされ、それは呼吸のたびに肺を満たしていった。

　ゆっくりとニックは彼女を横に向け、筋肉の緊張を調べるかのように彼女の腕をさすった。自分の体を彼女の背中につけ、首の後ろを口で愛撫する。彼女は後方に体を押しつけ、彼の硬くなったペニスにお尻をすりつけた。彼女は彼に触れたかった。後ろを向いて、硬く濃い胸毛をなで、硬い性器の重みを感じ、その絹のような銃身を握りしめたかった。しかし、このかっこうではそれはかなわず、ただ彼の思い通りにされるのを待つしかなかった。

彼は片腕を上になっている方の彼女の脚にかけて少し持ち上げた。彼女はペニスの腫れた先が自分の中に入ってくるのを感じた。ほんの二、三センチほど入れただけで、からかうようにそこで止めて、すべてを受け入れたくてたまらない彼女をじらす。ロッティーは激しく体を震わせ、首の後ろにキスされると声にならない懇願をあえぎで伝えた。ペニスの頭部だけを入口に入れたまま、彼の手は彼女の体を探り始めた。乳首を絶妙なタッチで引っ張り、お臍のまわりを丸くなでる。徐々に愛撫は中心に向かい、優しく巧みな指が濃い茂みに沈んでいく。

汗をかき、うめきながら、ロッティーは彼の甘くいじわるな指先に波打つ体をすりつけた。彼のすべてが自分の中に入ってくるのを感じた。それは彼女を完璧に満たし、彼女は鋭く叫んだ。歓喜に貫かれ、彼女は体をぶるぶる震わせた。

ニックは彼女が静かになるまで待った。それからおもむろにポンプのような動きを始めた。その安定した確かな動きは彼女に快楽の津波をもたらした。彼女は大きく口をあけてはあはあと息をし、再び絶頂に達したときには、しぼりだすようなうめき声をあげ、手首に巻かれているシルクの靴下を強く引いた。彼はさらに強く突いてきて、彼の腰と彼女の腰が甘くぶつかりあった。食いしばった歯のあいだから、彼の荒い息が漏れる。彼の激しい動きにベッドが揺れた。ロッティーは自分がか弱くもあり、力強くもあるように感じた。彼が私を所有しているように、私は彼をたしかに所有している。彼の手の下でロッティーの心臓はどきんどきんと激しく打っている。そして彼女の肉体は彼をすっぽりと包んでいる。彼は彼女の中で緊張し、それからびくんびくんと痙攣しだした。彼は唇を開いてあえぎ、彼女の首筋にその熱い息がかかった。

長い時間、彼女は彼の大きな硬い体にぴたりと体をつけたまま横たわっていた。彼が彼女の手首を解放したときには、軽いうめきを漏らした。彼は手首を優しくさすり、それから彼女の濡れた秘部に手を当てた。彼の呼吸が鎮まっていく。彼が自分の横でまどろみ始めているのではと思うと、ロッティーの心は躍った。突然、彼が一晩中同じベッドで眠ってくれること以上に欲しいものはないという気持ちに襲われた。しかし、やがて彼は起き上がった。身をかがめて彼女の胸にキスをし、感じやすい頂点のまわりをぐるりとなめた。

ベッドを出て行くニックに、いっしょにいて、と声をかけたくなるのをロッティーは唇を噛んで我慢した。いつものように拒絶されることはわかっていたから。ドアが閉まり、彼女はひとりぼっちになった。彼女の体は満足して疲れきっていたし、肉体は心地よくうずいていたが、まぶたの裏に涙がたまってくるのだった。彼女は悲しんだ……自分のためでなく、彼のために。そして強く求めた……彼を慰めたいという危険なほどの欲求。そんなことをしたら、彼は彼女にひどく腹を立てるだろうけれど。そして最後に、彼に深い愛情を感じた。彼女はこの男のことをほとんど何も知らないけれど、彼は救いの手を必要としていた。彼女自身が必要とするよりもはるかに強く。

翌朝、ロス卿から小包が届いた。中身は精巧な封印がなされた文書の束と、一週間後に開かれる舞踏会への招待状だった。ロッティーがダイニングルームに入っていくと、ニックがひとりでテーブルについていた。彼の前には食べかけの朝食の皿が置かれている。彼は手にした分厚い羊皮紙から顔を上げて、ロッティーを見た。彼女を見つめる彼の目の色は深みを増す。まばたきもせず彼女をじっと見つめたまま、彼は立ち上がった。

ロッティーは頬がみるみる紅潮して、真っ赤に輝くのを感じた。とりわけ情熱的な夜をすごした翌朝には、いつものニックなら彼女をからかうか、彼女の気持ちをほぐそうと微笑みながら、何か日常的な話を始めるのだが、今日は違った。彼の顔は緊張しており、目は殺伐としていた。ふたりのあいだで何かが変わったのだ。以前の気安い関係は消滅してしまった。ぎこちなく、彼女は彼が手にしている紙を身ぶりで示した。「あれが届いたのですね？」

「あれ」が何を意味するかははっきり言うまでもなかった。

ニックは軽くうなずき、また召喚状に視線を戻した。

いつもどおりに見えるように努力しながら、ロッティーはサイドボードに行き、覆いのかかった皿から朝食を取った。ニックは自分の隣の椅子を引いて彼女を座らせ、自分ももとの席に腰掛けた。彼はわき目もふらず朝食を食べている。そこへメイドがやってきて、湯気の立つ熱い紅茶のカップをロッティーの前に置いた。

メイドが部屋を出て行くまで、ふたりは黙っていた。

「来週の土曜に舞踏会がある」とニックは彼女のほうを見ずに、さらりと言った。「ドレスは間に合うかな」

「ええ。舞踏会用のドレスはもう仮縫いが済みました。何カ所か小さな手直しが要るだけでしたわ」

「よかった」

「怒っていらっしゃるの？」

彼はナイフを取り上げて、それを憂鬱そうにながめ、硬くなっている親指の腹をその刃の先でひっかいた。「なんだか、もうどうにでもなれというような気がしてきた。王室や大法官から話が広まり始めている。もう動き出してしまった以上、だれにも止めることはできない。ロス卿は舞踏会で僕らをシドニー卿夫妻と紹介するだろう。そしてその時点で、ニック・ジェントリーは死ぬんだ」

ロッティーは一心に彼を見つめていた。彼の妙な言い方が気にかかる。「ニック・ジェントリーの名前がもう使われなくなる、とおっしゃりたいのね。あなたはシドニー卿としてちゃんと生きていく。ふたりきりのときはジョンと呼ぶようにしたほうがいいのかしら」

彼はあからさまにいやな顔をして、ナイフを置いた。「いいや。僕は世間の人々の前ではシドニーとして生きていく。しかし、家では自分が選んだ名前にしか返事をしない」

「わかりました……ニック」ロッティーは砂糖を紅茶にたっぷり入れ、熱く甘いお茶を飲んだ。「何年もその名前ですごしてきたのですものね。本物のニック・ジェントリーがするはずだったよりも、あなたのほうがその名前にたくさんの名誉を与えてきたと思うわ」彼女の何気ない言葉に彼は妙な目つきを返した。非難と懇願が混ざった目つきだった。いきなりある考えがひらめいた。そうだ、本物のニック・ジェントリー、牢獄船でコレラで死んだという少年こそ、彼を苦しめている秘密の中核をなす人物なのだ。ロッティーはぼんやりと紅茶をのぞきこみ、軽い調子で話そうと努めた。「どんな少年だったのかしら。話していただいたことはなかったわね」

「彼は孤児だった。母親は窃盗の罪で絞首刑になったそうだ。小さい頃から浮浪児として暮らし、最初はプディング・シャマーをしていたんだが、やがて一〇人の仲間を率いる頭目になった」

「プディング・シャマー？」

「生きるために食べ物をかっぱらうのさ。犯罪者の中でももっとも下等な部類だ。乞食を除いてね。しかし、ジェントリーは呑み込みが早く、すぐに熟練した泥棒になった。ある家に盗みに入ったところをとうとう捕まって、牢獄船に送られた」

「そこで彼と親しくなったのね」

ニックは遠い目をしながら長く眠っていた記憶を掘り起こしている。「奴は強くて、利口だった。浮浪児として長く暮らしていたから、鋭い本能を持っていた。彼は牢獄船で生き残るすべを僕に教えてくれた。ときには守ってくれたこともあった……」

「守る？　何から？」。ロッティーはささやくように言った。「看守から？」

彼は夢想から覚めて、まばたきをし、現実の世界にもどってきた。彼は自分の手を見下ろした。その手はナイフの柄をきつく握りしめていた。慎重にその光る物体をテーブルに置き、椅子を後ろに押した。
「しばらく出かけてくる」その声からは何も読み取れない。「今晩は夕食までに帰ると思う」
ロッティーも同様にあいまいな調子で答えた。「わかりました。いってらっしゃい」

その日から一週間、昼と夜の激しい違いにめまいを起こしそうな日々が続いた。ロッティーの昼の時間はこまごました用事やささいな日常の問題に忙殺されていた。いつニックに会えるかはまったくわからなかった。彼は思うがままに出かけていき、好きな時間に帰ってきたからだ。夕食のときには彼は外での出来事をいろいろ話した。投資パートナーや銀行家と話し合ったり、ときおりボウ・ストリートに出かけていって、過去の仕事に関係することについてグラント卿から相談を受けたりしているらしい。昼間のニックとロッティーの関係は心の通い合った楽しいもので、会話もはずんだが、それでも他人行儀なところはかすかに残っていた。

ところが夜となると話は別だった。彼はほとんど常軌を逸しているとも言えるほどの激しさで彼女を愛した。彼女にショックを与えるようなテクニックを使い、彼女の体の隅から隅までを情熱的に愛撫した。野性に帰ったような性急さで交わることもあれば、どちらもがそれを終わらせたくないと思っているかのようにゆっくり、のんびり愛し合うこともあった。彼にはまた、思いがけないユーモラスな瞬間が訪れることもあった。彼にいたずらされたり、からかわれたり、あるいは恥ずかしくてとてもできないような格好をしろと言いくるめられて、しまいには彼女はくすくす笑い出してしまうのだった。

けれども、どんなに夜が楽しくても、ロス卿が彼の正体を発表し、ふたりの運命が大きく変わってしまう日が刻々と近づいてくる。ロッティーは夫が舞踏会を恐れていることを知っており、そのあと彼が新しい情況に適応しようともがく数カ月間はきっとたいへんだろうと思った。だが彼女は、自分は彼の支えになれると確信していた。この結婚を始めたときには、彼がどんな形にせよ彼女を必要とすることは決してないと思っていた。ましてや、彼を助けることに満足感を覚えるようになるとは夢にも思っていなかった。でもいま彼女は、自分は協力者なのだと感じるようになっていた。あるいはパートナー。そしてときおり、ほんの一瞬だが、彼の妻である、と。

そしてとうとう、舞踏会の夜がやってきた。ロッティーは仕立て屋でソフィアのアドバイスを受け入れておいてよかったと感謝した。ソフィアは、ロッティーの美しさをひきたてる柔らかな色の、若々しく貴婦人らしいスタイルを勧めてくれた。ロッティーが今夜のために選んだドレスは、淡いブルーのサテンに白いチュールを重ね、大きくえりぐりがあいて肩が露出するデザインのものだった。ロッティーは寝室の真ん中に立ち、トレンチ夫人とハリエットがふわりとしたドレスを彼女の頭からかぶせて着せ、硬くふくらんだサテンのそでに腕を通すのを手伝った。そのドレスはハンプシャーの舞踏会で見かけたどのドレスにも負けないくらい、いやそれらよりもずっと美しかった。これから出かけていく舞踏会を想像し、彼が彼女を見たときどんな反応を見せるかと考えると、興奮で頭がふらふらするほどだった。

頭がふらつくのは、そのせいばかりではなかった。コルセットの紐を尋常でない強さで締めているからだ。それでようやくトレンチ夫人は体にぴったりのドレスを着せることができた。コルセットの補強帯や紐に締め付けられて顔をしかめながら、ロッティーはふたりの召使にドレスを調えてもらっている鏡の中の自分を見つめた。透明な白いチュールには、白い絹糸で薔薇の刺繡が施されていた。白いサテンの靴、長いキッド革の手袋、刺繡のついたガーゼハンカチで最後の仕上げをすると、まるで王女にでもなったような気分だった。唯一の欠点は、まっすぐな髪だった。どんなに熱いこてをあててもその髪はカールすることを拒絶するのだった。長い巻き毛をピンで止めて上から流す試みを何度かやって失敗したあと、ロッティーはあきらめてシンプルに三つ編みを頭のてっぺんでぐるぐる巻きにして、そのまわりにふんわりとした白い薔薇を飾ることにした。

ハリエットとトレンチ夫人が仕事のできばえを確かめるために数歩下がると、ロッティーは笑いながら、ぐるりと回転して見せた。ふわりと舞い上がる白いチュールの下で青いスカートが丸く広がった。

「とてもお美しいですわ、奥様《ミレディー》」とトレンチ夫人は心から誇らしげに言った。

トレンチ夫人が貴族の女主人に対して召使が使うミレディーという言葉を使ったので、ロッティーは回るのを途中で止めて、不思議そうな笑顔でトレンチ夫人を見つめた。ニックは自分の本当の名前と爵位を取り戻すことになったことを使用人に告げようとしなかったので、その仕事はロッティーに託され、彼女は使用人たちに旦那様は実は貴族の血を引いておられたのですと話した。最初彼らはびっくりしたようだったが、驚きが去ると、主人が貴族の一員であることを少なからず喜んでいるようだった。貴族の家に仕えているとなると、世間での彼らの地位も大いにあがるのである。

「ありがとう、トレンチ夫人。いつもながら、あなたがいなかったら今夜のことはどうなっていたことか。これからいろいろ大変になると思いますから、よろしくお願いしますね」

「はい、ミレディー」家政婦の顔はこれからの生活に対する期待で輝いていた。ロッティーは彼女に、ウースターシャーの屋敷でまったく新しい生活を始めなければならないこと、そしてそれには手始めとして、少なくとも三〇人の使用人を雇わなければならないことを話した。トレンチ夫人は新しい使用人の選択と雇用に大きな責任をもつことになる。

ロッティーは部屋を出た。ドレスがサラサラと衣擦れの音を立てる。大階段をおりていくと、ニックが玄関広間で待っていた。彼の体はいまにも獲物にとびかかろうとしているヒョウのように緊張している。肩幅の広い体に、フォーマルな黒の上着、銀色のベスト、チャコールグレーの絹のクラヴァットをつけた姿は非の打ち所がなかった。栗色の髪にはきちんと櫛が入れられ、髭を剃ったばかりの顔は艶々しており、男性的でありながらとても優雅に見えた。彼は頭を妻のほうに向けた。すると突然、焦燥感をたたえて細められていた目が、驚きで大きく見開かれた。

その眼差しを見て、ロッティーの心にみるみる喜びが広がっていった。彼女はわざと時間をかけて彼に近づいていった。「子爵夫人に見えるかしら」

彼は唇をゆがめて言った。「いや、ロッティー、僕はこんな子爵夫人を見たことがない」

彼女は微笑した。「褒めていただいたのかしら」

「もちろんさ。実際……」ニックは手袋をはめた彼女の手をとり、最後の段を降りるのを助けた。ロッティーから視線を外さず、彼女の指を自分の指でしっかり握りながら、その軽い質問に彼女を驚かせるほどの重々しさで答えた。「君は世界でもっとも美しい女性だ」彼の声はかすれている。

「世界ですって？」彼女は笑いながら繰り返した。

「『きみは美しい』と言うとき、僕はどのような比較も拒否する。ただ、君がより美しく見えるのは、裸でいるときだけだとつけ加えておこう」

彼の大胆な言葉に彼女は笑った。「残念ながら、私は今夜、ずっとドレスを着たままでいるつもりですから、あきらめていただかないと」

「舞踏会が終わるまでだ」と彼は言い返す。そして手袋の指の先をひとつずつ引っ張って、手袋をゆるめ始めた。

「何をなさっているの？」とロッティーは尋ねた。突然息が苦しくなる。

彼の青い目が彼女をいじめる。「手袋を脱がせているのさ」

「何の目的で？」

「君の手を崇めるために」手袋を脱がせると、彼はそれを近くの階段の手すりにかけ、先端が細くなっている彼女の指に口を近づけた。ロッティーは彼が一本ずつ指にキスするのを見つめた。熱い唇が肌に感じられる。優しいキスが手のひらの真ん中で終わった頃には、腕全体がうずいていた。彼女の手をおろし、ニックは考え込むようにじっとその手を見ている。

「何か足りないな」彼はポケットに手を入れてささやいた。「目を閉じて」

ロッティーはかすかに微笑んで従った。薬指に冷たく重い物が滑り込んできて、指の付け根にぴたりとはまった。それが何なのかすぐに気づいて、彼女は目を開き、ため息をついた。それは巨大なドーム形のサファイアの指輪だった。夫の輝く瞳の深い青さに迫るような青い宝石が金の台座にはめ込まれ、そのまわりを小粒のダイヤモンドがぐるりと取り囲んでいる。しかしそのサファイアの注目すべき点は、なめらかな石の表面で躍る光の星だった。その星は光線の加減で、石の上を移動した。あまりの見事さに胸を打たれて、ロッティーはニックの浅黒い顔を見上げた。

「気に入ったかい？」

言葉が出てこない。彼女は彼の指をきつく握り、口をぱくぱくさせるばかりで、なかなか声が出せない。「こんなに美しいものを見たのは初めてです。このようなものをいただけるなんて、考えてもいませんでした。なんて気前がいいのでしょう！」彼女は衝動的に彼の首に手を巻きつけ、頰にキスをした。

ニックは彼女を抱きしめた。熱い息が首の横に感じられる。そして彼の手はレースで覆われた彼女の背中をやさしくなでている。「君が欲しがるものは何でもあげる。知らなかったのかい？　どんなものでもだ」と彼は優しく言った。

彼に表情を見られたくなくて、ロッティーは顔をそむけて彼に寄りそった。彼は考えずにしゃべっているのだ。でなければ、その言葉にはおそらく彼女がそうあってほしいと願う内容はこめられていないのだ。彼も、いま何を言ったのかを突然認識したのか、体をこわばらせ、さっと一歩退いた。おそるおそる彼の顔を見ると、慎重に感情は隠されていた。彼女は黙ったまま、彼に落ち着きを取り戻す時間を与えた。

なんとか冷静さを取り戻そうと彼は頭を振った。再び彼女を見た彼の目には自嘲を含んだ明るさがあった。「そろそろ出かけようか、シドニー卿夫人？」

「はい、ニック」と彼女は小声で答え、差し出された彼の腕に手をかけた。

ロス卿は、もっとも上流の階級に属する友人であるニューカッスル公爵を説き伏せて、今夜の舞踏会の主人役を務めてもらった。その場で長らく消息不明になっていたシドニー卿が紹介されることになっている。結婚して四〇年になる公爵夫妻は著名人であり、人々から大いに尊敬されていた。彼らの文句のつけようのない評判は、今回の状況にたいへん役立つだろう。悪名高いニックのような男にとって、立派な保証人がどうしても必要だった。

公爵のロンドンの屋敷は、ちまたでは「大事な屋敷」と呼ばれており、お客が家の中でよく迷子になってしまうほどの巨大な邸宅だった。居間、朝食用の部屋、コーヒーを飲む部屋、喫煙室、図書室、大きなダイニングルーム、狩り用の大広間、音楽室、書斎など、数え切れないほどたくさんの部屋があった。応接室は五〇メートル四方もあるかと思われるほどの広さで、磨きぬかれた寄木細工の床が、二階上から吊りさげられている六つの豪華なシャンデリアの光を反射していた。上の階にも下の階にもバルコニーがついているので、応接室を抜け出して噂話に花を咲かせたり、こっそりと恋人と語り合うのに絶好の隠れ場所もたくさんあった。

舞踏会に出席した客は少なく見積もっても五〇〇人にのぼり、その多くが輝かしい身分ゆえに招待されていた。ソフィアがニックに率直に語ったところによれば、この特別な催しへの招待はある種の名誉と受け取られており、欠席した場合、招待を受けなかったのではと誤解されると心外なので、だれもが何としてでも出席しようとしているとのことだった。

公爵夫妻に紹介されたニックは、心から感謝しているふうを装った。夫妻はどちらも生前のニックの両親を知っていた。ニックがお辞儀をしながら、公爵夫人の手袋をはめた手をとると、「お亡くなりになったお父様と本当によく似ていらっしゃるわ」と彼女は言った。小柄だが優雅な女性で、銀髪にダイヤモンドのティアラをつけ、首にはパールの首飾りを何重にも巻きつけ、重すぎて彼女がバランスを崩してしまうのではないかと心配になるほどだった。「あなたのご両親がどなたであるか知らされていなかったとしても、あなたを見ただけですぐにわかったことでしょう。その目……ええ、あなたはまさにシドニー家の血を引いている。ご両親をいっぺんに亡くされるとは、さぞかしおつらかったことでしょう。船の事故でしたわね？」

「はい、公爵夫人様」ニックが聞いた話では、船上パーティで船が転覆して母が溺れ、父も彼女を助けようとして命を落としたのだった。

「なんたる悲劇」と公爵夫人は言った。「とても仲むつまじいご夫婦でした。でも、そう考えるといっしょに天国に召されたことはおふたりにとって幸せだったのかもしれませんね」

「真に」ニックはいらだちを隠して物柔らかにあいづちを打った。両親の死後、同じような言葉を何度も聞かされた。ふたりがいっしょに旅立てたのは運命の慈悲だと。だが残念ながら、シドニー家の子どもたちはそんなロマンチックな考えには同意できはなかった。両親のどちらかひとりが生き残ってくれていたらどんなによかっただろう。ニックはさっと視線を姉に向けた。彼女はすぐ近くにロス卿と並んで立っており、公爵夫人の話が聞こえたのだろう。わずかに目を細め、弟と苦い微笑を交わし合った。

「公爵夫人様」その場の気まずさを和らげるようにロッティーは小声で挨拶した。「このたびはお招きにあずかり、ご親切に心から感謝いたします。シドニー卿と私は、この特別な舞踏会を開いてくださった公爵様ご夫妻のお心の広さを一生忘れることはございません」

そのお世辞に気を良くしたらしく、公爵夫人はしばらくロッティーと話した。一方、公爵は晴れがましい笑顔でニックに話しかけた。「素晴らしい女性を妻に選んだようだな、シドニー。落ち着きがあり、誠実で、しかもたいへん美しい。君はまったく運がいい」

ニックはもちろんのこと、それに反論を唱える者はいなかっただろう。ロッティーはその夜の新しい星だった。ドレスは流行のものであったが、垢抜けすぎてはいず、ゆったりとした微笑と、凛とした姿は、若い女王のようだった。豪華な広間も数百もの好奇心に満ちた目も、彼女の冷静さを乱すことはないように思われた。上品で美しい姿を見る限り、その無垢な外見の下に鋼の層が隠されていると見抜く人はいないだろう。かつて両親に背き、自分の知恵と勇気で二年間を生き抜き、手ごわいボウ・ストリートの捕り手と対等にやりあう女性だとはだれも思わないだろう。

公爵が他の客を迎えているあいだ、公爵夫人は銀髪を淡い金髪に近づけてロッティーと話し続けた。

ソフィアは弟に近づいて、扇で口元を隠しながらささやいた。「ね、言ったとおりでしょ」

ニックは苦笑いをして、ロッティーはあなたにとって大きな財産になるわ、と言った姉の言葉を思い出した。「姉さんときたら、まったく、むかつく言い方をするね」

「彼女はとてもかわいらしい人よ。あなたなんかには、もったいないわ」とソフィアは弟をからかうように目を輝かせる。

「僕だっていつもそう言ってるだろう」

「どうやら彼女も、あなたのことがかなり好きみたい。ま、私があなたなら、自分の幸運を当然のこととは考えないわね」

「好き」とニックは注意深く繰り返した。いきなり脈が速くなるのがわかった。「どうしてそんなことがわかるんだ?」

「そうねえ、このあいだ、彼女は――」とソフィアは言いかけて、到着したばかりのカップルに目を留めた。「まあ、ファーリントンご夫妻だわ。奥様は先月ご病気だったの。様子をおうかがいしなくては」

「待てよ」とニックは強い調子で言った。「最後まで話せ！」。しかしソフィアはすでにロス卿を連れて、いなくなっていた。おあずけをくらって憤然としているニックを残して。

公爵夫人から解放されたロッティーは、ニックの腕をとり、いっしょにさまざまなグループの人々の中に入っていった。彼女は軽い社交的な会話の名人だった。長い話に引き込まれない程度に愛想よく話をしながら、客から客へと優雅に移動し、以前に会った人の名前はきちんと覚えていた。もしニックが彼女を残してその場を離れ、喫煙室やビリヤード室で男の友人の仲間入りをしても、ロッティーならまったく問題なくやっていけただろう。しかしニックは、妻の一挙一動を追う物欲しげなたくさんの視線に気づき、彼女のそばから離れなかった。ときおり、彼女の背中に手をあて、それを見た男ならだれもが理解する所有のジェスチャーを示した。

にぎやかな音楽が会場を満たした。上のバルコニーにずらりと並べられた鉢植えの後ろに上手に隠されたオーケストラが演奏しているのだ。混み合った舞踏室を歩きながら、ロッティーは控えめにニックに甘えた。彼の胸の高いところに、誘うように軽く手をかけ、背伸びをして彼の耳元でささやいた。彼女の唇が彼の肌をかすめて通る。うっとりと酔いしれて、ニックは彼女の髪に差した白い薔薇の香りを吸い込み、胸の谷間に軽くはたいた良い香りの白粉の粒が見えるほど体を近づけた。

突然、ロッティーの注意は数人の女性たちに向けられた。そのうちのふたりは、目を丸くしてこちらを見ている。「ニック、メードストーンを去って以来、会っていなかった友人よ。彼女たちと話がしたいわ。紳士たちの集まりに加わっていただける？　学校時代の噂話を聞かされたくはないでしょう」

ニックは邪魔者扱いされてはなはだ不満だった。「わかった」と彼はそっけなく言った。「ビリヤード室にでもいくとしよう」

ロッティーは長い睫毛ごしに、誘うような眼差しを投げかけた。「最初のワルツを踊るときには、私を迎えに来ると約束してくださる？」

どうやらうまく操られているようだと感じながら、ニックはしぶしぶ承諾し、ロッティーが彼女を待つ女性たちのほうへ滑るように去っていくのをながめた。驚いたことには、彼は喪失感にうちひしがれてそこに立っているのだった。ひとりの小柄な女性に魅入られてしまい、まともに考えることもできなくなっていた。常に自信に満ちていた彼だが、いまや妻にいいようにあしらわれる危機に瀕していた。

その驚くべき発見について考えていると、義兄の太く低い声が聞こえてきた。

「どうやら、我らは同類のようだな、シドニー」

振り返るとロス卿が立っていた。どうやらロス卿は神通力で彼の気持ちを理解しているようだった。灰色の瞳はおもしろがるようにきらめき、同類相憐れむといった口調で続けた。

「どんなに固く決心しようとも、結局気がつくと我々はひとりの特別な女性への抑えがたい愛情の奴隷になってしまうのだよ。君はつかまってしまったのだ、我が友よ。さっさと観念したほうがいい」

ニックはあえてそれを否定しようとはしなかった。「あなたよりも賢くやるつもりだったのですが」とぶつぶつ言う。

ロス卿はにやりとした。「これは、知性とは何の関係もないものだと考えようじゃないか。もし我々の知性が、人を愛しても変わらずにいられる能力で判断されるのなら、私は世界一の大馬鹿者ということとなる」

愛という言葉はニックをたじろがせた。「キャノン、あなたを黙らせるにはどうしたらいいんですか」

「そうだな、一八〇五年もののコサート・ゴードンのワインなら手を打とう。たしか、ビリヤード室に一箱運び込まれていたようだったが」とロスは茶目っ気たっぷりに答えた。

「では行きましょう」ふたりは大またで舞踏室をあとにした。

「ロッティー・ハワード」ふたりの若い女性が走りよってきて、三人は固く手を握り合い、嬉しさを隠し切れないようすでくすくす笑いあった。メードストーンの厳格な躾がなかったならば三人は、貴婦人らしからぬ歓声をあげていただろう。

「サマンサ」ロッティーは暖かい声で呼びかけ、いつも優しい姉のように感じていた背の高い黒髪の魅力的な女性を見つめた。「そして、アラベラ!」アラベラ・マーケンフィールドは学校にいたころのままだった。少しふっくらとしているが美しい女性で、かわいらしく、赤みがかったブロンドの巻き毛を磁器のような白い額に垂らしている。

「私はいまレキシントン卿夫人なの」とサマンサは、誇らしげに言った。「伯爵をつかまえたわ。まさしく、しっかり堅実な財産のある人よ」腕をロッティーのウエストにまわし、彼女の向きを少し変えた。「ほら、あの、温室のドアの近くに立っている人よ。背が高くて、髪が薄い。わかる？」

ロッティーは四〇代前半と思われる陰気な顔つきの紳士を見つけてうなずいた。長く細い顔とは不釣合いな大きな目をしている。「とても感じの良さそうな紳士ね」とロッティーが言うと、サマンサは笑った。

「うまく逃げたわね、かわいい人。私から先に言っておくわ。たしかに伯爵は見栄えがいいとは言えないし、ユーモアのセンスもないの。でも、ユーモアのセンスがある男って、神経にさわることも多いじゃない。それに、彼は正真正銘の紳士よ」

「本当によかったわね」とロッティーは心から言った。学校にいた当時から、サマンサはまさにそのような結婚を心から望んでいたのだった。「で、アラベラ、あなたは？」

「私は昨年シーフォース家に嫁いだの」とアラベラはくすくす笑いながら打ち明けた。「彼らの話はきっと聞いたことがあるはずよ。覚えているかしら。一学年上にシーフォース家の娘がいたのを」

「ええ」シーフォース家といえば、爵位はないが名家で、広い肥沃な農地を所有していると聞いていた。「まさかあなた、彼女のお兄さんのハリーと結婚したの?」

「あたり!」元気よく叫んだ、巻き毛が額の上で愉快に躍った。「ハリーはかなりハンサムだったんだけど、結婚してから樽みたいに太ってしまったの。でも、相変わらず魅力的。もちろん、爵位をいただくことは永久にないけれど、その代わり、私専用の馬車を持っているのよ。それから、本物のフランス人のメイドも。片言の妙なフランス語を話すロンドン子のメイドではなくね!」彼女はけらけら笑ってから、急に真面目な顔になって興味津々の丸い目でロッティーを見つめた。「さあロッティー、本当なの? あなたがいまシドニー卿夫人であるというのは」

「ええ」ロッティーはちらりと夫のほうを見た。彼はロス卿とともに、舞踏室から出て行くところだった。ふたりの長い脚は、ぴたりと足並みをそろえている。彼の姿を見ただけで、思いがけず誇らしい気持ちで胸がいっぱいになった。なんて男らしくて優雅なのだろう。上品な夜会服に身を包んでいると野性味あふれる美貌がさらに引き立つようだ。

「悪魔みたいにハンサムね」サマンサはロッティーの視線の先を追って、そう評した。「みんなが噂しているような悪い人なの、ロッティー?」

「とんでもない」とロッティーは嘘をついた。「シドニー卿は、どこにでもいるような穏やかな性格のとても優しい紳士よ」

その瞬間にニックが偶然彼女のほうをちらりと見たのは、実にタイミングが悪かった。彼の眼差しは彼女を燃えあがらせ、ドレスが灰になってしまうかと思われた。その目つきが意味するものを、そして舞踏会のあとで今夜何が起こるかを察して、ロッティーの体の芯は震えた。彼女はなんとか沈着さを保とうと努力した。

一方、サマンサとアラベラは、パチンと音をたてて扇を開き、ぱたぱたとあおぎ始めた。サマンサは声をひそめて言った。「彼があなたを見る目つき、明らかにみだらだわ」

「何のことか私にはわからないわ」ロッティーはとりすまして言ったが、頬が火照ってくる。

アラベラは絵の描かれている絹の扇で口元を隠して笑っている。「私のハリーがああいう顔をするのは、目の前にヨークシャープディングのお皿が置かれたときだけだわ」

サマンサの黒い目には鋭く好奇心の色が浮かんだ。「あなたのすべてがラドナー卿に所有されているという印象を私はもっていたのだけれど、いったいどうやって彼から逃れたの？　それから、この二年間、あなたはどこにいたの？　ここが一番大事な点なんだけど、いったいぜんたいどうやってニック・ジェントリーのような人を捕まえたの？　しかも彼が長い間消息がわからなかった貴族だったなんて、あまりにも話ができすぎていないこと？」

「でも、彼は本当にシドニー卿なのよ」とロッティーは即座に言った。

「結婚するときに、彼が子爵だと知っていたの？」

「いいえ」ロッティーは可能な限り簡単に説明しようと努力した。「まず、あなたたちも知っているように、ラドナー卿との結婚から逃れるために、私は学校を逃げ出した」

「メードストーンのたいへんなスキャンダルだったわ」とアラベラが口をはさんだ。「いまだに語り草になっているらしいわ。まさかあの優しく従順なシャーロット・ハワードがあんなふうにいなくなってしまうなんて、先生方や職員のだれもが想像できなかったそうよ」

ロッティーは恥ずかしくなってしばらく黙ってしまった。彼女は自分の行動を決して誇りに思っていなかった。ただ、あれしか方法がなかったのだ。「見つからないように名前を変えて、ハンプシャーのウェストクリフ伯爵夫人のコンパニオンとして働いていたの」

「あなたが働いた？」アラベラは畏敬の念に打たれて繰り返した。「さぞかしつらかったでしょうね」

「それほどでもなかったわ」ロッティーは苦笑した。「ウェストクリフ家の方々は親切だったし、私は未亡人の伯爵夫人が好きだったの。そこで働いているときにジェントリー様、つまりシドニー卿と知り合ったというわけ。会って間もなく、結婚を申し込んでくれて――」。

彼女は言葉を切った。あのウェストクリフ邸の書斎での光景が目に浮かぶ。暖炉の火の影が彼の顔で躍り、彼はその顔を私の胸に近づけて……。

「それで、私は申し込みを受け入れたの」顔が真っ赤になるのを感じて、あわてて彼女は言葉を続けた。

「ふーん」サマンサはロッティーのうろたえぶりに微笑んだ。まだ裏がありそうだと疑っているようだ。「きっととても印象的なプロポーズだったのでしょうね」

「ご両親はひどくお困りになったのでは？」とアラベラが尋ねた。

ロッティーはうなずいた。家族の反応は「困る」ではとても言い表せないものだったことを悲しく思い出す。

サマンサは彼女の気持ちを察して表情を曇らせた。「でも、永久に怒っていることはないわ、きっと」その現実的な見方は、ロッティーにとって同情よりもはるかに大きな慰めになった。「あなたの夫が噂されている半分も富裕なら、ハワード家は彼のような婿を迎えられたことをやがて非常に嬉しく思うことになるでしょうよ」

三人はそれからしばらくおしゃべりに花を咲かせ、近況報告をしたり、近いうちにお互いの家を訪問しあいましょうと約束したりした。ロッティーは時間が経つのを忘れていて、オーケストラが最近流行している「春の花」というワルツを演奏し始めたのを聞いてはっとした。そのメロディーが始まると多数の熱心なカップルが踊り始めた。ニックは最初のワルツは私と踊るという約束を覚えているかしら。ロッティーは部屋の隅のほうを探してみようと思った。友人たちに別れを告げ、彼女は一階のギャラリーのひとつを歩いていった。そこは彫刻を施した木の手すりと、観葉植物とピンクの薔薇で舞踏場から隔離されていた。何組かのカップルが、大きな花のアレンジメントの陰で親密な会話に夢中になっており、ロッティーは彼らのそばを通り過ぎるときにはかすかに微笑みながら、目をそらすようにした。

不意に腕をつかまれ、彼女はぎょっとした。きっとニックだろうと思って歩みを止めて、自分の手首をぎゅっとつかんでいる手を見下ろすと、それはニックの大きな四角い手ではなかった。長い、骸骨のように細い指が彼女の手首に巻きついていた。冷たい恐怖が背筋を走り、彼女は何年間も悪夢の中で聞き続けてきた声を聞いた。

「私を永久に避け続けることができると思っていたのか、シャーロット」

12

うろたえまいと気を引き締めて、ロッティーはアーサー・ラドナー卿の顔を見上げた。時が彼を驚くほど変貌させていた。二年ではなく一〇年もの時が流れたかのようだった。肌は太陽にさらされた骨さながらに不自然に青白かった。黒い眉と目が肌とは不釣合いにいやに目立った。苦しみによって刻まれた深い皺が、その顔を鋭く区切っていた。

ロッティーは、いつかはラドナー卿と会うことになるのを覚悟していた。心の底で、彼が憎悪の目で自分を見るだろうと思っていた。しかしいま、彼の目の中に見たものは憎悪をはるかに超えた危険なものだった。飢餓感。貪欲。性欲とは違う、もっと破壊的な何かだった。彼女は直感で悟った。彼の彼女に対する強烈な所有欲は彼女がいなくなったあとさらに激しさを増し、彼女の裏切りにより彼は死刑の執行を固く決意したのだ。

「ラドナー卿」彼女の唇は震えていたが、その声は冷静だった。「しつこいですわ。どうぞ、私の腕をお放しください」

それを無視して、ラドナーは観葉植物の陰に彼女を引き込んだ。彼の指が彼女の手首を万力のように締めつける。ロッティーは素直に彼に従った。自分の過去に関係するこの醜悪な出会いで騒ぎを起こし、夫の大事な夜を台無しにすることだけはすまいと思ったからだ。こんなにたくさんの人がいる部屋の中で怯えるなんてばかばかしい。いくらラドナーでも、ここで自分に危害を加えることはできないし、そんなつもりもないだろう。しかし、もし他の人がだれもいなければ、彼はその長い指を彼女ののどに巻きつけて絞め殺すことをまったくもって正当な行為だと信じて疑わないだろう。

彼はじろじろと彼女の姿をながめまわした。「おお、あの男はお前になんということをしたのだ。みだらな肉欲のにおいがする。お前が育ちの悪い田舎者に成り果てるのをかろうじて守っていた薄い薄い壁が、いまはすっかり取り払われてしまった」

「では」と手首をきつく握りしめられて痺れてきた手を握りしめながらロッティーは言い返した。「この手を直ちにお放しください。私のような者の存在によって汚されるのはおいやでしょうから」

「愚かな娘よ」とラドナーはささやいた。彼の黒い目の中に冷たい炎が燃えている。「お前は何を失ったのかまだ理解していないようだな。お前は私がいなくなったら自分がどうなってしまうのかわかっているのか。ただのクズだ。私がお前を造ったのだ。私はお前を社会の底辺から引き上げた。お前を完璧な貴婦人に造りあげるつもりだった。ところがお前は裏切り、家族に背を向けたのだ」

「私はあなたに援助は求めませんでした」

「ならばなおさら、感謝して私にひざまずくべきだったのだ。お前は自分のすべてを私に負っているのだ、シャーロット。お前の人生そのものを」

ロッティーは彼の常軌を逸した確信と言い争ってもらちが明かないと思った。「ではそういうことにしておきましょう。でもいま、私はシドニー卿の妻です。あなたは私を所有する権利を主張することはできません」

彼の口は邪悪な冷笑でゆがんだ。「私の権利は、そんなつまらない結婚の誓いなどを超越したものだ」

「あなたはショーウィンドーに飾られている商品のように私を買えると勘違いなさっているのですか」と彼女はさげすむように言った。

「私はお前の魂を所有しているのだ」と彼は小声で言った。そして骨が折れるほど彼女の手首を締めつけたので、その痛みで彼女の目に涙がにじんだ。「私は自分の魂とひきかえにそれを買った。私はお前に我が人生の一〇年を注ぎ込んだ。必ずそれに報いてもらうぞ」

「どのように？　私は別の人の妻です。それに私はいま、あなたに何も感じない。怯えや恐怖すら。ただ無関心なだけです。いったいあなたは私から何を取り戻そうというのですか」

いままさに腕が折れると感じたとき、ロッティーは背後に静かなうなり声を聞いた。ニックだった。彼は素早くラドナーとロッティーの間に入った。彼の腕が振り下ろされると――彼が何をしたのかはよく見えなかったが――ラドナー卿は苦痛の声をあげて彼女を放した。突然自由になったため、ロッティーは後ろによろめいたが、ニックはがっしりと彼女を胸に抱きとめた。彼女は自然に彼の腕の付け根に顔を埋めた。ラドナー卿に向かって話す彼の太いどすのきいた声が聞こえた。

「二度と彼女に近づくな。さもないと、俺はお前を殺す」それは静かな決意表明だった。

「生意気なブタめ」とラドナーはしわがれ声で言った。

安全な夫の腕の中から、ロッティーはラドナーをちらりと見た。青白い顔が灰色がかった紫色に変わっていく。ニックの手が彼女に置かれているのを見るのは、ラドナーにとって耐え難いことだったのだろう。ニックは伯爵をいたぶるように、ロッティーの首から背骨をやさしくさすった。

「よろしい」とラドナーは小声で言った。「シャーロット、私はお前を堕落にゆだねよう」

「行け」とニックは言った。「いますぐにだ」

ラドナーは立ち去った。退位させられた君主さながらに、激しい怒りに体を強ばらせながら。

どくどくと脈を打っている手首を反対の手でさすりながら、ロッティーは自分たちがギャラリーを通り過ぎる人々の好奇の目を集めていることに気づいた。そればかりでなく、舞踏室にいる人々の一部もただならぬ雰囲気を鋭く感じているようだった。「ニック」と彼女はささやいたが、彼は彼女が次の言葉を言う前に行動を起こした。

腕をまわして彼女を支えたまま、ニックは空のグラスを載せたトレイを運んでいく召使に合図した。「こちらへ来てくれ」

黒髪の召使が急いでやってきた。

「はい、何でございましょう」

「どこか休める部屋はあるかな」

召使は素早く頭を回転させた。「あの廊下をまっすぐいかれますと音楽室がございます。そこにはいまだれもいらっしゃらないと思います」

「わかった。そちらにブランデーを持ってきてくれ。急いで！」

「かしこまりました」

目がくらんでいたが、ロッティーはニックに伴われて廊下を歩いていった。舞踏室の優雅なざわめきが後ろに遠のいていくにつれ、彼女の心は混乱した考えでいっぱいになっていった。彼女の体は奇妙にもいつでも戦ってやるという興奮によってかき立てられていた。ラドナー卿に会うことを長い間恐れていたが、いざその場に立ってみると、不快感と高揚感と憤激と安堵が同時に訪れた。どうしてそれほど多くの感情をいっぺんにもつことができるのか、よくわからなかったけれど。

音楽室にはほのかに明かりが灯されており、ピアノやハープ、そして譜面台などが壁に深く影を落としていた。ニックはドアを閉じ、ロッティーのほうを向いた。広い肩が彼女にのしかかってくるようだった。こんなに厳しい彼の顔をロッティーは見たことがなかった。

「私は大丈夫です」とロッティーはいつもより高い声で言い、くっくっとのどから忍び笑いをもらした。「本当よ。そんなに恐い顔をしなくても――」彼女はまた笑いたくなって話を中断した。ニックったら、私がおかしくなってしまったと思っているんだわ。でも、違う。

もっとも恐れていたことに直面してしまったら、やっと自由になれたという狂おしいほどの喜びがやにわに押し寄せてきたのだ。だが、それをうまく説明することはできない。「ごめんなさい」と彼女は有頂天になって言った。安堵の涙で目頭も濡れている。「私は、ただ……私はずっとラドナー卿を恐れていました。でもいま、彼に会ったら、彼が私に及ぼしていた力は消えていたことがわかったの。彼は私にもう何もできない。彼に対してどんな義務も感じない。しかも、そのことに罪の意識も覚えなかった。重荷はなくなっていたのです。恐怖すら。なんだかとても不思議……」

彼女は震えながら笑い、手袋をはめた指で目頭をおさえた。ニックはそんな彼女を抱きしめてなだめようとした。「大丈夫だ……もう大丈夫だ」とささやきながら、彼女の肩と背中をなでた。「深く息を吸って。しー、黙って。もう心配ない」。暖かい彼の唇が、額や涙に濡れた睫毛や頰に押しあてられた。「安心していいんだ、ロッティー。君は僕のもので、僕の妻だ。僕は君を守る。だから安心して」

ロッティーは自分が恐れてはいないことを説明しようとしたが、彼は小声で彼女を黙らせ、自分に寄りかからせた。彼女は何キロも走り続けたあとのように大きく呼吸し始め、頭を、彼の胸の真ん中に押し当てた。ニックは手袋をさっと脱ぐと、温かい手を彼女の冷たい肌に当てた。力強い指が、首や肩の強ばった筋肉をもみほぐす。

だれかがドアをたたいた。

「ブランデーだ」とニックは静かに言い、ロッティーを肘掛け椅子に導いた。

ロッティーは、椅子に身を沈め、ニックから心づけを受け取った召使が感謝の言葉を述べるのを聞いていた。ボトルとグラスが載ったトレイを持って戻ると、ニックはそれをすぐ近くのテーブルに置いた。

「要りませんわ」とロッティーは弱々しく微笑んで言った。

聞かなかったようにニックはブランデーをグラスに注ぎ、グラスの丸い部分を両手で抱きかかえるように持った。手のぬくもりで酒が温まると、彼女にそれをわたした。「飲むんだ」

素直にロッティーはブランデーグラスを受け取った。自分でも驚いたのだが、グラスを持てないほど手が震えていた。彼女のようすを見て、ニックの顔は曇った。彼は彼女の前に来て、彼女の両脚を筋肉質の自分の腿ではさむようなかっこうでひざまずいた。彼女の指に自分の指をかぶせて、震えを止めてやり、ブランデーグラスの縁を唇にもっていくのを助けた。一口飲むと、のどが焼けるようで彼女は顔をしかめた。

「もう少し」とニックはささやき、さらにもう一口、さらにもう一口と飲ませるので、彼女はベルベットの炎に焼かれて涙ぐんだ。

「まずいお酒ね」と彼女は不機嫌に言った。突然愉快そうに彼は目を光らせた。「そんなはずはない。九八年の高級ブランデーだ」

「きっと当たり年ではなかったのよ」

彼はにやりとした。親指で彼女の手の甲をなでている。「では、酒を扱っている商人にだれかが忠告してやらないと。ふつう一本五〇ポンドもするんだから」

「五〇ポンド？」ロッティーは唖然として繰り返した。目を閉じて、彼女は必死の形相で二口、三口飲み、咳き込みながら空のグラスを彼に返した。

「いい子だ」とニックはささやき、手を彼女の首の後ろに滑らせ、そっと首をつかんだ。彼女は考えずにいられなかった。彼の手はラドナーの手よりもはるかに大きく、ずっとずっと力強かったが、彼が彼女に痛みを与えたことはただの一度もなかった。ニックの手は彼女に喜びのみを与えた。

ラドナーにつかまれたほうの手首を椅子の腕に置くと痛みが走り、彼女は顔をしかめた。その動きは非常に微かだったが、ニックは即座に気づいた。ぶつぶつと聞こえないくらい小声で毒づきながら、彼女の腕をとり、長い手袋を脱がせ始めた。

「平気よ」とロッティーは言った。「本当に。手袋ははめたままにしておきたいの。ラドナー卿は私の腕をたしかにつかんだけれど、たいしたことは――」ニックが手袋を外したので、その痛みに彼女は息を止めた。

ラドナー卿の邪悪な指によって残された黒いあざを見てニックは凍りついた。彼の顔に凶暴な怒りが広がるのを見て、ロッティーはぞっとした。「すぐにあざができるたちなの、私は。そんな顔をしてはいけないわ。一日か二日すればあざは消えるわ。そしたら――」

「あいつを殺してやる」ニックは怒れる野獣のように歯をむいた。「終わったあと、地面に残るのは血のしみだけだ。永久に地獄に送ってやる」

「おねがい」ロッティーは強ばった彼の頬に柔らかい手をあてた。「ラドナー卿は、私たちふたりに復讐するために、今晩のパーティを台無しにするつもりだったの。でも、私はそうはさせないわ。手首にハンカチを巻いてちょうだい。そして手袋を元通りにはめるのを手伝って。みんなが変に思う前に、早く戻りましょう。ロス卿のお話が始まるわ。そして私たち――」

「そんなこと、僕は気にしない」

「私は気にするわ」冷静さを取り戻して、ロッティーは柔らな指先で彼の頬をなでた。「舞踏室へ行って、あなたとワルツを踊りたいわ。そして、ロス卿があなたの本当の名前を皆様に発表するとき、私はあなたの隣に立っています」彼女は睫毛をさげて彼の唇を見つめた。「それから、家に連れ帰って、ベッドに運んでちょうだい」

ロッティーの思惑どおり、ニックの気をそらすことができた。彼の残忍な目つきは和らぎ始めた。「そしてそれから?」

彼女が答える前に、どんどんと大きなノックの音が響いた。「シドニー」とドアの向こうからくぐもった声が聞こえてきた。

「はい」とニックは立ち上がった。

ロス卿の背の高い体で戸口は塞がれた。彼は無表情にふたりを見た。「ラドナー卿が来ていたといいましがた聞いた」彼はまっすぐロッティーに歩み寄り、さきほどニックがしていたように彼女の前でひざまずいた。彼女の腕のあざを見ると、ロス卿は身ぶりで示して「いいかな」ときいた。彼の声はいつになく優しかった。

「はい」とロッティーはか細く答え、彼が自分の手をとるのを許した。ロス卿は眉間に皺をよせて、あざのついた手首を調べた。じっと顔を近づけて見ている彼の灰色の目には情があって気遣いが感じられ、いままで彼を冷淡だと思っていたことが不思議に思えた。女性と子どもへの同情心が強いという彼の評判を思い出した。ソフィアはそれがロス卿の治安判事としての仕事の焦点だったと言っていた。

彼はかすかに唇を曲げて安心させるように笑い、彼女の手を放した。「こんなことは二度と起こらせない。約束するよ」

「すばらしいパーティだ」とニックは厭みったらしく言った。「いったいだれがラドナー卿をゲストのリストに入れたのか教えていただけますか？」

「ニック」とロッティーは彼をさえぎった。「もういいの。ロス卿はそんなことなさらなかったとわかっていますから」

「いや、よくはない」とロス卿は静かに反論した。「私は自分の責任だと思っている。どうか許していただきたい、シャーロット。私がリストを確認したときには、ラドナー卿はたしかに含まれていなかった。しかし、彼がどのようにして、招待状を手に入れたか調べなくてはならない」彼は眉をさらにひそめた。「ラドナー卿の今夜の行動は、非難に値するだけでなく、理性のかけらもないものだった。それはシャーロットへの妄執を示すものだ。この件は多分これで片づくことはない」

「いや、片がつくさ」とニックは陰気に言った。「ラドナーの妄執を治してやるのに、いくつか方法を考えている。まず、俺が広間に戻ったときに、まだ奴がこの屋敷の中にいたら――」

「彼は帰った」とロス卿がさえぎった。「捕り手をふたりここに連れてきている。彼らになるべく丁重にお引取りいただくよう命じた。落ち着け、シドニー。怒った雄牛のように暴れるのは、君のためにならん」

ニックは目を細めた。「だれかがソフィアに同じ傷を残したら、あなたはどうやって、気持ちを鎮めるのか教えていただきたいな」

ロス卿は短くため息をついてうなずいた。「一本とられた」黒い眉を寄せて彼は続けた。「君がラドナーと決着をつけたいというなら、私はあえて止めはしないぞ、シドニー。それは君の当然の権利であるのは明白だからな。しかし、これだけは承知しておいてくれ。私は自ら彼にははっきりと宣言するつもりだ。シャーロットは君の保護下にあると同時に、私の保護下にある。不敵にも私の家族のメンバーに近づいて話しかけることは、許し難い暴挙であると、な」

ロッティーは彼の心遣いに感銘を受けた。このようにパワーのあるふたりの男性が自分をラドナーから守ってくれることになるとは思いもしなかったことだった。夫だけでなく、義兄にも守ってもらえるとは。「ロス卿、感謝いたします」

「もし家に帰りたいなら、遠慮することはない。今夜するつもりだったスピーチにしても、予定を変更してもかまわないし――」

「私はどこへも行きたくありません」ロッティーは落ち着いて言った。「あなたが今夜、お話をなさらないというのなら、私が代わりにいたしますわ」

彼はふっと笑った。「よろしい。だが、君の望みをかなえてやれないのは残念だな」彼は尋ねるような視線をニックに送った。「舞踏室にすぐに戻るか？」

ニックは口をゆがめた。「ロッティーがそうしたいというなら」

「ええ」とロッティーはきっぱり言った。手首は痛んだが、必要ならば悪魔とでも対決できそうな気がしていた。男たちは無言で視線を交し、ラドナーの問題についてはまた別の機会にと目と目で確認しあった。

ロス卿はふたりを残して部屋を出て行った。ロッティーはすっくと立ち上がった。ニックはすぐにその隣に寄り添い、彼女がつまずくのを心配するかのように彼女の腰に手をあてた。ロッティーは彼の過保護な仕草に微笑した。「もう大丈夫ですわ。本当に」

彼女はいつものちょっと辛口なユーモアが彼の瞳に戻り、不安の表情が消えて普段ののん気な彼に戻るのを待った。しかし、彼は緊張を解かず、奇妙なほど真面目に彼女の表情をうかがっている。彼女を真綿でくるみ、いますぐここから遠くへ運び去ってしまいたいと思っているように見えた。

「今夜、僕のそばから決して離れてはいけないよ」

ロッティーは顔を上に向けて、彼に笑いかけた。「それがいいと思うわ。どうやらブランデーが頭にまでまわったみたいなの」

彼の目に暖かみがさした。彼は手を胸の膨らみの下に滑り込ませた。「めまいがするかい？」

胸を優しく包む彼の手の圧力に、彼女はふっと力を抜いた。彼に触れられたことで、彼女の感じやすい肉体から官能の輝きが発散した。彼の親指が乳首を愛撫すると、その先端は硬く尖り、びりびりと痺れるような感覚が全身に走った。「あなたがそんなふうに私に触れるときだけ」

手のひらを優しく回転させて、じらすように愛撫をしたあと、ニックはもっと安全な場所に手を落ち着けた。「あとは、今夜に残しておこう。さあ、いこう。我々が早く戻れば、キャノンのやつも早くスピーチを始めることができる」

彼女は手を差し出した。彼がぴったりした手袋をそっと腫れた手首に通すあいだ、手を引っ込めないように歯を食いしばった。やっとはめ終わったときには、ロッティーの顔は蒼白で、ニックはまるで自分が痛みを感じていたかのように汗びっしょりになっていた。「ちくしょう、ラドナーの野郎め」と彼は耳障りな声で悪態をつき、彼女にもう一杯ブランデーを注いだ。「あいつののどをかき切ってやる」

「そんなことをするよりも、彼をもっと苦しめる方法があるわ」ロッティーは彼の眉についた汗をたたんだハンカチで丁寧にふいた。

「どんな？」彼はそんなことあるもんかとでも言いたげに眉を上げた。

彼女は手の中でハンカチを丸めた。しばらく黙って、なかなか返事をしようとしない。のど元に希望の波が押し寄せてきて、息がつまりそうになったからだ。彼からブランデーを受け取って、ごくりと飲み込んだ。「私たちが幸せになればいいのです。それは彼にはとうてい理解できないこと。そして、彼には絶対手に入れられないことなの」

彼女は彼を見る勇気がなかった。彼の目にあざけりや拒絶が見えるのではと不安だったから。彼の口が彼女の頭の上で動くのを感じながら、彼女の心臓はどきんどきんと激しく打っていた。頭のてっぺんにまとめられている絹のような三つ編のまわりに差した白い薔薇の花びらに彼はキスをしていた。

「やってみよう」と彼は優しく同意した。

二杯のブランデーでロッティーの頭は心地よくぼんやりしていたので、舞踏室に戻るときにニックがしっかりと支えてくれたのがありがたかった。彼の腕の硬さと力強さに彼女は感激した。どんなに強くもたれかかっても、軽々と彼女の体重を支えてくれる。彼が強い男だとは知っていたが、今夜まで彼女は、彼がそんなふうに優しく自分を包んでくれる人だとは思っていなかった。彼のほうも、自分にそんなことができるとは考えていなかったらしい。彼らの反応は無意識なものだった。彼女は彼を思い、彼は彼女を安心感でくるんだ。

ふたりは舞踏室に戻り、ロス卿のそばに近づいていった。ロス卿は移動式の階段をのぼり、会場にいた大勢の客に見えるように一段高いところに立った。演奏を止めるように楽隊に合図し、聴衆の注意を喚起した。彼の声には気品があり、政治家たちにうらやまれるような生来の威厳が備わっていた。彼が何を話すのかと期待して聴衆は静まり返り、踊りの外にいた人々も続々と集まってきた。たくさんの召使たちが忙しそうにシャンペンのトレイをもって人々のあいだを歩き回っている。

ロス卿はまず自分が治安判事であったことに触れ、在職中、悪事が正されるたびに満足感を覚えたことを語り始めた。次に、世襲貴族の侵すべからざる伝統と義務について公的な意見を述べた。彼の意見は、子爵、伯爵、侯爵といった貴族のメンバーがかなり多く混じっている出席者たちを大いに満足させた。

「ロス卿は貴族の世襲制にはどちらかというと反対なのだと思っていたわ」とロッティーはニックにささやいた。

彼は苦笑いした。「義兄殿は自分が望むときには素晴らしい演技力を発揮する。貴族連中に、厳しく伝統に従うことの尊さを思い出させておけば、僕を貴族の一員と認めることに彼らが抵抗を感じにくいだろうと計算しているのさ」

さらにロス卿は長い間、当然受け継いでいいはずの爵位を失っていた無名の紳士について語り始めた。彼は名家の直系でありながら、過去数年間、公僕として国家に尽くしていた。

「したがって、私はシドニー卿が長い時を経てようやく爵位を継承され、同時に貴族院議員として迎え入れられたことを謹んで皆様にご報告申し上げるしだいです。そして私は、シドニー卿がこれからは貴族というお立場で、これまで以上に国家と女王陛下に仕えてくださることを確信しております」ロス卿はグラスを高々と揚げた。「では皆様、ニック・ジェントリー氏に乾杯しようではありませんか。今夜から彼は、ジョン・シドニー子爵と呼ばれることになるのです」

どよめきが波のように群衆に広がった。出席者のほとんどはすでにロス卿が話す内容を知っていたが、やはりはっきりとそれが言葉に出して語られるのは驚きだった。

「シドニー卿に」何百もの声がロス卿の音頭に従い、喝采がそのあとに続いた。

「そして、シドニー卿夫人に」とロス卿が叫ぶと、また熱狂的な乾杯の声があがり、ロッティーは深々と感謝のお辞儀をした。

体を起こして、ロッティーはニックの腕に触れ、「ロス卿のために乾杯なさったほうがいいわ」と促がした。

彼は何か言いたげな一瞥を投げたが、彼女の提案に従って、義兄のほうにグラスを掲げてよく響く声で叫んだ。「ロス卿に。この方がいらっしゃらなければ今日の私はありませんでした」

群衆はどっと歓声を上げて沸き立った。しかし、ロス卿は突然にやりと笑った。ニックの慎重に選んだ乾杯の言葉にはこれっぽっちの感謝の気持ちも含まれていないことをちゃんと見抜いていたからだ。

女王陛下に、国家に、そして貴族制度に、とにぎやかに乾杯が続き、楽隊の陽気なワルツのメロディーが会場を満たした。ロス卿がロッティーにダンスを申し込み、一方ニックはソフィアに腕を差し出した。ソフィアは満面の笑みで、弟の腕に優雅に手をすべりこませた。

黒髪に浅黒い肌の弟、そして明るい色の髪に真っ白い肌の姉。まったく正反対のようでいて、驚くべき美貌という点でとてもよく似ている姉弟をながめながら、ロッティーは微笑んだ。彼女はロス卿のほうを向き、痛む手をそっと彼の肩に置いてワルツを踊り始めた。予想通り、彼はダンスの名手だった。自信に満ち、リードがとても巧みだった。

好意と感謝の入り混じった気持ちで、ロッティーは彼の厳しい端正な顔をじっと見つめた。

「ニックを救うために、今夜のことをしてくださったのですね」と彼女は尋ねた。

「これで彼を救えるかどうかはわからないが」とロス卿は静かに言った。

その言葉は彼女の心臓をずぶりと突き刺した。それはどういう意味？　ロス卿はいまだに彼が危険にさらされていると思っていらっしゃるのかしら。でも、ニックはもはやボウ・ストリートの捕り手ではない。命にかかわる任務からは解放されたはず。もう安心していいはずなのに……それとも、ロス卿は、ニックにとっての最大の脅威は、彼の心の内からくるものと言いたいのだろうか。

ニックの正体が明かされた日から、ベタートン通りの家は、訪問客の猛攻にさらされた。トレンチ夫人はニックの古い裏社会の仲間から女王陛下の使者まで、ありとあらゆる人の応対をしなければならなかった。手紙や招待状が続々と届けられ、しまいには玄関広間のテーブルの上に置かれた銀のトレイに紙の束が山積みになった。雑誌のたぐいは、ボウ・ストリートの捕り手であったころの彼の勇敢な活躍を詳しく書き立て、「子爵になりたくなかった英雄」と彼を呼んだ。記者たちはロス卿が創りあげたストーリーに従ったので、ニックは長いこと途絶えたとされていた爵位を継承するよりも、一般の人々のために貢献するほうを好んだ無私無欲の民衆の味方として描かれた。ニックは、これではもうだれも俺のことを危険な男と見ないじゃないかとこの新しい風評に憤慨していたので、ロッティーはおかしくてたまらなかった。初対面の人でも、以前なら彼の威圧的な雰囲気に気おされてびくびくしていたものなのに、いまでは嬉しそうに彼に近づいてくる。自分の殻を固く守り通してきた人間にとって、このような状況は耐えがたいものだった。

「じきに、みんなの関心は薄れていきますわ」とロッティーは言った。彼を一目見ようと集まって来た群衆をかきわけなければ自宅の玄関に達することができなかった彼を慰めたるために。

群衆にもみくちゃにされてすっかり不機嫌になっているニックは、上着を脱いで、居間の長椅子にどさっと脚を広げて座った。「そうなるまで待てないな」と彼は天井をにらみつけた。「ここは表通りに面しているからだれでもやって来れる。私道の奥の高い塀に囲まれた家に住まないとだめだ」

「数名の田舎の友人からお招きを受けています」ロッティーは彼のそばにやってきて、柄物のモスリンのスカートをふわりと花のように広げて絨毯の上に座り込んだ。ニックは長椅子の腕にもたれかかっていたので、ふたりの顔はほぼ同じ高さになった。「ウェストクリフ伯爵様も、ストーニー・クロス・パークに二週間ほど滞在してはどうかと手紙を下さっています」

ニックの顔は曇った。「伯爵は君が地獄からやってきた夫に虐待されていないか、自分の目で確かめようというんだな」

ロッティーは笑わずにいられなかった。「あのとき、あなたはもっとも魅力的にふるまっていたわけではないことを認めなければいけませんわ」

ニックは、彼のクラヴァットをほどこうと差し延べられた彼女の指をつかんだ。「僕は君がどうしても欲しくて、愛想をふりまくどころじゃなかったんだ」親指の腹で、彼女の滑らかな爪の先端をなでる。

「私でなくてもいいような感じでしたけど」と彼女は文句を言った。

「以前に、どうしても欲しいものを手に入れたいときには、欲しくなさそうな顔をするのが一番だと学んだんだ」

ロッティーは困惑して首を横に振った。「よく意味がわかりません」

微笑しながらニックは彼女の手を放し、大きく開いたえりぐりのレースの端をいじる。

「だが、うまくいっただろう」

顔を近づけて、彼は鮮やかな青い目で彼女の目をのぞき込む。ロッティーの顔はみるみる赤くなった「あなたはあの晩、とても悪賢かったわ」

彼は指を彼女の浅い胸の谷間で遊ばせた。「本当はもっと悪賢くなりたかったんだ……」

玄関のドアをノックする音が玄関広間にこだまし、居間にまでかすかに聞こえてきた。彼は手を引っ込めて、トレンチ夫人が玄関で、シドニー卿も奥様もいまお客様をお迎えすることはできません、と訪問者に話しているのを聞いた。

私的生活がすっかり乱されてしまったことを改めて思い出し、ニックは顔をしかめた。

「そうしよう。ロンドンを離れよう」

「どなたのお招きを受けます？　ウェストクリフ伯爵ならまったく問題なく――」

「いや」

「では、キャノン家のシルバーヒルの家なら――」とロッティーは穏やかに続けた。

「だめだ。二週間も義兄殿と同じ屋根の下に暮らすなんてごめんこうむる」

「ではウースターシャーに行ったらどうかしら」とロッティーは提案した。「ソフィアは、シドニー家のお屋敷の修理はほとんど終わっているとおっしゃっていました。あなたに努力の結果を見て欲しがっていらっしゃるわ」

彼は即座に首を横に振った。「僕はあの呪われた場所を見たいとは思わない」

「でもお姉様はたいへんな時間と労力をかけてくださったのよ。あなただって、お姉様のお気持ちを傷つけたくはないでしょう？」

「だれもしてくれなんて頼んでやしない。姉が勝手にやったことだ。それに感謝するだなんて、そんなばかばかしいことできるものか」

「ウースターシャーはとても美しいところだと聞いています」ロッティーはあこがれをこめて言った。「空気もきっとずっときれいだわ。夏のロンドンは最悪です。それにあなたがお生まれになった場所をいつか見てみたいわ。いま、行きたくないとおっしゃるなら、それはけっこうです。でも――」

「使用人もいない」と彼は勝ち誇ったように指摘した

「最小限の召使だけを連れて旅行すればいいわ。だれかのお宅を訪問するよりも、自分の田舎の家で過ごすなんて素晴らしくありませんこと？　たったの二週間でいいですから」

ニックは黙り込んで、目を細めた。ロッティーは彼の内心の葛藤を察した。妻を喜ばせてやりたいのはやまやまだが、何年も足を向けたことのなかった場所に帰ることには激しい抵抗があるのだろう。過去の記憶を甦らせ、突然孤児になった苦しみを思い出すことは、彼にとって愉快なことではないのだ。

ロッティーはさっと視線を落とし、彼にいま感じた同情を悟られないようにした。これを見たらきっと彼は変に誤解するだろう。「ソフィアに、またいつか別の機会にご招待はお受けすると言いますわ。きっと彼女はわかって――」

「行くよ」と彼はぶっきらぼうに言った。

ロッティーは驚いて彼を見た。彼は見えない甲冑で身を固めているかのように、傍目にもわかるほど緊張していた。「無理にというわけではありません」と彼女は言った。「あなたがそちらのほうがいいというなら、別の場所にしましょう」

彼は口をゆがめて冷笑を浮かべながら、かぶりを振った。「なんだ、最初はウースターシャーに行きたいといったくせに、今度は行きたくないと。まったく女っていうのはあまのじゃくだな」

「私はあまのじゃくではありません」と彼女は言い返した。「あなたがしぶしぶ出かけて、滞在しているあいだ中ふくれっ面というのでは困ると思ったのです」

「僕はふくれっ面なんかしない。そういうのは女の専売特許だ」

「じゃあ、いらいらすると言い換えます。うんざりするとか立腹する、のほうがいいかしら？」彼女は優しく微笑んだ。彼を悪夢から、おぞましい記憶から、そして自分の中に住む悪魔から守ってあげられたらと願う。

ニックは何か言いかけたが、彼女を見つめているうちに何を言おうとしていたのか忘れてしまったようだった。彼女のほうに手を伸ばしたが、途中で突然動きを止めた。ロッティーは彼を見つめていたが、彼は長椅子から立ち上がって、風のように居間から消えた。

ウースターシャーへは通常丸一日かかる長旅になる。だから、お金に余裕のある旅行者のほとんどは、朝から夕方まで馬車に乗り、宿屋に一晩泊まって、翌日のお昼近くに着くようにする。しかしニックは泊まりはなしを主張した。馬を替えるときと、軽食を摂る以外は馬車に乗りっぱなしだ。

ロッティーはそれを平気でやってのけようとがんばったが、元気な顔をしているのは難しいということがわかった。馬車に乗っているのはとてもつらかった。道は平坦ではなく、常にがたがた揺られていると車酔いになる。気分が悪そうにしているロッティーを見て彼の表情は険しく厳しくなり、馬車の中は沈黙に包まれた。

　必要最小限の数の召使がその前日に出発していて、食糧を買い込んだり、部屋を準備して彼らを待っている手はずになっていた。前もって約束がなされ、キャノン夫妻は翌朝やってくることになっていた。都合の良いことに、ロス卿のシルバーヒルの家はウースターシャーから一時間ほどしか離れていなかった。

　馬車がウースターシャーに到着したときには、夕陽のほのかな輝きが空から退いていくところだった。ロッティーが見たかぎりでは、ウースターシャー州は肥沃で繁栄しているようだった。豊かな緑色の牧草地ときちんと手入れされた農場が平らな大地を覆っており、ところどころに見える緑の丘には太った白い羊の群れがいた。川から引かれている網目のような運河は取引や商売に便利な交通路を提供していて、この地域に恩恵を与えていた。ウースターシャーを訪れる客のほとんどは、この美しい風景に感動することだろう。しかしニックは徐々にむっつりと陰気になっていった。車輪の回転ごとにシドニー家の領地が近づくにつれ、不機嫌さは増していき、いやでたまらないことが明らかだった。

　ついに角を曲がって長く細い道に入った。そこを一キロ半ほどいくと屋敷が見えてきた。外のランプからの光が入口に暖かい光を投げかけ、正面の窓を黒いダイヤモンドのように光らせていた。ロッティーは馬車の窓のカーテンを脇へ押しやり、もっとよく見ようと身を乗り出した。

「美しいわ」興奮で心臓がどきどきする。「ソフィアが言っていたとおりね」大きなパラディオ式の家は風変わりではあるもののとても立派だった。赤い煉瓦、白い柱、そしてきちんと対称形に設計されたペディメント（訳注　三角形の破風飾り）が絶妙な組み合わせになっている。ロッティーは一目で気に入った。

玄関の前に馬車が止まると、ニックは無表情のまま乗物から下り、ロッティーを助け降ろした。両開きの扉に向かって階段をのぼっていくと、トレンチ夫人が出迎え、大きな楕円形の広間に案内した。床は輝くローズ色の大理石だった。

「トレンチ夫人」とロッティーは暖かく声をかけた。

「奥様、旅はいかがでしたか」

「疲れましたが、やっと着いて安心しました。これまでのところ、家に問題はありませんでしたか」

「いいえ、奥様。ただ、やるべきことがたくさんあります。お迎えする準備をするのに、一日ではとても足りませんでした」

「それはかまわないわ」とロッティーは微笑んだ。「長い旅のあと、シドニー卿も私も、眠ることができる清潔な場所さえあれば十分です」

「寝室は整っております。すぐに二階にご案内いたしましょうか。それとも夕食を先に……」家政婦はニックをちらりと見て、途中で言葉を止めた。

彼女の視線を追って、ロッティーも夫を見た。彼は凍りついたように大広間を凝視している。他のだれにも見えない芝居を見ているようだった。見えない俳優たちが舞台の上を動き、台詞をしゃべるのを目で追っている。発熱したときのように顔は上気していた。彼は黙ったまま広間を歩きまわった。ロッティーやトレンチ夫人がそばにいることも忘れて、ためらいがちに失われた少年時代をさぐるかのように。

ロッティーは彼のために何をしたらいいのかわからなかった。さりげなくトレンチ夫人に返事をするのはとても難しかったが、彼女はなんとかやり遂げた。

「いいえ、結構ですわ。夕食は要らないと思います。お部屋に水とワインのボトルを運んでくださる？　それからメイドに今晩必要なものだけ荷物から出すように言いつけてください。残りの荷解きは明日にします。そのあいだに、旦那様と私はしばらく家の中を見てまわります」

「かしこまりました、奥様。さっそく身のまわりの品だけ用意させます」トレンチ夫人は下がって二人のメイドを呼んだ。メイドたちは急いで広間を駆け抜けていった。

頭上のシャンデリアには明かりが灯っていなかったので、薄暗い広間を照らしているのは二台のランプだけだった。夫のあとからロッティーは広間のアーチ形の出入口に近づいた。そこは肖像ギャラリーに通じていた。空気に新しいウールの絨毯と塗り立てのペンキのすがすがしいにおいが織り混ざっている。

ロッティーは、ひとつも額が架かっていないがらんとしたギャラリーの壁を凝視しているニックの横顔をさぐった。きっとかつてその裸の空間を埋めていた数々の絵画を思い出しているのだろう。「何枚か絵を買わなければなりませんわね」と彼女は言った。

「ここに架かっていたものはすべて父の借金を返済するために売られた」

ロッティーは近づいて、ちょうど肩から腕に移行するあたりの上着の布に頰を押しつけた。

「家を案内してくださる?」

ニックは長いあいだ黙っていた。見上げる彼女の顔を見た彼の目は荒涼としていて、かつてここに住んでいた少年の面影は完全に失われていた。「今夜はやめておこう。まずひとりで中を見てまわりたい」

「わかりました」彼女は彼の手に自分の手を滑り込ませた。「私、疲れきってしまいました。明日の朝、太陽の光の中で、見せていただくほうがいいわ」

彼はほんのわずかに彼女の手を握り返してから、その手を放した。「二階に連れて行ってあげよう」

彼女は口の両端を引いて、にっこりと笑った。「ご心配なく。トレンチ夫人か召使に頼みますから」

ニックがようやく寝室にやってきたのは、家のどこかで時計が一二時半を打ったときだった。疲れていたのに眠れず、ロッティーはスーツケースから小説を取り出して読み始め、もうその本の半分まできたところだった。寝室はとても居心地がよかった。ベッドは刺繡を施した絹のベッドカバーとおそろいのカーテンがかかった豪華なものだった。壁は淡いグリーンに塗られていた。ロッティーは物語に夢中になっていて、床がきしる音を聞くまで本を読み続けていた。

戸口にニックがいるのを見て、ロッティーは小説をナイト・テーブルに置いた。彼が話し始めるのを辛抱強く待つ。家の中を歩いているあいだに、いったいどのくらいの記憶が甦り、いったいどれくらいの物言わぬ幽霊が彼の目の前を横切っていったのだろうか。

やがて彼は、「寝なくてはだめだ」と言った。

「あなたも」とロッティーは言ってベッドカバーをめくった。しばらく黙ってから、彼女は尋ねた。「このベッドでいっしょに眠らないの?」

彼は視線を彼女の体に走らせた。しわくちゃになったナイトドレスに目が止まる。どちらかというと堅苦しい感じのハイネックのドレスだが、いつも間違いなく彼の欲望をあおった。彼はとても孤独で、失望しているように見えた。ふたりが初めて出会ったときも、彼はやはりそんなふうに見えた。

「今夜はやめておこう」と彼は今夜二度目のその言葉を言った。

ふたりの視線がぶつかり、しばらくそのまま固定された。ロッティーはなにげなく無関心を装うのが賢明だとわかっていた。ここで焦れて、彼を急かすのは禁物だ。せがんだり、すねたりしても、かえって彼を遠ざけるだけだ。

「ここにいて」ロッティーは自分が思わずそう口走ったのを聞いて青ざめた。

どちらも、彼女が数分、あるいは二、三時間を意味したのではないことを知っていた。彼女は一晩中いて欲しいと願っているのだ。

「できないことはわかっているだろう」と彼は優しく答えた。

「あなたは私を傷つけたりしない。私はあなたの悪夢を恐れないわ」彼女は起きあがって彼を見つめた。突然無謀な言葉を止められなくなった。感情が高ぶって声がうわずってくる。「あなたといっしょにいたいの。あなたのそばで眠りたい。どうしたら、どう言ったら、そうしてもらえるのか教えて。どうか、教えてちょうだい。だって、私はあなたが与えてくれるものよりも、もっと多くを求めるのをやめられないみたいなの」

「君が求めているものが何か、君にはわかっていないんだ」

「約束します。私は決して――」

「僕は安心や約束を求めていない」と彼は冷たく言い放った。「ただ事実を述べているだけだ。僕の人生には、君が知らなければよかったと思う部分があるんだ」

「前にあなたは私に、僕を信用しろと言ったわね。今度は私がお願いします。私を信じて。あのような悪夢を見るようなった原因は何なのか、教えてください。何があなたを苦しめているのかを」

「だめだ、ロッティー」しかし彼は出て行かずに、部屋に留まった。あたかも足が頭の命令にそむいて動かなかったかのように。

その瞬間、ロッティーは理解した。彼は打ち明けたくてたまらないのだ。けれども同時に、もし告白したら、絶対に彼女が自分をはねつけるだろうと固く信じてもいる。彼はびっしょり汗をかき始めた。汗の浮いた肌が濡れたブロンズのように光り、髪が一筋、二筋、湿った額にはりついている。彼に触れたいという衝動は抑えがたかったが、彼女はなんとかそのまま動かずにいた。

「私はあなたから顔をそむけたりしません」と彼女は冷静に言った。「それがどんなことであれ。牢獄船で起こったことなのね。そして本物のニック・ジェントリーが関係している。あなたは彼を殺して、彼になりすました。それがあなたを苦しめているのかしら」

ニックがたじろいだようすから、真実に近づいていることをさとった。防御壁にはいったひびは広がっていた。彼はその割れ目を避けて通ろうとするかのように首を横に振った。だがうまくいかずに、非難と絶望が等しく入り交ざった一瞥を彼女に投げた。「そんなふうではなかったんだ」

ロッティーは彼から目を離そうとしなかった。「では、どんなふうに?」

強ばっていた彼の体の線は崩れ、もうどうにでもなれというような投げやりな姿勢になった。片方の肩で壁によりかかり、彼女から半分顔をそむけ、視線は床の少し離れた場所に向けられている。

「僕はある人が死んだために牢獄船に送られた。その人の死に僕がかかわっていたからだ。当時、僕は一四歳で、強盗団に加わっていた。あるとき馬車を襲い、その際に老人が亡くなった。すぐに僕らは裁判にかけられ、有罪を宣告された。僕は恥ずかしくて本名を言うことができず、ただジョン・シドニーと名乗った。他の四人の仲間は間もなく絞首刑になったが、僕はまだ子どもだったので、治安判事が刑を軽くしてくれた。牢獄船スカーバラ号で一〇カ月というわけさ」

ロッティーはソフィアが話してくれたことを思い出し、「その治安判事がロス卿ね」とつぶやいた。

皮肉な笑いがニックの口元を歪めた。「将来、義兄弟になろうとは、どちらも予想していなかったが」彼はさらにだらしなく壁に強くもたれかかった。「船に足を踏み入れた瞬間に、ここでは一カ月ともたないと思った。絞首刑にして即座に命を奪うほうがはるかに慈悲深い。指揮官ダンカムの名前から、牢獄船はダンカムの学校と呼ばれていた。囚人の半分は発疹チフスで死んでいったが、彼らはむしろ幸運だった。

僕が乗せられた船は沖に停泊している他の牢獄船よりも小型だった。一〇〇人の囚人を収容できる大きさだったが、さらに五〇人ほどが船内の広い場所に詰め込まれていた。天井は非常に低くて、まっすぐ立つと頭がついてしまうほどだった。囚人たちは床の上にじかに寝るか、デッキの両側に設置されている台の上で眠った。各人には長さ一八〇センチ幅五〇センチの眠る空間が与えられた。我々は二重に足かせをはめられ、常に鎖がじゃらじゃら鳴る音を聞かされるので頭がおかしくなりそうだった。

だが牢獄船で最悪だったのは、そのにおいだった。体を洗うことはめったに許されず、しかも石鹸がいつも不足していて、流すのに使える水は海水だ。船内の換気は悪く、海に面した側に一列の舷窓があるだけだった。だからその悪臭たるやすさまじいもので、朝ハッチを開ける当番を気絶させるほど強烈だった。実際、僕はこの目で見張りのひとりが失神するのを見たことがある。夕方ハッチが閉められて、翌朝再びハッチが開かれるまで、見張りや看守の監視なく、囚人たちだけで船室の中に閉じ込められる」

「囚人たちは、そのあいだ、どうしているのですか？」とロッティーは尋ねた。

彼は歯を見せてにやりと笑った。その獰猛な笑いは彼女を震えあがらせた。「賭け、喧嘩、脱獄の計画、そして襲うのさ」

「襲う？」

ニックはその質問に驚いたようで、彼女をじろっと見た。「強姦だよ」

ロッティーは当惑して首を横に振った。「でも、男の人は暴行されないでしょうに」

「ところが、されるんだよ」とニックはあざ笑うように言った。「ぼくは絶対にやられたくなかった。だが、残念ながら、僕のような一四か一五くらいの少年が一番狙われやすい。無事でいられたのは、少し年上で、僕よりもずっと頑強な少年と親しくなったからだった」

「ニック・ジェントリーね？」

「そうだ。彼は僕が寝ているときには見張っていてくれて、自分の身を守る方法を教えてくれた。彼は生き延びるためだと言って、僕に無理に食べさせた。あまりにひどい食事で飲み込むことさえできないようなときでも。昼間はすることが何もなくて頭がおかしくなりそうだったが、彼と話をすることでなんとか気を紛らすことができた。彼がいなければ僕は死んでいただろう。僕は彼が船を出て行く日を恐れていた。スカーバラ号に入れられてから半年後、ジェントリーは一週間したら自分は釈放になると僕に告げた」ニックの悲痛な表情を見て、ロッティーは心臓をきゅっとつかまれたように感じた。「その醜悪な場所で二年間生き延び、残りはたったの一週間。僕は彼のために喜んでやるべきだった。だが、喜べなかった。自分の身の安全のこと以外、考えられなくなっていたのだ。彼が行ってしまったら、僕は五分も生きられないだろう」

彼は黙り込んだ。心は記憶の奥へさらに進んでいるのだろう。

「それで何が起こったの？　おしえて」

うつろな顔。彼の魂は秘密のまわりをがっちりと固め、秘密が明かされることを拒否しているのだろう。彼は奇妙な冷たい笑いを浮かべて己を蔑むように言った。「だめだ」

ロッティーはベッドから跳び出して、彼に走りよってしまいそうになるのを、脚を強ばらせてじっと耐えた。彼の暗い影に覆われた姿を見ているうちに、目に熱い涙がどっとあふれてきた。「ジェントリーはどうして死んだの？」

のどが動き、彼は首を横に振った。

静かな苦悩を目の当たりにして、ロッティーはここでなんとか彼の心のバランスを崩さなければならないと考えた。「恐れないで」と彼女はささやいた。「私はどんなことを聞かされてもあなたから離れないわ」

彼は顔をそむけ、暗がりからいきなり明るいところに出てきたときのように眉を寄せて目を細めている。「ある晩、ぼくは囚人のひとりに襲われた。スタイルスという男だ。彼は眠っていた僕を台からひきずりおろし、床に押しつけた。激しく抵抗したが、奴は体が僕の二倍もあったし、ほかの連中は他人のことには干渉しない。囚人たちはみんな彼を恐れていた。僕はジェントリーを呼んだ。そしてそいつにやられる前に逃れようとしたのだが――」彼は言いかけて言葉を切り、ふふっと神経質に笑った。それはユーモアのかけらもない冷たい笑いだった。

「そして、彼はあなたを助けてくれたの?」とロッティーはきいた。

「そうだ……馬鹿な野郎さ」彼は嗚咽を漏らした。「そんなことを僕のためにしてくれる必要はなかったんだ。彼だってわかっていたはずだ。もしそのときやられずにすんでも、ジェントリーが出て行ってしまったあと、必ずやられていただろう。僕は彼に助けを求めるべきではなかった。そして彼も僕を助けるべきではなかったんだ。だが、彼はスタイルズを追い払い、そして……」

また長い沈黙が訪れた。「ニックはその乱闘の際に亡くなったのね?」とロッティーは思い切って尋ねた。

「その夜、彼は僕を助けたことによってスタイルズを敵に回してしまった。そして報復までに長い時間はかからなかった。夜明け前にスタイルズは眠っているニックの首を絞めた。何が起こったかを僕が知ったときにはもう遅かった。僕はニックのところに行った……。目を覚ませ、息をしろと叫んだ。だが彼は、動かなかった。彼は腕の中で冷たくなっていった」彼は顎を震わせ、荒く咳払いした。

すべてを聞き出すまで、ロッティーはやめるわけにはいかなかった。「どうやって、ジェントリーになりすましたの？」

「毎朝、診療所の助手と看守が、夜の間に死んだ囚人の死体を回収にくる。死因は病死であったり、飢餓であったり、あるいは『気力の低下』であったりする。死にかけているものは前甲板に連れて行かれる。僕は病人のふりをした。それはたいして難しいことではなかった。彼らは僕とジェントリーを甲板に上げて僕に名前をきき、さらに死んだ少年の名前を知っているかと尋ねた。看守たちは囚人のことをほとんど知らなかったから、彼らにとってだれがだれでも同じだったのだ。僕は衣服を彼のものと交換していたから、死んだ少年がジョン・シドニーで、僕がニック・ジェントリーだと言っても、まったく疑われなかった。それから数日、僕は仮病を使って前甲板に留まり、船室に戻されないようにした。そこに連れて来られていた他の囚人たちは、あまりにも弱っていたので、僕が名前を偽っても文句を言うものはいなかった。

「そしてジェントリーとして、あなたは間もなく釈放されたのね」とロッティーは静かに言った。

「彼は波止場近くの共同墓所に埋葬され、僕は自由の身になった。そしていま、彼の名前は、自分の本当の名前よりもよっぽど本物に思えるようになった」

ロッティーは胸がいっぱいになった。彼がニック・ジェントリーの名前を守りたいと望んだのは当然だ。ある意味で、彼はジェントリーの名前を使い続けることでジェントリーの人生の一部を生きているように感じていたにちがいない。その名前は一種の魔よけであり、新しい出発でもあった。彼は友人の死に責任を感じ、自分の正体を恥じていたのだ。もちろん、それは彼の罪ではない。けれども、彼女がいくら彼の考え方は間違っていると理屈で説得しようとしても、彼の罪悪感は決して消えることはないだろう。

ロッティーはベッドからするりと降りた。素足に分厚いじゅうたんがちくちくする。彼に向かって歩いていったが、心の中ではどうしたらいいかわからず、無力感にさいなまれていた。もし優しく思いやりのある態度で接したら、彼はそれを哀れみと受け取るだろう。何も言わなかったら、彼はそれを軽蔑、あるいは嫌悪の印と考えるだろう。

「ニック」彼女は優しく声をかけた。しかし彼は彼女を見ようとしない。彼女は彼の前に立った。彼の乱れた呼吸が聞こえる。「助けを求めたことは、決して悪いことではないわ。彼はあなたを助けたかった。本物の友人ならばだれもがそうするように。あなたたちはふたりとも、誤ったことは何もしていないわ」

彼は袖で目をこすり、震えながら息を吐いた。「僕は彼の人生を盗んだんだ」

「いいえ」と彼女は急いで否定した。「彼はあなたがそこに留まることを望まなかったはずよ。だって、だって、そんなことをする必要はないのだもの」熱いものが流れ落ち、彼女の唇の端に触れて塩辛い味を残した。私にはその罪の意識が痛いほどわかる。自分を嫌悪する気持ちが。とりわけ、許しが得られない場合には。そしてニックが許しを求めている相手はすでに死んでいるのだ。「彼はここにいて、あなたを許すことはできない。でも、私が彼の代わりに言います。もしできたなら彼はあなたにこう言ったはずよ。『俺はお前をとっくに許しているぞ。もう、いいんだ。俺はいま安らかに眠っている。だからお前も心安らかに暮らせ。十分苦しんできたんだから、もう自分を許してもいいんじゃないか』」

「彼がそう言うと、君にどうしてわかるんだ？」

「なぜなら、あなたのことを思っている人ならだれもがそうするからよ。彼はあなたのことを思っていた。それは確かよ。だって、でなければあなたを守るために、命をかけるようなことはしなかったはず」ロッティーは一歩前に踏み出し、腕を彼の強ばった首にまわした。「私もあなたのことを思っています」彼を引き寄せるのに、彼女は全体重をかけなければならなかった。

「あなたを愛しています」と彼女はささやいた。「お願いですから、私から顔をそむけないで」そして彼女は唇を彼の唇に重ねた。

彼女の唇の柔らかな圧力に彼が反応するまでに長い時間がかかった。彼はのどで軽い音を発すると、ゆっくりと震える手で彼女の顔を包み、唇をぴたりと彼女の唇に合わせた。彼の頬は汗と涙で濡れていて、情熱的な唇は痛いほど激しく彼女を求めた。

「少し、彼の声が聞こえた気がする？」彼が唇を離すと、ロッティーはささやいた。

「ああ」と彼はかすれた声で言った

「では、あなたが聞きたくなったときにはいつでも、私が彼の代わりに言ってあげる。あなたがそれを信じ始めるまで」彼女は手を彼の首の後ろに滑らせて彼の頭を引き寄せ、もう一度キスをした。

突然火がついたように燃え上がったニックの欲望にロッティーは驚いた。彼は軽々と彼女を抱き上げるとベッドに運び、マットレスの上に降ろした。彼はわざわざボタンを外す手間を省いて、ボタンを引きちぎり、自分の服をはぎ取った。素早く彼女にまたがると、手でドレスの前を引き裂いた。彼女の中に入りたいという欲求があまりにも激しくて、自制心を失っているんだわ、と彼女はぼんやり考えた。彼女の脚を膝で広く押し開き、ペニスの先を無理やり押しつけた。有無を言わさぬ強引さだった。彼を受け入れる気持ちは強かったのに、彼女の体はまだ用意ができておらず乾いて、締まっていた。

彼の顔が下へ滑っていき、彼女を口で捕えた。彼女が驚いて腰を浮かしかけると、彼の大きな手がその腰をしっかりつかんでベッドに押しつけた。彼の舌が彼女の中に差し入れられ、敏感な肉を濡らし、柔らかくほぐしていく。感じやすい割れ目の上のデリケートな突起に何度も何度も舌をこすりつける。やがて欲望のかぐわしい香りが彼女の体から漂ってきた。彼は体を起こすと、再び彼女の上に乗り、硬くなったペニスを彼女の中に突き入れた。

彼女の暖かい体内に入るとすぐに、凶暴なまでの欲望はすっと引いていくようだった。彼は彼女の頭の両側に筋肉質の腕をついて体を支え、彼女の上に覆いかぶさるようにして深く不規則に呼吸をしている。ロッティーは彼の体に上から押さえつけられ、太いペニスに体を刺し貫かれていた。ペニスを包んでいる彼女の肉体は興奮に震えている。

彼の唇が再び彼女の唇に重ねられた。今度は優しいキスだった。長い、からかうようなくちづけ。舌の先で彼女の口の中を探る。彼女は彼と交わしたキスの思い出を密かに大切にしてきた。甘く熱く唇をかすめた見知らぬ人の唇の感触を……だが、このキスはそれとはまったく違う、暗く性急で、力強いキスだった。彼の指が乳首をそっと引っ張ると彼女はあえぎ声を漏らし、彼にもっと触れて欲しくて身をくねらせた。彼は彼女を燃え上がらせるためにあらゆるテクニックを使った。からかうような軽いタッチは、彼女に喜びを与えるよりも、じらすためのものだった。ロッティーはもっとして欲しくて、彼を引き寄せようとした。だが彼はそうはさせずに、わざとのんびりとしたリズムをくずさず、彼女が抗議の声を上げるとキスで黙らせた。突然、彼は長い一突きで彼女の中に沈み込んだ。当惑して、ロッティーは彼の緊張した顔を凝視した。「何をしているの？」と彼女は弱々しく尋ねた。

優しい炎のようなキスが彼女の唇をかすめて通る。やがて彼女は、自分の中の彼の動きのパターンを理解し始めた。八回浅く、二回深く……七回浅く、三回深く。深い突きがだんだん増えていき、最後には重い突きが一〇回、彼女を貫いた。ロッティーはめくるめくような歓喜に叫び声を上げた。彼女は興奮に包まれ、腰を上げて彼の艶やかな重い体に押しつけた。やがて焦げるような喜びが薄れ始めると、ニックは微妙に体の位置を変え、彼女の膝をさらに押しひろげてペニスの角度を調節した。さらに彼は深く突き、ふたりの体はぴたりと密着した。彼はゆっくりと安定したリズムで腰を回し始めた。

「もうだめ」とロッティーは息も絶え絶えに言う。彼のしたいことはわかる。でも、それは無理だわ。

「やらせてくれ」とニックはささやいた。休みなく、意地悪なほど巧みに、彼は優しい回転を続け、彼女に喜びを与えた。

彼女はこんなにも早くまた熱いものが戻ってきたことに驚いた。彼女の感覚は彼の辛抱強い刺激を喜び、彼が体を動かすたびに彼女の性器は潤い、膨らんでいった。「ああ……ああ……」再び絶頂に達すると彼女ののどから切ない声が絞り出された。手足を痙攣させ、頬を彼の肩に押しつける。

すると彼はまた、先ほどのリズムに戻った。九回浅く、一回深く……。

ロッティーは彼が何度自分を恍惚へと運んだのか、そして何時間愛を交し合っているのか、もう何が何だかわからなくなっていた。彼は耳元でささやく。親愛の情をこめて、親密な賛辞を。君は僕をこんなに硬くする……僕を包む君はなんて甘く優しいんだ……君をどんなに満足させたかったか……。彼はこれ以上耐えられないほど彼女を喜ばせた。そしてついに、彼女はくたびれ果て、どうかおしまいにしてちょうだいと懇願した。

彼は残念そうに従った。最後に深く一度突き上げると、うなり声を発しながらたまりにたまった欲望を解放した。最後にもう一度キスをしてから、満足しきった彼女の体から離れた。くたびれきっていて、手を持ち上げる気力もないほどだったが、彼女はなんとか彼の腕をつかんでささやいた。「いてくれるのでしょう?」「いるよ」

「ああ」彼女は彼がそう言うのを聞いた。

安堵と疲労から、彼女は即座に深い眠りに落ちた。

13

日光が窓から差し込んでいる。昨夜、冷たい風を入れるために窓を開けたまま眠ってしまったのだ。彼女はあくびをしながら伸びをした。腿の筋肉がつっぱって痛み、思わず顔をしかめた。なんだか妙に体のあちこちが痛む――。

突然昨夜のことを思い出し、くるりと体を回転させた。彼女の隣でニックがうつぶせになって眠っている。その姿を見て、喜びが全身に波のように広がった。彼の長い筋肉質の背中が朝日を受けて輝いている。顔を半分枕に埋め、口を少し開けてすやすや眠っている。夜のあいだに伸びた髭が顎に影をつけ、美しい顔に少し薄汚れた感じを与えている。ロッティーはいままで、だれかに、あるいは何かにこんなにも心惹かれたことはなかった。彼の心、体、そして魂のすべてをくまなく知りたいというこの強い願望。彼のそばにいるだけで、ただただ幸せだった。

片肘をついて上半身だけ起こして彼を見つめながらロッティーは思った。彼をこんなふうに好きなようにながめる機会を得たのはこれがはじめてだった。彼の体の線は滑らかで力強かった。広い背中は下へいくにしたがってせばまって、ひきしまったウエストとヒップにつながっている。ヒップは厚く筋肉に覆われていたが、滑らかだった。半分シーツで隠されている腰のがっしりとした曲線はほれぼれするほど美しかった。

彼女はもっと彼の体を見たくなって、彼の平和な寝顔を用心深くうかがいながら、白いリネンの端を持ってそろりそろりとはがしはじめた。下へ、下へ、と。

いきなり彼の手が伸びて、手首をつかんだので、彼女ははっと息を呑んだ。彼は目を開けて、眠たそうに彼女を見つめた。微笑みが暖かい青色の目に光を灯す。起きぬけのかすれた声で彼は言った。「眠っているとき、こっそりのぞき見するのはずるいぞ」

「のぞき見なんてしてませんよ」とロッティーはおちゃめに答えた。「女性はそんなことしないものよ」と言いながら彼女は大胆に彼の姿に見とれた。「でも、朝のあなたって素敵」

彼は彼女の手を離し、困ったものだといわんばかりにふんと鼻を鳴らして頭を振り、指で乱れた髪をかきあげた。ごろんと横向きになって、濃い黒い巻き毛で覆われている胸部を見せる。

誘惑に負けて、彼女は彼に擦り寄り、胸を暖かく豊かな胸毛に押しつけた。「あなたのお友だちといっしょに眠ったことはあるの？」

「ジェンマのことか？　いや、ないよ」

「では、私は初めていっしょに寝た女なのね」と彼女は嬉しそうに言った。

彼は優しく彼女に触れた。指先で彼女の肩の滑らかな曲線をたどる。「そうだ」

彼が彼女を仰向けにしようとすると彼女は素直にそれに従った。彼は頭をさげて彼女の胸にキスした。彼に見られていることを感じて、すでに胸はすっかり敏感になっていて、熱い優しい舌がバラ色の乳首をぐるりとなめると、彼女はあえいだ。彼の下で体の力を抜き、彼女は日の光と白いリネンの心地よい感触を堪能する。腕を彼の黒い頭にまわし……。

「ニック、だめ」彼女は突然叫んだ。マントルピースの上の時計をさっと見る。「まあ、たいへん。遅れてしまうわ!」

「遅れる? 何に?」彼女が彼の体を押しのけようとするのに抵抗しながら、くぐもった声で彼は尋ねた。

「ソフィアとロス卿が一〇時にこちらに到着なさるの。お風呂に入って着替える時間もないくらい。さあ、どいて! 急がなければならないんだから!」

ニックはふくれっ面で、彼女が彼の下から這い出るのを許した。「僕はここで寝ていたいな」

「だめよ。私たちはソフィアとロス卿といっしょに家を見てまわることになっているし、そしてあなたはいい子にしていて、お姉様がなさった素晴らしいお仕事を賞賛しなければならないわ。そしておふたりの寛大なご配慮に心から感謝するのよ。それから、早めの夕食をお出しして、シルバーヒルへお帰りになるのをお見送りするという段取りよ」

ニックは横向きに寝そべったまま、彼女がベッドからおりるのを見ていた。「これから少なくとも一二時間はかかるわけだな。そんなに長く待てないよ」

「では、なんとか待てるように工夫してくださ――」立ち上がったロッティーは言いかけて言葉を止め、鋭く息を吸い込んだ。

「どうした?」と彼は驚いて尋ねた。

ロッティーは頭のてっぺんからつま先まで真っ赤になった。「痛みが。いつもは痛くならないところに……」

ニックは即座に理解した。恥じ入ったような笑いが彼の唇の端に浮かんだ。悔い改めるように頭を下げるふりをしたが、ぜんぜん悔い改めているようには見えない。「すまない。タントラのせいだ」

「あれがそうなの?」ロッティーはガウンをかけておいた炉床近くの椅子まで足を引きずりながら歩いていった。急いで彼女はガウンを羽織った。

「古代のインドの技巧で、性交の時間を延ばすために行われる、一種の儀式みたいな方法だ」

昨晩の彼の行為を思い出すと、顔の赤味はなかなか退かない。「ええ、たしかに時間は延びたわね」

「そうでもないんだ。実際、タントラのエキスパートは九時間から一〇時間続けるそうだ」

彼女は呆れたように彼をにらみつけた。「望むなら、あなたはできそう?」

ベッドから立ち上がって、ニックは彼女のほうに歩いていった。裸でいることをまったく意識していない彼は彼女を抱きしめ、鼻をその柔らかな金髪にこすりつけて背中に流れている三つ編をいじった。「君となら、やってみるな」と彼女の額にキスしながら微笑んだ。

「私は辞退いたしますわ。こんなふうにほとんど歩くこともできないんですもの」。彼女は彼のもじゃもじゃの胸毛をまさぐって、彼の乳首を探し当てた。「残念ですけど、タントラの技巧に関しては、あなたを奨励することはできないわ」

「かまわないよ」と彼は明るく言った。「ほかにもいろいろと試せる方法があるからね」彼は誘うように声を低めた。「まだまだ君に教えていないことがたくさんある」

「なんだか、恐ろしいわ」と彼女が言うと、彼は笑った。

彼はその大きな手を彼女の頭の後部にあてて、顔を上向かせた。ロッティーは彼の目の表情にたじろいだ。深く青い泉の底に熱がくすぶっている。彼は彼女がぷいと顔を背けるのではないかといぶかるように、ゆっくりと顔をさげ、彼女の唇に自分の唇を重ねた。彼は朝になったら私がまたキスを拒絶するのではないかと恐れているのだ。彼のためにじっと動かず、彼女は目を閉じて彼のビロードのような温かい唇が自分の口をふさぐ感触を味わった。

その後の数日間、ニックは自分のことがよくわからなくなっていた。ロッティーに過去を告白し、それに対して彼女が驚くべき反応を見せたことで、すべては変った。事実を話したら、彼女は遠ざかっていくはずだった。しかし、彼女は何のためらいもなく彼を抱きしめ、彼を受け入れた。彼にはその理由がわからなかった。後悔しているようすが少しでも見えやしないかと注意深く彼女を観察した。そのうちに彼女が理性を取り戻すに違いないと思っていたからだ。しかし、彼女が拒絶を示すことはなかった。ロッティーはあらゆる面で——セックスの面でも、感情の面でも――彼に心を開いていた。彼女に信用されていることが恐くなった。こんなにも彼女を必要としていることが恐くなった。ああ、もう勝手気ままな生き方はできなくなってしまったんだと実感して……。

とはいえ、それを後悔しているわけでは決してなかった。

この必然的な結果に直面して、ニックは屈服せざるを得ないことを悟った。一日、一日と、彼はそのふわふわと捕えどころのない暖かさを自分の内部に浸透させていった。それは幸福と呼ぶ以外にないものだった。悪魔は去り、彼を駆り立てていた罪の意識は過去のものとなった。手に入れられないものを求める飢餓感も消えた。生まれて初めて心に平和が訪れた。悪夢さえもが退却していったようだった。彼はいままでになく深く眠り、たとえいやな夢で目を覚ましても、ロッティーの小さな体が自分の体に寄り添い、自分の腕に絹のような金髪がかかっているのを見ると心が落ち着いた。彼はこんなに怠惰に暮らしたことはなかった。寝坊をして、妻と愛を交わし、彼女と長い乗馬や散歩にでかけ、ときにはピクニックも楽しんだ。心の底では、モーガンや捕り手たちとロンドンで有益な仕事をしているべきだと思っていたにもかかわらず。

しかし、やがてそれは彼を悩ませ始めた。また昔のようにロンドンの胡散くさい裏通りを見まわり、犯人を追い詰め、捕獲するスリルと興奮が味わいたくてたまらなくなった。彼は子爵としてどのように生きていったらいいのかわからず途方に暮れた。生まれ育った家で暮らしていても、自分がなんとなく場違いな場所にいるように感じた。召喚状が届いたからといって、魔法のようにすべてが変ったわけではなかった。貴族の生まれであろうとなかろうと、彼は街で育ったのだ。

「私はあなたが必要とするものについて、ずっと考えていました」とロッティーが言った。

ふたりはその朝、家を出て石畳の薔薇の小道を散歩していた。その道からはスイレンが咲いている細長い池が見わたせた。池の向こうには芝生のなだらかな起伏が広がり、ヒマラヤスギやニレが周囲に植えられている人工池へと続いている。ニックは少年時代によく使った近道にロッティーを連れて行った。低い石垣を跳び越えれば芝生を通らずに真っ直ぐ森に行ける。

ロッティーの言葉に微笑しながら、ニックは手を差し延べて彼女が石垣から下るのを助けた。彼女はひとりでも簡単に飛び降りることができたが、両手を彼女の腰にあてている彼の肩に両手をかけ、彼に抱きおろしてもらった。

「僕が必要としているものは、何なんだい？」彼女の体を自分の体の前面に沿わせて、彼女の足の先が地面につくまでそっと滑りおろしながら、彼は尋ねた。

「目標よ」

「え？」

「何か有益なことをするための目標。領地の管理以外の何か」

ニックはロッティーの小さなほっそりした姿をじろじろと見た。彼女はチョコレート色の縁取りがされた桃色の散歩用ドレスを着ていた。「目標ならあるね」と彼は言って、彼女の唇に自分の唇を重ねた。彼の温かい唇の重みを受け入れる前に、彼女が微笑んだのがわかった。彼女は探索好きのやさしい舌を受け入れるために口を開いた。

「私が言いたいのは、余暇にあなたが暇をもてあまさないようにするための目標よ」彼がキスを終えると、彼女は息を切らして言った。

彼はコルセットをつけていない彼女のウエストの横に手を滑らせた。「僕もそのことを言っているんだよ」

ロッティーは笑いながら彼から離れた。彼女はかかとの低いアンクルブーツで落ち葉のカーペットを踏みしめながら森の中へ歩いていく。古い森の鬱蒼とした緑の天蓋を通り抜けてきた日光の細い筋が、結い上げられた淡い金髪を捕え、銀色に輝かせた。「ロス卿は裁判所の改革に興味をお持ちだわ。そして女性と子どもの権利についても。あなたも目標をもって何かを始めれば、民衆のためになることができるのではないかしら。たとえば、貴族院の議員になるとか――」

「待てよ」彼は彼女に続いて木の迷路を通り抜けながら、用心深く言った。「僕と、あの聖人君子の義兄殿を比べようと言うのなら――」

「比較しているのではなくて、ただ例としてロス卿のお名前を出しただけよ」巨大なニレのそばで立ち止まって、彼女はまだらな灰色の樹皮に刻まれている深い溝を手でなぞった。「私が言いたいのは、あなたはここ数年間、民衆のために働き、多くの人々を助けてきた。それなのにいきなりそれをやめてしまったら――」

「人助けなんかじゃないぞ」憤慨して口をはさむ。「僕はヤクザな連中や売春婦とつるみ、タイバーンからイーストワッピングまで逃亡者を追いかけまわしていたんだ」

ロッティーは困ったような目で彼をじっと見る。濃い茶色の瞳にはなんとも形容のしがたい優しさがある。「でも、そうやってあなたはロンドンの安全を守ってきたのよ。そして、人々に正義をもたらした。ねえ、どうして？　あなたが人のためになることをしてきたという話になると、ぷりぷり怒り出すのはどうしてなのかしら」

「人から、本当はそうでないのに、こうだと決めつけられるのがいやなんだ」と彼はそっけなく言った。

「私はありのままのあなたを見ています。そして、決してあなたを聖人とは言わないわ」

「よかった」

「でも……捕り手としてあなたがしてきたことは、人々に恩恵を与えた。それをあなたが認めようと認めまいと、ね。だからあなたはいま、暇な時間をつぶす何か有意義な活動を見つけなくてはならないと思うの」。ロッティーはのんびりと歩き、落ちていた枝をぱきっと踏んだ。

「僕に改革主義者になれというのか？」彼女の後ろを歩きながら、彼は嫌悪感をむき出しにした。

彼が突然不機嫌になったことは無視してロッティーは歩き続け、森を抜けた。すると小さなきらきら輝く湖が見えてきた。「あなたが関心を持てる問題があるはずよ。戦って勝ち取りたいと思うようなことが。たとえば、汚れたテームズ川をきれいにするとか。あるいは、老人や子供、そして心を病んでいる人たちが、適切な世話も受けずに、いっしょくたにつめこまれている感化院を改善するとか」

「そのうち君は僕に議会で演説させて、慈善舞踏会を開きたいと言い出すんだろうな」彼はその考えに顔をしかめた。

ロッティーは改善されるべき問題をさらにいくつも挙げていった。「公立学校の不備、狩猟などの残酷なスポーツ、かわいそうな孤児たち、それから釈放された囚人たちの身の振り方――」

「もうたくさんだ」彼はロッティーの隣にやって来た。

「刑務所の改善はどうかしら。それなら、あなたは十分知識があるからぴったりだわ」

ニックは凍りついた。ロッティーが大胆にもそれを自分に言ったことが信じられない。彼は人生のその部分を心の奥底に閉じ込めて忘れるふりをしていた。彼女になにげなくそれを言われることは不意打ちに等しかった。あるいは裏切り。しかし、何か答えようとして、下から見上げる彼女の顔を見つめていると、その表情に不動の優しさがあるのがわかってきた。さあ、私には何でも言って、と柔らかい光を放つ目が懇願している。心の重荷を私にもわけて、と。

彼は彼女から視線を引きはがした。めらめらと燃え上がった激怒は勢いを失い、警戒へと変っていった。くそっ、彼女を信じることができたら。世界がまだ汚されておらず、ずたずたに切り裂かれてもいなかった頃の自分の魂の最後のかけらを彼女に与えることができたら。だが、そんな弱さをさらけ出すことなどできやしない。

「考えておくよ」と言う自分のかすれた声を聞く。

ロッティーは微笑み、手を伸ばして彼の胸をなでた。「何かやる価値のあることに身を捧げていないと、あなたが目的のない生活に焦れておかしくなってしまいそうで恐いの。あなたはくだらない娯楽で気を紛らすだけで満足できる人じゃない。しかもボウ・ストリートの仕事も失ってしまったし……」彼の目に浮かんだ表情を見て当惑して、彼女は言いよどんだ。「捕り手の仕事が懐かしいのでしょう？」

「いや」と彼は軽く言った。

「本当のことを言って」彼女は眉をひそめてせがんだ。

ニックは彼女の手を引いて、湖畔の道に連れて行った。

「たしかに懐かしい」と彼は認めた。「あまりにも長いことシーフ・テイカーをやってきたからね。僕は悪漢たちとの対決を楽しんでいた。暗黒街の悪党どもの裏をかくのは痛快だった。僕には彼らがどう考えるかがわかるんだ。逃亡した殺人者や、薄汚い強姦魔をひっ捕まえ、ボウ・ストリートの牢屋に叩き込むたびに、たとえようもないほどの満足感を覚えたものだった」彼はしゃべるのをちょっとやめて、言葉を捜した。「勝負に勝った、という感じかな」

「勝負？」ロッティーは慎重にその言葉を繰り返した。「あなたはそんなふうに考えているの？」

「捕り手たちはみんなそうさ。相手を出し抜くつもりなら、そうでなくちゃ。冷めた目で見ることができないと、集中力の妨げになる」

「そんなふうに距離をおくのが難しいこともあったでしょう?」

「ない」と彼はきっぱり言った。「感情を閉じ込めておくことは僕には簡単だった」

「そうなの」

しかし、ロッティーは彼の言っていることを理解しているように装ってはいたが、その言い方にはほとんど気づかれないほどかすかな懐疑的な響きがあった。いまでも彼はそんなふうに完全に感情を殺すことができるのかしら、と疑っているように見えた。なんとなく不愉快なすっきりしない気分で、ニックは黙ったまま湖の周辺の散歩を続けた。そして心の中で、ウースターシャーののんびりした風景はもううんざりだ、早くロンドンに帰ろうと誓った。

14

「今日は、ボウ・ストリートに行くのね？」両手で紅茶のカップを包むように持ちながらロッティーがきいた。ニックが大皿に盛られた卵と果実とスグリパンをがつがつと平らげているのを見つめている。

ニックはわざとなにげない笑顔で彼女をちらりと見た。「なんでそんなことをきくんだい？」三日前にウースターシャーからロンドンに戻って以来、彼は銀行家に会い、不動産専門家を雇い、仕立て屋へ行き、友人たちとトムのコーヒーハウスで午後を潰した。ロッティーが知る限り、今日もいつもと同じ調子に流れていくはずだった。しかしどういうわけか、彼女の直観はそうではないと告げていた。

「だって、あなたがグラント卿か、あるいは別の方に会いにボウ・ストリートにいらっしゃるときはいつでも、特別な顔つきをしているんですもの」

ニックは妻の疑う表情がおかしくて、にやりと笑わずにはいられなかった。彼女には秘密をかぎつける本能と、ネズミを獲るのが得意なテリア犬のような粘り強さがあった。彼はそれを賛辞と考えていたけれど、彼女はおそらくそうはとらないだろう。「あいにく、ボウ・ストリートに行く予定はない」と彼は穏やかに言った。それは真実だったが、厳密には言葉の上でだけの真実だった。「友人と会う予定なんだ。エディ・セイヤーさ。前に話したことがあっただろう?」

「ええ、その方も捕り手のひとりでしたわね」繊細なカップの上で、ロッティーの目が細められた。「ふたりで何を企んでいるの? 危ないことではないのでしょうね」

彼女の声にはかすかに不安が含まれていた。そして自分のことのように彼を気遣う彼女の視線にさらされて、彼は心臓をがつんと打たれたようなショックを感じた。ニックは彼女が発しているサインの意味が理解できずに苦しんだ。まるで彼女は俺のことを本気で心配しているみたいじゃないか。俺の身の安全がとても大切だとでもいうように。彼女がそんな目で彼を見たことは今までに一度もなかった。だから彼は、それにどう反応したらいいのかわからず戸惑った。

彼はおずおずと手を伸ばし、彼女を椅子から立たせて引き寄せ、膝に乗せた。「危険なことなど何もないよ」ふっくらした彼女の頰に唇をつけてそう言った。彼女の肌の甘い味に酔いしれてから、耳のほうへと進み、舌の先でやわらかい耳たぶに触れた。「あれがちゃんとできないような状態で家に帰るような危険は絶対冒さないさ」

ロッティーが膝の上でもぞもぞ動いたので、彼の股間は熱く燃え上がった。「セイヤーさんとどこでお会いになるの?」とロッティーはしつこくきいた。

質問を無視して、ニックはロッティーのモーニングドレスの胴部に手を当てた。白地に小花と葉の模様がプリントされたふわりとした布地のドレスだった。大きくえぐれたえりぐりからのどの繊細なラインがあらわになり、あらがいがたいほど魅力的だった。顔を下ろしてその首にくちづけし、甘い綿毛のような肌を味わいながら、スカートをさらさら鳴らして、その下に手を忍び込ませる。

「そんなことをしても、私の注意をそらすことはできませんからね」とロッティーは言ったが、彼の手が滑らかな太腿に達すると、彼女があっとため息を漏らすのを彼は聞き逃さなかった。ある発見が彼の性欲を燃え上がらせた。彼のペニスはいきり立ち、彼女のお尻の丸みを突き上げた。

「君はズロースをはいていないね」と彼はささやいた。むさぼるように彼の手は彼女の裸の脚の上を動き回った。

「だって、今日はとても暑いんですもの」彼女は息を切らせながら言った。彼から逃れようと、ドレスの下の手を押しのけようとするが、効果はなし。「とにかく、あなたを喜ばせるために履かなかったわけではありませんから。ニック、やめて。メイドがいつ入ってくるかわからないじゃないの」

「じゃあ、さっさと済まそう」

「あなたがさっさと済ますなんて、ありえないじゃない。ニック……ああ」

彼の手が股間の茂みに到達すると、彼女は体をのけぞらせた。よく教えこまれた彼女の体は彼の動きにすぐ反応し、甘い割れ目はすでにしっとりと濡れていた。「来週、マーケンフィールド家の舞踏会でこれをやるんだ」彼はしっとりと濡れた谷間に親指を走らせた。「人目につかない部屋の隅に君を連れて行って、ドレスの裾をめくりあげ、そこをかわいがって君をいかせてやる」

「だめよ」と彼女は消え入るような声で抗議した。彼の長い中指が滑り込み、彼女は目を閉じた。

「やるのさ」ニックは濡れた指を引き抜き、そして彼女の体が彼の動きに合わせてリズミカルに反応するまで、容赦なく尖った蕾を愛撫し続けた。「君の口を僕の口でふさいで、あえぎ声がでないようにする。そして君が僕の指でクライマックスに達するとき、ぼくは君にこうやってキスをする……」彼は二本の指を脈動している柔らかな水路に突き入れた。そして激しくうめき、身を震わせている彼女の唇を彼の唇で覆った。

彼女の体から最後の歓喜の痙攣を引き出したあと、ニックは口を離し、満足そうに真っ赤に紅潮している彼女の顔に微笑みかけた。「ちょうどいい早さだったかな?」

朝食のテーブルでの短い楽しみのおかげで、ニックはとてもすっきりとした気分になった。今晩家に帰ってからのことが待ち遠しくてたまらなくなった。上機嫌で乗馬用の馬を借り、エディ・セイヤーとの待ち合わせ場所におもむいた。上等の馬や自分の馬車で居酒屋のブラッドボウルに出かけるのは利口ではない。なにしろそこは犯罪の頻発する場所で、「悪漢の溜まり場」とも言われていた。

ニックにとってブラッドボウルは古くからのなじみの場所だった。ロンドンの主要下水溝であるフリート・ディッチ周辺の地域にあり、その近くにはかつて彼が経営していた売春宿もあった。下水溝は大規模な無法地帯を突っ切る形で流れていた。ちょうどニューゲイト、フリート、ブライドウェルなど四カ所の刑務所に囲まれた地域で、暗黒街の心臓部とも言えた。

何年間もそこはニックにとっての家だった。犯罪組織の首領として活躍していたころ、ニックは市街に上品なオフィスを借りていた。フリート・ディッチに出向くのは気が進まない上流階級のクライアントや銀行家に会うためだ。しかし、彼は大部分の時間をフリート・ディッチ近くの売春宿で過ごし、その決して消えることのない悪臭に徐々に慣れていった。彼はそこで計画を立て、罠をしかけ、密売人やたれこみ屋のネットワークを巧みに蓄積していった。彼は、自分は金をしこたま儲けて、若いうちに死ぬだろうと思っていた。タイバーンで縛り首にされた犯罪者が言った言葉に同感だった。「短くても楽しけりゃ、いい人生だったってことさ！」

しかし、ニックが自分の生き方にぴったりの罰を受けようとした瞬間、ロス・キャノン卿が割って入り、あの不名誉な取引を申し出たのだった。ニックは認めたがらなかったが、捕り手として過ごした数年間は彼の人生で最高の時期だった。彼はロス卿に操られていることに常に憤りを感じていたが、義兄が自分の人生を良い方向に変えてくれたことは否定できなかった。

ニックは物珍しそうに混雑した薄暗い街路をながめた。大勢の人々が崩れかけた積み木の山のような建物を出たり入ったりしていた。ベタートン通りの落ち着いた小さな家に、美しくかわいらしい妻を残してきたばかりの者にとって、この場所は猥雑すぎた。そして奇妙なことに、追跡に出かける前のはやる気持ちは以前の半分も強くなかった。ニックはロンドンで最悪の危険区域にやってきたら、ぞくぞくするようなスリルを感じるだろうと思っていたが、実際には……。

今日セイヤーを手伝うと約束したことをかなり後悔している自分がいた。だがなぜだ。彼は、臆病者でもなければ、甘ったれた貴族でもなかった。ただ……自分はもはやここに属してはいないという思いが彼を困惑させた。失いたくないものがある。そしてそれを失うリスクを冒したいとは思わなくなっていた。

頭を振って混乱した気持ちを振り払い、ニックはブラッドボウルに入っていった。店の暗い隅に置かれたテーブルでセイヤーは彼を待っていた。その居酒屋は相変わらず下品で汚らしく、混み合っており、ごみとジンと体臭が混ざったにおいがした。

セイヤーはにっこり笑ってニックを迎えた。彼は堂々たる体格の若者で、威勢がよかった。ニックが抜けたいま、彼はグラント卿の捕り手の中では最高の男だった。ニックは友人に会えて嬉しかったが、セイヤーの目に不敵な興奮の輝きを認めて、自分はもはやその興奮を共有できなくなっていることを思い知り、不思議なことに心が沈んでいくのだった。捕り手としての能力や本能はまだ健在であることは疑いようもないが、犯人を追い求める貪欲さは失われていた。妻といっしょに家にいることを望んでいるのだった。

なんてこった。むらむらと不愉快な気分がこみあげてきて、彼は自分に毒づいた。

「あんたにこれを頼んだことがモーガンにばれたら、俺は八つ裂きにされちまうよ」セイヤーはしょげている。

「ばれないさ」ニックは彼のテーブルに座り、給仕女がエールのジョッキを持って近づいてくると、いらないと首を横に振った。女は口をとがらせてふくれっつらをしてみせてから、ウィンクをして去っていった。

「たぶん、自分ひとりでできることだとは思う」とセイヤーは盗み聞きされるのを恐れて、声をひそめた。「だが、俺はあんたほどフリート・ディッチを出入りする連中を知っているわけじゃない。あんたほどの情報通はいやしないのさ。あんたなら、俺が探している奴を簡単に見分けることができるだろう。前に会ったことがある相手だからな」

「だれなんだ？」ニックは前腕をテーブルに置いたが、袖が木のテーブルの表面にくっつくのを感じて、あわてて引っ込めた。

「ディック・フォラードだ」

その名前はニックの不意をついた。ロンドンの犯罪者のほとんどは、チャンスをうかがう小者だ。ところがフォラードは悪事に長けた冷血漢で、一級の犯罪者と思われていた。ニックは二年ほど前にフォラードを逮捕したことがあった。この悪党は金持ちの弁護士夫妻の家に押し入り、夫妻が抵抗すると夫を殺して、妻をレイプしたのだった。しかし、フォラードは共犯者の名前を白状する交換条件として、絞首刑を免れ、流刑にされた。

「フォラードはオーストラリアに送られたはずだ」とニックは言った。

「戻って来ている」とセイヤーは苦笑いした。「愚かな者は愚かなことを繰り返すってやつだ」

「どうして、帰ってきたことを知ったんだ?」

「実は俺にも本当かどうかはわからない。だが、最近奴を見かけたという噂が立っている。しかも奴の手口にそっくりな残虐な強盗事件が何件も起きている。昨日、俺は気の毒な婦人から事情を聞いた。強盗が家に押し入り、夫を殺して、彼女をレイプしたそうだ。侵入経路も同じ、旦那を刺したナイフの使い方も同じ、そして、妻は犯人によって暴行され、夫は殺された。彼女が話してくれた犯人の人相がフォラードに一致した。首の右側に傷跡があるところまでね」

「くそっ」眉と眉の間に皺を寄せ、鼻梁を手でつまみながら、ニックはいま聞いた話を咀嚼した。「モーガンが、お前ひとりに、フォラードの捕獲を命じたとは信じ難いな」

「違うんだ」とセイヤーは朗らかに言った。「彼は、フォラードの昔の仲間から話を聞いて、報告しろと言っただけさ。だが、俺はフォラードを直接モーガンにわたしてやろうと思ったわけだ」

　ニックはにやりとせずにはいられなかった。それをやってのけたときのモーガンの反応が手にとるようにわかるからだ。「それに成功したら、モーガンは、お前の馬鹿げた目立ちたがり屋根性をこっぴどく叱るだろうよ」

「ああ……それから、ロンドンに舞い戻ってきた流刑囚をよく捕まえてくれたと俺の骨ばったけつにキスするんだぜ。そして俺がタイムズ紙の一面を飾るってわけだ。女たちが俺を一目見ようと群がってくる」

ニックの微笑は歪んだ。「それはお前が思っているほど愉快なもんじゃないぜ」と友人に忠告する。

「そうかい？　だが、一度くらい経験してみたいよ」セイヤーは楽しそうに眉を上げた。「いっしょにやってくれるか？」

ニックはため息をついてうなずいた。「まず、どこから探すつもりだ？」

「報告書によると、フォラードが目撃されているのはハンギングアックス横町とデッドマンズ・レーンに挟まれた貧民街だ。あそこはまるで壁という壁に穴があいているアリ塚みたいなもんだ。部屋と部屋のあいだにはトンネルがあって……」

「ああ、あそこなら知っている」ニックは表情を変えないように努めていたが、冷たい嫌悪感が腹の底に渦巻いていた。そうした貧民街に入ったことはあるが、暗黒街の恐怖に慣れている彼にとってさえ、心地よい経験とは言えなかった。ハンギングアックス横町に最後に行ったときには、母親がジンを買う金欲しさに子どもに身を売らせ、狭い通りに乞食や売春婦がたくさんたむろしていた。

「素早く探さないとな」とニックは言った。「我々が潜入していることはあっと言う間に知れわたる。そうしたらフォラードは我々の目をかすめて姿を消してしまうだろう」

セイヤーは興奮を隠し切れないように歯を見せてにやりと笑った。「よし、行こう。案内を頼むよ」

彼らは居酒屋を出て、蓋のされていない下水溝で二分されている通りを歩いていった。死んだ動物や腐敗したごみの悪臭が空気を重くしている。傾きかけた建物が、くたびれ果てて互いに寄り添うかのように軒を連ね、強い風が吹き付けるたびにガタガタと音を立てた。街路を確認する標識もなく、家や建物にも住所を示す番号はついていない。よそ者がここに足を踏み込んだら、たちどころに道に迷い、身ぐるみはがれて、めった刺しにされ、暗い裏庭か路地に死体が置き去りにされるのがおちだ。ここの住民の貧しさは想像を超えたものであり、彼らがそこから抜け出すことができるのは、酒場でジンを飲む束の間の時間だけだった。それが証拠に、酒場だけはどの通りにもあった。

その地域の住人の絶望を見るのがニックにはつらかった。骨と皮ばかりの子どもたち、身を落とした女たち、すてばちな男たち。健全な生き物は、街路を横切っていくネズミくらいのものだった。これまで、ニックはこうしたことすべては社会の営みの必然的な部分だと考えてきた。だが初めて彼は、こうした人々のために何かできないだろうかと考えた。ああ、神よ。彼らは救いの手を必要としている。だが自分には何ひとつしてやれない。彼はロッティーが数日前に言っていたことを思い出した。「あなたが関心を持てる問題があるはずよ。戦って勝ち取りたいと思うようなことが」こうして考える時間を与えられると、彼女が正しかったことを認めないわけにはいかなかった。彼はシドニー卿として、ニック・ジェントリーが果たしたよりもはるかに多くのことを成し遂げられるのだ。

手をポケットにつっこんで、ニックはセイヤーを盗み見た。彼の頭にはディック・フォラードを見つけることしかない。そうでなければならない。気を散らしてはならないのだ、と彼は自分を戒めた。しかしさらに別の声が、彼の心に忍び込んできた。

それはモーガンの声だった。「悪魔の鼻を何度もひねり続けると、そして頑固で頭が鈍いために自分がそうしていることに気づかずにいると、いつか己の血で代償を支払うことになる。私は引き際を心得ていた。君もこのあたりが潮時だ……」

やめる潮時が来ていたのだ。だが、いまこの瞬間まで、ニックはそれに気づかなかった。セイヤーを助けたら、これ一回限りで、捕り手としての自分に別れを告げよう。そしてもう一度人生を立て直すのだ。今度はシドニー卿として……妻と家庭を——そしていつかは子どもも——もつ男として。

自分の子どもを宿したロッティーの姿を想像すると胸がきゅっとつかまれるような気がする。彼はついに、ロス卿が結婚したあと、あっさり治安判事を辞めてしまった理由を理解できるようになった。そして、モーガンが何よりも家族を大事にする理由を。

「ジェントリー」セイヤーが小声で呼んでいる。「ジェントリー？」

考え込んでいたために、セイヤーにもう一度呼ばれるまで、ニックは気づかなかった。

「シドニー！」

ニックは尋ねるように彼を見た。「なんだ?」

セイヤーは眉を寄せている。「しっかりしてくれよ。心ここにあらずって感じだな」

「大丈夫だ」とニックはそっけなく言った。だが、自分が本当にぼんやりしていたことを認めざるを得なかった。この場所では、それは命取りになる。

彼らは貧民街区域に踏み込んだ。ニックは注意深くあたりをさぐった。知っている通りやトンネル、建物と建物のあいだの抜け道などを思い出そうとする。彼は胸の上に軽く手をあてて、上着のポケットに入れてある、鉄入りの革製こん棒の頼りになる重みを確かめた。

「通りの北側の建物から始めよう」とニックは言った。「角に向かって進もう」

セイヤーはうなずいた。彼の体が行動に備えて緊張するのが外からでもわかった。

彼らは順番に建物を調べていった。ときおり足を止めては、何か知っていそうな人物に質問した。部屋や穴倉の中は薄暗く、混み合っていて、とても臭かった。ニックとセイヤーに逆らう者はいなかったが、猜疑と敵意に満ちたたくさんの視線が彼らに注がれていた。

通りのつきあたり近くの作業場――表向きは留め金工房に見えたが、実は偽金作りが集まる場所だった――で、フォラードの名前を言ったときに痩せた老人の目が怪しく光ったのをニックは見逃さなかった。セイヤーが店の中を調べているあいだに、ニックは老人に話しかけた。

「フォラードについて何か知っているのかい?」ニックは穏やかに尋ねた。左の袖の縁に反対の手の指でそっと触れる。ロンドンの貧民街ではよく知られているサイン、確かな情報にはそれに見合った報酬を支払うことをこっそり示すジェスチャーだ。

老人は紙のように薄いまぶたを黄色味がかった目にかぶせてどうしたものかと考えている。

「かもな」

ニックがコインを二、三枚手のひらにのせて差し出すと、老人のしわだらけの指がそれをつかんだ。「どこで彼を見つけられるか教えてくれるかい？」

「メランコリー通りの酒場に行ってみろ」

感謝の会釈をして、ニックはセイヤーのほうを見た。行くぞ、と目で合図する。

外に出ると、彼らはすぐにハンギングアックス横町から二本道を越えたところにあるメランコリー通りに向かった。フリート・ディッチ近辺のどの酒場もそうだが、その店も昼前だというのに客でいっぱいだった。意識朦朧となった酔っぱらいたちが、地面に座り込んでいる。手短に打ち合わせをして、ニックは店の入口に向かい、セイヤーは裏口を見つけるために崩れかかった建物の裏手に回った。

ニックが店に入ると、客たちのあいだから不満のうなり声が上がった。背が高く、がっしりした捕り手にうってつけの体型が、目立たず群衆に紛れ込むのを邪魔するのだ。さらにまずいことに、ボウ・ストリートで働くようになる前に、犯罪者仲間に対して不利な証言をしたことで、ニックは裏社会で無数の敵を作っていた。だからフリート・ディッチでの彼の人気は芳しいものとは言えなかった。彼を脅そうとする声を無視して、ニックは目を細めて店の中をぐるりとながめわたした。

探している顔が彼の目に飛び込んできた。大陸からまた大陸へと往復の旅をしてきたにもかかわらず、ディック・フォラードはまったく変っていなかった。ネズミのような顔に昔と同じあぶらぎった黒い乱髪、鋭く尖った歯が口元にのこぎりのような印象を与えている。ふたりの視線がぶつかり、氷の火花が散った。

フォラードは一瞬のうちに姿を消した。げっ歯類のような素早さで混雑する人々の中に滑り込み、店の裏手に回った。ニックはやみくもに人ごみをかきわけて進んだ。裏通りに出たときには、フォラードは柵や壁や横道の入り組んだ迷路の中に消えていた。セイヤーはどこにも見当たらなかった。

「セイヤー！」ニックは叫んだ。「どこにいるんだ」

「こっちだ」とセイヤーのしわがれ声が響いた。振り向くと、セイヤーはフォラードを追って二メートルほどの塀をよじ登っていた。

急いでニックもあとに続き、塀を乗り越えて反対側の地面に降りて、覆いかぶさるように両側からせり出している軒で陰になっている暗い小路を全速力で走った。小路は突然行き止まりになり、ニックがあわてて足を止めると、セイヤーが上方をにらみつけていた。フォラードは古い三階建ての倉庫の崩れかけた外壁をよじ登っていた。割れた煉瓦の表面に手をかける場所を探る姿は昆虫を思わせた。二階まで登ったところで、フォラードはどうにかもぐりこめる大きさの穴に到達した。彼の骨ばった体は倉庫の中に消えた。

セイヤーは嫌悪感をむき出しにののしった。「逃げられた」とがっかりして言う。「俺にはあんな真似はできない」

ニックは吟味するように壁の表面を調べてから、助走をつけて壁に飛びついた。フォラードがたどったのと同じ道筋を進む。指とブーツのつま先をぼろぼろと崩れる壁のくぼみに食い込ませて、じわりじわりと進む。はあはあ息を切らせながら、逃亡者が消えた穴に向かって登って行く。

「いいぞ、ジェントリー！」セイヤーが叫ぶのが聞こえる。「俺はほかの入口を探す」

ニックはさらに上へとよじ登り、二階へ続く穴へ這い上がった。建物の中に入ってからは息を殺して耳をそばだてる。上の階で足音が聞こえた。まわりを見まわすと、最上階に向かって架けられている梯子が目に入った。かつては階段があった場所だが、ずいぶん前に崩れてしまっていた。ニックは素早く音を立てずに梯子に近づいた。梯子はかなり新しく、廃墟同然であるにもかかわらずその倉庫がいまも使われていることがわかる。密輸品や盗品の隠し場所であり、逃亡した犯罪者にとってはかっこうの隠れ家となっているのだろう。少しでも頭が働く警官なら、こんな崩れかかった場所に足を踏み入れることはないだろう。

梯子はニックの重みできしった。三階に上がると、床の厚板や垂木はほとんど腐ってなくなっており、梁や柱などの支持材だけが残っていた。腐敗しかけた巨大な動物の肋骨を思わせた。隅のほうにはいくらかもろい床板が残っているが、中央部の床はすっかり抜けている。二階も同じありさまだったから、もしもここから転落すれば下までまっすぐ一〇メートルほど落下して、命を落とすことになるだろう。

ディック・フォラードはニックを見つけるとすぐに、くるりと背中を向け、支持材をつたって逃げ出した。即座にニックは彼の意図に気づいた。隣の建物は手の届くほどの距離にあり、せいぜい一メートルも飛べば、そちらに逃げることができるのだ。フォラードがしなければならないのは、窓枠が取れてただ穴だけになっている場所から飛び降りることだけだ。そうすれば隣の屋根に逃げることができる。

支持材の下でぱっくり口を開けている大きな空間にもひるまず、ニックは勇敢にもフォラードのあとを追った。注意深く足元を確かめながら、フォラードがしていたように後ろ向きに進むかっこうで支持材の上をつたい歩いて行く。梁の中央部を過ぎたころには調子がつかめてくる。しかし、あと少しで向こう側にわたりきれるというところで、ばきっという不吉な音が沈黙を破り、足の下にあった梁の抵抗がなくなった。腐りかけた木は彼の重みに耐えられなかったのだ。

「くそっ」ニックは転落しかけたが、なんとか隣の梁につかまることができた。無我夢中で梁に両腕を巻きつけた。折れた材木とぼろぼろに崩れた厚板が洪水のように轟音を立てながら落ちていく。一方、埃と木屑の雨で、目がかすみまわりがよく見えない。息を切らせながら、なんとか梁の上にあがろうともがいていると、背中にいきなり一撃を食らい、危うく転落しそうになった。驚きと痛みにうなりながら見上げると、そこにはフォラードの勝ち誇った顔があった。

フォラードは大きく唇を左右に引いて、にやりと邪悪な笑いを浮かべた。「ジェントリー、お前を地獄に送ってやる」彼は一歩踏み出し、ブーツを履いた足でニックの手を踏みつけた。指の骨が砕け、のどから苦痛のうなり声がしぼり出された。

フォラードは浮かれ狂ったように笑った。「いち」彼は叫ぶ。「に」彼は再びニックの手を踏みつけた。激痛の電撃がニックの腕に走る。フォラードは決定的打撃を与えるために、ブーツはもう一度上げた。

「さん」ニックは息を止めて、フォラードの足首をつかみ、彼のバランスを崩した。鋭い叫びをあげてフォラードは梁の上から転落していった。彼の体は二階分の高さから落下し、一階の床にたたきつけられた。

ニックには下を見る勇気がなかった。必死に梁にしがみついて、上にのぼることだけを考えた。だが、残念ながら力は使い尽くされ、左手は使えなくなっていた。釣針にひっかけられたミミズのように身をくねらせながら、死への転落と必死に戦う。自分は死ぬのだと、信じられない気持ちで実感しながら。

＊＊＊

ロッティーは震える手で握りしめたその手紙をもう一度読んだ。

ロッティーお姉様

どうか私を助けて。ラドナー卿が来て、私を連れていくとお母様がおっしゃっています。私はあの方といっしょにどこへも行きたくありません。でも、お父様もお母様もそうしなければならないとおっしゃるのです。ラドナー卿が来るまで、私は部屋に閉じ込められています。どうかそんなことにならないよう助けてください。ロッティーお姉様しか頼れる人はいません。

あなたの愛する妹、エリー

村の少年がその涙でにじんだ手紙を届けに来たのは、その日、ニックが出かけて間もなくのことだった。少年によれば、エリーが寝室の窓から手招きで彼を呼び寄せ、この手紙を託したのだという。「お嬢さんは、あなたに手紙を届ければ、半クラウンくれるって言ったんだ」と彼は約束が守られないのではないかと心配しているのか、落ち着きなくしきりに左右の足に体重を乗せ換えながら言った。

ロッティーは代りに四倍の額にあたる半ポンドを与えて少年を喜ばせ、トレンチ夫人にキッチンで何か温かい物を食べさせてやってと命じた。彼女はいらいらとげんこつに齧りつきながら、玄関広間の中をぐるぐる歩きまわって考えた。どうする？　どうやってエリーを助けたらいい？　ニックはいつ帰ってくるかわからない。彼の帰りを待っていたら、エリーはラドナー卿に連れ去られてしまうかもしれない。

いてもたってもいられず、ロッティーは固くこぶしを握りしめ、憤怒の叫びをあげた。ラドナー卿にあの無垢なエリーを引きわたすことを両親が承諾するなんて……。それではまるで、動物を取引するみたいではないか。「彼女はまだ一六歳なのよ」と彼女は声に出して言った。怒りで顔に血がのぼる。「どうしてお父様たちにはそんなことができるの？　そんなことをして平気でいられるなんて」

　手紙には結婚という言葉は書かれていなかった。ということは、両親は自分たちの利益のためにエリーを売ったということだ。その現実に、彼女は吐き気を感じた。

　いいえ、ニックを待ってはいられない。自分が行って、ラドナーが来る前にエリーを救い出そう。ロッティーは、そうしておかなかった自分に腹が立ってしかたがなかった。でも、ラドナーがエリーを欲しがるなんて予測することは不可能だ。ましてや、両親がこんなふうにエリーをラドナーにわたしてしまうなんてことを。

「ハリエット」彼女は手近にあった呼び鈴の引き紐のところにさっと歩いていき、それを引いて、大声でメイドを呼んだ。「ハリエット！」

　黒髪のメイドは即座にあらわれた。あんまり急いで走ってきたので眼鏡が少し傾いていた。

「はい、奥様」

「外出用の上着とボンネットを取って来て」それから言葉を切って、ニックに仕えている従僕の中でだれを連れて行くかを考えた。ニックの不在中に一番役に立ちそうなのは一番体が大きくてもっとも有能なダニエルだ。「それからダニエルに、私の供をするようにと伝えて。すぐに馬車の用意をさせてちょうだい」

「かしこまりました、奥様」ハリエットはロッティーの切迫した気分が感染したように急いで出て行った。

一分もしないうちにダニエルがやってきた。背の高い体を黒い仕着せに包んでいる。温厚な性格のがっしりとした若者で、栗色の髪に薄茶色の目をしていた。「奥様」と彼は非の打ち所のないお辞儀をして、命令を待った。

ロッティーはハリエットからボンネットを受け取ると、器用に顎の下でリボンを結んだ。「ダニエル、私は両親の家に行って、妹を連れて来ます。両親は間違いなくそれに強く抗議するでしょう。もしかすると、腕力に訴えることになるかもしれません。私はだれも傷つけたくはないけれど、どうしても妹をここに連れて来なくてはなりません。あなたを頼りにしてよいですね？」

彼はその質問の意味を理解した。「もちろんです、奥様」

彼女は青ざめた顔でかすかに微笑した。「ありがとう」

馬車は記録破りのスピードで準備され、ベタートン通りの家を速やかに出発した。ロッティーは妹からの手紙をしっかりと握りしめ、冷静な判断で状況をきちんと把握しなくてはだめ、と自分に言い聞かせた。

ラドナーは妹をどうするつもりなのだろうか。ロッティーがラドナーを知るようになってから数年が経つが、彼はエリーの存在すら気づいていないようだった。例外は、太りすぎているだの、まぬけだの、洗練されていないだのと、エリーを批判するときだけだった。世の中にはたくさんの女性がいるというのに、なぜよりにもよってエリーを愛人に選んだのだろう? おそらくラドナーはそれがロッティーを傷つけるための最高の方法であることを知っていたのだ。ニックとの結婚生活が妹の犠牲の上に成り立っているとなれば、ロッティーは決して幸福にはなれないことを知っているのだ。

恐怖と怒りで心が煮えたぎり、ロッティーはスカートをくしゃくしゃに握りしめた。

両親の家までたった一五分の距離だったが、それは耐えられないほど長く感じられた。チューダー風の家々が建ち並ぶ道に到着したときには、まだラドナー卿の馬車は見当たらなかった。ロッティーはかすかな望みが見えた気がしてほっとした。おそらく、間に合ったのだ。

馬車が停止すると、ダニエルが馬車から降りる手助けをしてくれた。彼の穏やかな表情は彼女のすりへった神経をなだめてくれた。ロッティーは舗道に降り立つと、ダニエルを従えて家の中に入っていった。前庭にはだれもおらず、奇妙なことに弟や妹の姿は見えなかった。ロッティーがうなずくと、ダニエルがドアをこぶしでどんどんと叩き、家の者たちに彼らの到着を告げた。すぐにメイドがやってきてドアを開けた。

「ミス・ハワード」とそばかす顔のメイドがうろたえて言った。目はまん丸に見開かれている。

「これからはレディー・シドニーとお呼びなさい」とロッティーはメイドに答えてから、従僕をちらりと見て言った。「あなたはここで待っていてちょうだい、ダニエル。必要なときには呼びますから」

「はい、奥様」

家に入ると、両親が応接間の戸口に立っていた。母親はやつれてはいたが、頑固な表情を保っていた。しかし、父親のほうはうつむいてこちらを見ることすらできない。ふたりの打ちひしがれた姿を見て、彼女の激情は静かな怒りへと変わっていった。「エリーはどこです？」ロッティーは挨拶も抜きできっぱりと言った。

母親は感情のない顔で娘を凝視した。「あなたには関係のないことよ、シャーロット。あなたが最後にここに来たときにはっきり言ったように、あなたはここでは歓迎されない。あなたは利己的行動によって家族との縁を切ったのだから」

苦い返事がロッティーの口から出かかったが、言葉を発する前に、家の奥からドアを叩く音が聞こえてきた。壁の向こうからかすかに聞こえる妹のこもった声だった。「ロッティー。私はここよ！　どうか連れて行って！」

「いま行くわ」ロッティーは叫び、信用できないといった目で両親を見た。「恥ずかしくないのですか」彼女は静かに、一語一語に非難をこめて言った。「エリーをラドナーに売りわたすつもりだったのですね。あの子の人生が台無しになることを十分承知の上で。お父様たちは、それで平気で生きていけるのですか？」

母親の激しくなじる声を無視して、ロッティーはエリーの寝室へさっと歩いていき、鍵穴に残されていた鍵を回した。

エリーは感謝の涙にむせびながら部屋から飛び出してきて、ロッティーに抱きついた。彼女の茶色の髪はもじゃもじゃにもつれていた。「絶対に助けに来てくれると信じていたわ」エリーはあえぎながら、ロッティーの肩に濡れた頬を押しつけた。「信じていたの。ロッティー、すぐにここから私を連れ出して。彼がやって来るわ。いますぐにでも」

すすり泣いている妹を抱き締め、ロッティーは彼女の背中をさすりながら、静かにささやいた。「あなたが困っているときにはいつだって来るわ、エリー。さあ、必要な物を持っていらっしゃい。私の家に行きましょう」

エリーは激しく首を横に振った。「そんな時間はないわ。いますぐ出発しましょう」

「わかったわ、エリー」ロッティーは妹の肩を抱いて玄関のほうへ戻っていった。「馬車に乗ってから、一部始終聞かせてちょうだい」

「ロッティー」エリーはすすり泣きながら続けた。「本当につらかったの、本当に――」

しかし、戸口に近づくとエリーはきゃっと短く叫んで言葉を呑んだ。そこにはアーサー・ラドナー卿の痩せたいかめしい姿があった。その隣には両親が立っている。ロッティーが到着した直後にやってきたに違いない。ロッティーは感情を表にあらわさず、彼の抜け目ない暗い瞳をにらみつけたが、胸の中では心臓がどきんどきんと激しく打っている。彼はロッティーはしっかりとエリーの肩を抱きしめ、動揺する心の内を見せまいと冷やかに言った。

「ラドナー卿、あなたにエリーはわたしません」

「シドニー!」どこか下のほうからセイヤーの叫び声が聞こえてきた。「放すんじゃないぞ！」

「わかってる」血だらけの指が腐った材木から滑りかけていたが、ニックはそうつぶやいた。

耳に鈍いうなりが聞こえた。腕は麻痺して感覚がなく、体中に激痛が走る。だが奇妙なことに、彼の思考は冷静で鮮明だった。セイヤーは間に合わない。彼が助けに来る前に自分は落ちるだろう。

死にたくなかった。皮肉な話だ。これが数カ月前だったら、死のうと生きようとかまわなかったはずだ。短く愉快な人生……それが昔の俺の望むすべてだった。それ以上のことを期待するつもりはまったくなかった。

だがそれは、ロッティーを見つける前のことだ。彼女といっしょに生きる時間が欲しい。彼女をもう一度抱き締めたい。だれかを愛することなど絶対ないと思っていたのに、いまはどんなに彼女を愛しているかを彼女に伝えたかった。彼女を幸せにしてやりたかった。それなのにもう、彼女を見守ることはできない。彼女を守る者はなく、邪悪な者のかっこうの餌食になる……。彼の指がまた少し滑った。彼は息を止めてこらえた。目を閉じ、梁に必死にしがみつく。一秒でも長く耐えられれば、再び彼女に会えるチャンスは広がるのだと自分に言い聞かせる。悪魔が白熱したのこぎりの歯を体の側面にあてて引く。肉がひきつり、顔面から汗が噴き出し、塩辛い流れが首を伝っていく。

ロッティー。彼は恐怖と激痛の中で彼女を思った。もう手遅れというときになって、ようやくたくさんのことを理解した。人生の最後に考えるのは彼女のことだ。そして最後に自分の口からでるのは、彼女を呼ぶ声だ。ロッティー。

突然、ぐっと荒々しく手首がつかまれるのを感じた。まるで手首のまわりに鉄の締め金をはめられたかのようだった。

「もう大丈夫だ」セイヤーの落ち着いた声が、思考のわめきを切り裂いた。いまにも折れそうな材木のきしむ音にもひるまず、セイヤーはニックがつかまっている梁に乗っていた。この梁がふたり分の体重に耐えられるとはとても思えない。ニックは梁から離れろと警告したかった。しかし、声を発するだけの息を吸い込むことができなかった。「俺を信じろ、シドニー。もう一方の手を放せ。絶対に引っ張り上げてやる」

ニックの全本能はその提案に反抗した。梁から手を放して、中吊りになり、だれかの力に完全に頼ることなど……。

「ぐずぐずするな」セイヤーは食いしばった歯の隙間から声を出した。「くそっ、手を放すんだ。絶対に俺が助ける。やれ」

ニックは材木をつかんでいた手を放した。一瞬、ふわりと体が宙に浮く。だが次の瞬間には、セイヤーの手ががっちりと彼の手を骨が砕けるほどの力でつかんで強引に引っ張り上げ、ニックの体をばきばきと音を立てている梁の上に乗せた。

ニックの腕をしっかりつかんだまま、セイヤーは「前に進め」と小声で命じた。ふたりはそろりそろりと梁の上を移動していき、危険な落下から少しずつ退却した。なんとか多少は安全そうな厚板の上に逃れ、はあはあと激しく息を吐きながら、並んで板の上に倒れこんだ。

「ちくしょう」ようやく話ができるくらい息ができるようになるとセイヤーは唸り声をあげた。「あんたは筋金入りのくそったれだな、シドニー」

全身が激しく痛み、ここがどこなのかも定かでない。ニックは自分がまだ生きているのかを必死に確かめようとした。汗でびっしょり濡れている眉を袖で拭こうと腕を上げると、その腕は痙攣を起こし、ぶるぶる震えだした。使いすぎた筋肉が暴走を始めたのだ。

セイヤーは上体を起こし、心配そうにニックを見た。「どうやら筋肉を痛めたようだな。その手ときたら無理やりふるいに通されたみたいだ」

しかし、それでも彼は生きていた。それを信じるには、あまりにも奇跡的だった。ニックは受ける権利のない執行猶予をもらったのだ。神にかけて、彼はそれを利用するつもりだった。ロッティーのことを思うと、会いたくてたまらなくなった。

「セイヤー、俺はいま決めたよ」とニックはしわがれた声で言った。

「うん?」

「俺はもう降りる。これからは、君ひとりでフリート・ディッチに潜入してくれ」

セイヤーはにやりとした。彼の言葉の裏にある意味を理解したようだった。「子爵様には、こんな場所は似つかわしくないってわけだな。いずれあんたがお高くとまるようになるのはわかっていたさ」

ラドナー卿はハワード邸でロッティーと出くわしたことで明らかにうろたえていた。彼の黒い厳しい目がロッティーの顔からエリーへと移り、二人を見比べて違いを心に刻みつけている。再び彼の眼差しがロッティーに戻ってきたとき、彼の緊張した顔には憎悪と憧憬が入り混じっていた。

「お前に邪魔をする権利はない」

「私の清らかな妹はあなたに何もしていません」ロッティーは怒りに燃えていた。「あなたの身勝手な行動のために苦しむ必要はないのです。この子に手を出さないで」

「私は人生の一二年間をお前に投資した」ラドナーは嚙みしめた歯のあいだから声を出すと、一歩前に踏み出した。「だから、なんらかの方法で借りを返してもらうつもりだ」

ロッティーは蔑むような目で両親を見た。「お父様とお母様は、この人にエリーを売ってしまうほど卑しい方々ではないはずです！　そんなところまで自分たちの身を落とすことがどうやったらできるのですか。私の夫が言ったはずです。彼はあなたたちのお世話をし、負債も引き受けると」

「エリーにはこのほうが幸せなのだ」と父親は気弱に言った。「ラドナー卿はエリーに十分なものを与えてくださる」

「彼はエリーを愛人にするつもりなのですよ。それでもかまわないとおっしゃるの？」ロッティーは三人をにらみつけた。エリーは彼女の陰ですくみ、姉の背中ですすり泣いている。

「そんなことはさせません！　私はエリーを連れていきます。私たちに指一本触れる者がいたら、シドニー卿が黙ってはいませんよ」

ニックの名前を出したことは、ラドナー卿を激昂させたようだった。「そんなことをなぜ言える？　お前は私をだまし、裏切り、私に耐え難い屈辱を与えた。それなのに、お前は私が求める返済すら奪うつもりなのだな」

「あなたはエリーを欲しいわけではありません」とロッティーは彼を冷やかに見つめた。「私に復讐がしたいだけ。別の男と結婚した私を罰したいだけなのよ」

「いかにも」自制をかなぐり捨てて、ラドナーは声をはりあげた。「そうだ、私はお前を罰したい。私は泥の中からお前を拾い上げて育てたというのに、お前はまた泥の中に戻っていった。お前は自分を堕落させ、そうすることで、私が一生のうちでたったひとつ望んだものを私から奪ったのだ」彼は脅すようにつかつかと彼女に歩み寄った。「毎夜、私は寝床の中で、あの豚といっしょにいるお前を想像する」彼は彼女の顔に怒声を浴びせた。「どうしてお前は私よりもあの忌まわしいけだものを選べたのだ？　世界で一番不潔でもっとも腐り果てた男を――」

ロッティーは手を後ろに引いて、思い切りラドナーの横面をひっぱたいた。あまりに力をこめたので手がびりびり痺れた。「あなたに彼の悪口を言う資格はありません！」

ふたりの視線がぴたりと合わさった。ロッティーはラドナーの目から最後の理性のかけらが消えていくのを見た。彼は手を伸ばして、鷹の鉤爪のように彼女の体をつかんで持ち上げると、彼女を羽交い絞めにした。彼女の後ろでエリーが恐怖の悲鳴を上げた。

ロッティーの両親はあっけにとられ、ラドナー卿がロッティーを引きずって家を出ていくのをただ茫然と見ていた。ラドナーにきつく捕まれて自由がきかないロッティーは、正面の階段でつまずいて転倒した。ラドナーは従僕に向かって大声で何かを命じた。一方、ロッティーはなんとか彼の手からのがれようともがく。ラドナーは彼女の頭の横側に平手打ちを食らわせた。耳に激痛が走ったが、彼女は頭を起こし、目の前に飛び散る火花を振り払うように、頭を振った。目の端でダニエルの姿をとらえたが、彼はラドナーの従僕たちに押さえつけられていた。いくら体格のいいダニエルでもふたりの男には勝てない。

「奥様」と彼は叫んだ。だが、重いパンチを顔面に食らって、後ろによろめいた。

ラドナーは手をロッティーの髪の毛につっこみ、結い上げたまげに指をからみつかせた。もう一方の手で、ロッティーの首をつかむと、馬車の中に無理やり引っ張り込んだ。

「ラドナー卿、お願いです」父親の心配そうな声が聞こえる。「私たちはあなたにエリーをわたすと約束した。ロッティーを放してください。そうすれば――」

「私が欲しいのはこれだ」怒り狂ったラドナーは前腕で彼女の首を締めつける。ロッティーは息ができずに、苦しそうにうめく。「もう取引はしない。代わりはいらない。私はシャーロットをもらう。そしてお前らはみんな地獄に落ちるがいい！」

ロッティーは万力のように締めつける彼の腕を必死で引っ掻いた。肺が破裂しそうだ。息ができない……空気が……黒と赤の筋が彼女の視界をぼやけさせる。そして彼女は残酷に締めつけてくるラドナーの腕の中で体がぐったりしていくのを意識した。

15

ロッティーの意識が完全に戻ったのは、ラドナーがロンドンの屋敷の中へ彼女を半分引きずり、半分かかえながら運び入れたときだった。頭は激しくずきずき痛み、ラドナーの容赦ない締めつけと戦ったのどはひりひりする。恐怖と激怒で頭の中はいっぱいだったが、エリーを救えたことで深い安堵を覚えていた。妹は安全だ。あとは彼女の人生の大半を支配してきた男と対決するだけ。ロッティーはこれが避けられないことであるのを知っていた。

ロッティーは、使用人たちが驚きの声をあげるのに気づいていたが、主人のやることに口を出そうとする者はいなかった。彼らはみなラドナーを恐れており、ラドナーが何をしようと、彼を止めるために指一本動かさないだろう。彼はどういうつもりで自分をここに連れて来たのだろうとロッティーは考えた。彼女が連れ去られたことがわかれば、まっさきに捜索の手が伸びるのはこの屋敷だ。発見されにくいロンドンから遠く離れた場所に連れて行かれるのだろうと彼女は予想していたのだが。

ラドナーは彼女を書斎に引っ張っていき、ドアを閉めて鍵をかけた。そしてロッティーを椅子に座らせた。片手を傷ついたのどにあてながら、彼女は崩れるように座り込んだ。数秒後、堅くて冷たいものがこめかみに触れるのを感じた。彼は片方の手で彼女の頭を椅子の背に押しつけている。

ロッティーはラドナー卿がここに彼女を連れて来た理由を理解した。心臓は鼓動を止めた。彼は手に入れることができないなら、破壊してしまおうと考えていたのだ。

「私はお前を愛していた」ラドナーの静かな声はまったく正気のように聞こえた。だが、彼女のこめかみにあてられているピストルの銃身は震えていた。「私はお前にすべてを与えるつもりだった」

彼の指が引き金を引けば彼女の人生は終わるというのに、不思議なことにロッティーはまるで普段の会話をしているように、理性的に返答することができた。「あなたは私を愛したことはありません」話すとのどが痛んだが、彼女はこらえて続けた。「あなたは愛という言葉の意味をご存知ない」

ピストルの震えが強まった。「あれほどの犠牲をお前に捧げてきたのに、お前の口からそんな言葉を聞くとは。お前はそれほど無知な馬鹿者なのか？」

「私たちが知り合うようになってからの数年間、あなたが私に示したのは、支配と執着と欲望だけでした。そんなものは愛とは呼べません」

「では、愛とは何なのか言ってみなさい」彼の声は軽蔑に満ちていた。

「相手を敬い、相手を受け入れること。利己心を捨てること。私の夫はそれらをほんの数週間のあいだにすべて見せてくれました。私の欠点を彼は気にしません。彼は無条件に私を愛してくれます。そして私も、彼を同じようなやり方で愛しているのです」

「お前は私に愛情を返す義務がある」と彼は荒々しく言った。

「ただの一度でも思いやりを見せてくださっていたら、おそらく私はあなたに何かを感じることができたでしょう」彼女は話すのをやめて目を閉じた。ピストルがさらに強くこめかみに押しあてられる。「不思議ですわ。私があなたを愛そうが愛すまいが、あなたがそんなことをお気になさるとは考えたこともありませんでした」

「気にするに決まっている」とラドナーは怒鳴った。「少なくとも、それくらいの見返りは当然ではないか！」

「皮肉ですね」彼女は乾いた唇を引いて、ユーモアのない微笑みをつくった。「あなたが私に求めていたのは完璧さでした。それは私が決して達成しえないもの。私がたったひとつだけあなたに差し上げられたかもしれないもの――つまり愛情を、あなたはまったく欲していらっしゃらないように見えた」

「私はいまそれが欲しいのだ」そのラドナーの言葉はロッティーを唖然とさせた。ピストルを彼女の頭に押しあてたまま、彼は彼女の前にまわってひざまずき、顔を彼女と同じ高さにした。彼の顔は皮膚の表面の色ではなく、深部で燃える色によって赤らんでいた。彼の目は、怒り、いやおそらくは絶望によって黒く翳り、薄い口は強い感情によってねじ曲げられていた。ロッティーは彼のこんな表情を見たことがなかった。何が彼を動かしたか、彼女にはわからなかった。なぜ彼は彼女を失ったことでこんなにも心をすさませているのだろう。彼は人を愛することのできる人間ではないはずだったのに。

彼は鳥のかぎ爪のような手で彼女の手をとった。そしていやがる彼女の指を無理矢理汗で濡れた自分の頬に押しあてた。ロッティーは驚きあきれた。彼は私が彼を愛撫することを求めている。ここで、こんな状況で。銃を頭に突きつけながら。

「私に触れてくれ」と彼は熱に浮かされたようにつぶやいた。「私を愛していると言ってくれ」

彼の手の中にあるロッティーの手は人形のように動かない。「私は夫を愛しています」

ラドナーは怒り、困惑して真っ赤になった。「そんなはずはない！」

彼女は事実を受け入れようとしない彼の目を、ほとんど哀れむように見つめた。「あなたはお気の毒な方です。あなたは完璧でない人間を愛することができない。なんという孤独な運命でしょう」

「私はお前を愛した」と彼は怒りを帯びた声を張り上げた。「私はお前を愛していたのだ。このずる賢いあばずれめ！」

「では、あなたは決して存在しないだれかを愛していらしたのよ。あなたが愛したのは実現不可能な理想像です。私ではありません」彼女は唇の上の汗のビーズをなめとった。「あなたは私について何もご存知ないのです、ラドナー様」

「私はお前のことをだれよりもよく知っている」と彼は激して言った。「お前は私無しでは存在しえない。お前は私のものだ」

「いいえ。私はシドニー卿の妻です」。ここで彼女は言いよどんだ。この数日間、一度ならず心に浮かんだことを口にすべきか迷ったのだ。「そして私は、彼の子どもを宿していると確信しています」

ラドナーの目は白い骸骨のような顔の中で暗い底なし井戸に変わった。彼女は彼に深いショックを与えたことに気づいた。彼女が他の男の子どもを腹に宿しているという考えは、いままで彼の頭にまったく浮かんだことがなかったのだろう。

ラドナーは彼女の手を握っていた指をそっと外すと、立ち上がった。冷たい銃身を彼女のこめかみにあてたまま、彼は再び彼女の後ろにまわった。汗ばんだラドナーの手のひらが、さっと彼女の髪に触れるのをロッティーは感じた。「お前はすべてを台無しにした」と彼は奇妙に平坦な調子で言った。ピストルが上に向けられ、かちゃりと重い音が彼女の皮膚に響いた。「私に残されたものは何もない。お前は私の求めているものになりえない」

「ええ」とロッティーは優しく同意した。「私はいつでもだめな娘でしたから」彼が引き金を引くのを待つ彼女の顔に冷たい汗が流れ落ちた。絶対的敗北に直面したからには、ラドナーは彼女を殺すしかない。しかし彼女は、恐怖ですくみあがりながら人生の最後の瞬間を過ごすつもりはなかった。彼女は目を閉じ、ニックのことを考えた。彼のキス、彼の微笑、私を抱き締める腕の暖かさ。無念と喜びの涙があふれてきて、まぶたの裏が痛んだ。彼ともう少し長く暮らしたかった。彼が自分にとってどんなに大事な人であるかを彼に伝えたかった。ゆっくりと息を吐き、彼女はラドナーの動きをほとんど安らかな気持ちで待った。

彼女が息を吐く音とともに、ピストルの銃身が彼女の頭から離れた。重たい沈黙が続く。異常なまでの静けさにロッティーは困惑して目を開いた。ラドナーのかすかな息づかいが聞こえなければ、彼が部屋から出て行ったと思ったことだろう。そっと頭をまわして後ろを振り返ろうとした瞬間、轟音が彼女の耳をつんざいた。彼女は後ろに倒れて、背中を床に打ちつけた。不思議な熱いしぶきがスカートや腕に飛び散った。

ぼう然として彼女は息をつき、腕にかかった赤い小滴をぼんやりと拭った。するとそれは長く尾を引くワイン色の染みになった。血だ。彼女は仰天して、ぐにゃりと倒れているラドナーを見た。彼は一メートルばかり離れたところに倒れていた。その体は断末魔の苦しみに、ひくひくと痙攣していた。

モーガンに報告しなければならないので、ニックはしかたなくセイヤーとともにボウ・ストリートに向かった。体中がひどく痛む。ねじれたわき腹の筋肉は焼けつくようだ。骨折した手の指のまわりにはハンカチが巻かれていたが、だんだん腫れてきていた。痛みと疲れから、早く家に帰ってロッティーに会いたくてたまらなかった。

感じよく古びたボウ・ストリートの庁舎に入ると、彼らはまっすぐグラント卿の部屋に向かった。午後の法廷が終わったあとであることを願う。ニックとセイヤーが近づくと、裁判所書記官のヴィッカリーは椅子から飛び上がらんばかりに驚いた。ふたりの酷いかっこうを見て、眼鏡をかけた書記官は目を丸くした。「セイヤーさんと、ジェン……いや、シドニー卿」

「フリート・ディッチの近くでちょっとした騒ぎがあってね」とセイヤーが言った。「モーガンに会えるかな」

なぜか書記官はニックに奇妙な一瞥を投げた。「判事様はいま、事情聴取をしておられます」

「どのくらいかかりそうかな」とニックは不愉快な顔で尋ねた。

「私にはわかりかねます。どうやら緊急を要する事態であるようです。しかも、お見えになっているお方はなんとあなたの従僕なのですよ、シドニー卿」

ニックはよく聞こえなかったかのように、頭を振った。「なんだって？」

「中にいるのはダニエル・フィンチリーさんです」

「ダニエルがなんだってこんなところに？」ニックは即座にモーガンの部屋へ向かい、ノックもせずにドアを開けた。

モーガンは厳しい顔でニックをちらりと見た。「シドニー、入って来い。ちょうどよいときに現れたな。その手はどうしたんだ？」

「手などどうでもいい」ニックはじれったそうに言った。来客は本当にダニエルだった。顔に傷がつき、片方の目のまわりには青あざができていて、洋服も破れている。「だれにやられた？」とニックは気遣うように眉を寄せて尋ねた。「なぜここに来たんだ、ダニエル？・」

「お屋敷に帰っても旦那様がいらっしゃらなかったもので」とダニエルはあわてて弁解する

ように言った。「それで、どうしたらよいかわからなかったので、グラント卿に聞いていただこうと思ったのです。奥様の身の上に大変なことが起こったのです」

衝撃がニックの全身をつらぬいた。顔から血が引くのがわかった。「どういうことだ？」

「奥様は今朝、お妹様を連れ出すために、実家をお訪ねになりました。私は奥様のお供をするよう命じられました。そしてハワード家の方々はお妹様をわたしたがらないだろうから、一悶着あるかもしれないと私に警告なさいました」彼はポケットをさぐって、しわくちゃの紙を取り出し、ニックに差し出した。「奥様は、これを馬車の中に残しておられました」

ニックはさっと手紙に目を通した。最初の一行を何度も読み返す。

どうか私を助けて。ラドナー卿が来て、私を連れていくとお母様がおっしゃっています……。

「くそっ」とニックはうなり、従僕の青白い顔を見た。「続けろ」

「奥様と私がハワード邸に到着してから間もなく、ラドナー卿がやってこられました。卿は家の中に入り、そして再び出てきたときにはもうふつうではなくなっていました。卿は奥様ののどに腕をまわして締めつけ、無理矢理馬車に押し込みました。私は止めようとしたのですが、ラドナー卿の従僕たちにやられてしまいました」

氷のような恐怖の波がニックを襲った。伯爵の暗い執着心の深さは知っていた。妻は彼女がもっとも恐れている人間の手の中にある。それなのに、その場にいて彼女を助けることができない。それを思うと頭がおかしくなりそうだった。

「どこへ妻を連れて行った？」ニックはダニエルの上着をけがをしていないほうの手でつか

ろ」

んで怒鳴った。「どこだ、ダニエル？」

「わかりません」とダニエルは震えながら答えた。

「奴を殺す」ニックは怒り狂って、ドアに向かった。「ロンドン中をめちゃめちゃにするつもりだった。手始めはラドナー邸だ。たった一度しか彼を殺すことができないのが残念でたまらなかった。できることなら千回でもあの畜生を殺してやりたかった。

「シドニー」とモーガンは厳しい声で制し、さっと行動を起こしたので、ドアに届いたのはニックと同時だった。「そんな頭に血がのぼった状態で行かせるわけにはいかない。君の妻の命が危険にさらされているならなおさら、頭を冷やさなくてはならないぞ」

ニックは動物のようなうなり声をあげた。「どけ！」

「捜索隊を組織しよう。五分後には、捕り手四名と警官を三〇名ばかり出せる。ラドナーが君の妻を連れて行きそうな場所を教えてくれ。私より君のほうがラドナーのことには詳しいからな」モーガンの冷静な目がニックの視線を捕えた。モーガンはニックのはかり知れない恐怖を理解したようで、次に話したときには、声がいくぶんか和らいでいた。「シドニー、お前ひとりにやらせはしない。我々は絶対に彼女を見つける」

ちょうどそのとき、ドアを軽く叩く音がした。ドア越しにヴィッカリーのこもった声が聞こえてきた。「グラント卿。またお客様です」

「いまはそれどころではない」とモーガンはそっけなく言った。「明日来るように、と伝えろ」

少し間をおいてから「あの……判事様」

「まだ何かあるのか、ヴィッカリー?」モーガンは閉じたドアに腹立たしげな一瞥を送った。

「この方にはお会いになったほうがいいと思うのですが」

「相手がだれでもかまわん。そいつに言え……」しかし、ドアが静かに開くと、モーガンの怒声は消えていった。

ニックの苦悩に満ちた視線は訪問者に落ちた。その姿に彼は膝をつきそうになった。「ロッティー」

＊＊＊

ドレスは乱れ血で汚れていたが、ロッティーは夫の蒼白な顔を見ると、かすかに微笑んだ。

「今日は、ちょっと忙しかったの」

彼女の声の響きは、野蛮な感情の洪水を解き放ったようだった。うめくような声で彼女の名前を呼びながら、ニックは二歩で彼女のもとへ行き、胸に引き寄せた。あまりに強く抱きしめたので彼女は息ができないくらいだった。

「血が――」彼は取り乱してそう言うと、大きな手で彼女の体をやみくもに探った。

「私の血ではないわ。私は大丈夫よ。ただちょっとだけ――」と言いかけて、彼が体の横によけている手に包帯が巻かれているのに気づき、彼女は目を丸くした。「ニック、あなた、怪我をしているのね！」

「何でもないんだ」ニックはそう言うと、再び彼女の頭を引き寄せ、心配でたまらないといった目で彼女の顔をながめまわした。震える指で彼女の頬と顎のラインをたどる。「ああ、ロッティー」。彼はさらに夢中で彼女が傷ついていないかをさぐり続け、のどに青いあざができているのを見つけて、怒りの叫びをあげた。「なんてことだ。君の首に。あいつはなんということを……。あの野郎、八つ裂きにしてやる」

ロッティーは指を彼の口にあて、「私は大丈夫よ」と優しく言った。彼の大きな体が震えているのを感じながら、彼女はなだめるように彼の胸をなでた。この数時間の恐るべき出来事のあとでは、彼とこうしていられるだけで素晴らしかった。自然に彼女の口元はほころび、微笑みがこぼれる。彼女は汗の流れた跡があるほこりだらけの彼の顔を、心配そうに見つめた。「私のことより、あなたの怪我のほうがよっぽど心配だわ」

彼ののどから原始のうなり声が漏れた。彼は屈み込んで右腕で彼女を抱きしめた。「愛している」と彼は低い震える声で言った。「ロッティー、心から君を愛している」彼は唇を彼女の唇に重ねて、激しく熱いキスをした。

感情があまりにも高ぶっていたので、彼はまわりに他の人々がいることをすっかり忘れてしまったらしい。ロッティーはくぐもった声で笑いながら、顔をよけてささやいた。「私も愛しているわ。でも、あとにしましょうよ。だれもいないところで――」しかし、ニックに再び口をふさがれ、彼女は黙らされた。気がつくと、ロッティーは、我を忘れている一八〇センチの長身の男に抱き上げられ壁に押しつけられていた。彼を落ち着かせるのは無理と観念して、ロッティーはなだめるために彼の広い背中をなでた。深い熱烈なキスに彼女は支配され、彼が激しく息をするたびに肋骨が膨らむのが感じられた。彼の口がむさぼるように彼女の口を吸うあいだ、彼女はやさしく彼の首をさすって激情を静めようとした。彼の呼吸は荒く震え、キスの合い間に、祈りの言葉をつぶやくようにかすれた声で彼女の名前を呼んだ。彼女はそれに答えようとするが、そのたびに、彼の唇で口をふさがれてしまうのだった。

「シドニー」グラント卿は何度か咳払いをして注意をひこうとしたが、徒労に終わったので、しかたなく、声をかけた。「えへん、シドニー」

かなり時間が経ってから、ニックはようやく顔を上げた。ロッティーは彼の胸を押して、抱きしめている彼の腕をゆるめた。真っ赤な顔で息を切らせながらまわりを見ると、セイヤーはなぜか一心に窓の外の天候を気にしているようすで、ダニエルは口実をつけて部屋の外で待っていた。

「レディー・シドニーとの再会の場面を邪魔してまことに申しわけなく思いますぞ、子爵殿」とグラント卿はすまなそうに言った。「しかしながら、ラドナー卿のことをうかがわねばならない。彼はいまどこにいるのか。とりわけレディー・シドニーのドレスのようすからして、たいへん懸念すべきことと思われるが」

グラント卿がドレスの血痕のことを言っているのだと気づいてロッティーはうなずいた。ニックは彼女が説明しているときも、彼女を抱きしめたままだった。「ラドナー卿は自害されました」と彼女は治安判事に告げた。「あの方は私をご自分の家に連れて行きました。そして数分間話をしたあと、自ら命を絶たれたのです」

「どのような方法で？」グラント卿は静かに尋ねた。

「ピストルで」ロッティーはその言葉を聞いたニックの体に戦慄が走るのを感じた。「どうしてそのようなことをなさったのか、私にはわかりません。ですが、どうやら頭がおかしくなっておられたようです。私は使用人たちに、絶対に手を触れずそのままの状態にしておくよう言いつけました。判事様が捕り手を派遣して現場を検分なさりたいとお考えになるかもしれないと思ったので」

「お見事ですな、子爵夫人」とグラント卿は言った。「あといくつか質問させていただいてもよろしいかな？」

「明日にしてくれ」とニックは厚かましく口をはさんだ。「今日の分はこれでおしまいだ。彼女には休息が必要だ」

「シドニー卿の手を治療するためにお医者様を呼んでくださり、それからダニエルも診ていただけるなら、喜んで詳しくお話いたします」とロッティーはグラント卿に答えた。

治安判事はグリーンの目の両端にチャーミングな皺を寄せた。「すぐにドクター・リンリーを呼ぼう」

「俺が連れてきますよ」とセイヤーが志願し、さっと部屋を出て行った。

「素晴らしい」とモーガンはつぶやき、ニックに視線を戻した。「では、子爵殿、リンリーが来るまでのあいだ、どのようないきさつで怪我をなさったのか、お聞かせ願おうかな――それにしても、君のそのひどいかっこうとにおいはなんだ。まるでフリート・ディッチを徘徊してきたようだが」

その日遅く、ふたりでベッドに入り、何時間にも思われるほど長い間語り合ったあとで、ニックはロッティーに、あの倉庫で一巻の終わりと覚悟した瞬間に心に浮かんだ考えを話した。ロッティーはそれを聞きながら、彼の肘の内側の窪みにもぐりこみ、指先で円を描くように彼の胸毛を優しく探った。鎮痛剤のせいで彼の声は低く眠そうだった。ドクター・リンリーは彼の指を整復、固定する前にどうしても薬を飲めと言ってきかなかった。ニックはしかたなくそれに従ったが、断わればセイヤーとモーガンの手で床に組み伏せられ、ドクターがのどに薬を流し込むというみっともないことになることがわかっていたからだった。

「僕は、あの腐りかけた木につかまっていたときほど、死にたくないと思ったことはなかった。君に二度と会えないと思うとつらくてたまらなかった。僕が欲しかったのは君と過ごす時間だけだった。君といっしょに残りの人生を暮らしたかった。それ以外のことはどうでもよかった」

愛しているわとささやきながら、ロッティーは彼の肩の硬い滑らかな肌にキスをした。

「昔、僕はどうしても捕り手でいる必要があると君に話したのを覚えているかい」

ロッティーはうなずいた。「あなたは挑戦や危険がなくては生きていけないとおっしゃっていたわ」

「だが、いまは違う」と彼は熱っぽく言った。

「それはよかったわ」ロッティーは微笑むと、片肘をついて上半身を起こした。「だって、私はあなたがいないと生きていけないのですもの」

ニックは月の光に照らし出されている彼女の背中の曲線を指でたどった。「そしてついに、僕は願うものを見つけた」

困惑して、ロッティーは彼の顔を上からのぞき込んだ。長い髪が彼の胸と肩にかかる。

「え？」

「願いの泉さ」

「まあ、あのときのこと……」ロッティーは顔を彼の胸につけ、柔らかな胸毛に鼻をすりつけた。あの朝の森での出来事を思い出す。「あなたは願いをかけようとしなかった」

「何を願ったらいいかわからなかったからだ。だが、いまならわかる」

「あなたの願い事は何かしら？」と彼女は愛情をこめてきいた。

彼は手を彼女の頭の後ろにあて、唇を引き寄せた。「君を永久に愛すること」ふたりの唇が重なり合う直前に、彼はそうささやいた。

エピローグ

マスター・ジョン・ロバート・キャノンが生まれた一時間後、ロス卿は友人や家族が待つ居間に生まれたばかりの息子を連れてきた。レースの縁取りの毛布にくるまって眠っている赤ん坊を、優しい歓声が迎えた。赤ん坊を晴れやかな笑顔の母キャサリンに手わたすと、ロス卿は椅子に深々と腰掛け、長いため息をついた。

ニックは義兄をじっくりと観察した。こんなに疲れきって、へたりこんでいる彼をこれまで見たことがなかった。ロス卿は慣習に逆らって、お産の床にある妻に付き添った。妻が出産の苦しみを味わっているときに、外で待っていることができなかったからだ。黒い髪の毛はくしゃくしゃになり、いつもの自信満々な態度が束の間息を潜めると、ロス卿はいつもよりずっと若く見えた。飲み物をひどく欲しているただの人に見える。

ニックはサイドボードに行ってブランデーを注ぎ、ロス卿に差し出した。「ソフィアはどうしていますか？」

「私よりもよっぽどしっかりしている」とロス卿は正直に認め、喜んでグラスを受け取った。

「ありがとう」目を閉じて、ぐっと杯をあおり、アルコールが緊張しすぎた神経をなだめてくれるのを待った。「ふう、まったく。女性がどうやってこれを切り抜けるのか不思議でたまらないよ」

出産という女性の分野にまったくうといニックは、隣の椅子に座って、困ったように眉をひそめてきいた。「ソフィアはたいへん苦しんだのですか？」

「いや。しかし、一番楽な出産といえども、私にとっては超人的な仕事に思えるよ」少し落ち着いたのか、ロス卿はもう少しブランデーを飲んだ。彼の常ならぬ率直さはニックをたじろがせた。「これを見たら、夫は恐れをなして妻のベッドに近づけなくなるぞ。近づいたらその結果どういうことが起こるか知ってしまったわけだからな。妻が産みの苦しみを味わっているときに、自分のせいで彼女をこんな目に合わせているのだと思うと自分が平気でそんなことをしたとは信じられなくなる」彼は苦笑いを浮かべた。「ところがな、もちろん、男の下劣な本能は、その思いに結局打ち勝つのだ」

ニックはぎょっとしてロッティーを振り返った。他の妊婦と同じく、彼女もお腹の中の赤ん坊に何事かささやきかけている。彼女の顔は柔らかで、輝くばかりだった。片手を腹の丸いふくらみに置いている。手の下では彼らの赤ん坊が育っているのだ。彼の視線を感じて、ロッティーは微笑みながら、いたずらっぽく鼻にしわを寄せた。

「くそっ」とニックはつぶやいた。自分の子どもが生まれたら、僕は絶対ロス卿よりももっとひどい状態になる。

「大丈夫、なんとかなるさ」とロス卿は彼の考えを読んだように、にやりとしてうけあった。

「そのときには、終わってから私が君にブランデーを注いでやるよ」

ふたりは親密な視線を交わした。ニックは不意に、長年宿敵と思ってきた相手に好意を感じた。苦笑いしながら頭を振り、彼はロス卿に手を差し延べた。「ありがとうございます」ロス卿はニックの手を短く強く握りしめた。ニックが何に対して感謝の言葉を述べたのか、理解しているように見えた。「では、すべてはやる価値があったわけだな」とロス卿は静かに尋ねた。

再び椅子に身を沈め、ニックはもう一度妻を見つめた。こんなにも激しく人を愛することができるとは思っていなかった。だが、いま、自分は彼女を心から愛している。生まれて初めて、彼は自分の中に、そして世界の中に安らぎを見つけることができた。もう過去の影に脅かされることはない。「ええ」と彼は短く答えた。ロッティーがもう一度彼のほうを振り向く。彼の魂は喜びで輝いた。

訳者あとがき

日本で初めて紹介される人気ヒストリカル・ロマンス作家、リサ・クレイパスの『悲しいほど　ときめいて』(原題 Worth Any Price) をお届けします。この作品は二〇〇四年にRITA賞（米国ロマンス作家協会賞）を受賞しています。

著者の写真を見ますと、ロマンス小説から抜け出してきたような美人です。それもそのはず、一九八五年にはミス・マサチューセッツに選ばれ、全国大会にも出場しました。残念ながら女王の座は逃しましたが、コンテストでは自作の歌を披露して、「才能ある選外優秀者」に選ばれ、多才ぶりをいかんなく発揮したそうです。

この作品は、同じくRITA賞で最終選考に残った“Someone To Watch Over Me”や『パブリッシャーズ・ウィークリー』で絶賛された“Lady Sophia's Lover”とともにボウ・ストリート三部作と呼ばれています。時代は一九世紀前半、舞台は喧騒に満ちた華やかなロンドンです。裕福な貴族や名士たちの生活は栄華を極めていましたが、その一方で、街には犯罪がはびこり、下層の人々の暮らしは貧窮していました。

主人公のニックとロッティーは、そうした時代の没落した名家の子どもたちが背負う悲惨な宿命に翻弄されて育ちました。そのせいで愛を信じることができない人間に成長したのです。

子爵の息子として生まれたニックは子どものころに両親を失い、ロンドンに出て窃盗団に加わりました。治安判事をきりきり舞いさせる悪党として名を馳せていましたが、いまは義兄である元治安判事の策略で、ボウ・ストリートの捕り手として働いています。頭が切れてハンサムで、大胆不敵なニックのこと、ナンバーワンの捕り手として市民からの人気も抜群です。けれども、人に心を開かず、自分の命などどうでもいいというような無謀な行動をするニックをまわりの人々は心配していました。

家が貧しかったロッティーは金銭的援助の条件として幼いころに三〇歳も年上の伯爵と婚約させられました。理想の妻を創りあげることに異常な執念を燃やす伯爵に人生のすべてを支配されてきた彼女でしたが、ある日、勇気をふりしぼって伯爵の魔の手から逃げ出しました。

捜索を依頼されたニックは、田舎の邸宅に偽名を使って隠れていたロッティーを見つけます。ニックは執拗な伯爵から逃れる手段として、ロッティーに自分と結婚することをもちかけますが……。最初はただ肉体的に惹かれあっていると思い込んでいたふたりでしたが、彼らが渇望していたのは、底知れぬ孤独を癒してくれる本物の愛だったのです。

ここでボウ・ストリートの捕り手についての作者のメモを一部引用します。「ボウ・ストリートの捕り手とは、いってみれば私設警察のようなもので、議会で正式に承認された組織ではありませんでした。彼らは法律や地域のルールに縛られることなく活動していました。つまり、実質的には彼ら自身が法そのものだったわけです。捕り手たちは、何十年にもわたり、忠実に大衆に尽くしましたが、一八二九年に首都圏警察法が議会で可決されて新警察がつくられることになりました。ボウ・ストリートの事務所は新警察とは独立にそのあとも一〇年間活動を続けましたが、第二の首都圏警察法により新警察の権限が拡大され、捕り手はその役目を終えました。私はこの物語で必要にかられ、実際よりも二年長く捕り手が存在したことにしてあります。この作家のわがままを、読者の皆様が寛大にお許しくださることを願います」

最後に、ヒストリカル・ロマンスの女王クレイパスらしいエピソードをご紹介します。今年九月に九州地方を襲った洪水はみなさんの記憶に新しいことでしょう。あふれてきた水が天井までとどきそうになっている衝撃的な映像はいまも鮮明に心に焼き付いています。

実はクレイパスも一九九八年にテキサスで大洪水を経験し、家が文字通り屋根まで水につかって、着の身着のままで逃げ出したそうです。数日後、彼女は母親とスーパーに買い物に出かけました。母娘はごった返す店内で本当に必要な品だけをカゴに入れてレジに並んでいました。ふと互いのカゴの中を見ると、なんとどちらのカゴにもロマンス小説が一冊入っているではありませんか！　そのときクレイパスはあらためて決意したそうです。「こんなに苦しいときだからこそ、人々はひとときでも現実を忘れられる楽しみを欲するのだ。もっともっとすてきなロマンスを書こう。人々に幸せを与えられるロマンスを！」クレイパスの小説が読者をひきつけてやまない理由がよくわかりますね。

二〇〇五年一〇月

ライムブックス

悲しいほど　ときめいて

著　者　リサ・クレイパス
訳　者　古川《ふるかわ》奈《な》々《な》子《こ》

2005年11月24日　初版第一刷発行
2008年 7 月14日　初版第七刷発行

発行人　成瀬雅人
発行所　株式会社原書房
〒160-0022東京都新宿区新宿1-25-13
電話・代表03-3354-0685　http://www.harashobo.co.jp
振替・00150-6-151594
ブックデザイン　川島進（スタジオ・ギブ）
印刷所　中央精版印刷株式会社

落丁・乱丁本はお取り替えいたします。

定価は、カバーに表示してあります。

©TranNet KK　ISBN978-4-562-04301-9　Printed in Japan